寻爱记

王松 著

南方出版传媒
花城出版社
中国·广州

图书在版编目（ＣＩＰ）数据

寻爱记 / 王松著. -- 广州 ：花城出版社，2018.1
ISBN 978-7-5360-8545-9

Ⅰ．①寻… Ⅱ．①王… Ⅲ．①长篇小说－中国－当代
Ⅳ．①I247.5

中国版本图书馆CIP数据核字(2017)第307792号

出　版　人：詹秀敏
策划编辑：张　懿
责任编辑：黎　萍　陈诗泳
技术编辑：凌春梅
装帧设计：　WONDERLAND Book desigr
　　　　　　仙德 QQ:344581934

书　　名	寻爱记
	XUN AI JI
出版发行	花城出版社
	（广州市环市东路水荫路 11 号）
经　　销	全国新华书店
印　　刷	佛山市浩文彩色印刷有限公司
	（广东省佛山市南海区狮山科技工业园 A 区）
开　　本	787 毫米×1092 毫米　16 开
印　　张	21　1 插页
字　　数	260,000 字
版　　次	2018 年 1 月第 1 版　2018 年 1 月第 1 次印刷
定　　价	49.80 元

如发现印装质量问题，请直接与印刷厂联系调换。
购书热线：020－37604658　37602954
花城出版社网站：http://www.fcph.com.cn

目录

第一部

齐建国记

　　齐老先生在齐建国很小的时候就给他讲过，为医者分两种，一种是医术就像自己身上的肉，天生长在身上，且跟着年龄随风而长，如果用生意上的话说也就是无本万利。还有一种医者，医术像田里的粮食，是种出来的，必得先把种子下到心里。所以这后一种医者只能是学一得一，最多也就是举一反三。

1

齐三旗的父亲齐建国再早不叫齐建国，叫齐金锅。齐建国叫齐金锅，是因为一把草药。齐建国的父亲，也就是齐三旗的祖父齐老先生是齐门医家的第五代传人。齐门医家不是什么大医家，但名气大。齐门医家的名气大不是因为医治疑难杂症的本领大，而是医术与别的医家不同。齐门医家治病，从来只用一味药，再重的病也是一味。且不用外药，用药只从自家出。那次也是该着有事。后街的汪老太突然犯了胃胀气。胃胀气不像别的病，犯起来比疼还难受。气往上走，顶着打嗝儿，往下走就变成了屁，上上下下响得人心烦。汪老太烦得坐不住，就来找齐建国的父亲齐老先生。齐老先生看看不是什么大病，就开了一味青藤香。青藤香也叫痧药，又叫蛇参根，专治胃胀气。可当时齐家药柜的青藤香用完了。齐老先生想，也不是要紧的大药，就让汪老太自己去街上的药铺买。可汪老太图省钱，没去药铺，而是去了沙脊街的草篮桥。草篮桥是个市场，卖虾蟹蛏子，菜蔬杂货，也有摆地摊儿卖草药的。汪老太在个地摊儿上买了一把青藤香。如果药铺，该是三毛钱，这里却只花了一毛。汪老太挺高兴。按齐门医家的规矩，一般要为患者代煎草药。汪老太欢天喜地地回来，将这把青藤香交给了齐老先生。齐老先生眼神不济，两只眼都有白内障，上了年岁看东西越发模糊。拿了汪老太买回的青藤香也没细看，就去煎药。这一煎就险些煎出大麻烦。原来汪老太花一毛钱买回的并不是青藤香，而是一种叫雪上一支蒿的草药。这种雪上一支蒿是外用药，专治跌打风湿、虫蛇咬伤、疮疡肿痛。关键是有剧毒，误食会丧命。倒不是草篮桥那个摆地摊儿卖草药的小贩因为三毛钱，汪老太只给了一毛，就故意骗她。实在是这两种草药长得很像，一般外行很难分辨。卖草药的虽卖草药，却也是个外行，就把这雪上一支蒿当青藤香卖给了汪老太。齐老先生行医多年，自然是分得清的。可他有严重的白内障，也就没看出来。

这次也是这汪老太命大。就在齐老先生要煎药时，发现平时用的砂锅让齐建国打了。想用石锅，石锅又正煎着别的药，于是就临时拿了一只小搪瓷锅来煎这青藤香。可这青藤香不是青藤香，而是雪上一支蒿，上火一煎，齐老先生就发觉不对了。先是气味不对，青藤香一冒气儿会有一股像腐肉一样的味道，而这时却是一股浓郁的草香。接着又发现，白搪瓷锅也被药汤子浸黑了。齐老先生毕竟行医多年，赶紧捞出草药，拿到眼前仔细一看，立刻惊出一身冷汗。这才认出，锅里煎的不是什么青藤香，竟是雪上一支蒿。这只小白搪瓷锅儿，活活救了汪老太一条性命。这件事过后，齐老先生感叹自己人已老了，眼也花了。人老眼花毕竟是行医的大忌。感叹之余，也以此为鉴，就为儿子取名叫金锅，齐金锅。

齐老先生为儿子取名金锅，其实还有一层深意。齐门医家虽辈辈行医，却因为医道迂腐，多年坚持只用一味药，家道就一直清贫，一家人刚够糊口。齐老先生为儿子取名叫金锅，也有希冀到了儿子这一辈，能把祖上传下的这个药锅变成一只金锅的意思。

齐建国十岁前，不像齐家后人，对医上的事毫无兴趣。齐老先生四十多岁才有了这个儿子，也算老来得子，对这儿子也就格外上心。齐建国一岁时抓周儿，就把齐老先生抓得挺堵心的。齐老先生一心想让儿子继承齐门医家的衣钵，就故意将脉枕和药槌一类小东西往齐建国的眼前放。但齐建国却对这些东西视而不见。不仅对这些视而不见，似乎对别的也视而不见，脸上只是一片茫然的澹定。齐老先生一下泄了气。儿子对脉枕、药槌之类的东西没兴趣也就罢了，对别的也没兴趣，难道这小东西，将来就是个不学无术的吃货不成？

让齐老先生没想到的是，齐建国十岁这年，忽然对药锅发生了兴趣。家里不煎药时，就经常把砂锅或石锅抱在手里摆弄。齐建国从小不喜药味儿，可药锅和药味儿是两回事。药锅虽也有药味儿，但不是单纯的一种药味儿，一次次煎过的药，味道都留在锅上，于是就把这药锅变成了一个奇怪的东西。每次闻，似乎总能闻出不同的味道，且想什么味道就是什么味道。砂锅又与石锅不同。砂锅有沙眼，透气，味道能渗进去。但齐建国一次抱着砂锅闻里面的甘蔗味儿，手一松把砂锅打了，从此就又认准石锅。石锅结实，掉在地上也摔不破，闻着还有一股石腥气，像螺蛳粉的味道。齐门医家的这只石锅是用一整块石头抠出来的，因为要上火煎药，很薄，敲起来像磬，声音清脆悦耳。齐老先生见儿子终于喜欢上了药锅，心里自然高兴。药锅是为煎药，煎药是为治病。儿子喜欢药锅，自然也就会喜欢草药，喜欢草药也就会慢慢入医道。如此一来，齐门医家也就有了第六代传人。

齐建国入医道不是水到渠成，而是水还未到，渠就已成。齐老先生在齐建国很小的时候就给他讲过，为医者分两种，一种是医术就像自己身上的肉，天生长在身上，且跟着年龄随风儿长，如果用生意上的话说也就是无本万利。还有一种医者，医术像田里的粮食，是种出来的，必得先把种子下到心里。所以这后一种医者只能是学一得一，最多也就是举一反三。当然，齐老先生说，两者并无高下之分，为医者，医好病方是惟一的标准。但古往今来，医中大家还是多出自前者。齐老先生当年对齐建国说这番话，也是积半生行医所见所闻得出的一些感悟。却不曾想，后来儿子齐建国入了医道，渐渐发现，竟也是前者。

齐建国入医道似乎自然而然。入道前，对医术从未用过心，真像是自己身上天生的东西，且随风而长。到十二岁，虽不见他认真背过《四百味汤头歌》，但说起十八味反药却已能脱口而出。十五岁时，就可以将《濒湖脉学》一条一条批讲出来。齐老先生起初看儿子的医术见风儿就长，很是欣慰。但渐渐也有了一丝隐忧。独自翻看医书医案时，经常走神，或掩卷沉思一阵，摇头讷讷着说，少年恃才，也未必是一件好事啊。

2

齐老先生的担忧，后来竟应验在自己身上。

齐建国十九岁时，发生了一件事。齐老先生虽行医多年，很受人敬重，但真正过心的朋友没几个。担水街的叶裁缝，应该算是一个。叶裁缝比齐老先生小十几岁，两人论叔侄不合适，叶裁缝吃亏；论兄弟也不合适，齐老先生吃亏，这些年就成了不明不白的朋友。叶裁缝嘴不好，说话经常不是地方，在人面前也就难免讨嫌。但别人嫌他，齐老先生不嫌他。齐老先生倒觉着叶裁缝说话是讲直理。讲直理的人心都直，心直自然口快，而心直口快的人从不藏着掖着，所以也就可交。可叶裁缝跟别人讲直理，跟齐老先生也讲直理，有的时候还把直理讲得让齐老先生上不来下不去。譬如叶裁缝对齐老先生说，你们齐门医家几辈都是清汤寡水的吊葫芦郎中，到你这里，偏让儿子叫个图财害命的名字，金锅，可不像是你们齐家人想出来的哟！叶裁缝没读过书，只认识量布尺子上的几个字。齐老先生曾为他讲，医家讲的是悬壶济世，悬壶二字，是出自《后汉书》的一个典故，也就是吊葫芦的意思。叶裁缝没记住悬壶济世，只记住了一个吊葫芦，从此就总把齐门医家说成是吊葫芦的；叶裁缝这样说，齐老先生只是笑，也并不恼他。又譬如，叶裁缝对齐老先生说，你让儿子叫金锅也不对啊，外行了哦，医家煎药只用砂锅，或石锅，哪有用金锅的，不成了庸医？

齐老先生听了还是笑，仍不恼他。

齐老先生与叶裁缝过心，还有个原因，叶裁缝的眼神也不好。叶裁缝年轻时本来眼神很好。做裁缝，凭的就是一个好眼神，不仅穿针引线，领窝儿袖子前襟后摆，横裆立裆裤缝筒脚儿，哪个地方的摆布都讲究精细。一件衣服看似简单，其实不同的地方针脚儿松紧也有所不同，有张有弛，疏密得当，这件衣服做起来穿在身上才合体，也才舒适。但叶裁缝人到中年眼神就差了，先是常糊眼屎，后来又总觉着眼前像蒙了一层雾，再后来就干脆全盲了。但叶裁缝虽盲，也有一手绝活儿，睁着两只盲眼照样量布裁衣，缝纫起来也能针脚如飞。

出事是在临近旧历年的一个中午，叶裁缝正在家里为人赶做一件大衣。这个活儿的主顾是甘肃瓜州人，说是过年要回嘉峪关走亲戚，急等着穿，要求三天必须交活儿。可这件大衣是雪花儿呢的，料子厚，且这边的人一般不穿大衣，更少用呢料子，这种活儿在平时也就极少见。要搁在眼神儿好的裁缝，还得是手儿快，技艺高，最少也要四天。但叶裁缝眼神虽不好，手儿却快，技艺也高，艺高人就胆大，于是没含糊就把这活儿接下来。但真接到手里才知道，确实不好干。这块料子比一般的雪花呢还要厚，不仅厚，还硬，裁着缝着都费劲。叶裁缝忙了两个通宵，总算把大衣的两个袖子都上上了，快中午时正上着领子，突然头一歪就倒在床上。家里人再看时，已经口眼㖞斜，嘴角也流出了黏涎。叶裁缝的女人是个哑巴，嘴说不出来，心里却有主见，一见男人这样子就赶紧跑来叫齐老先生。

这时齐老先生的两眼也已全盲了。齐老先生全盲之前，一直在想尽办法为自己治眼，只是效果不大。齐老先生认定自己患的是圆翳眼，但齐建国却不这样认为。齐建国认为父亲患的是五风眼。中医说的圆翳眼，是指白内障，而五风眼叫五风内障，也就是青光眼。齐建国认为，父亲用治疗圆翳内障的方法为自己治五风内障，不对症，自然也就不会有效果。而齐老先生却对儿子的话不以为然。就这样，先是眼里还有一点光影，再后来就一点光影也没了。但齐老先生不愧与叶裁缝为友，两人在这一点志同道合，都是身残志不残。齐老先生盲了以后常振振地说，他眼盲手可不盲，鼻子也不盲。医家诊病，讲的是望、闻、问、切，眼盲了也就是少了一个望字，病人坐跟前，鼻子相闻，开口相问，手指切脉不仅全无妨碍，反比过去更灵敏。齐老先生没事的时候与叶裁缝相对着喝茶聊天，两人也是手脚自如，四只盲眼相对，也都目光炯炯。不知内情的人绝看不出这是两个失目的人在说话。

在这个中午，叶裁缝的哑巴女人跑来齐家，一进门哇啦哇啦地叫着拉起齐老先生就往外走。齐老先生明白了，赶紧带着儿子齐建国来到叶家。

齐老先生来到叶家时，叶裁缝已牙关紧闭，四肢抽紧。齐老先生先摸了脉象，断定叶裁缝是中风。接着齐建国也摸了一下脉，也认为是中风。但齐建国认为的中风，却不是齐老先生所说的中风。齐建国认为，叶裁缝的中风是偏枯。原来中医所说的中风分两种，一种中风就叫中风，而另一种则叫偏枯中风。前一种中风是脑溢血，后一种偏枯中风，指的是脑栓塞。齐老先生说叶裁缝中风，意思就是脑溢血，而齐建国却认为是脑栓塞。但齐老先生毕竟见多识广，这些年经手的中风病人已不计其数，所以认定自己的诊断不会错。当即就要为叶裁缝下药。可这时，叶裁缝的哑巴女人已在旁边看出了门道，赶紧过来呜呜地拉住齐老先生，意思是让他再听听齐建国怎么说。齐老先生明白哑巴女人的意思，立刻有些不悦。齐建国是自己的儿子，按理说，儿子的医术再怎么高明也是自己手把手教出来的，哪有儿子盖过老子的道理？但这时，齐建国也已经意识到事关重大。治脑溢血是要收敛，而治偏枯则要发散，虽都是中风，一正一反却是两个治疗方向，倘自己再不及时说话，就会关乎人命。

于是索性也就直言不讳，对父亲说，不会错，就是偏枯。

齐老先生这时也已忍无可忍，回头用两只盲眼瞪着儿子，你肯定？

齐建国说，肯定。

你凭什么肯定？

我，不只看脉象。

齐老先生抖了抖胡子，我也不只看脉象！

齐建国这时已看出来，父亲是跟自己较上劲了。平时在家里，父子之间为一味药或一个脉象争论一下也是常有的事，可这是在病人家里，当着外人，自己再这样顶撞父亲，父亲的颜面自然就下不来了。但治病不是一般的事，人命关天，到了这时也就只能有什么说什么了。不过齐建国还是故意降低声调，小心地说，这也是，您平时常说的，望闻问切，其实闻，应该是在望之前，眼看见的也许有假象，而鼻子闻到的肯定是真的。齐建国这样说了看看父亲，见没什么反应，才又接着说，从脉象看，虽是中风的脉象，但我闻他呼出的口气，有一股恶臭，这就该是气滞肝痹，而气滞肝痹所致的中风，自然应该是偏枯中风。

齐老先生听了仍没说话，只是眨着两只盲眼。

齐建国又说，这气滞肝痹，应该也已不是一两天的事。叶裁缝多年前的眼盲很可能是来自消渴，而消渴又导致了后来的气滞肝痹，也才终酿成今天的偏枯。

齐老先生毕竟是齐门医家的后人，不仅治学严谨，医道也讲理。儿子齐建国的这一番话分析透彻，且入情入理，一下就被说得哑口无言。他先是睁着两只盲眼愣了一阵，没再争辩，只是黯然地点点头，就把开药的事交给了儿子。齐建国为叶裁缝开了两味稀有的药材。稀有不一定贵重，只是难找，至少齐门医家的药柜里从没有过。一味是猴脑，另外又加了一味牛黄。猴脑是动物脑髓，为君药，牛黄则为臣药。但牛黄也不是一般的牛黄。牛黄分胆黄、管黄和肝黄。在牛胆囊里结的黄为胆黄，胆管里结的黄为管黄，肝管里的黄才为肝黄。其中又以肝黄最为稀少。齐建国特意在方子上写明，要用肝黄，并叮嘱哑巴女人，以黄酒吞服。

这以后，叶裁缝的偏枯就渐渐恢复了。虽手脚不如过去灵便，无法再承揽大活儿，但一般小孩子的衣裤还可以做。而齐老先生却从此一蹶不振。齐老先生心里清楚，真正让自己一蹶不振的，还不仅是齐建国在为叶裁缝诊病时说的那一番话。换句话说，齐建国的本事就算大到天上去，也还得承认是他齐老先生的儿子，哪怕齐建国当着外人再让自己的颜面下不来，也总还有一说，自古青出于蓝，齐门医家的医术就该是一代更比一代强；真正让齐老先生一蹶不振的，是自己的这个鼻子。当时在叶家，齐建国说，叶裁缝呼出的口气里有一股恶臭。可这恶臭，齐老先生一开始却没闻出来。听儿子说了，再提鼻子细闻，才隐隐地闻出一丝味道。这件事对齐老先生的打击才是毁灭性的。齐老先生眼盲多年，这个现实已经可以接受。可现在，竟然连鼻子也盲了。鼻子盲，就说明望、闻、问、切，又丢了一个闻字。行医者既不能望，又不能闻，还谈何行医？如此残酷的现实，就让齐老先生无论如何都无法接受了。

齐老先生从此医道收手，闭门婉拒一切病人，绝不再开出一个药方。两眼既已全盲，平时无书可看，从早到晚又无事可做，每天就只是在那张发黄的竹椅上枯坐。

就这样，到齐建国二十一岁时，齐老先生就郁郁地驾鹤西去了。

3

齐老先生驾鹤西去，齐建国做的第一件事，就是为自己改了名字。齐建国一直认为担水街的叶裁缝说得有道理。齐门医家世代不追名，不逐利，用叶裁缝的话说，只是个清汤寡水的吊葫芦医家，到自己这里却叫"金锅"，确实匪夷所思。只是父亲在世时，不敢明说。这时街上的很多人也已纷纷为自己改名。过去叫"富贵""旺财""福根"一类名字的人，都改叫了"解放""国庆"或"建设"。于是齐建国也为自己改了名字，叫建国，齐建国。

齐老先生仙去，齐建国也伤心了几天。但很快就过去了。街上再有人来看病，身边没了父亲唠叨，也不用再费口舌去争辩医理，争辩的同时还要顾及父亲的颜面，话到嘴边总须小心地留半句；这时反倒轻松了，也省事了，耳朵根子也清静多了。

但忽然一天，齐建国觉得不是这么回事了。

起因是这天来了一个病人。这病人是个四十来岁的女人，面黄肌瘦，眼睑发暗。她自述腹痛，又说肚子里好像长了个瘤子，已经有些年了。齐建国先为她切过脉，又细细检查了一下，就断定这女人的肚子里不是瘤子。于是问，十多年前，是否生过孩子。这女人想想说，是生过，该是十六年前，生了老二。齐建国就告诉她，她当时怀的这个老二，很可能不只是老二，应该还有个老三，也就是说，她怀的该是一对双胞胎。但生产时只生出一个，另一个却留在肚子里，所以现在已变成了石胎。这腹痛的毛病，也就是从这里来的。这女人听了先是一惊，接着又有些将信将疑。齐建国看出她的心思，就说，没关系，你若信，就吃我的药，不信再去别处看看也可以。这女人没说话就走了。但过了几天又回来了，一见齐建国就说，她又看了几个地方，大夫怎么说的都有，不过想来想去，还是齐大夫说的靠谱儿。

这女人这样说了，就让齐建国给开药。

齐建国这时虽已是齐门医家的第六代传人，正式撑起门户，但自从那次为担水街上的叶裁缝开药后，就已不动声色地改了齐门医家多年传下的规矩，用药不再拘一味，而是多用了一味。关于这件事，齐老先生临终前，也曾有过交待。其实齐老先生也并非是抱残守缺的人，知道自己大限已到，就把齐建国叫到床前说，积他一生行医的经验，齐门医家的一味药到了今天确实已不再实用。齐家当年所说的一味药，跟今天的一味药也早已不是一回事。当年的一味药是指《本草纲目》上说的真正的一味药，药力十足。而今天药材都已退化，也真假难辨，倘再恪守一味药就过于迂腐，总不及几味药配伍的效果更好。但齐老先生又叮咛，不拘一味或几味，也是以治病为原则，古人讲，是药三分毒，天底下没有一点毒性也没有的药材。治病吃药，也是无奈之举。兵书上讲，不战而屈人之兵，方为上策。所以说，能不用药就尽量不用，即使再重的沉疴，倘一味药即可，就还是不用第二味。

齐建国听了点头，说记住了。

齐建国这次为这女人用的又是两味药。一味叫两头尖，另一味是乱发一团。两头尖，也就是老鼠屎。乱发则须用老妇人篦下的黑白花发。先将两头尖焙干，研细，乱发则须烧成灰，再用黄酒调匀服下。这女人一听是这两样东西，先还不敢喝。但又想，齐大夫既是齐门医家的传人，自有他的道理，于是也就硬着头皮喝了。就这样三剂药下去，这女人先是下身流血不止，接着果然排出个人形儿的东西，只是已经干瘪，且细看，面目有些狰狞。

齐建国为这女人治病的事，街上没几个人知道。但担水街上的叶裁缝还是知道了。叶裁缝知道这事，是因为入药的两头尖，也就是老鼠屎，齐建国是从叶家找来的。原来这老鼠屎，也不是随便都可以入药，须是从粮囤或粮仓出来的。只有吃粮食的老鼠，屙出的屎才叫两头尖，也才能入药。叶裁缝的家里当然没有粮囤，更没粮仓，但叶家做衣服要经常浆布，浆布要用面糊，这样一来叶家的老鼠也就比别处多，且吃面糊吃得一个个都体形硕大，屙出的两头尖也颗粒饱满。起初齐建国来叶家找老鼠屎，并没说要做什么用。但叶裁缝好奇，一直惦记着这事。事后见了齐建国，就睁着两只盲眼拉住问，上次来找这奇怪的东西，究竟干什么使。叶裁缝自从齐老先生过世，就擅自做主，把辈分跟齐老先生拉平了，论了兄弟。如此一来，在齐建国面前也就总以长辈自居。但叶裁缝自从生过这场大病，性情也变了，说话慢声细气，不光不再讲直理，还学会了见什么人说什么话，且专拣好听的说，见谁都是一脸的讨好。齐建国知道叶裁缝好事，也就不瞒他。告诉他，来他家找的这种老鼠屎叫两头尖，可以入药。叶裁缝一听，立刻把两只盲眼睁得更大了，吓得一声说，老鼠屎也能入药？你可真是欺了祖了！我跟你父亲兄弟了这么多年，还从没听他说过，你齐门医家能用老鼠屎入药！

齐建国一向恪守医德，病人的病情，从不轻易向外泄露。但叶裁缝毕竟是父亲生前的故交，也就把这女人的事告诉了他。齐建国说，两头尖配乱发，叫"穿肠入草散"，这还是当年医圣张仲景留下的方子，专治妇科杂症，讲的是以污秽之物驱污秽之疾。只是方子有些偏，渐渐就成了秘方，民间流传也不是很广。叶裁缝听了摇头感叹，说，你们齐门医家几代吊葫芦行医，到你这一辈，才算是出了一个真正的明白人。接着又叹息，当年你父亲在世时，整天为看病的事跟你争，可他现在要是还活着，也得为你高兴呢。

也就是叶裁缝的这句话，像一巴掌，一下把齐建国打醒了。

齐建国行医这几年，这次为这女人治病，应该是最得意的一个案例。有了得意案例，最想说的人自然也就是父亲。可他这时才突然意识到，父亲已经没了。父亲没了，从此这世界上最真心实意为自己喝彩，且知道为什么为自己喝彩的人，也就没了，永远不会再有了。齐建国猛然想到这一点，再想一想父亲在世时，是如何的敦促自己研读医书，又是如何的为自己讲解各种疑难杂症，辨证施治，也才明白，父亲对自己是怎样的一番苦心。

齐建国想到这里，不禁悲从中来。

一个人死了，人们习惯的说法，是没了。齐建国这时才发现，把人死了，说成是没了，这个说法有多么的贴切。一个人在你面前，在你身边，本来活生生的，每天为你做事，跟你说话，甚至唠叨得让你心烦。现在突然就像一股烟儿似的散了，连一点影子、一丝气味都没留下，且无处再去寻找，也永远永远都找不到了。这就叫没了。没了的意思，就是永远消失了。齐建国这才意识到，父亲是真的没了，永远没了，无论去哪儿都再也找不到了。

齐建国这样想了，就把自己关在屋子里，伤心地哭了一天。不是哽咽，也不是啜泣，而是放出悲声，呜呜地哭。直哭得连自己都为自己这悲声感到伤心，也被自己的悲声感染了。齐建国哭着哭着，恍然悟出了一个道理。一个男人，当他失去父亲，从此也就失去了一种心理上的依靠。而失去这种依靠的同时，也就成为一个真正的男人了。

4

齐建国二十五岁时，有了齐三旗。

有了齐三旗的第二年，齐建国的女人就没了。

齐建国的女人姓田，叫田秀秀，当初也是齐建国的病人。说起来也不是这田秀秀，而是田秀秀的父亲，也就是齐建国的岳父曾是病人。齐建国的岳父是个石匠，且是个细石匠。细石匠与粗石匠不同。粗石匠是为造屋凿石头，或垫地基，或垒墙山，只管在石场把大块的石头开采出来，凿得方方正正。细石匠则是在碑料上刻字，或为墓地做石桌供台，或为阴宅雕石栏鸟兽。齐建国的岳父就是这种细石匠。田石匠的手艺很精湛，也是个肯吃苦的人，赶上清明前后下葬的人多，活儿也多，能埋着头从黑到白连轴干。但由于常年凿石头，石头末子闻多了，就经常咳嗽。再后来这咳嗽越来越厉害，还偶尔咳血，就来找齐建国。可齐建国看了，发现田石匠这咳嗽不是凿石头凿出来的，而是痨病。痨病也就是肺病，在中医看来是一种很难治的病症。田石匠的痨病已经到了晚期，恐怕已无药可救。果然，齐建国想尽办法为田石匠治了些日子，还是没能奏效。田石匠临终前，特意让女儿秀秀把齐建国请到家里。齐建国来了，一看田石匠的面相，两个眼角已经耷拉下来，心里就明白了。坐到床前说，知道你有话，说吧。田石匠这时说话已很吃力，看着齐建国，先是喘息了一阵。

然后才说，齐大夫，你人虽年轻，医术却好，人也好。

齐建国说，别这么说，也没别的本事，就是能为人看个病。说着又摇头，可话说回来，就是再好的大夫，也没有回天之术，碰上神仙难留的病，也没办法。

田石匠说，这我懂，你已经尽力了。

齐建国说，你叫我来，不会只为说这个。

田石匠点点头，是，我还有话。

说吧。

不过，你得先答应我。

你不说，我怎么答应？

你先答应了，我再说。

齐建国笑笑，行医的人，不敢这么说话。

田石匠无奈，只好说，好吧。

于是田石匠就说了。田石匠说的是关于女儿秀秀的事。秀秀这年刚满二十岁，这些年一直是父女相依为命。现在田石匠要走了，惟一放不下的就是这个女儿。田石匠对齐建国说，已在街上托人打听过了，齐大夫还没成家，又是个妥靠人，所以想把女儿秀秀托付给齐大夫。齐建国没心理准备，一听田石匠这话，一时竟不知该如何答复。田石匠每次来找齐建国看病，都是秀秀陪着，所以一来二去，两人也算熟了。但只是看病，从没说过闲话儿。秀秀生得眉目清秀，且沉默寡言，看得出是个心很细的人，也很有女人味儿。齐建国心想，倘这辈子能讨这样一个女人做老婆，也是件求之不得的事。

想着，也就点头嗯了一声。

田石匠见齐建国已有了应允的意思，立刻欣慰地舒出一口气。接着又说，秀秀这孩子哪点都好，就一样，小时候得过百日咳，当时没好利落，所以大了，偶尔也还咳嗽。齐建国听了说，这倒不是大病，俗话说久咳夏治，三伏天的时候，慢慢调理一下也就没事了。

田石匠把事情安排妥，当晚就放心地走了。

但这次，齐建国却犯了一个不该犯的错误。田石匠原本是个实诚人，一辈子没撒过谎。可最后在女儿秀秀的这件事上，却跟齐建国撒了谎。原来秀秀的咳嗽并不是小时百日咳落下的病根儿，而是被父亲田石匠传上了痨病。痨病只是中医的说法，在西医叫肺结核。而结核菌是一种传染性极强，且在当时还没有特效药能控制的顽固病菌。秀秀和父亲一起生活，自然就传上了。齐建国起初也没在意。开始与田家父女接触时，每次秀秀陪父亲来看病，大家也只是偶尔见一下，并没注意秀秀的咳嗽。但田石匠没了以后，两人经常一起商量事，后来又准备成家。渐渐接触多了，齐建国才发现，秀秀的咳嗽似乎并不像田石匠说的这么简单。这才想起为她仔细检查一下。这一查就发现，竟也是痨病。

秀秀倒也通情达理，见事情已经穿了，先是流着泪说，其实自己的心里早明白，跟父亲得的是一样的病，但父亲在世时不让她说。秀秀说，父亲不让说，也是为她着想，他知道自己将不久人世，想着赶紧为女儿找个归宿。倘说出实情，事情就办不成了。可她也明白，齐建国是大夫，这种事就是想瞒也瞒不住。秀秀又说，现在既然齐建国已知道了，想怎么做随他，都行，就是毁掉婚约，自己也无话可说。齐建国这时也痛悔之极。齐建国痛悔，还不仅是因为自己行医多年，最后却在这件事上让田石匠给骗了，实在是玩儿鹰的反倒让鹰鹐了眼。齐建国还有更深一层的担忧。齐门医家虽辈辈行医，却辈辈单传，到了自己这一辈已是第六代。自己娶了秀秀，自然是指望着她能早些给齐家生出个第七代传人。可秀秀现在却是痨病。痨病也叫肺痨，而肺痨直接伤及的脏器就是脾肾。当年父亲在世时，曾讲过肺痨的机理。脾为肺之母，肺痨日久，子盗母气，则脾气就会被掏虚。而肾为肺之子，母弱自然子虚。脾肾两虚，则骨蒸潮热。骨蒸潮热则元气尽伤，直接导致的后果就是男人失精而女人天癸不至。天癸，也就是女人的月经。女人没了月经，自然也就无法受孕。秀秀不过是个石匠的女儿，这样深的病理，自然不会懂。她不懂，也就不会知道这件事的严重后果。

但齐建国想了几天，还是想明白一件事。不管自己是否受骗，田石匠临死前，是已把秀秀托付给自己了，而自己也在床前答应了人家。换句话说，自己当时也可以不答应，倘不应，人家再另寻别路也还来得及。现在既然已应了，田石匠又撒手西去，这件事也就断不能再更改了。也就是说，无论秀秀是怎样一个人，自己都只能讨她做老婆了。

齐建国想明白这一点，心里反倒踏实了。

齐建国做的第一件事，就是先为秀秀治这个肺痨。齐建国又仔细研究了秀秀的病情，发现秀秀虽也是肺痨，却与她父亲田石匠的肺痨有所不同。当初田石匠的肺痨已成肺痿，属虚。而秀秀的这个肺痨虽是从她父亲那里传来的，却是肺痈，属实。

于是就决定，为秀秀用一剂叫"香叶汤"的险方。

这"香叶汤"也是一个古方，且是宫廷秘方，相传当年还是唐明皇留下的，曾为杨玉环治过肺痈，很有效。只因方子凶险，后世一般的医家才轻易不敢用。其实这方子说起来也只一味药，就是樟叶。樟是樟树，但樟叶却并非樟树的叶子。樟木有一股独特的香臭气味，自古用来做衣箱，可以防蛀。但也正是这香臭气味，有些毒性，具有滑泻功效，能稀释体内胶结，涤荡潴秒。所谓樟叶，也就是用木匠的刨子刨下的樟木叶片，俗称"刨花儿"。香叶汤是先以半斤以上的雪花梨一枚，沥水，再以梨水煎樟木叶片，调蜂蜜服下。

齐建国为秀秀用这"香叶汤"之前，也有些犹豫。肺痨病人脾肾虚亏，体质羸弱，倘服了这"香叶汤"腹泻不止，一虚脱，就有生命危险。但秀秀知道了这个方子，却坚持要用。秀秀幽幽地说，这次治好了，也就好了，倘治不好，不如早随父亲去，也省得拖累齐建国。

这时刚好是夏季。医家讲，夏季人的肺脏气血通畅，用药最易深达病灶，所以才讲久咳夏治。于是，齐建国就去后街的段记木匠铺，找段木匠要了一口袋樟木刨叶，回来晾干，又仔细择净。原来这樟木刨叶也不是随便都能入药。外面贴近树皮的不行，有浊气，毒性太大，靠近树芯的也不行，药力不够。一棵树干，只有取中间部分的刨片为最好。

齐建国先为秀秀开了一剂投石问路的浅方儿，接着适时加减出入。就这样，到这一年秋后，从段记木匠铺弄来的一口袋樟木刨叶用完，秀秀的肺痨竟也就好了。

第二年秋天，秀秀就生下了齐三旗。

5

秀秀生下齐三旗，齐家出了三件事。先是齐三旗出生这天。

齐三旗出生是在一个中午，当时外面下着小雨。齐建国正在楼下的灶间为后街一个水臌病人煎药。齐建国算着秀秀的预产期已到了。可按一般规律，女人生产该是在晚上，或凌晨。这时产妇周身的气血应时而开，最宜胎儿出来。但是这个中午，秀秀突然在楼上呻吟不止。齐建国闻声赶紧放下手里的事，上楼来到床前时，齐三旗的头就已探出来。齐建国觉得这孩子探出的头有些奇怪，不仅转来转去的东瞅西看，脑后好像还横着一块板骨。但齐建国这时已顾不上观察这些，忙着手脚总算帮秀秀把孩子生出来。也就在这时，只听楼下的灶间突然传来一声巨响。齐建国连忙下来一看，刚刚还放在火炉上煎药的石锅，不知怎么突然就自己炸了。崩起的碎片连同药汤和药渣滓，溅得墙上地上到处都是。

齐建国为这只石锅心疼了几天。这只石锅是齐家祖上传下来的，据父亲当初说，是用西藏墨脱的天然皂石抠成的，看似坚硬，却质地绵软，且透气性好，所以掉到地上也摔不破。齐建国想不明白，这石锅在火上煎药煎得好好儿的，怎么会突然就自己炸了。

齐家发生的第二件事，是房塌了。

说是房塌了，也没全塌，只是楼上的屋顶塌下一角。齐家的房子是祖上传下的老屋，一楼一底。所谓一楼一底，也就是楼上一间楼下一间。榕树街上大都是这种样式的老屋，一般楼上的一间住人，楼下的一间做饭。齐家楼下的这一间，平时也接待病人。屋顶塌了一角的是楼上的卧室。当时秀秀就坐在床上，正抱着齐三旗喂奶。先是听到屋顶发出一阵嘎吱嘎吱的异响。秀秀以为又有街上的孩子爬上屋顶掏鸟儿蛋，正想让齐建国出去看看，只听轰隆一声，一阵烟尘之后，就见一个屋角塌了下来，正砸在床上。幸好秀秀母子坐得偏了一点，几片碎瓦就落在身边。最让秀秀惊异的还不是这突然塌下的屋顶，而是怀里的齐三旗。事后秀秀对齐建国说，当时她低头一看，怀里的齐三旗竟然正在笑。

齐建国不是个迷信的人，起初并没把这两件事跟儿子齐三旗联在一起。那只石锅已用了上百年，虽是天然皂石的，但在火上经年烧烤，炸了也就没什么奇怪。楼上的屋顶塌了一角，也是因为连绵阴雨。那个屋角早已洇了，自己一直说修，只是天没放晴，又赶上这一阵病人多，才没顾上。可担水街的叶裁缝说了一句话，又一次提醒了齐建国。

叶裁缝的偏枯又复发了一次。这次比上次更严重。上次只是左边的手脚不太灵活，平时还可以接些零碎活儿。这次却是偏瘫，左半边身子彻底不能动了。但叶裁缝的身子偏瘫，头脑却没偏瘫。不光头脑没瘫，睁着两只盲眼倒像是开了天目，再说话就有了一股仙气儿。曾有一天早晨，叶裁缝一觉醒来，耸着鼻子闻了闻，说后街有一股烟火气，像是段记木匠铺飘过来的。当时段木匠正给担水街上的水铺儿送一个刚做好的锅盖过来，听了叶裁缝的话还要跟他急，说自己从没得罪过叶裁缝，一大清早，他怎么就这样咒自己。结果当天晚上，段记木匠铺果然就着了一把火。虽没出大事，却把刚做成的半堂木器都烧烂了。后来到年根，老君街上的关四爷拎着几只卤猪脚来看叶裁缝。叶裁缝又睁着两只盲眼对关四爷说，恐怕，日子不多了。关四爷被他这没头没脑的话说得一愣，问谁，谁的日子不多了。叶裁缝只是摇头叹气，再追问，就说，回去好好儿守几天吧。关四爷这才明白，叶裁缝说的是自己的老伴儿。本来是好心拎着卤猪脚来看这叶裁缝，却被他说了这么几句莫名其妙的丧气话。关四爷心里窝着气，又不好发作，扭头就回去了。但这年过了春节，关四爷的老伴儿果然没了，且没得很突然。晚上还好好儿地喝了一碗粥，夜里人就不行了。天不亮，人就走了。

齐建国知道叶裁缝自从偏枯复发，有了仙气儿，也曾听担水街的人说过一些事。但齐建国毕竟是大夫，对这种事也就似信非信。一天，齐建国又来担水街给叶裁缝看病。叶裁缝先是眨巴着两只盲眼愣了一会儿，然后讷讷地说，是福不是祸，是祸躲不过啊。

齐建国听出他这话里有话，随口问，怎么讲？

叶裁缝又摇头，你这儿子，来得可是时候哦。

齐建国一听就笑了，问，是是时候，还是不是时候？

叶裁缝眨巴着两只干涩的盲眼，嗯了一声，只怕以后，还有事呢。

叶裁缝说以后还有事，自然说的是齐建国的家里。但齐建国倒没把这话放在心上。齐建国不是不信叶裁缝，而是觉着他这话没道理。自己睁着两眼还没看出什么，他叶裁缝瞎着两眼坐在床上，怎么会知道别人的家里要出什么事。

但没过多久，齐建国的家里果然又出事了。

出事是出在秀秀身上。秀秀当初虽治好了痨病，但脾肾毕竟已受了实质性的损伤，且体质虚弱，后来还没完全恢复就生了齐三旗，也就如同雪上加霜。生下齐三旗后，先是总有血，渐渐血量越来越多。齐建国当初为秀秀治好了痨病，以为万事大吉，也就大意了。这时眼看着秀秀全身浮肿起来，才意识到，是血崩。再着手治时，就已从血崩发展到了崩漏。齐建国痛悔不已，但为时已晚，这时已再无药石可救。

就这样，到齐三旗一岁时，秀秀就走了。

6

齐三旗六岁时，第一次丢了。

齐三旗从小不爱哭。后来学会说话，也沉默寡言，跟他说三句也应不了一句，让人摸不透心里想什么。但自从秀秀没了，齐建国也就更疼爱这个儿子。平时把他一个人放在家里不放心，再有病人，齐建国只在家里接诊，一般情况很少再出去。

这天也是该着有事。老君街的关四爷一早让人捎来口信，说是又咳得喘不上气，请齐建国去一趟。如果换别人，齐建国只说家里走不开，让病人自己过来，也就不去了。但关四爷让去，却不能不去。齐建国与关四爷的关系不能说不好，但也不能说好，总之有些不很滑顺。齐建国不想为这点事又让关四爷不痛快。齐建国原想快去快回。可到了老君街，发现关四爷这次咳得确实比往日厉害，喉咙里像拉着风箱，一张脸憋得铁青。齐建国知道关四爷是多年的老咳喘，来时就特意带了一剂特制的方药。这剂药是一只约六钱重的夜蝙蝠。齐建国这次用的又是一剂古方，叫"飞喉散"，相传还是唐代药王孙思邈留下的方子。说的是用一只夜蝙蝠，须五钱以上，焙干，研末，再用黄酒、酒酿和黄米醋各一两勾兑。这飞喉散的用法也很特别，须用一根苇管儿，先将药末吹入病人的喉咙，再用勾兑的酒醋送服。齐建国知道，关四爷是个很固执的人，平时谁的话也听不进，且忌病讳医，不到实在喘不上气来决不用药。况且这次又是这样一剂奇怪的飞喉散，他肯不肯用就很难说。果然，这个上午，齐建国拿出这包飞喉散，关四爷一见是这样一包黑乎乎的东西，闻着还有一股刺鼻的腥臭味儿，又听说竟要用苇子管儿往自己的嗓子眼儿里吹，立刻连连摆手。齐建国只好耐着性子劝，说这东西虽闻着难闻，可吹到嗓子里没任何感觉，再用酒醋一送也就下去了。就这样好说歹说地劝了一阵，才总算把关四爷劝动了。再给他用了药，就已将近中午。齐建国惦记着家里的儿子齐三旗，连忙收拾起东西就往回赶。可到家时，就发现齐三旗已不见了。

齐三旗是让一个蹬三轮的男人用一块烤红薯哄走了。

齐三旗虽然只有六岁，平时却喜欢站在街上看事儿。过往行人，街坊邻居，时间长了渐渐就都看明白了。齐建国起初没在意，后来偶然发现，街上的人谁是干什么的，谁跟谁是什么关系，齐三旗竟然都很清楚。齐三旗在这个上午又站在门口的街上，歪着脑袋看过往行人。这时就见一辆拉着两个大木桶的三轮车贴着街边摇摇晃晃地蹬过来。蹬车的是个六十多岁的男人，大圆脸盘子，脸上斜着有一道疤，从鼻梁一直到嘴角，看上去有些凶相。这疤脸男人已经蹬车过去了，想了想又停下，坐在车上回过身问，你怎么，自己在这儿？

齐三旗虽只有六岁，但在街上见人多了，也能分出好赖人。于是没说话，只是仰起头看看这男人。这男人就从车上下来，走过来端详了一下齐三旗，我看你是饿了。

齐三旗问，你怎么知道？

男人笑了，我会看。

齐三旗见这男人虽长得凶，说话挺和气，就点点头。

这男人从车上的兜子里拿出一块烤红薯，递给齐三旗说，刚烤的，还热呢。

这时已将近中午，齐三旗一直等着父亲齐建国，确实饿了。于是接过烤红薯，就闷头吃起来。这男人看着齐三旗吃红薯，看了一阵，又问，听说了吗？

齐三旗抬头看看这男人。

男人说，海边退潮了，好多小螃蟹，都去捉螃蟹了。

齐三旗曾听街上的人说过，海水一退潮，海滩上就有小鱼小虾，还会有一些小螃蟹乱爬。但海边很远。这时，他就看看这男人说，我没去过海边。

男人说，想去吗，带你去。

见齐三旗犹豫，又说，去了，再送你回来。

齐三旗又想了想，点点头。这男人就抱起齐三旗，放进车上的木桶里，盖上盖子。齐三旗平时在家闻惯了草药味，这时一进这木桶，立刻闻到一股咸香的海腥味儿。不仅好闻，还要流口水，于是就老老实实地蹲在这木桶里了。

就这样摇摇晃晃地走了一阵，三轮车终于停下来。木桶盖子掀开了，齐三旗出来一看，不是什么海边，而是一间很黑的屋子。屋里到处堆着破烂东西，一股臭烘烘的呛人气味。齐三旗环顾四周，知道自己上当了，嘴一咧要哭。这时这男人就露出了凶相，走到齐三旗跟前，用两手比划成一个爪子的形状，不许哭，哭就掐死！

齐三旗仰头看看这男人，立刻不哭了。

又看了看，突然哇的一声大哭起来。

男人慌了，赶紧过来捂他的嘴。

原来这男人姓黄，因为走路爱溜边儿，街上的人都叫他黄鱼。黄鱼年轻时是拉平板儿车的。拉平板儿和蹬三轮不一样，活路更宽。譬如为街上的肠粉店拉水，为买卖铺子拉货，有盖房造屋的拉砖石沙料。赶上红白喜事，也为人送嫁妆木器，还能拉死人棺材。这黄鱼年轻时就胖。胖人都虚，可黄鱼倒有把子力气。不光有力气，命也大。一次在街上为人送水，街边一座老屋的墙山突然倒了，跟前的两个人当场就砸死了，惟有黄鱼，只把脸上划开一道口子。虽说破了相，却保住了命。但凡命大的人，命也硬。命硬就会克人。黄鱼二十多岁时讨了个老婆，没等给他生出孩子就病死了。后来又讨了一个，又没等生孩子就死了。到三十多岁时，在街上捡了个逃难来的寡妇。这寡妇倒给他生出个女儿。但没过两年，这寡妇又死了，接着女儿不到三岁也死了。黄鱼这才发现，自己的命实在太硬了，不仅讨哪个女人、哪个女人会死，身边的亲戚朋友，也是哪个跟自己走动，哪个就活不长。到后来也就没有女人再敢跟他了，身边的亲友也是死的死，躲的躲。黄鱼也就只好一个人死心塌地地过日子。到老了，平板儿车拉不动了，却还有一副年轻时练出的好脚力，就改蹬了三轮车。

　　这个早晨，黄鱼是去虾酱铺拉虾酱。沙脊街上有一个广记虾酱铺，做的虾酱很有名，远近都来买这里的虾酱。但虾酱铺做出的虾酱是成桶的，成桶的虾酱自然没法儿卖。麻衣街上有个作坊，专做装瓶装坛的生意，附近的虾酱蟹酱做出来，就都去那里装瓶装坛。黄鱼就是为这家广记虾酱铺把成桶的虾酱拉到麻衣街的作坊去装坛。他在这个早晨蹬着三轮车经过榕树街时，发现街边站着个孩子。这孩子长得挺清秀，看不出是男孩儿女孩儿，跟自己当年的女儿有几分相像。于是就动了心思，想弄回来自己养着。

　　却没料到，弄回这孩子才知道，不好哄。

　　黄鱼见哄不好这孩子，就又开始吓唬。但齐三旗并不怕吓，越吓越哭，且越哭声音越大。黄鱼这间房子临街，外面过来过去总有人。黄鱼也是心虚，一边用一根木棒在齐三旗的眼前比划着，一边就赶紧去关门窗。却不料，齐三旗趁这机会一头钻出门去就跑了。

7

　　齐建国丢了儿子，如同天塌了。

　　榕树街并不长，从这头走到那头也就一支烟的工夫。街上都是老屋，也没几家店铺。齐建国急着找了几个来回，每条巷子都寻遍了，也没寻到儿子的踪影。街上的人听说齐大夫丢了儿子，也都出来帮着找。就这样找了两天，也没找到一点踪影。

齐建国想，在这个出事的上午，儿子齐三旗一定是又像往常一样站在门口的街上，然后就发生了什么意想不到的事。他试着把自己当成儿子，设想，如果当时是自己站在街上，有可能发生什么事。可是怎么想也想象不出来。齐建国直到这时才意识到，虽然齐三旗是自己的儿子，且只有六岁，自己却真不知道他的心里整天在想什么。

就在这时，后街的段木匠带来个消息，说是有人看见，在那个上午，一个蹬三轮车的疤脸胖子把孩子带走了。齐建国听了心里又是一沉。这显然不是个好消息。如果真是这样，那个疤脸胖子蹬着一辆三轮车，就说不定把孩子弄到哪儿去了。

这时，齐建国忽然想起了担水街上的叶裁缝。齐建国想起叶裁缝，不是相信他的仙气儿。齐建国从不信叶裁缝的仙气儿，但叶裁缝曾经几次说的话，后来却都应验了，这也就由不得人不信。齐建国这时也是有病乱投医，就来担水街找叶裁缝。

叶裁缝听说齐建国的儿子丢了，好像并不意外，只是睁着两只盲眼嗯嗯了两声。齐建国又把丢儿子的前前后后说了一遍，然后朝他脸上看了一阵，问，这孩子，能去哪儿呢？

叶裁缝眨巴了两下盲眼，忽然提起鼻子嗅了嗅，喃喃着说，海腥味儿啊。

齐建国不解，海腥味儿？

叶裁缝点头，是，虾酱。

虾酱？

嗯，虾酱。

齐建国一听叶裁缝说虾酱，心里立刻又忽悠一下。段木匠曾说，据街上看见的人说，那个蹬三轮车的疤脸胖子是拉着两个木桶。如果拉着木桶，这木桶会不会就是装虾酱的？接着就想起来，沙脊街上确实有一家广记虾酱铺。齐建国这时已是宁可信其有，不敢信其无。不管叶裁缝这仙气儿是否可信，他的话还真有点靠谱儿。倘这个疤脸胖子真是去沙脊街为广记虾酱铺拉虾酱，他经过榕树街，看见了站在街边的齐三旗，就真有可能放进木桶拉走了。齐建国想到这里立刻浑身一激灵。这几件事串起来，在逻辑上显然顺理成章。

逻辑上顺理成章，事情也就更可怕了。现在首要的是尽快找到这个疤脸胖子。可这疤脸胖子蹬着个三轮车，蹬三轮车，也就说明在哪儿不固定，且弄走了孩子，自然就会躲起来，这样再找也就更难了。这时街上又有人出主意，如果这疤脸胖子是为沙脊街的广记虾酱铺拉虾酱，那广记虾酱铺的人就该认识这个疤脸胖子。

这句话一下提醒了齐建国。

齐建国立刻来到沙脊街上的广记虾酱铺。广记虾酱铺的老板姓朱，是个很精明的生意人。一见齐建国急火火地过来，又打听是否有个疤脸胖子，就知道出了什么事。于是赶紧推得干干净净，说倒是有这么个人，脸上斜着有道疤，曾来拉过虾酱，可这人不熟，也不爱说话，只来过一次就再也不来了。齐建国也明白，朱老板是不想给自己找事。既然这疤脸胖子来拉虾酱，自然是朱老板雇来的。他雇的人，怎么会不认识，且不知下落？可齐建国这时一心找儿子，不敢跟朱老板闹得太僵，也就不好给他点破。只是耐着性子说，这人可能在哪儿，怎么找到他，只要说个大概就行，无论什么事，都不会牵扯到朱老板。

朱老板抖着两手说，我确实不知道，知道就说了。

其实朱老板真没说假话。这个疤脸胖子，他也是通过别人雇来的。原本讲好为虾酱铺拉六趟虾酱，每趟两桶，共十二桶，却只拉了一趟就不见人了，还白白拉跑了虾酱铺的两个木桶。齐建国却认为朱老板是故意不说。有心想急，但还是忍住了，他不敢急，也是不想把事情闹大。齐建国想，沙脊街和榕树街还隔着几条街，这疤脸胖子既然是蹬三轮的，自然还要顾及营生。他把孩子弄走了，过些日子看看没动静，说不定还会来广记虾酱铺。而如果自己跟朱老板吵翻了，闹得满城风雨，一打草惊蛇，这疤脸胖子也就不敢再露面了。

齐建国决定采取一个最笨的办法，就在虾酱铺的门口蹲守。

要蹲守，当然不能让虾酱铺的人知道。沙脊街拐角有个凉茶棚，这里视野开阔，进出虾酱铺的人都能看到。齐建国就把蹲守地点选在这里。起初榕树街的人觉着齐建国是个大夫，身体虽不单薄，但也不强壮，倘真等到那个疤脸胖子，担心他应付不了。于是每天有两个人，轮流在这里陪他。可蹲了几天，一直没见这疤脸胖子出现。齐建国心里过意不去，又觉得光天化日，就是真见到这疤脸胖子，谅他也不敢怎么样，就让陪着的人回去了。

可就在这时，这疤脸胖子真的出现了。

疤脸胖子是在一个中午出现的。当时齐建国正坐在凉茶棚里，见一辆三轮车从凉茶棚的门前经过，起初没在意。突然引起他注意的，是这辆三轮车上的两个大木桶。齐建国一连数日坐在这茶棚里，已经有点疲沓，这时一见这三轮车上的木桶，嘴里的一口凉茶噗地喷出来。接着再看那个蹬三轮车的男人，果然胖，且脸上斜着有一道疤。心里立刻断定，就是这个人了。这时这疤脸胖子已经蹬着三轮车从茶棚跟前晃晃悠悠地过去了。齐建国起身三步两步追上去，一把抓住这三轮车的车把，跟着就薅住这疤脸胖子的衣领。

疤脸胖子正是黄鱼。黄鱼原本想弄个孩子回去养着，将来也是个指望。不料这孩子不好哄，看着不大，挺有心眼儿，也有主意，一不留神让他跑了。黄鱼原想去街上把他追回来，可出来一看，早跑远了，再要去追又怕街上的人疑心，也就只好作罢。榕树街那边自然是不敢去了，不光榕树街，就是沙脊街上的广记虾酱铺也不敢再露面。但在家里待了些日子，又觉着这样下去不是办法。广记虾酱铺那边还有五趟虾酱没拉。不拉虾酱，眼看着就已没饭吃。想想已经过了这些日子，风声也该平息了，就特意没走榕树街，而是从担水街这边绕着又来到沙脊街上的广记虾酱铺。却不料，刚进沙脊街就被人抓住了。

黄鱼先是吓了一跳，毕竟自己做过亏心事，心里发虚。再定睛看看这个突然从街边蹿出来的人，一脸的急急火火。就想到，应该跟那个孩子有关系了。

但他脸上还装作若无其事，瞪着齐建国问，你谁，要抢啊？

　　齐建国已在这里蹲了几天，这时终于等到了这个疤脸胖子，就已经不顾一切，薅住黄鱼的脖领子大声嚷嚷着问，我儿子呢，你把我儿子弄的哪儿去了？！

　　黄鱼心里已明白了，翻翻眼皮说，哪儿啊，哪儿就你儿子？

　　齐建国说，有人看见了，就是你，把我儿子弄走了！

　　黄鱼立刻虎起脸，你别血口喷人！我拐带人口啊？

　　黄鱼一边说着就想挣脱齐建国。齐建国哪里肯放手，一只手薅紧他的脖领子，另一只手抓住他的肩膀，一使劲就从车上拽他下来，嚷道，快把孩子还给我！把孩子还给我！

　　黄鱼一见跑是跑不掉了，索性浑起来，再不放手，我可不客气了！

　　齐建国说，告诉你，你弄走我儿子，有人看见了！

　　黄鱼听齐建国这样说，以为他是虚张声势，梗着脖子说，谁看见了？你叫他来！

　　齐建国毕竟是当大夫的，沙脊街上也有人认识。这时旁边已围了些人，齐建国立刻让认识的人去榕树街，把段木匠喊来。黄鱼一见齐建国说的话是真的，就又软下来，说，你先放开手，咱有话好好儿说。齐建国料他这时也跑不脱，就把手放开了。

　　黄鱼叹口气，你儿子，是我带走的。

　　齐建国连忙问，他在哪儿？

　　黄鱼说，我也不知他在哪儿。

　　齐建国一听又急了，你弄走的，怎么会不知道？

　　黄鱼这才把自己那天怎么弄走的孩子，孩子到了自己那里又怎么哭闹，自己怎么慌着去关窗户，孩子又是怎么趁机跑的，都对齐建国说了。齐建国一听，立刻又泄气了。好容易找着这疤脸胖子，孩子却不在他手里。这么想着，就一屁股坐在凉茶棚的茶凳上。这些日子一直寻不到儿子的下落，现在有了下落，反倒让人更揪心了。儿子还这么小，一个人从疤脸胖子这里跑出去，想想都可怕。他能去哪儿呢？

黄鱼见齐建国不说话了，就又想脱身。

这时旁边有人说话了，等等，你别走。

黄鱼只好站住了，回头看看这个人。

说话的是段木匠。段木匠是闻讯赶来的，刚才黄鱼对齐建国说的话，他都听见了，这时就说，你把孩子弄走了，现在又把孩子丢了，这事儿不能就这么算完。

齐建国叹口气，挥挥手说，让他走吧。

黄鱼和段木匠都看看齐建国。

齐建国摇摇头说，孩子已跑了，再为难他，也没用了。

黄鱼听了，试着倒退了一步，又退了一步，见齐建国没再说话，就赶紧转身走了。但就在他转身的一瞬，齐建国突然又说，你等等。

黄鱼站住了，慢慢回过身，看着齐建国。

齐建国朝自己跟前的茶凳指了指。

黄鱼犹豫了一下，只好回来，在茶凳上坐了。

齐建国到底是当大夫的，这半天跟这疤脸胖子说话，发现他脸上的表情一直不自然，像是带着几分苦笑。这种人可以想象，日子过得当然不会舒坦，现在又做了这样的亏心事，说话脸上带苦笑也就很正常。可不正常的是，他这苦笑有些僵硬，且还歪着个脖子，似乎不仅是心里不舒坦，身上也不舒坦。刚才齐建国一直急着问儿子，才没顾上仔细观察这疤脸胖子。现在他要走，一转身，齐建国发现他的脖子更歪了，才意识到，应该是有事了。

这时，齐建国又仔细观察了一下坐在面前的黄鱼，示意他伸出手。

黄鱼不知齐建国要干什么，迟疑了一下，把手放在齐建国面前的茶桌上。齐建国把手指搭在他的腕子上，闭眼摸了一下，然后问，你最近，是不是动过铁器？

黄鱼愣了愣，没，没动过铁器。

齐建国说，你再想想。

黄鱼又想了想，就想起来了。这些天待在家里没事，曾修过三轮车。

齐建国点点头，又问，你修车时，碰破了手？

黄鱼又想想，给前轱辘换浮条，是扎破过手。

齐建国说，你今天，幸亏遇见我。

说着找了张纸，写下一个方子。

黄鱼不识字，伸头看看，要吃药？

齐建国嗯一声，再晚，你就没命了。

说着把方子推给他，你若信我，就赶紧去抓药吧。

齐建国为黄鱼开的这个方子又是一味药，叫鸡矢白。所谓鸡矢白，其实也就是鸡屎，但只是鸡屎上白的那一部分，专治鼓胀积聚，风痹黄疸。黄鱼一听齐建国要让自己吃鸡屎，以为是自己弄走了他儿子，故意作践自己，但又不敢发作，一张苦脸就挤得更难看。这时，旁边的段木匠已看出黄鱼的心思，哼一声说，你知道这给你开方子的是谁吗？

黄鱼抬头看看段木匠，又看看齐建国。

段木匠说，这可是榕树街上的齐大夫！你弄走他儿子，他还给你看病！

齐建国慢慢放下手里的笔，朝黄鱼挥挥手说，你走吧。

8

齐建国还是愿意跟手艺人打交道。手艺，才是真本事。担水街的叶裁缝是手艺人，后街的段木匠是手艺人，沙脊街的朱老板是手艺人，老君街上的关四爷在肠粉店当厨子，也是手艺人。就是他齐建国行医当大夫，也该算是手艺人。在齐建国看来，世上只有两种人，一种是有手艺的人，另一种是没手艺的人。但无论有手艺还是没手艺，都得吃饭。有手艺的人吃饭凭真本事。而没手艺的人没真本事，就只能凭一张嘴，或巧言令色，或阿谀奉承。所以当年，齐老先生在世时常说，只有手艺人才靠得住。手艺人说话做事，都不亏心。

叶裁缝和段木匠虽都是手艺人，但齐建国还是愿意跟段木匠来往。齐建国不喜欢叶裁缝，还不仅因为叶裁缝当年跟自己的父亲是朋友，在自己面前总充大辈儿，也是不喜他这张嘴。叶裁缝一个手艺人，话却太多。过去是讲直理，不管人家爱听不爱听的，拿起嘴就说，也就总讨嫌。后来他自从病了，见人不讲直理了，又喜欢顺情说好话，有的时候好话说得让人听着都肉麻。现在好了，不讲直理了，也不顺情说好话了，又有了仙气儿。整天睁着两只盲眼像开了天目，经常未卜先知，还一算一个准儿。赶上仙气儿足的时候，甚至准得让人发瘆。也正是因为这个准得发瘆，反倒让齐建国不仅不喜叶裁缝，还总想躲着他。试想，如果一个人的前前后后都被人算准了，看透了，甚至说出你哪天死，那活着还有什么劲？人活着，也就是活个不可知。段木匠则不然。段木匠虽也是手艺人，平时却是个闷葫芦，在木匠铺里只知道埋头干活儿，很少抬头说话。但说话少的人往往也认死理，换句话说就是矫情。不过齐建国倒觉着段木匠的这个矫情也挺好。俗话说，理不辩不明，话不说不透，砂锅不打一辈子不漏。所以齐建国平时有话，也就愿意跟段木匠说。这天从沙脊街的凉茶棚回来，段木匠一路都像是有话要说。快到榕树街时终于耐不住了，忽然站住看着齐建国。看了一会儿，又接着往前走，走了一阵又站住了，才说，你这人，也真是个好大夫。

齐建国也站住了。段木匠这话，让他摸不着头脑。

段木匠又哼一声，可好大夫，也不是这么个当法。

齐建国明白了。摇摇头，叹口气。

齐建国说，他是破伤风，总不能，见死不救。

段木匠是个木匠，整天跟锛凿斧锯打交道，平时难免擦破肉皮划个口子，自然知道这破伤风是怎么回事，也深知这种病的凶险。立刻问，你怎么一下，就看出来？

齐建国这时心里正乱。刚有了儿子的线索，现在又断了，心也就一下子又悬起来。但段木匠这样问，就还是告诉他，破伤风只是西医的说法，中医叫金疮中风痉。得了这种病的人，症状很明显，先是脖子发梗，再厉害了就会面带苦容。刚才看这男人说话时一直歪着脖子，以为他是天生的毛病，又发现他一脸苦笑，就怀疑是这种病了。再摸他的脉象，又说确实碰过铁器，也就确诊了。段木匠听了叹口气，你可真是个好大夫啊。

齐建国苦笑一下，好又能怎样。

说着摇摇头，就不想再往下说了。

齐建国在沙脊街的凉茶棚为黄鱼开了一味鸡矢白，是三天的药。当时叮嘱他，三天后再来榕树街回诊。齐建国这样说了心里也没底，觉着这黄鱼不会相信自己的话，回去未必真吃这鸡矢白，加上又做了亏心事，也就不会再来榕树街露面。但三天以后，这黄鱼果然来了。这次黄鱼的脖颈看着灵活了一些，脸上的苦容也淡了。齐建国先为他摸了脉，又开了一剂方子。这回是两味药，一味蟾苏，另一味是蝎子。所谓蟾苏，也就是癞蛤蟆身上挤出的白汁。蝎子则要全蝎，身上的一个爪儿都不能少。黄鱼一见齐建国为自己开的药越来越瘆人，先是吃鸡屎，现在又是癞蛤蟆又是蝎子，心里就更犯嘀咕了。齐建国已看出黄鱼是惧怕这些药，所以不太敢吃，就问，上次的鸡矢白，你回去吃了？

黄鱼点头，吃了。

感觉呢？

身上不抽筋了，喘气也痛快了。

齐建国把方子推给他，再吃了，就没事了。

黄鱼看着跟前的药方，还是没伸手来拿。

其实黄鱼的心里犯嘀咕，还有一个原因。齐建国开的药都很奇怪，而越奇怪的药，也就越贵。上次的鸡矢白虽是鸡屎，黄鱼也懂，总不能自己去街上随便找一泡鸡屎。可去药铺一问，一泡鸡屎的价钱竟比一碗螺蛳粉还贵。黄鱼这时已快吃不上饭了，咬着牙在药铺买了一包鸡矢白。现在再要买这蟾苏、蝎子，就已没钱了。齐建国毕竟见过各种病人，也看出了黄鱼的难处。齐门医家本来就有自家出药的规矩，虽说到齐建国这里，倘再出所有的药已担负不起，但只要能从自家出，就还是尽量从自家出。于是想了想，没再说话，就起身去药柜拿了药，包好，又灌了一小瓶粮食酒，将这几样东西递给黄鱼。黄鱼看看齐建国手里的东西，又看看齐建国。齐建国叮嘱，蝎子焙干，研末，用蟾苏调了，粮食酒送服。

黄鱼又看一眼齐建国，就接过东西转身走了。

齐建国看着黄鱼出去了，才在桌前坐下来，深深喘出一口气。刚为自己倒了一杯茶，就见黄鱼又回来了。黄鱼进来没说话，只是直挺挺地站在齐建国的跟前。

齐建国抬头看看他，你还有事？

黄鱼又沉了一下，齐大夫，你是个好人。

齐建国冲他挥挥手，你去吧。

黄鱼说，我，没跟你说实话。

齐建国听了，立刻抬头盯着黄鱼，你，怎么说？

黄鱼又吭吃了一下，说，你儿子在哪，我知道。

齐建国腾地站起来，快说，在哪儿？

黄鱼说，现在在哪儿，说不准，可后来，我见过。

那次齐三旗从黄鱼的家里跑了，后来黄鱼确实又见过一次。黄鱼也是偶然看见齐三旗的。齐三旗跑了以后，黄鱼在家里躲了些天，眼看着坐吃山空，就还想回沙脊街的广记虾酱铺拉虾酱。但又摸不清外面的动静，不敢贸然去，就先蹬着三轮车远远地绕了一圈。先是绕到榕树街，没敢凑近，只在街口看了看，好像一切如常。然后就转到沙脊街这边来。广记虾酱铺是在沙脊街的西面，东面是草篮桥。草篮桥是市场，这边热闹，不易被人注意，黄鱼就打算从东边绕过来。他刚到草篮桥，就听见有人唱歌。唱歌的是个童音儿，声音很稚嫩，不过唱的像是四川一带的小曲儿，听着挺新鲜。黄鱼也是无意中朝那边看了一眼，这一看，竟是那天跑的那个孩子。这时，这孩子正站在草篮桥的路边，身上的衣裳还是原来的衣裳，已经又脏又破，正用两只小手抱着个小竹簸箕唱曲儿。他身边有个老乞丐。这老乞丐看上去也就六十多岁，蓬头垢面，一嘴胡子，正坐在旁边的地上，闭着两眼拉一把破胡琴。

跟前也放着个破碗，碗里有几枚钢镚儿。黄鱼在旁边看了一阵，想想还是没敢过去。自己虽是个蹬三轮的，可跟这老乞丐比，也还是穿鞋的，这老乞丐才是真正光脚儿的，他光脚儿的自然是不怕自己这穿鞋的，倘这时过去，那孩子一嚷一叫，这老乞丐再反咬一口，自己的麻烦就抖落不清了。这么想着，没吱声，就从旁边绕过去走了。

齐建国听了急急地问，后来呢？

黄鱼说，后来，就再也没见过。

齐建国一下又泄气了。这黄鱼说了半天，等于白说，他只是后来又在草篮桥见过齐三旗，可现在齐三旗在哪儿，还是不知道。不过再想想，也不算白说。至少现在知道了，齐三旗那次从黄鱼那里跑出来，后来是让一个老乞丐带走了，且曾在沙脊街的草篮桥出现过。齐建国曾听人说过，乞丐行乞也不是随便走到哪儿要到哪儿，也是分地盘儿的。如果这么说，这老乞丐曾带着孩子在草篮桥一带行乞，就有可能还在那里出现。

齐建国这么一想，就立刻来到草篮桥。

草篮桥说是市场，其实就是个早市。只是这早市占着个十字街口儿，规模大，也热闹，就经常延到中午，有时直到过了中午还没散市。齐建国赶到草篮桥已是将近中午，卖菜的、卖鱼虾海蟹的已纷纷收摊，只有一些卖零碎杂货的还没有要走的意思。齐建国在十字街上转了一遭，没发现儿子齐三旗。还不死心，又转了一遭，还是没有。想了想，就来到一个卖土产杂货的地摊跟前。摆摊儿的是个四十多岁的男人，长着一张瓜子儿脸。但这瓜子儿脸是倒长着，尖儿朝上，两眼一闪一闪的挺亮。他正埋头摆弄一个绣花钱包。这钱包的拉锁有点问题，总拉不上。他抬头见齐建国过来，以为是来了买主儿，再看齐建国的眼神，又不像是要买东西的，就低头继续摆弄拉锁。齐建国蹲过来，看看他说，大哥，忙着呢。

瓜子儿脸没抬头，嗯了一声。

齐建国说，打听个事儿啊。

瓜子儿脸又嗯了一声。

齐建国说，有个孩子，会唱曲儿，你见过吗？

瓜子儿脸抬头看一眼齐建国，没见过。

齐建国又朝左右看了看，起身要走。瓜子儿脸叫住他。

瓜子儿脸拍了拍手里的钱包，你买了吧，给你算便宜点儿。

齐建国又看看这瓜子儿脸，就把这钱包买了。瓜子儿脸要四毛。齐建国掏出一张五毛的票子给他说，别找了。瓜子儿脸接过这五毛钱，看了看揣起来，你说的这孩子，我见过。

齐建国立刻又蹲下了，你说，见过这孩子？

一个花子老头儿带着，在这儿唱曲儿要钱。

常来吗？

有几次。

最近来过吗？

有几天，没见了。

齐建国点点头，道了声谢，就起身走了。但刚走出几步，瓜子儿脸又把他叫住。齐建国回来，蹲下身朝地摊儿上看了看，拿起一把菜刀掂了掂，我再买你把刀吧。

瓜子儿脸笑了，你真有用，就买，没用也不必。

齐建国掏出钱，扔在地摊儿上。

瓜子儿脸说，我在兰溪巷，也见过一次。

齐建国立刻看着他，你说，兰溪巷？

对，兰溪巷南口儿，昨天还见着了。

齐建国点点头，揣上菜刀起身走了。

9

齐建国在这个中午离开草篮桥，就直奔兰溪巷来。

兰溪巷离老君街很近。齐建国常来这边出诊，对这一带很熟悉。拐过老君街，再穿过一片老房子，就是兰溪巷。兰溪巷说是个巷子，其实就是一条窄街。巷子里有几家卖珍珠首饰的店铺，还有几家凉茶店和小吃店。两边的巷口都临着大街，也就常有过往行人。

齐建国赶到兰溪巷已是下午。但在巷子里来回走了几趟，并没发现儿子齐三旗。这时看看天色，已是将近傍晚，肚子也一阵一阵咕咕的叫。这才想起来，这一天从上午出来，他光顾着找儿子，竟一直没想起吃饭。这一想，立刻感到一阵饿意袭来，一屁股坐在街边门洞前的一块青条石上，就不想动了。齐建国平时肚子一空，有个出虚汗的毛病，这在西医讲也就是低血糖。一般有糖尿病的人，会有这种症状。但齐建国知道，自己并没有糖尿病。糖尿病在中医也叫消渴，消渴最明显的症状是爱喝水。齐建国倒不爱喝水。当年父亲齐老先生在世时，肚子一空偶尔也会出虚汗。据父亲说，再早他的父亲，也就是齐建国的祖父也有这个毛病。如此看来也就不是病，该是齐家的一个遗传。在这个傍晚，齐建国坐在这门洞前的青条石上歇了一阵，看看附近有个卖烤红薯的，过去买一块吃了，才觉得心里有了些底。

晚上回到家，齐建国仔细想想，觉得这一天也没白跑。现在已经确切知道了，儿子齐三旗从黄鱼那里跑出来，是又被一个老乞丐拐走了，且在两个地方出现过，一个是沙脊街的草篮桥，另一个是老君街附近的兰溪巷。老乞丐既然行乞，也就轻易不会离开这一带，估计也不会走得太远。接下来只要盯紧这两个地方，就有可能找到他们。

齐建国跑一天也累了，正想早歇，段木匠来了。段木匠是听说齐建国找儿子又有了新线索，过来打听消息。齐建国心思不整，但还是把事情大致说了一下。

段木匠听了闷着头，没说话。

段木匠的木匠铺做各种木器，平时五行八作的人都来，外面的事也就听说过一些。街上行乞的人看着是行乞，其实也是江湖，有真行乞的，也有假行乞的。真行乞的是要钱，而假行乞的就不是善类了，说不准还干什么营生。齐建国这样满街找儿子，倘真遇到那个老乞丐，说不准会出什么事。段木匠这样闷了一阵，就抬起头说，最近铺子里没事，明天我跟你去吧。齐建国知道段木匠是不放心，摆了摆手，不用，大白天的，又在街上，不会有事。

段木匠说，还是小心为好。

齐建国说，我会小心。

第二天一大早，齐建国就又从家里出来。

齐建国出门时，原想带上昨天从草篮桥地摊上买的那把菜刀。这菜刀掂在手里就觉出很锋利。当时买，也是想的要防身用。现在这样去找儿子，眼下儿子又是在一个老乞丐的手上，这乞丐还不知是个什么人，倘真找到了，再撕巴起来，还真说不准会出什么事。但再想，自己毕竟是当大夫的，身上揣着把菜刀出门，自己都觉着有点瘆。就还是把刀放下了。

齐建国想，既然那个摆地摊儿的瓜子儿脑袋说，最后一次见到齐三旗是在兰溪巷，就说明这兰溪巷比草篮桥的可能性更大。于是就还是先奔兰溪巷来。

兰溪巷不长，也就一百多米，赶上人少时，站在这边的巷子口能一直看到那边的巷子口。齐建国在这里蹲到将近中午，没发现齐三旗。于是就又奔沙脊街的草篮桥来。草篮桥比昨天热闹，这时还没散市，来来往往都是人。齐建国走进十字街口，刚拐到沙脊街上，突然看见昨天那个摆地摊儿卖杂货的瓜子儿脑袋远远地冲这边招手。

齐建国赶紧走过去。

瓜子儿脑袋没说话，只是用手朝旁边不远的地方指了指。

这时齐建国已听见了，有个童音儿正在唱小曲儿，且一下就听出来，正是自己的儿子。齐三旗确实很聪明，跟这个老乞丐学了没多少日子，就已能把四川小曲儿唱得有模有样，听上去字正腔圆。此时，他正用两只小脏手抱着个小竹簸箕，放开嗓子唱。他这样站在闹市街头唱小曲儿，给人的感觉似乎不是行乞，而是在登台表演。两眼瞪得挺亮，看上去还有几分亢奋，似乎随时等着有人为他鼓掌。齐建国一见儿子，立刻拨开人群不顾一切地扑过去。

齐三旗这里正唱得起劲，突然看见父亲齐建国出现在面前，先是愣了一下，立刻就闭嘴不唱了。旁边的老乞丐正盘腿坐在地上闭着两眼拉胡琴，一听齐三旗这里没动静了，睁眼刚要发脾气，见一个三十多岁的男人正站在面前，且用一只手搂住齐三旗，立刻放下手里的胡琴，瞪着齐建国说，你谁？放开我儿子！

齐建国也瞪着他，这是你儿子？

老乞丐往起一蹦，当然是我儿子！

齐建国低头看了看怀里的齐三旗。

齐三旗看看齐建国，又看看那老乞丐，没吭声。

齐建国这时既已找到了儿子，也不想再跟这老乞丐费什么口舌，蹲身抱起儿子就往人群外面走。不料这老乞丐呜的一声就从后面扑上来，一把抓住齐建国上衣的后襟。齐建国穿的是一件中式上衣，且平时很节俭，衣服都是洗了穿、穿了再洗，几年下来就已不太结实。这时后襟让这老乞丐一扯，就听嘶啦一声，被扯下了一大块。

老乞丐一边撕扯着还大声嚷嚷，有人抢孩子啦！

这时就见人群里冲出两个年轻人，一把将老乞丐按在地上。老乞丐还想挣扎，但挣了两下没挣开，就趴在地上又扯开嗓子哭嚷起来，杀人啦！要杀人啦！

这两个年轻人是段记木匠铺的伙计。原来头天晚上，段木匠回到木匠铺，越想这事越不放心，但又深知齐建国的脾气，料定自己执意跟来，他不会同意。于是这天早晨，就打发铺子里的两个伙计随后跟着齐建国。并叮嘱他二人，只是远远跟着，只要没发生什么事就不要凑前，更别让齐建国看见。这两个伙计先是跟着齐建国在兰溪巷蹲了一上午，接着又来到沙脊街这边的草篮桥。这时一见这老乞丐果然跟齐建国撕巴起来，就从人群里冲出来。此时这老乞丐也已明白了，这两个年轻人跟齐建国是一头儿的。老乞丐是跑惯江湖的，当然不会吃眼前亏，加上这孩子是拐来的，本来就亏着心，也就不敢再吭声了。

　　齐建国趁这时，已经抱着儿子齐三旗挤出人群走了。

10

　　齐建国找回儿子齐三旗，心里并没就此踏实。

　　齐建国的心里不踏实，是因为叶裁缝的一句话。

　　叶裁缝的偏枯中风又复发了几次，虽都是小复发，人却越来越弱。原来只是偏瘫，后来就彻底瘫在床上了。这天叶裁缝的哑巴女人又跑来榕树街叫齐建国，比划着说叶裁缝头晕，吃的东西都吐了，让齐建国快去看看。齐建国正给齐三旗做饭。自从这次找回儿子，齐建国就一步不敢离开了，平时索性谢绝一切出诊。这时见哑巴女人挺急，就有些为难。叶裁缝跟齐家是世交，自己为他治偏枯也已治了这些年，倘不去，颜面上总有些下不来。可如果去，就又要把齐三旗一个人放在家里。上次就是去老君街为关四爷出诊，才把儿子丢了，所以这一次断不敢再让儿子独自留在家里。哑巴女人有心路，已看出齐建国的心思。想了想就比划着说，可以带齐三旗一块儿去。她替齐建国看儿子，齐建国给叶裁缝看病，两不耽误。齐建国觉得这倒是办法，就带上齐三旗，跟着哑巴女人一起奔担水街来。

　　叶裁缝这次头晕呕吐，倒不是犯了偏枯。吐是因为吃了不消化的东西，头晕只是疑心病。叶裁缝以为自己的中风又犯了。每次犯中风，都头晕，所以这次头有些晕，就觉着又犯了中风。齐建国为叶裁缝摸了一下脉象，又仔细查了查，告诉他没大碍，这个吐跟偏枯没关系。叶裁缝一听这才放下心来。这一放心，就又有了仙气儿。这时哑巴女人正带着齐三旗在门外玩儿，叶裁缝听见了，就冲外面招招手。齐建国明白，叶裁缝是让齐三旗进来。就出去把儿子领过来。齐三旗没见过叶裁缝，来到近前，一看这人歪在床上，大睁着两只眼，眼白挺大，却像是什么也看不见，只用两手在床上乱摸，觉着挺好奇。

叶裁缝又招了下手。齐建国就把儿子又往前推了推。

叶裁缝先是伸手摸了摸齐三旗的脑门儿，又摸了摸脑后。齐三旗从一落生，脑后就有一块板骨。这块板骨有一个茶盏大小，横宽，挺硬。这时叶裁缝就摸到了这块板骨。摸了一阵，点头嗯了一声，挥挥手。齐建国明白，就让儿子出去玩了。

叶裁缝先是大睁着两只盲眼愣了一会儿。齐建国本不信叶裁缝的仙气儿，但这一次的事过后想想，当初还是叶裁缝先说出"虾酱"二字，才把找孩子的方向引向沙脊街上的广记虾酱铺，也才找到了蹬三轮的黄鱼，又由黄鱼找到了那个老乞丐。这样想来，他这仙气儿也就不是没有一点道理。这时，齐建国盯住叶裁缝，等着他说话。叶裁缝这回倒沉得住气，愣了一阵，只是摇头叹息。叹息过后，又摇了摇头。齐建国等了一会儿，见他还是没有要说的意思。心想不说也罢，真说了，听到心里也是块病。于是就收拾起东西准备回去。但就在起身要走时，叶裁缝忽然讷讷地说了一句，长反了哟。

齐建国站住，慢慢回过身，看着叶裁缝。

叶裁缝又说，只怕，还得找哦。

这句话，齐建国听懂了。心里不禁激灵一下。

齐三旗这次回来就不再上街。每天只在家里，跟着齐建国一心一意地认草药。齐门医家祖上传下的药柜几乎占了一面墙，有上百味草药。这些草药有根茎，有果实，有石土，还有各种动物昆虫，而一旦切成片，轧成末，看上去就都一样了，外行人很难再分辨出来。齐建国发现，儿子齐三旗在这方面却出奇的灵透，甚至比自己当年还要灵透。无论什么草药，只要让他看一遍，说了药名，一回就记住了。即使是把几种切成片或轧成末的草药混在一起，他只要用手一摸，伸鼻子一闻，立刻就能辨认出来。齐建国看着儿子，很是欣慰。照这样，齐门医家就总算是又有了第七代传人。心里盘算着，先让他记药名，再记药理，等背熟了《四百味汤头歌》，再背熟《濒湖脉学》，就可以给他讲脉理了。

但就在这时，又出了一件事。

后街的汪老太死了。

汪老太死得很突然，但也算寿终正寝，享年一百零三岁。据街上的人说，这汪老太当年也是个性情刚烈的女子，遇到自己不喜欢的事，决不苟且。年轻时先嫁了一个粗壮的男人，不喜，嫌这男人太粗。那时不喜自然不能离婚，但不能离婚却可以不让这男人近身。这粗壮男人夜夜急得抓耳挠腮，后来实在忍不下去了，就只好走了。再后来又嫁了个细弱的男人，又不喜，嫌这男人太细，细得有女人气。不喜就又不让近身。但这细弱男人虽细，也毕竟是个男人，眼瞅着眼前一个鲜活的女人，却不让近身，也无法忍受，又走了。这以后汪老太又嫁过几个男人，还都是不喜，不喜就还是不让近身。所以汪老太到老就还是一个人。汪老太一辈子没让男人近身，也就还是个荷花体。荷花体是担水街叶裁缝说的。叶裁缝说，女人一辈子没让男人沾过，就叫荷花体。汪老太荷花体这些年倒也没觉出什么，到老就感到孤单了。出来进去一个人，连个说话的也没有。于是七十六岁时，她就想出一个主意。汪老太住的房子是最后一任男人留下的。这男人不是走了，是病死了。男人当年是卖虾饼的，留下的房子就有些烟熏火燎，但还算宽敞。汪老太就在街上放出话，倘谁来给她当儿女，待她百年之后，这房子就归谁。来当儿女当然不用抚养，汪老太平时饭量很小，大半辈子攒下的钱也够她吃到死。更不用给她烧水做饭。汪老太到老仍很刚强，一日三餐都是自己煮饭。来当儿女，也就是陪着说说话儿。陪着说话自然不分白天黑夜，所以就要一直守在汪老太身边。

这件事显然是个便宜。汪老太已七十六岁，就算活到八十六岁已经了不起了，也不过才十年。只要陪她说十年话，就能得一份这样的家产。于是很快就有人找上门来。但找上门的人都无法给汪老太当儿女。能当儿女的年轻人都有自己的事，自然不会从早到晚来陪汪老太说话。能陪着说话的，也都已是六十多岁的半大老人，只能给汪老太做姐妹。汪老太倒不在意儿女还是姐妹，只要有个说话的就行。但有一件事，却让所有来的人都没料到。汪老太这事看着是个便宜，其实也是个当。这汪老太的身子骨儿竟然比谁都结实。她把来当姐妹的人一个一个都熬死了，自己却还精神矍铄地活着。再到后来，街上就没人肯来了。不是怕熬不过她，而是担心就算把她熬死了，她留下的这房子也没法儿再住了。

当年齐建国的父亲齐老先生为汪老太看病时，曾说过一句话。当时汪老太问齐老先生，自己还能活多久。齐老先生说，我怕是看不见了，将来就让木匠铺的段木匠，为你过百岁大寿吧。齐老先生说的段木匠，是现在这段木匠的父亲老段木匠。

齐老先生这话，竟一语成谶。

到汪老太一百岁时，为她做百岁大寿的果然是段木匠。但不是当年的老段木匠，老段木匠早已过世，是现在的这个段木匠。汪老太让段木匠为自己做百岁大寿之前，在过去条件的基础上又加了两条，第一是从现在起，要每年为自己做寿，第二是百年之后，要体体面面地把自己发送走。这样，她的房子才可以归段木匠。汪老太虽已百岁，头脑还很清楚，应该说，附加这两个条件也合情合理。一个百岁之人自然来日无多，就算当儿女又能当几天？做寿还能做几年？既然得了房子，最后体体面面地发送自己也是应该的。

段木匠当即答应了汪老太的条件。段木匠答应，当然不是冲汪老太的房子，而是觉着这汪老太孤身可怜，将来有那一天，总不能让她臭在自己家里。但段木匠有木匠铺，自己当然没时间给汪老太当儿女，于是就让自己的女人过来，每天陪汪老太说话。段记木匠铺与汪老太的家相邻，段木匠一家平时就住在木匠铺里，这样段木匠的女人来来回回也方便。就这样，汪老太又铆足劲熬了三年，最后实在熬不住了，就还是仙逝了。

段木匠是个讲信义的人。按说即使答应了汪老太，汪老太又没后人，就是草草葬了她，她自己也不会知道，街上也没人来管这个闲事。但段木匠却恪守承诺。装殓死人的棺木分两种，倘是用五块板钉的，最后再加个盖子，无论这板子多薄多厚，也只能叫匣子，或叫盒子。只有带梢起鼓，两帮带底前后出探的，才能叫棺。俗话说的人有"三长两短"，指的也就是这个棺，三长是两帮一底，两短则是两个堵头。所谓"真有三长两短"，也就是人进了棺材的意思。段木匠为汪老太做的就是一口"三长两短"的棺，且不是普通的棺。段木匠是个木匠，有精湛的手艺，用的棺木板都有半尺多厚，这样带梢起鼓做出来，一口大棺材摆在木匠铺里就很气派。这还不算，段木匠又在棺木的两侧雕了花，一边是鹤翔云朵，一边是松柏常青，取松鹤延年之意。段木匠做这口棺木只用了一天，雕花却雕了六天，加起来刚好是汪老太在床板上停的"头七"。也就是这头七，齐建国发现，儿子齐三旗又不在家了。

齐三旗每天一早就跑去段记木匠铺。齐建国起初并没在意。

让齐建国留意的，是最后一天。最后这天，齐建国算着该是汪老太的"头七"了。"头七"这天丧事会忙起来。齐建国担心儿子在木匠铺添乱，将近中午时，就来叫他回去吃饭。可来到木匠铺一看，立刻觉出不对了。这时，这口棺木两侧的花饰都已雕出来，看上去不仅玲珑剔透，也栩栩如生。段木匠正在描漆。齐三旗竟然捧着漆罐儿，蹲在旁边，俨然像一个小学徒。齐建国这才意识到，儿子这些天从早到晚待在木匠铺，原来是看这段木匠干活儿看得入了迷。段木匠一见齐建国来了，就笑着说，这孩子，可真灵透。

齐建国看看段木匠，又看看自己的儿子，怎么灵透？

段木匠呵呵笑着说，木匠这点事，不用教，他一看就明白。

齐建国的心里又是一沉，没再说话，就叫上齐三旗回来了。

齐建国的心里又隐隐地开始担忧。上次儿子丢了，把他找回来，这些日子好容易收了心，每天只在家里跟着自己学医。现在却又往木匠铺跑。医道博大精深，一个人就是把毕生精力都用上，也未必真能参深悟透，倘再心有旁骛，就算入了门，上了道，将来最多也只能是个庸医。齐建国就耐下心，把这些道理反复讲给齐三旗。

他告诫齐三旗，学医只能一心一意。

但齐建国很快发现，自己的担忧还是应验了。段木匠发送了汪老太以后，齐三旗还继续往木匠铺跑。段木匠也喜欢齐三旗，有自己不用的一些木匠家什，就给他回来拿着玩儿。齐建国看了儿子拿回的这些木匠家什心中不悦，却又不好说什么。但有一天，齐三旗又拎着一把木匠斧子回来，齐建国终于忍不住了。想了想，就来到段记木匠铺。

段木匠正做一张八仙桌子。见齐建国来了，立刻又赞不绝口地夸齐三旗，说这孩子怎么灵透，将来能是个好木匠。齐建国这时心里已有着气，但毕竟是多年朋友，又不好发作。就竭力缓着口气说，古人云，不为良相，便为良医，这辈子，他不想让儿子当木匠。

段木匠一听这话就不高兴了。段木匠平时话虽少，却也是倔脾气。齐建国这么说，明显是瞧不起木匠这一行。于是就皮松肉紧地笑笑说，齐大夫，你说的前半句我同意，我虽不识几个大字，也懂"不为良相，便为良医"的道理，可这后半句话，就不是这么说了，我段家虽不比你们齐家，也已是几代的木匠，在这后街上也一样受人敬重。

齐建国这时已经意识到，自己刚才也是情急，话说得有些重了。段木匠已跟自己交往多年，且为人敦厚，又重情义。自己这次丢孩子，人家跑前跑后地帮了不少忙。什么叫朋友？朋友只有遇到事时，才能看出交情是虚是实，是轻是重。这时就赶紧往回找着说，段师傅别这么说，我不是这意思，齐家与段家当然没什么不同，行医也不过就是个手艺。段木匠听了，这才缓下脸上的颜色，放下手里的刨子说，有句话，你听说过吗？

齐建国看看段木匠。

段木匠说，儿孙自有儿孙福，不为儿孙做马牛。

齐建国笑笑，这是句老话儿。

段木匠说，我当年干这行，也是自己想干的。

齐建国没再说话。但心里想想，自己当年学医，也是自己想学的，反倒是父亲那时三番五次说，让自己做齐门医家的第六代传人，却从没听到心里。

这样想着，就觉得段木匠的话也有些道理。

11

齐三旗十二岁时，对家里的药柜发生了兴趣。

齐家的药柜是祖传的，虽是硬木，但已年头太久，又一直靠墙，也潮，就已经走了榫子，有的抽屉也拉不开了。齐建国这时见儿子又大了几岁，已经上学，也懂事了，再把他独自放在家里也放心。平时再有病人，就又去出诊。

这天齐建国去沙脊街的广记虾酱铺。广记虾酱铺的朱老板是个精明人，自几年前的那一次齐建国找儿子，来铺子里打听黄鱼的下落，认识了，这几年就经常打发伙计来榕树街送一瓶虾酱或虾油。这样拉上了朋友关系，自己的铺子或家里再有人生病也就方便了。这天是朱老板的女人，连着两个月没来月经。先以为是怀孕了，后来又觉着不是。可说不是，又总肚子疼，就请齐建国过来看看。齐建国来看了，确实不是怀孕，只是寒凉，平时海里的东西吃多了，就给开了两味暖宫化瘀的药。傍晚回到家，一进门就愣住了。只见齐三旗竟把药柜从墙上拆卸下来。齐家的药柜共是四个，并排占了一面墙。每个药柜横着二十个抽屉，竖着三十五个抽屉，共是七百个抽屉，四个柜子总共是二千八百个抽屉。齐三旗把最靠边的一个药柜拆下来，已经放倒在地上。齐建国看了很吃惊。一个十二岁的孩子，这一人半高的大药柜，就是成年人拆着都费劲，他是怎么弄下来的？

齐三旗只用了几天，就把这四个药柜都修好了。修这几个药柜看似简单，其实不是一件容易的事。因是老年间留下的木器，又是硬木，做工就很精细，一榫一卯也很讲究。要把这些走了榫子的地方重新合上，有的地方还要修补，就得有相当精湛的木工手艺。齐建国感到吃惊，不知儿子齐三旗这手艺是什么时候学的。但越是这样，心里也就更加担忧。眼瞅着儿子的木匠手艺日益精进，只怕是离医道也就越来越远了。

果然，第二年春天，齐三旗又丢了。

　　齐三旗这次丢，又是丢在榕树街上。榕树街西边有座半栏桥。桥边住着个杨科长。杨科长是环卫局宣传科的科长，三十大几，矮胖，每天上下班总穿一身灰制服，见人从来不笑，可是挺和气。杨科长的老婆是个漂亮女人，但娘家是山里的，没多少见识。当初结婚时，杨科长的老婆提出一个要求，要在后街的段记木匠铺做一堂新家具。杨科长满足了这个要求，也是心气儿高，最后又擅自做主，给老婆买了一个半新的梳妆台。这梳妆台虽然半新，却是黄花梨的。可杨科长的老婆不认识黄花梨，只认这个半新。觉着自己是头婚，杨科长却买了这么个半新的东西，是瞧不起人，于是结婚第一天就跟杨科长又吵又闹。杨科长的心里也委屈。其实自己也是好意，娶了这么个漂亮老婆，虽是山里农村的，人却如花似玉，街上的男人看了嘴上不说，心里也都觉着眼馋，所以才咬牙买了一个如此贵重的黄花梨梳妆台。不料老婆却不认。杨科长的老婆不认这梳妆台，结了婚就经常发脾气。漂亮女人脾气都大，每次脾气一上来，就拿这梳妆台出气，又摔又砸。这些年下来，这个半新的黄花梨梳妆台也就快砸散了。后来这女人偶然听人说了，才明白，敢情黄花梨很值钱，且随着时间行市还在涨，这一下才又当了好东西。这年春天，街上来了一个专修硬木家具的细木匠。杨科长的老婆就把这细木匠喊来，让他修这梳妆台。原来木匠和石匠一样，也分粗细。粗木匠只为造屋、打房架子、做门窗，细木匠才做木器家具一类的细活儿。而专做硬木家具的木匠，又是这细木匠里的细木匠，手艺也就更加精湛。这个来给杨家修梳妆台的细木匠是个大脑袋，身材瘦长，两条腿却很短，走路一扭一扭的像只大鹅。这个大脑袋木匠为干活儿方便，就把杨家的这个梳妆台搬到街上来修。齐建国的家离这半栏桥不远。这天一早，齐建国又去麻衣街出诊。傍晚回来时，里外看看，发现齐三旗不在家。齐建国立刻又有了不祥的预感，赶紧来街上四处寻找，还是没找到。这时才听说，街上有人看见，齐三旗这一天一直蹲在半栏桥边，看那个大脑袋木匠为杨家修梳妆台。傍晚修好了，可能跟着那个大脑袋木匠走了。

　　齐建国听了心里一惊。知道自己一直担心的事，现在又发生了。

　　齐建国赶紧来到杨家。据杨科长的老婆说，这个大脑袋木匠四十多岁，石康口音，不光脑袋大，嘴还臭，好喝水，干了一天活儿喝了她家三壶凉茶。齐建国据此分析，石康离这里不算近，约有百十里，而这个大脑袋木匠口臭，又爱喝水，说明他很可能有消渴，也就走不了太远的路。如此看来，他应该就是个走街串巷的木匠，不会离开这个城市。

　　齐建国这次丢儿子，倒不像几年前那么急了。想想儿子已快十三岁，自己当年十三岁时已经什么都懂了。所以这一次，儿子应该不是让这个大脑袋木匠拐走的，而是他自己跟着走的。接着又有些懊悔。平时教育儿子，总说一个人要安身立命，就得学一门真本事，所谓一招儿鲜，吃遍天。现在再想，这话当然也没错，可错就错在又总流露出，上学除去认几个字，也没别的用处。他常跟儿子说，自己当年就没上过几天学，就是上学也学不来真本事。又说，齐门医家祖祖辈辈都不是在学堂里学出来的。现在好了，儿子真拿上学不当回事了，说走就这么跟着这个大脑袋走了。齐建国越想越懊恼。

　　但也明白，此时懊恼，已没任何意义。

　　段木匠听说齐建国又丢了儿子，立刻来到齐家。齐建国一见段木匠，气就不打一处来。心想，本来儿子已收了心，这几年在家里跟自己学医学得好好儿的，倘不是段木匠整天引着他去木匠铺，又勾起儿子对木匠活儿的兴趣，现在也不会出这样的事。心里这么想着，脸上的颜色就不太好看。段木匠来的路上已听说，齐三旗这次是跟着一个修硬木家具的细木匠走的，也知道齐建国的心里对自己窝着气，就有些讪讪地。

　　想了想说，要不，再去问问叶裁缝？

　　段木匠一提叶裁缝，齐建国的心里倒是一动。几年前把齐三旗找回来，叶裁缝曾说过一句话，只怕，以后还得找啊。没想到这话竟应在了今天。可现在问叶裁缝已经没用了。叶裁缝的偏枯去年又复发了一次。这次复发比哪次都重，不光瘫，也说不出话了。眼已瞎了，嘴又哑，整天只瞪着两只盲眼躺在床上，就是再有仙气儿也说不出来了。这时段木匠想想，又说，如果这个大脑袋是专修硬木家具的，就该去有硬木家具的地方转游。

这句话倒提醒了齐建国。可再想，又想不出哪里会有硬木家具。

段木匠说，老君街，那边老铺子多，硬木家具应该也多。

又说，去跟老君街上的人说说，让他们也给留意一下。

段木匠一提老君街，齐建国就想到了关四爷。但齐建国不想求关四爷。不求关四爷，还不仅是因为两人的关系一直不太滑顺。那次因为找儿子，过后越想，也越对关四爷有看法。其实那次的事倘细说起来，根源还在关四爷。齐建国是去老君街为关四爷出诊，而关四爷又一直别别扭扭地不肯用那"飞喉散"。齐建国好说歹说劝到将近中午，总算用了药，再赶回来时，才发现儿子已经丢了。但后来关四爷听说这事，却没一点歉疚的意思，连句像样的话也没有。齐建国倒不是非要关四爷说什么像样的话，至少这点人情世故，关四爷年轻时也是走南闯北的人，总该懂的。但齐建国心里有看法，嘴上却从没说过。这时就对段木匠说，算了，还是别惊动太多的人了，也不是什么好事，我自己去就行了。

段木匠又想想，这样吧，反正我铺子也没事，还是我去吧。

齐建国就和段木匠分头。段木匠去老君街蹲守。齐建国则一条街一条街地转。既然这个大脑袋木匠是专修硬木家具的，每天必得走街串巷。只要他走街串巷，就有可能碰上。此外，齐建国的心里还有一个分析。这次儿子丢，跟上次的丢又不一样。上次是被那个黄鱼拐走的。黄鱼心虚，自然会躲躲藏藏。而这次，却可能是儿子自己跟着走的。这大脑袋木匠心安理得，也就不会想着躲谁藏谁。如此一来，找着也就应该更容易一些。

但齐建国转了十几天，把老城区的每条街都转遍了，还是没发现这大脑袋木匠的踪迹。这天傍晚，齐建国转到老君街。段木匠也已在这里蹲了十几天，一直没见齐三旗的影子。但段木匠越到这时，心里也就越觉着对不住齐建国。一见齐建国灰头土脸地来了，就给他打气说，别急，咱接着找，就不信这个大脑袋带着孩子钻天入地了，肯定能找到！齐建国也知道，段木匠是在为自己打气，就叹口气说，先回去吧，明天再接着找。

齐建国这个傍晚回到榕树街，远远看见自己家的门口站着个人。这人三十来岁，国字脸，戴着一副黑框眼镜。他一见齐建国就迎上来问，你是齐建国？

齐建国看看他，我是。

这人又问，齐三旗，是你儿子？

齐建国忙答，是，是啊，怎么？

这人这才告诉齐建国，他是新州医院的，齐三旗在他们医院。齐建国一听吃了一惊。新州离这儿五十里，是个小城，齐三旗怎么会跑到新州去了？

也顾不上多问，他就赶紧跟着这人奔新州来。

路上，这新州医院的人见齐建国着急，才告诉他，孩子不过是点外伤，不太严重，其实也用不着住院。但如果齐建国不去，医院不能让这孩子出来。齐建国一听，这才有些明白了。看来是儿子欠了人家医院的医药费，所以医院才让自己去领人。

齐建国想的没错，齐三旗就是欠了医院的医药费。不光医药费，还有手术费。齐三旗是被那个大脑袋木匠送到医院来的。大脑袋把他扔在医院，就自己走了。

原来这大脑袋姓周，叫周四，是合浦人。周四从年轻时就学会细木匠的手艺，但为人极抠儿。他原本有个老婆，老婆也给他生了个儿子。可平时别说穿衣，连吃饭也舍不得给老婆孩子吃。家里每天就两顿饭，还只能吃个半饱儿。老婆孩子整天饿得头晕眼花，夜里也睡不着觉。后来他老婆实在过不下去这种日子，就带着儿子走了。可这周四对别人抠儿，对自己更抠儿。老婆孩子一走，剩他一个人，每天出外做活儿就带一个饭团儿，傍晚经常饿得坐在街上回不来。那天在榕树街的半栏桥给杨家修梳妆台，见一个十多岁的孩子一直蹲在旁边看，就随口问了一句，想学手艺吗？不料这孩子竟点头，说想学。周四想想，自己已经越来越上年纪，也该有个帮手，倘把这孩子带上，当个小徒弟，倒也是个便宜。于是修完这梳妆台，看看街上没人注意，就把这孩子带走了。

齐三旗起初跟着周四的几天，觉着挺新鲜。街上有修家具的，干得也起劲儿。但几天以后就受不住了，这周四总不给饱吃。肚子吃不饱，干活儿就没劲。且齐三旗也有齐家人的遗传，一饿就低血糖，一低血糖就头晕，泅汗。就这样，一天下午，齐三旗正锯一块木料，手一软，锯一歪，就把左手的大拇指拉破了。破的是在指甲旁边，当时也没在意，周四只用一块破布给包了包。可过了几天，齐三旗觉着这伤口一跳一跳地疼，打开破布一看，伤口已经溃烂。不仅溃烂，半个指甲也黄了。周四看了，还说没事，用水冲了冲就又给包上了。就这样又过了些天，齐三旗的整个拇指都肿起来了，人也开始发烧。齐三旗在家时，毕竟跟父亲学过中医，知道这已不仅是手上的事。周四自从带齐三旗离开榕树街，也担心被人发现，就来到几十里外的新州。这时，才不得不带着齐三旗来到新州医院。医院的大夫看了，果然说齐三旗的伤口很严重，已发展成甲沟炎。甲沟炎没别的办法，只能做引流手术，也就是在指甲旁边开个口子，把指甲里的脓水引出来。其实这引流手术倒不是什么大手术。但大夫开了单子，让周四去缴费。这周四一看，手术费竟要五块多钱，立刻就不想缴了。他平时花一毛钱给齐三旗买碗螺蛳粉都心疼，这时怎么舍得花五块多钱去缴这手术费？想了想，就把齐三旗扔在医院，自己一个人走了。齐三旗这里在手术室等，左等右等一直不见周四回来。后来大夫也等得不耐烦了，去医院的收费处一看，哪里还有人。齐三旗一听这周四已经扔下自己走了，立刻大哭起来。他哭，倒不是因为自己被扔在医院，担心交不起人家的手术费。而是感到屈辱。他这时才明白，自己是被这个大脑袋给骗了。

　　齐建国赶来新州医院，终于见到了儿子齐三旗。齐三旗一见父亲，立刻不哭了，只是低着头不吭声。反倒是齐建国，来到儿子跟前，一下忍不住哽咽起来。齐建国哽咽倒不是喜极而泣，也不是因为找了儿子这些天，心急。他是怎么也想不明白，儿子的心里究竟在想什么，一回一回的说走就走。他对这个家、对自己这个父亲，就没一点留恋之情？

齐三旗十八岁时，齐建国四十三岁。

齐建国在齐三旗生日这天做出一个决定，想开个诊所。齐门医家这些年行医，一直没个诊所。但过去没诊所可以，现在不行了。现在行医没诊所，就如同和尚没庙。

要开诊所，就得去卫生局登记。登记就要办各种手续，自然是很麻烦的事。齐建国就想起半栏桥的杨科长。杨科长这时已从环卫局调到卫生局，且是卫生局的副局长。杨科长当副局长，是因为一件偶然的事。杨科长有个爱好，平时喜欢写写小文章。杨科长的小文章很有文采，却又不是散文随笔之类。据行家看了说，很有思辨色彩。杨科长却很谦虚，说这所谓的思辨，其实也就是跟自己矫情。可一件不被人注意的事，倘在文章里这样矫情来矫情去，也许就能矫情出意想不到的道理。一次杨科长又写了一篇题为《"城市医生"辨》的文章，发表在晚报上。这篇《辨》文大致的意思是说，其实环卫工作对一个城市，就像保健工作，环卫工人也就像城市的保健医生，所以环卫局也才叫环境卫生局，应该与卫生局同属一个性质。由此看来，环卫工作并不低贱。换个角度说，一个城市也不能因为有了环卫的保健功能就有恃无恐，也要自律。城市对环境卫生的重视，就如同我们对自身保健的重视。这篇文章虽然只是个小豆腐块儿，发表之后却被市里的一位有关领导看见了。这位领导觉得这篇文章很有新意。后来得知文章作者竟是环卫局的一个科长，认为他去医务界应该更合适，就把他调到卫生局，很快提了处长，接着又从处长提到副局长。

齐建国想，开诊所的事，也许能找杨局长帮忙。

杨局长欠齐建国一个人情。杨局长有个女儿，也在卫生局，是个会计，后来嫁了一个医生。但这医生是妇科医生，工作性质决定，就总要跟妇科打交道，而妇科的性质决定，又总要跟女人的私处打交道。杨局长的女儿婚前对这个性质估计不足，婚后却无法容忍，就经常跟这妇科医生吵架。结婚一年多，就吵得回了娘家。一天早晨，这杨局长的女儿起床，忽然啊地叫了一声就又躺下了，这一躺就再也没起来。这时杨局长已去上班，杨局长的老婆赶紧把他叫回来。杨局长进门一看，女儿已面色苍白，呼吸微弱。杨局长虽是卫生局的副局长，但只是行政干部，并不懂医，这时也一下没了主意。想了想，就利用职权把这附近几家医院的主任医生都叫来，让他们就在自己家为女儿会诊。可这些主任看了，说法也莫衷一是。有认为是脑溢血的，也有认为是心脏病突发的，还有说是脑子里长了瘤子，现在突然破了。但不管怎么说，有两点意见大家一致，第一，从目前病情看，必须借助医学仪器，否则无法确诊；第二，现在病人的状况，不宜搬动。这一下杨局长就左右为难了。不去医院借助仪器无法确诊，而去医院又不能搬动，这一来岂不是没了办法？就在这时，杨局长突然想起这街上的齐建国。也是情急之下，有病乱投医，就去把齐建国请来。

　　齐建国这天上午刚好没出诊。见半栏桥那边的杨家一直人来人往，知道是出了什么事，又不好过去打听。这时见杨局长匆匆过来。齐建国平时在街上经常跟杨局长打头碰脸，大家也只是点头之交。这时一听杨局长说女儿病了，就赶紧跟过来。此时满屋的主任医生还在讨论病情，一见杨局长领着个胳肢窝里挟着粗布诊包的中医大夫进来，都有些不屑。但毕竟是杨局长请来的，也不便说什么。齐建国坐到床前，先摸了一下病人的脉象，然后又伸手在病人的小腹轻轻按了一下。不料这杨局长的女儿昏迷了一上午，这时一按小腹，竟突然皱着眉轻轻哦了一声。齐建国点点头，起身对杨局长说，赶快送医院吧，再迟就危险了。屋里的几个主任医生看看齐建国，又彼此相视，显然对他的话不以为然。

　　杨局长忙问，究竟什么病？

　　齐建国说，宫外孕。

　　杨局长听了还是不懂。齐建国只好简单为他讲，正常情况，女人的受精卵应该是在子宫着床，可有的时候，卵子在输卵管里就受了精，没去子宫，在输卵管里就着床了，这就是宫外孕。现在胚胎越长越大，把输卵管撑破了，血都流进腹腔里。倘再不赶紧送医院，就有生命危险了。齐建国又特意叮嘱，送医院时，一定要让病人平躺，且头朝下，否则病人的大脑也会因为缺血造成实质性的损伤。后来的事实说明，齐建国的诊断是对的。杨局长的女儿被送到医院时，血压几乎没了。据抢救医生说，幸好当时杨局长的家里有大夫，指导将病人送来时头低脚高，否则就是送来，也没有抢救价值了。

齐建国这次求杨局长，也是犹豫再三。

齐建国不是个求人的人。尽管自己曾为杨局长的女儿看过病，现在反过来要求人家，心里也有些忐忑。总有向人家讨人情之嫌。齐建国想，这么做是不是浅薄了？

但浅薄归浅薄，想来想去，诊所总要开。诊所要开，也就只能硬着头皮谋划这事。齐建国已经听说，杨局长在家没事时，也爱喝个小酒。反复思量之后，就来到沙脊街上的广记虾酱铺，想拿几瓶上好的虾酱和虾油。朱老板的老婆还一直身体不好，过去是总不按时来月经，后来闭经了，又白带沥下，这几年就还是三头两头请齐建国过来看病。朱老板正愁没机会补这个人情，这时一见齐建国要用虾酱和虾油，赶紧吩咐铺子里的伙计，拿特级的，且再弄些新出的上好螃蟹酱。齐建国也明白朱老板的心思，立刻讲明，东西虽都要最好的，可是钱一分不能少。自己既然说买，就只能是买，一定要如数付账。

朱老板也知道齐建国的脾气，只好说，恭敬不如从命。

这天傍晚，齐建国拎着东西来到杨局长家里。杨局长局里有会，还没回来。杨局长的漂亮老婆一见齐建国提着礼物过来，就知道有事。于是问，什么事。齐建国自从那次给杨局长的女儿看病，跟这漂亮女人也熟了，就把自己打算开诊所的事说了。这漂亮女人对齐建国也一直是心存感激，这时一听立刻说，这点事啊，不叫个事，也是老杨正管，只要他点个头就行了。齐建国一听这才放心，放下东西就赶紧告辞了。

当晚，杨局长来到齐家。杨局长拎着齐建国送去的东西，一进门就墩到桌上，沉着脸说，齐大夫，你跟我也弄这套？齐建国正两脚踩着药碾子，一边喝茶一边看书。一见杨局长进来这阵仗，心里立刻一沉，摸不清自己的东西送少了，还是送得不对路，赶紧起身要解释。杨局长冲他摆摆手，又叹口气说，不用说了，你的意思我明白。

齐建国本来就是个面子矮的人，这一下更尴尬了。

杨局长问，你要开诊所？

齐建国点点头，说是。

杨局长说，你开诊所就说开诊所，还用这么弄？

齐建国这才明白了，心里稍稍松了一口气。

赶紧说，也，也不是这意思。

杨局长没再说话，扭头走了。

齐建国只用了几天，就把诊所手续办齐了。办齐手续的当天下午，刚回榕树街，段木匠来了。段木匠听说齐建国的诊所手续办妥了，也替他高兴。但段木匠来，是要跟齐建国说另一件事。段木匠要说的，是关于齐三旗的事。

段木匠说，我想来想去，还是得告诉你。

齐建国问，什么事？

段木匠说，几天前，齐三旗突然去木匠铺，让段木匠给打一个长四尺、宽二尺、高三尺的木箱。齐三旗当然知道段木匠跟齐家的关系，所以特意说，这件事别告诉他父亲。齐建国听了，心里忽悠一下。长四尺、宽二尺、高三尺，儿子齐三旗要这样一个木箱干什么？接着又有些不悦。既然齐三旗是几天前去的木匠铺，为什么段木匠现在才来告诉自己？跟着心里又是一沉。他这才意识到，齐三旗这些天总是很早出去，很晚才回来。

果然，第二天，齐三旗又不见了。

齐三旗这次是因为马红。

齐三旗注意马红，是因为一块糖。但问题还不是这块糖。当时学校正召开动员誓师大会。动员的对象是这届毕业生，誓师的内容是上山下乡。在大会上做报告的陶校长是四川自贡人，讲一口标准的自贡普通话。陶校长站在台上挥着一只大手，铿锵有力、一字一顿地说：伟大领袖毛主席教导我们说！知识青年到农村去！接受贫下中农的再教育！很有必要！接着又说：他老人家还说！广阔天地！大有作为！齐三旗就是听了这几句话，立刻感到头重脚轻，接着浑身的虚汗也洇出来。齐三旗知道，自己的低血糖又犯了。

齐三旗平时犯低血糖，只是脸色不好，洇汗，旁边的人如果不注意，看不出来。可这次，马红却立刻看出来了。当时马红和齐三旗的中间还隔着一个人。马红凑过来推了他胳膊一下，低声问，你不舒服？齐三旗嗯了一声，就觉着下面的手里被塞了个东西。低头一看，竟是一块糖。齐三旗剥了放进嘴里，头晕洇汗的感觉立刻就缓解了。这种缓解，让齐三旗突然有了一种从没有过的感觉。他忍不住用余光偷偷打量站在身边的马红。马红不算漂亮，但浑身上下都胀鼓鼓的，散发出一股热腾腾的女孩儿气息。

马红是班干部，虽然泼辣，一说话，眼角却总流出一丝媚气，在男生里就很有号召力。齐三旗此前没注意过马红。但自从这次动员大会，吃了马红一块糖，他跟马红的话就多起来。齐三旗跟马红说话时，最感兴趣的，是她的胸部。齐三旗知道女人的这个地方应该有两坨很大的肉，且这两坨肉叫乳房。在家跟父亲学中医时，医书上也见过女人的乳房。但过去的医书纸很糙，画的乳房也很糙。齐三旗凭想象，觉得女人的乳房不该这么糙，至少在形状上应该更精致一些。但马红的胸前却看不出两个乳房的形状，整个儿胸脯都是鼓的，鼓得就像一个炸药包。齐三旗经常对这炸药包里充满遐想。他怎么也想象不出，如果把这个炸药包打开，里面会是什么景象。此外还有马红的腰。马红的胸脯鼓成这样，到下面的腰却急剧细下来，细得就像一只蜜蜂的腰；而再往下，屁股又突然膨胀起来，不仅膨胀，还浑圆。这种曲线的凸凸凹凹，总让齐三旗想起榕树街上的半栏桥。榕树街的半栏桥只一边有桥栏，另一边不是没有，是年头太久掉到桥下去了。杨局长的漂亮老婆，每到夏天就会在桥下种一些葫芦。葫芦的藤蔓爬上来，在桥栏上结出很多大大小小的亚腰儿葫芦。这种亚腰儿葫芦就是马红身体的这个形状。所以齐三旗跟马红说话时，一想起那些亚腰儿葫芦就脸红心跳。

马红这时正遇到麻烦。

马红遇到的，是工作上的麻烦。上次动员大会以后，陶校长本以为会立刻掀起一个上山下乡的新高潮。却不料，报名的人寥寥无几。马红自己已率先报了名，每天就和学校的老师去挨家动员。但这时的毕业生，都已知道了插队是怎么回事，没人再肯放弃城市生活去农村受罪。马红从早到晚一家一家地跑，眼熬红了，嘴也起了泡，却收效甚微。齐三旗也给马红帮不上忙。如果跟她一起去动员，自己就要先报名。但齐三旗是独生子女，按政策不必插队，可以留城分配工作。这一来，也就失去了动员别人的资格。

这天傍晚，马红回到学校。齐三旗还一直等在这里。齐三旗不能和马红出去动员，每天就在学校等她。马红在这个傍晚情绪很低落，见了齐三旗先不说话，再问，就哭起来。马红平时很强势，这一哭，齐三旗就慌了。马红毕竟是女生，虽强势，一哭也梨花带雨，让人看了心疼。齐三旗估计马红这一天的动员又不顺利，憋了一肚子委屈，就安慰说，别急，这种动员，肯定有困难。马红这才抽抽搭搭地说，怎么能不急啊，现在学校的第一支上山下乡小分队已经成立了，可上级要求，最少得十个人，只有凑够了十个人才能出发。马红说，可现在算上她才九个，这第十个怎么也凑不上了。马红说着就又哭起来，一边哭着又说，陶校长已经跟上级立下军令状，六天以后小分队必须出发，可现在就差这一个人，小分队的人数凑不够，怎么出发啊？不能按期出发，又怎么跟上级交待啊？

马红这样说着，扑到齐三旗的肩上，就已经急得哭出声来。齐三旗抱着马红的肩膀。马红的肩膀很圆，也很有弹性，而更有弹性的还是她的胸脯。

这时齐三旗感觉到了，随着马红一下一下地抽咽，她这像炸药包一样的胸脯也在一下一下地顶着自己，几乎把自己顶得也要爆炸了。就在这时，齐三旗突然感到一股热血从心底直冲头顶。

他抓住马红的手，颤抖着问，现在，就差这一个人吗？

马红在齐三旗的怀里点头，是啊，就还差这一个人。

齐三旗说，好吧，这个人有了！

马红立刻不哭了，抬起头瞪着齐三旗，谁？

齐三旗激动地说，我！

马红又看看他，你？

我！

不和家里，商量一下？

不用商量！

想好了？

想好了！

马红立刻又扎进齐三旗的怀里，把他抱得更紧了。

齐三旗也抱着马红，就像抱着个炸药包。

齐三旗说想好了，其实也是一时性起。晚上回家的路上，他头脑清醒下来，再想这事就觉着没这么简单了。首先是跟家里怎么说？齐三旗知道，父亲一听就得急。父亲这些天一直在为诊所的事跑卫生局。跑这个诊所，当然是为自己。况且按分配政策，自己完全可以留城工作，现在却主动要求去插队，这不是有病吗？但此时的齐三旗，心里还在想着马红刚才那双激动的泪眼和她胸前的炸药包。这泪眼和炸药包，立刻又让他浑身的热血一下涌上头顶。

唯一的办法，就是回家先不说。

齐三旗准备的时间只有六天。他在这六天里，先去段记木匠铺，让段木匠给打一个木箱。段木匠不知他要干什么用，又见他神色不对，就问，家里知不知道这件事。齐三旗说，你就别问了，木箱的事也不要说，再过几天自然就知道了。

齐三旗交待了段木匠，就从家里偷出户口本，去派出所把户口退掉了。这是去农村插队的最关键一步。齐三旗很清楚，退掉户口，自己也就没有任何退路了。

齐三旗在出发的前一晚来段记木匠铺取木箱。但段木匠对齐三旗说，箱子已经做好了，可我跟你父亲是这么多年的交情，你不说干什么用，这箱子不能给你。

齐三旗想想说，好吧。

齐三旗就把自己要去插队的事告诉了段木匠。这个木箱，就是行李箱。段木匠听了大吃一惊，赶紧说，这么大的事，我可不敢替你瞒，也不想落你父亲的埋怨。

齐三旗说，不用你瞒。

段木匠说，我必须跟你父亲说。

齐三旗点头，我明天就走，等走了，你随便说。

14

段木匠是三天以后对齐建国说的。

这三天里，齐建国又像疯了一样到处找儿子。但现在找，已不是当年的找。儿子大了，不会又被人拐走，肯定是自己去了什么地方。齐建国只是想不出来，这次儿子又去了哪儿。齐建国到处撞着找了三天，这才想起来，也许学校知道儿子的下落。

就在这时，段木匠来了。

段木匠是上午来的。进门也不吭声，闷着头一屁股坐在凳子上。齐建国了解段木匠的脾气，知道他有话。等了一会儿见还闷着，就催促，你有话快说，我还有事，急着走。

段木匠这才慢慢抬起头，你，别找了。

齐建国一愣，知道他指的是齐三旗。

段木匠说，是。

齐建国忙问，你知道，他在哪儿?

段木匠又闷着头沉了一阵，才把齐三旗已去农村插队的事说了。齐建国一听，一屁股跌坐在竹椅上，瞪着两眼，脑子里一片空白。让齐建国没想到的，还不仅是儿子齐三旗跟自己不辞而别，这么大的事竟敢自己做主，说走抬脚就走；他临走这几天，一直不动声色，跟自己若无其事，一丝一毫都没露出来，这才是齐建国真觉得可怕的。自己一手养大的儿子，可以说是一眼一眼看着长起来的，平时不显山不露水，城府竟然这么深，这太让人难以置信了！齐建国这么想着，只觉胸口一顶，天旋地转，手在桌上一划拉，茶壶就掉到地上摔碎了。

段木匠赶紧过来扶住他说，事已至此，急也没用。

齐建国冲段木匠摆摆手。

段木匠又叹口气，我早跟你说过，儿孙自有儿孙福，不为儿孙做马牛，现在三旗已经大了，儿大不由爷，再者说，强扭的瓜不甜，他自己想干什么，就由他去吧。

齐建国这时喉咙里像堵了一口痰，咽不下去又吐不出来，神志也有些恍惚。但神志恍惚，心里却明白，就觉着段木匠这话有些不中听。段木匠有两个儿子，大的三十多岁，已经成家。小的也已二十几岁。眼下这两个儿子都跟着段木匠干了木匠，一个粗木匠，一个细木匠。过去段记木匠铺是只做细，不接粗，还缺一条腿儿。现在行了，两个儿子一细一粗，都起来了，段记木匠铺是粗细兼备，连踢带打，要风得风，要雨得雨了。所以，他段木匠当然说得起"儿孙自有儿孙福"这类的话。他这样说，是掰着不疼的牙说话。

其实齐建国的心里一直埋怨段木匠。当年要不是段木匠总引着齐三旗往他的木匠铺跑，齐三旗也不会让那个叫周四的大脑袋拐走。而这次，齐三旗在临走的前几天就已去了木匠铺，让段木匠给打一个木箱。段木匠也明知他要这木箱是装行李的，却直到现在才来告诉自己，这叫什么朋友？况且齐三旗这次走，跟当年的哪次走都不一样。他是退了户口走的。一个城市户口有多金贵？户口一退，这辈子再想回来就难了！齐建国心里这么想着，只觉喉咙一热，一口黏痰哇地吐出来，接着身子一挺就仰在竹椅上了。

段木匠一见慌了手脚，一时竟不知该怎么办。齐建国倒还清醒，用手指指墙边的药柜。段木匠赶紧扑过去。可这么大的药柜，有几百个抽屉，段木匠不知齐建国指的是哪一个。他拉开一个抽屉。齐建国摇头，朝旁边指了指。又拉开一个，齐建国又摇头，又朝下面指了指。最后拉开一个，齐建国点头，对了，是麝香。段木匠明白了，赶紧捏了一小撮儿过来，放到齐建国的鼻子底下。齐建国闻了闻，这才慢慢缓过气来。

晚上，杨局长听说齐建国病了，过来看他。齐建国不想说出自己的真实病因，说着丢人，也不好听，就只说是这些天连着出诊，累了。杨局长见齐建国脸色很难看，要叫个医生过来，给他看看。又说，不行就去医院吧，有什么病，可别耽误了。齐建国疲惫地摆手说，我自己就是大夫，自己的病，自己知道，就是累，歇几天就没事了。

齐建国这样说，心里也明白，这次已不是歇几天的事。

齐建国这些年身体一直很好。既是行医之人，平时就很懂保养，也会保养，所以没得过什么大病。即使偶尔染些时令小恙，也一扛就过去了。可这回，他觉着自己是真垮了。浑身上下软得像一根肠粉，一点气力也没了。每天书不想看，药碾子也蹬不动，只是一个人在床上躺着。这么躺着，脑子里就像过电影，儿子齐三旗从小到大的事，一桩桩、一件件都翻腾出来。齐建国这时才意识到，自从有了这个儿子，自己就没消停过。可以说有他多少年，就把自己闹腾了多少年。这时，齐建国又想起担水街的叶裁缝当年说过的一句话。那一次，儿子齐三旗让那个蹬三轮的黄鱼拐走了，找回之后，齐建国带他去担水街出诊。当时叶裁缝摸了齐三旗的脑后，摇头说，长反了哟！齐建国这些年经常想起这句话。

齐三旗的脑后有块板骨，是不是，他这块板骨长反了？

15

齐建国在家躺了些日子，身上就躺软了。

身上软，头脑却清楚。他也知道，再这样躺下去不是办法。这天早晨，广记虾酱铺的朱老板托人捎话来，说铺子里的伙计手伤了，请齐建国去看看。

齐建国就振作起精神，从家里出来。

朱老板的虾酱铺这时虽还勉强支撑着，也已没有太多的生意。后面的天井里只还有几口瓦缸，虾油蟹酱都不做了，只对付着出几缸虾酱。过去的伙计也都遣散了，只留下个十多岁的孩子，叫虾球，是朱老板的一个远房亲戚。朱老板这天请齐建国过来，就是为的这个虾球。这虾球馇虾头时，不小心扎了手。起初没在意，可过了些天，本来很小的一个伤口竟冒出脓水，又过几天，就溃烂得翻起来。齐建国来铺子里看了，给这虾球开了一味叫雪上一枝蒿的草药。这雪上一枝蒿是外用药，有剧毒。当年齐建国的父亲齐老先生为后街的汪老太治胃胀气，因为是圆翳内障，曾错把这雪上一枝蒿当成青藤香，还险些要了汪老太的命。从那以后，齐老先生就为这两味草药定下规矩，今后无论什么病，只要再用这雪上一枝蒿或青藤香，就只能从齐家自己的药柜出。倘齐家药柜没有，宁可不用。且为了防止再把这两味草药弄混，特意在药柜的显眼位置单设了两个抽屉，颜色一白一黑，专门盛放雪上一枝蒿和青藤香。所以，齐建国为虾球开了这味雪上一枝蒿，就让朱老板派个人，跟自己回榕树街的诊所去取。朱老板想了想，说还是自己去，就和齐建国一起从铺子里出来。

走在路上，齐建国觉着朱老板好像有话要说。

两人过了草篮桥，又走了一阵，齐建国回头看一眼朱老板。

朱老板也瞟一眼齐建国，嗯嗯了两声，说，现在，喝凉茶的人少了。

齐建国随口应了一声。

齐建国从中医角度，不太主张喝凉茶。凉茶是从广东那边传过来的，用的都是些寒凉草药，虽能消暑生津，对男人却弊大于利，喝多了对性功能会有影响。

朱老板又走了一会儿，才对齐建国说，他有个外甥，说是外甥，其实只比他小几岁。这外甥当年也算个读书人，可一直志大才疏，又眼高手低，这些年干哪行哪行不成，后来也是为吃饭，就卖了烤白薯，再后来又卖虾饼。他发现吃虾饼的人都爱喝凉茶，这以后就又卖凉茶。先是蹬车卖，后来又开茶棚，再后来手里有了点本钱，就盘了个凉茶店。朱老板说，他外甥的这个凉茶店也跟别处的凉茶店不同，店里还放些书和杂志，来喝凉茶的人可以看，也可以买。齐建国听了一阵，回头看看朱老板。不知他忽然说这个外甥，究竟要说什么。

朱老板又说，我这外甥，有个女儿。

齐建国哦了一声，还是没听明白。

朱老板说，他这女儿，今年毕业。

齐建国看一眼朱老板。

朱老板说，前些日子，他这女儿刚去插队了。

齐建国站住了，问，你到底，要说什么？

朱老板又沉了一下，对齐建国说，暑假前，我这外甥的女儿准备去农村的行李，我去了一趟，给送去二十块钱，让她用什么就买点什么。

朱老板说到这里，又看看齐建国。

你猜，我在那儿看见谁了？

齐建国问，谁？

朱老板说，你儿子。

我儿子？

嗯。

我儿子跟你这外甥的女儿，是同学？

我看，还不光是同学。

齐建国终于明白了。朱老板绕了一圈儿，要说的是在这里。

朱老板看见的事是在暑假前，可直到现在才告诉齐建国。但齐建国却不能埋怨朱老板。朱老板跟段木匠不同。齐建国跟段木匠是朋友，跟朱老板却不是朋友，或只能算是一般的普通朋友。况且齐建国家里的情况，朱老板也并不十分了解。他这时想起说这事，不过是想告诉齐建国，他儿子齐三旗有一个关系很好的女同学，且这个女同学还跟他有些亲戚关系，是他一个外甥的女儿，将来说不准，大家还能套上亲戚。

齐建国问，你这个外甥的女儿，叫什么？

朱老板说，叫马红。

朱老板说着就笑了，又摆了摆手，小孩子的事，我这么一说，你这么一听就是了。

齐建国却不认为这是个一说一听的事。如果照朱老板这么说，这件事就更复杂了。儿子齐三旗不仅是擅自做主，跑去农村插队，而且还是跟一个要好的女同学一起走的。而这个要好的女同学，她父亲当年还是个卖烤白薯的，后来又卖过虾饼，现在是个卖凉茶的。齐建国想，这样看，就不能再由着儿子这么胡闹下去了。齐建国倒没有门第观念，也从没觉着自己的齐门医家有多高，街上的引车卖浆者有多低。但真要做儿女亲家，就是另外一回事了。

齐建国已从朱老板的口中得知，齐三旗和那个叫马红的女同学一起去的是一个叫洪远的山区，约有几百公里。可儿子已经去插队，又如何把他弄回来？

齐建国又想起杨局长。杨局长毕竟是个领导，对外面的事更懂一些。如果请他帮着出出主意，也许能想一个万全之策。这天晚上，齐建国就来到半栏桥。

杨局长刚回来，正吃晚饭，坐在桌前捏着个酒盅喝酒，一见齐建国来了，立刻站起身，招呼他过来一起喝两盅。齐建国这时没心思喝酒，就把儿子齐三旗的事对杨局长说了。杨局长听了想想，有些奇怪，你儿子是独生子啊，按政策应该留城，怎么去插队了？

齐建国只好照实说了，不是学校让去的，是他自己主动去的。

杨局长明白了，现在后悔了，想回来？

齐建国说，是。

杨局长想了想，办法倒有。

齐建国忙问，什么办法？

杨局长说，现在国家有一个政策，就算应该去插队的，有几种情况也可以不走，就是走了，也可以回来。说着放下酒盅，他掰着指头给齐建国讲解，比如，经医院诊断，确实有病的，国家规定有几种慢性病；确实有残疾，无法参加农业劳动的。

齐建国问，还有吗？

再有就是特困，家里确实有特殊困难的。

齐建国想想，杨局长说的这几种情况，儿子齐三旗哪条也不符合。

杨局长又问，他有什么残疾吗？

齐建国摇摇头。残疾，儿子齐三旗就更没有了。但又想了一下，说，对了，他十二岁时，左手的大拇指得过一次甲沟炎，后来好了，这指头有点歪。

杨局长一拍大腿说，这就行了，这叫残而不废！

杨局长告诉齐建国，国家对残而不废的定义是，虽有残疾，但没残废，原则上，可以没有完全丧失劳动能力。下乡政策单有这一条，倘残而不废，也可以不走。齐建国一听事情有希望，也高兴了，忙问杨局长，具体怎么办。杨局长说，这样吧，你让齐三旗回来一趟，我先看看他这手，如果符合条件，再想办法给他开个诊断证明。

这一晚，齐建国立刻收拾东西，准备去洪远。

16

洪远在牛山县。

牛山县，竟是深山大沟。

齐建国摇摇晃晃地坐了一天长途汽车，天快黑时才到牛山县城。一打听，县城离洪远还有四十多里山路，须搭方便的牛车或拖拉机才能进山。齐建国是个脸皮薄的人，又人生地不熟，不好意思开口求人，就在县城找个小店住了一夜。

第二天一早，齐建国自己进山了。

齐建国从没到过山区，不知山路的厉害。一进山才知道，原来山里的路这么难走。不光上坡下坡，还净是磕磕绊绊的石头，他手里还拎着两个大提包。齐三旗从小有低血糖的毛病，齐建国特意给他带了些糖和甜食，想他走的时候匆忙，又带了些衣服和日用品。就这样翻过几座山，又蹚过一条满是乱石的小溪，直到下午才总算来到洪远。

洪远倒是个山清水秀的地方。一条清花江在山脚下流过，山上生长着木棉和黄槐，远处的云雾笼罩着一层一层的梯田，看上去像一幅画。但齐建国这时已顾不上欣赏景色。跌跌撞撞地来到村里，才知道齐三旗在山上。也顾不上放下东西，就又上山来。

山坡上插着一面红旗，很多人正抬石头，搞围堰造田。

齐建国一眼就看见了齐三旗。

齐建国简直不敢相信，眼前的这个人就是自己的儿子。齐三旗光着膀子，脖子上搭着一条已经发灰的白毛巾，正和另一个人用一根扁担抬着块石头哼唷哼唷地往山坡上走。齐三旗在家时肉皮很白，不仅白，也细，小时候榕树街上的人常跟他开玩笑，说他像个女孩儿。可现在，他身上已晒得通红，肩膀和后背也爆了皮。爆皮的地方是红的，里边露出的嫩肉是白的，红红皮皮的像长了一层癣。齐建国在来的路上本已想好，见了儿子什么埋怨的话也不说，只要他答应跟自己回去就行了。可这时，一见儿子这让人心疼的样子，又想起他的主意竟然这么大，连招呼也不跟家里打一个就跑到这种地方来受这份儿洋罪，再想起他从小到大这些年，一次一次让自己提心吊胆，心急火燎地这么找来找去，齐建国一股憋在心里的怨气和怒气一下子就从心底涌上来。立刻什么也不顾了，扔下手里的两个提包就朝齐三旗冲上去。齐三旗正颤颤巍巍地抬着石头，一抬头，突然看见了父亲，一下愣住了。

齐建国已来到儿子面前，瞪着眼冲他吼道，你，你干的好事！

齐三旗回过神来，问，你怎么来了？

齐建国跺着脚说，你还有脸问我？！

齐三旗把脸转过去，你回去吧。

齐建国往起一蹦，我回哪儿啊？！

说着就扑上来，一把抓住齐三旗的胳膊，你跟我走！现在就跟我回去！

齐三旗突然甩掉父亲的手，别管我！

齐建国没防备，被这一甩，脚下一个趔趄。他瞪大两眼看着儿子，像看一个不认识的人。他不敢相信，这就是自己一点一点看着长起来的儿子。中医有一种病，叫痰迷，说的是痰浊阻遏心神，导致人的意识混乱。齐建国这时怀疑，儿子齐三旗的心神是不是也被什么痰浊阻遏了。齐门医家治痰迷单有一种秘法，就是猛击。趁对方不备，用一根木棍突然猛打头顶，痰迷的人立刻就会清醒。但打得要巧，力道也要准，否则会打成脑震荡。齐建国这时找不到应手的木棍，索性突然跳起来，狠狠扇了齐三旗一个嘴巴。齐建国也是情急，这一下扇得很重，齐三旗立刻被打得原地转了半个圈儿，正抬着石头的扁担也从肩上滑下来，把跟他一起抬石头的人也闪了个跟跄。这时，一个三十来岁的当地人朝齐建国走过来。

这人姓任，叫任桂云，是马前岭和马后岭两个自然村的治保主任。任桂云名字虽女气，人却很生猛，长得五大三粗，留个小平头儿。他当年曾在福建沿海当过兵，且是炮兵，专门开大炮的，人也就很混，是个沾火儿就着的脾性。这时他走到齐建国跟前，伸手推了一把，瞪着眼问，你什么人？这是农业学大寨的施工重地，敢来这里闹事？！齐建国这时也已红了眼，虽在任桂云的面前显得有些单薄，却毫无惧色，身子一挺说，这是我儿子！

任桂云又推了一把，你儿子也不行！再闹把你抓起来！

齐建国也真急了，回手抄起根扁担，你，抓个试试？！

齐三旗扔下手里的绳子，转身下山去了。

17

齐建国从山上下来时，已是傍晚。

山里的傍晚有了雾气。雾气和云团飘在一起，悬浮着，似乎很难分清，将远处的山峦和坡上的树林都遮掩起来。风也有些凉了。齐建国来到村外，看着升起的炊烟，忽然有些茫然。这眼前的一切，让他感到很陌生。他没想到，在这个世界上，还有一些人是在这种地方，这样活着。齐建国从小到大，这些年一直生活在榕树街。就是出诊，也没离开过这个城市，更不要说来这样的山村。可现在为了寻找儿子，他却翻山越岭地来到了这里。

齐建国正在村外转游，山上下来一个人。

齐建国认出来，这人下午在山上，跟齐三旗一起抬石头。

他来到齐建国的面前说，跟我来吧。

齐建国看看这个人，站着没动。

这人说，我叫于宝生，跟你儿子在一个集体户，是朋友。

又说，不过，你可别拿我也当你儿子，他是他，我是我。

齐建国又看看他，觉着这人说话挺奇怪。

于是问，你知道，他在哪儿？

走吧。

于宝生歪了下头，就转身又上山了。

齐建国犹豫了一下，只好跟在他的身后。

于宝生是山东知青，济南人，从小在大明湖边长大。于宝生有个舅舅，是说相声的。当年大明湖边有个春柳茶社，于宝生的舅舅就在这春柳茶社说相声。于宝生从小也喜欢相声，就经常跟着去茶社。他舅舅在台上说相声，他就在底下扒着台边儿听。后来相声不让说了，他舅舅又改唱竹板儿书，于宝生就又跟着听竹板儿书。再后来竹板儿书也不让唱了，于宝生的舅舅又改说三句半。这一说三句半，于宝生就学会了。三句半简单，也上口。一般是四个人说，有敲锣的，有敲鼓的，还有一个打镲的。前三个人一人说一句，五个字，或七个字，须合辙压韵，最后的这人说半句。但这半句得是个包袱儿，也就是得逗乐儿。所以这三句半，行话也叫"三条腿一窝边儿"。譬如第一个人说，大明湖上插红旗；第二个人说，气得美帝直着急；第三个人说，苏修就吃一根儿葱；第四个人就得说：——生气！于宝生跟着他舅舅学会了这个三句半，最爱说这最后的半句，也就是"窝边儿"。窝边儿窝巧了，包袱儿就抖得响，能让众人哄堂大笑。但于宝生来洪远插队，再说三句半就没人听了，这边的人也听不懂。但于宝生从小听相声，又会说三句半，就养成个爱开玩笑的习惯，如果用相声的话说也就是挺贫。齐三旗当然不懂于宝生的这个贫，只是觉着他说话有意思，两人就挺投脾气。

　　天色已经渐暗，齐建国又走不惯山路，跟在后面有些跌跌撞撞。再往上走，渐渐怪石林立，草木丛生，附近不知什么动物在高一声低一声地叫。齐建国脚步慢下来，朝四周看了看。于宝生在前面站住，回头说，别怕，不咬人。

　　又说，不远了。

　　绕过一块巨石，山腰上出现了一片林子。林子掩映着一个山洞。来到山洞近前才发现，洞里隐隐地透出一丝亮光。于宝生走过去，捡起块石头，在洞口的石壁上敲了几下。一会儿，洞口用树枝编的门打开了，齐三旗从里面走出来。

　　齐建国一见儿子齐三旗，立刻又瞪起眼。

　　齐三旗没看父亲，扭头回洞里去了。

　　齐建国随着于宝生来到洞里。这是个溶洞，里面很宽绰。借着烛光可以看清，洞里挺干燥，显然有人住。一块像床一样的石板上铺着褥子，褥子上还有一张竹席。旁边零散地放着些生活用品。齐建国忽然闻见，洞里有一股甜丝丝的酸味儿，像酒。接着就看见，山洞的角落里立着一堆大大小小的竹筒，旁边还有个半人多高的瓦罐。

于宝生说，是酒，果子酒。

齐建国朝四周环顾着。

于宝生说，来吧，何以解忧，惟有果子酒！

说着就朝洞里走去，抱来一只竹筒，开喝吧！

齐建国的提包里带了腊肉，还有齐三旗从小爱吃的咸鱼干，于是都拿出来。于宝生一见高兴了，一样一样摆在一块石头上。这石头挺大，挺平，像张桌子。三个人就在石头跟前围坐下来。齐三旗一直闷着头，不说话。于宝生去旁边翻弄了一会儿，只找来两个竹子做的酒杯，放到石头上，抱过竹筒斟上酒，然后摇头晃脑地说，三人喝酒两个杯；一个翅膀也能飞；可惜还剩一张嘴；说着他看看齐建国，又看了看齐三旗：——我吹！

说罢，就抱起竹筒吹了一口。

于宝生觉着自己这三条腿一窝边儿窝得挺俏皮，喝了一口酒扑哧笑了。再看看齐建国和齐三旗，两人都没笑。不光没笑，脸上也没有任何表情。

齐三旗用眼角看一眼父亲，拿起酒杯一口气喝了。

齐建国会喝酒，但平时很少喝。中医讲，酒是大毒，喝多喝少都伤身。可这次已出来折腾了两天，今天又走了四十多里山路，下午在山上的工地又跟齐三旗和任桂云大闹了一通，真觉着有点儿累了。想着这不过是果子酒，就拿起杯子也一口气喝了。

齐建国把这杯果子酒喝下去，才知道上当了。这种酒显然是用一种野生浆果酿的，虽然度数不高，却上头，只这一杯下去就有些晕，感觉头也大了。齐三旗还是不说话。他显然经常和于宝生这样喝酒，两人也不让，就这么你一口我一杯地喝。又喝了一会儿，齐建国实在忍不住了，把手里的竹杯往石头上一墩，冲齐三旗吼道，你也太有主意了！

齐三旗仍闷着头喝酒。

齐建国瞪着他，这么大的事，你就不跟我商量？！

于宝生抱着竹筒，一边给齐建国斟着酒说，在我们大明湖边的春柳茶社，把酒叫山，喝酒叫搬山，好酒叫尖山，使劲儿喝叫嗨搬，今儿这山可是尖山，就嗨着搬吧！

齐三旗看一眼父亲，从于宝生的手里拿过竹筒，一口气都喝了。

齐建国吃惊地看着齐三旗。他不知道，儿子的酒量竟然这么大。

齐三旗喝了这一竹筒，仍低着头，不吭声。

齐建国冲他喘着粗气，你，就不会说句人话吗？

齐三旗又闷了一会儿，突然趴在石头上哇的一声嚎啕大哭起来。

齐三旗的嗓门儿很高，底气也足，山洞里又有回音，这一哭就嗡嗡的，动静儿很大。齐建国一下慌了，闹不清儿子这是怎么了，又怕声音传出去让人听见。于宝生倒见怪不怪，笑了一下说，没关系，让他哭吧，这山上没人，就是把肠子哭出来也不会有人听见。说着就晃晃悠悠地站起身，又去抱来一个竹筒，接着搬吧，嗨着搬，何以解忧，惟有搬山！

原来这种用野生浆果酿的酒不仅上头，也有后劲。齐三旗喝了酒起初挺正常，好像没什么，但渐渐就不行了，看出是喝大了。人一喝大了也就不再闷，开始说话。可齐三旗这时还在哭，一边哭着说话就有点儿乱。但齐建国听了一会儿，还是听明白了。

齐三旗来插队，已经后悔了。

齐三旗直到来洪远才知道，自己是被这个叫马红的女生骗了。这马红在学校时，为了尽快凑齐上山下乡小分队的人数，做动员时竟不惜一切手段。她不仅对齐三旗的追求表示默许，在动员另外几个男生时，也都分别表示了默许。而更要命的是，这支小分队下来以后，都被分到了洪远。这一下马红的麻烦就大了。她同时面对这几个都已默许过的男生，当然无法兑现当初的承诺。于是索性拉下脸，一概不认账。可她不认账也不行，这几个男生不干。你当初红口白牙说的话，用眼神表达的意思，怎么能说不算就这么不算了？

接着才知道，马红的事还远没有这么简单。

原来马红当初在学校时，有一个真正相好的男生。这男生叫高大全，也是个学生干部。高大全不仅身材高大，且各方面的才能很全面，所以在女生里也很有号召力。于是在他的鼓动下，很多女生下乡插队也都报了名。但就在下乡前的最后一刻，这高大全却突然宣称，他已被学校分配到一个市直机关工作。高大全曾许诺马红，要和她一起去农村，在广阔天地干一番轰轰烈烈的事业，两人一生一世都在一起。也正因如此，马红才率先报名插队，又四处去做动员，表现得格外积极。现在高大全却突然不走了，马红一下就急了。后来马红到了洪远，才弄明白是怎么回事。原来包括马红动员的成绩，都已被高大全记在了他自己的账上。这一来高大全的工作成绩就更显著了，不仅显著，还显示了他的工作能力和在同学中的号召力。这样的学生干部，如果让他去农村当然就太屈才了，应该放到更重要的岗位。于是高大全就作为调干生，被分到市直机关去了。马红在洪远搞清了这件事的真相。她当初骗了小分队的几个男生，她的良心还可以接受；可现在，自己竟然也被这高大全骗了，她在感情上就无论如何都无法接受了。不仅无法接受，也万念俱灰。加上集体户的几个男生又不依不饶，整天追着她讨要感情债。马红的精神就彻底崩溃了。一天晚上，她跑到山下跳了清花江，幸好被人救起。后来又想跳崖，还在村里几次想喝农药。现在人已有些精神失常了。

齐三旗这样说着，渐渐就不哭了，又开始喝酒。一边喝着酒又数数叨叨地说一些来洪远之后的事。但这些事齐建国就听不懂了，齐三旗自己也越说越乱。齐建国几次想拦他，跟他商量后面回城的事，齐三旗却只顾自己不停地说。他的话就像打开的闸门，一下子倾泻而出，拦都拦不住。于宝生冲齐建国摆摆手，意思是别拦了，拦也没用。

齐建国知道，儿子齐三旗是彻底喝大了。

18

齐三旗真的彻底喝大了。说着话头一歪，就趴在石头上不省人事了。

于宝生也有点大。但于宝生会说相声，还会说三句半，口齿就还清楚，只是看着很兴奋，话也密。他一边喝着酒对齐建国说，在他们大明湖边，有一种打着板儿唱的小调，叫太平歌词，很好听。一边说一边就摇晃着脑袋击打节拍，给齐建国唱起来：

> 石崇豪富范丹穷，
> 甘罗运早晚太公。
> 彭祖寿高颜回命短，
> 六个人尽在五行中。

齐建国不懂于宝生唱的是什么，但大致意思还是听明白了，无非是说世事沧桑，人生无常。想想自己，不免心生感慨。他也是喝了点酒，就觉着一股委屈涌上心来。自己从二十五岁有了这个儿子，第二年就死了老婆。这些年又当爹，又当妈，一把屎一把尿地把这儿子拉扯大，着了多少急不说，吃了多少苦也不说，现在他终于长大成人了，竟对自己没一点感念之情，说走就这么扔下自己走了。想到这里，就不觉也流下泪来。

于宝生一见自己唱了一段太平歌词，竟把齐建国唱到了伤心处，就笑笑说，按说我一个晚辈，属大明湖边说相声的讲话，也是井台打水江边卖，文人门前唱《三字经》，班门弄斧了，不过还是那句老话儿，事有顺逆，瓦有阴阳，人这辈子，不如意事常八九，要活着，就得受着。齐建国看这于宝生年纪轻轻，倒懂些人情世故，就叹息一声说，你跟三旗在一块儿，也多跟他聊聊。于宝生说，是啊，我俩没事儿的时候，常聊，可他这人啊。

说着摇摇头，就没再说下去。

齐建国朝洞里看看，问，你俩平时，就住这儿？

于宝生说，我俩不住，有人住。

齐建国问，谁？

于宝生说，他看来了生人，大概躲了。

于宝生说，其实这山洞，也是他和齐三旗偶然发现的。一天早上，他两人说着闲话儿忽然觉着馋了，想上山打个野物儿。来到山上不知不觉迷了路。后来正在山上转着，发现远处有个人影一晃。两人好奇，山上这么深的林子怎么还会有人？就尾随上去。渐渐追上了，只是远远跟着，没敢贸然过去。就见这人大约七十多岁，生得相貌清奇。最让他两人感到惊异的是，这老头这样的年纪，竟身形敏捷，爬到树上摘野果比猴子还灵巧。等他摘完了果子，于宝生和齐三旗又尾随着，就一路来到这个山洞。可他两人没想到，这老头竟知道有人跟在身后。等来到洞口，突然站住了，慢慢回过身看着他们。

他俩只好也站住了。老头没说话，就转身进洞了。

他两人犹豫了一下，也跟进来。

这山上到处是山洞。可没想到，竟还有一个这样的山洞。老头到了洞里只顾闷头做事，并不看他们，也不说话。后来他两人才知道，这老头不会说话。其实也不是不会说，会说，但是个聋子。聋子不光听不见别人说话，也听不见自己说话。听不见，也就干脆不说了。

在这个上午，这聋子老头在洞里一直鼓捣他的野果。还是于宝生看了一会儿，看明白了，他在酿酒。老头忙了一阵，就抱过一只竹筒，在一块石头跟前坐下来。他两人也跟过来。老头打开竹筒，果然是酒。他自己先喝了几口，就把这竹筒交给于宝生。于宝生也喝了几口，酸甜，还挺上头，就又给了齐三旗。于是三个人就这么你一口我一口的喝起来。一会儿把这筒酒喝光了，老头又抱来一筒。于宝生和齐三旗一喝了酒，话也就多起来。但这聋子老头听不见，只是眨着眼，看着他两人。后来酒越喝越多，他两人的话也就越说越密。再后来在集体户里不敢说的话，这些年深埋在心底的话，就一股脑地都说出来。两人酒入愁肠，也是话到伤心处，一边说着，竟就抱头痛哭起来。可于宝生哭着哭着，忽然说了个三句半：插队知青山上走；没有肉吃光喝酒；喝得晕头转了向；——像狗！

两人相互看看，扑哧都乐了。

这时，于宝生发现，这聋子老头虽听不见，却一直在盯着他们两人。刚才他俩抱头痛哭，他眯着眼，捂着嘴，像在偷笑。这时于宝生随口说了个三句半，两人都笑了，这老头又摇摇头，叹息一声。齐三旗也看出来了。于是两人笑着笑着，都不笑了，只是瞪着这老头。这老头又垂着头沉了一会儿，用袖子抹抹眼角，就去洞里又抱来一个竹筒。这个竹筒很细，看上去几乎像一根竹管。竹管已经发黄，显然已放了很长时间。老头把这竹管一头的塞子拔开，先递给于宝生。于宝生试着喝了几口，竟很甘洌。接着就感觉自己变得轻飘飘的，像是要飞起来。这时齐三旗也喝了几口，扔下竹筒，就慢慢倒下了。

两人再醒来时，发现躺在山坡的一个草丛里。

回想喝酒的事，恍惚还记得。齐三旗说，也许是两人在山上走累了，在这里睡着了，是梦。于宝生说不对，做梦没有两个人商量好了一块儿做的，况且如果是梦，两个人也不可能梦到一块儿去。且这时，两人咂咂嘴，觉着还有酒味儿。于宝生说只有一种可能，如果真喝了酒，就是这老头趁他两人喝大了，把他们扛到这儿来的。

第二天，他两人又来到山上，果然找到了这个山洞。

于宝生对齐建国说，他和齐三旗，后来就经常来山上，喝这聋子老头的果子酒。只是一直不知他是哪的人，又是怎么来这山上的。于宝生说，这老头还有一个怪处，只要盯住他的两眼，就能看出他在说什么。齐建国笑笑，觉得这于宝生也喝大了。

于宝生有点急，认真地说，我像酒话吗？

齐建国又嗯了一声。

于宝生说的，倒真不像酒话。

于宝生说没喝大，但还是大了。没一会儿，身子一歪也睡着了。齐建国这半天一边和于宝生说着话，已不知不觉又喝了两杯，这时也觉着酒劲上来了。齐建国从没醉过酒。这时才知道，原来酒后这么难受，感觉胃像个痰盂儿，似乎倒过来了，里边的东西都要出来。接着身子就不由自主地往下出溜，眼前的世界也好像越来越远了。

齐建国第二天早晨醒来，发现齐三旗和于宝生都不见了，稍微动了一下，头像要裂开。嘴唇也黏得粘在了一起。这时，他突然发现跟前站着个人，吓了一跳。抬头看看，是个光头的老头。这人的长相，好像哪有点别扭。再细看，竟没有眉毛，脸上光溜溜儿的；胡子却挺长，几乎垂到胸前。齐建国心里揣测，这应该就是于宝生说的那个聋子老头了。

于是齐建国慢慢坐起来。

聋子老头给齐建国端过一杯水，就在对面坐下了。

齐建国把水喝了。显然是山里的泉水，挺凉，顿时感觉舒服些了。他放下手里的竹杯，慢慢抬起头，发现这聋子老头正盯着自己。齐建国也看着他。这老头的两眼像两个深潭，深不见底。齐建国觉得，他这双眼的后面，似乎还有一双眼睛。

齐建国跟他定定地四目相对，就这样一直坐着。

将近中午时，齐建国就起身下山去了。

第二部 齐三旗记

卢金花的身上有一种很纯、很真的东西，像山上的泉水，能一眼看到底。这是城里的女孩儿没有的。当初马红看着也挺纯，也挺真。但马红的纯、真，是另外一种纯真。马红就像是红墨水，看上去很清亮，也挺透亮，可再仔细看，却无法看到底。

1

齐三旗八岁时，就不想学中医了。

八岁那年，后街的汪老太死了。段木匠为汪老太做了一口很气派的棺材。那天齐建国让齐三旗去木匠铺送三花茶。三花茶是齐门医家祖传的一种茶，说是菊花、熟槐花和金银花，其实没这么简单。其中还有齐家的独门秘方，既消暑生津，又保肝明目，且清火又绝不寒凉。那天齐建国说，木匠铺为汪老太办丧事，事情一多一忙，人就容易上火，送包三花茶过去，让段木匠给丧事上的人沏着喝。齐三旗拿了三花茶来到后街，一进门，就见铺子当中摆着一口大棺材。齐三旗在此之前还从没见过真正的棺材，只是听说。这时才知道，棺材竟然长的这样。段木匠正蹲在棺材的一侧，用一把锋利的凿子雕花。

齐三旗一下被这口棺材的气势震住了，看着就像一条大船。再想想它的用处，心里就更加敬畏。段木匠也很为自己的这口棺材得意。段木匠平时闷，不爱说话，见了齐三旗话却多，这时一见齐三旗来送三花茶，就把他拉到棺材跟前。段木匠知道，齐三旗很喜欢自己的木匠铺，对木匠手艺也有兴趣，就指着这口棺材给他讲解。棺材也叫寿枋，俗话叫"四块半"。何谓四块半？因为它是两帮一底，外加一个盖子，是四块整板儿，前后堵头则都是半块，这样合起来，正好是"四块半"。段木匠又讲，从段记木匠铺出来的棺材有讲究，不用穿钉，不用铁活儿，上下四角儿的咬合也全是榫卯，所以入土不生锈，百年千年不糟不烂，真正的永垂不朽。齐三旗这时只有八岁，段木匠说的这些，自然似懂非懂。但平时在家，他整天跟着父亲认草药，相比之下，就觉着这木匠铺里更有趣。段木匠又说，不光是有趣，你家是大夫，我是木匠，你说，哪个对人更重要？齐三旗一下被问住了。齐三旗记得，父亲曾说，行医是悬壶济世，保人一生平安。既然是保人一生平安，自然更重要。

段木匠说，错！

齐三旗不解，问怎么错。

段木匠让齐三旗往棺材里看一看。

齐三旗伸头一看，棺材里很空旷，空旷得就像一个世界。段木匠说，人活着不过几十年，而死了才是真正的长久，你说，是几十年重要，还是真正的长久重要？

齐三旗年纪虽小，也知道，自然是真正的长久重要。

段木匠一拍大腿，对啊，所以啊，要想真正长久，就得用我这"四块半"！说着又摇摇头，人活几十年，不吃药可以，可死了没我这"四块半"却不行！懂了？

齐三旗还是没完全懂。

齐三旗渐渐发现，段木匠这话也像三花茶，得慢慢泡，味道才能一点一点出来。这些年，他偶尔还会想起这番话。但不同的时候想起来，就会品出不同的味道。

不过和段木匠相比，齐三旗还是更喜欢关四爷。

关四爷也是个闷人。但关四爷的闷，跟段木匠又不一样。段木匠闷是顾不上说话，干活儿的时候闷，脑子里一心一意想手上的事，就是没干活儿，心里也在琢磨着哪个桌角的榫卯怎么合，哪根"老虎腿儿"的料怎么下。关四爷的闷，却总是拧着眉，皱着脸，像有很重的心事。关四爷是河北赵州人。当年在老家参军，又随大军南下，走到这里负了伤，就留下了。关四爷负伤不是被枪炮打的，而是让蛇咬的。关四爷在部队是个厨子，部队叫炊事班，是炊事班的副班长。一次要为战士改善伙食，听说当地蛇多，就去林子里，想抓几条回来给大家烧着吃。但关四爷是北方人，不知这边蛇的厉害。在林子里看到一条大花蛇，有茶盏粗细，满心高兴，上去就用手抓。关四爷也听人说过，抓蛇要抓七寸，可就在他去抓这条蛇的七寸时，却被这蛇突然回头反咬了一口。而更严重的是，这是一条毒蛇，俗称烙铁头，不仅有剧毒，且一旦被咬，立刻就会丧失意识，倘不及时救治很快就会送命。关四爷这次幸好遇到当地的一个蛇医，用草药湿敷，才捡回一条命。但伤好之后身体就弱了，经常浮肿，还咳喘，已不适宜再随部队南下，就只好在当地留下来。关四爷在部队是炊事班长，懂做饭，到了地方就在老君街上的一个肠粉店当了厨子。这个肠粉店叫"福记粉店"。老板也姓关，叫关阿福，是桂平罗秀人。桂平罗秀出米粉，这关老板就专做罗秀的簸箕粉，所以福记粉店在老君街就很有名。但福记粉店真正有名的还不是关老板的簸箕粉，而是关四爷的炸油条。关四爷炸的是河北的赵州油条，不仅酥松，且香脆。所以来福记粉店，要一碗簸箕粉，再就着两根刚出锅的赵州油条，就是老君街上的一大特色。

关四爷跟齐三旗的父亲齐建国有过节儿。

关四爷一年四季炸油条，油烟子闻多了，就总咳嗽。起初没在意，后来咳得越来越厉害，就来找齐建国。齐建国先用了一味"木蝴蝶"，又叫"千张纸"，效果不明显。后来改用"夏枯草"，仍不明显。这时齐建国得知，关四爷当年曾被毒蛇咬过，才意识到，这就应该不是一般的咳嗽了。毒蛇咬了不仅是皮外伤，蛇毒浸入体内，也会伤及肾脏。而中医讲，肾与膀胱相表里。肾损则膀胱即伤。膀胱伤了，关四爷才会浮肿，浮肿自然会增加心肺负担。于是齐建国就调整了治疗方向，为关四爷改用一剂"飞喉散"，也就是夜蝙蝠。准备先止咳，再慢慢调理心肺。当时关四爷一见这"飞喉散"竟是这么奇怪的东西，且又腥又臭，还要用苇子管儿往嗓子眼儿里吹，执意不肯用。是齐建国好说歹说劝了一上午才勉强用上的。结果那一次，齐建国快中午时赶回家，就把儿子丢了。而关四爷用了这剂"飞喉散"，也只好了一个春天。一入夏就又犯了，且咳得似乎比先前更厉害。

齐建国曾有些不悦。自己来为关四爷出诊，回去丢了儿子，事后关四爷却连一句像样的话也没有。但殊不知，此时关四爷的心里也正窝着气。关四爷这个夏天偶然听说，有一种叫"三伏贴"的东西，在三伏天里贴在身上，能治老咳喘。去医院一问，果然有这种疗法。于是在这个夏天贴了一季"三伏贴"，多年的老咳喘竟真就好了。

关四爷是当兵出身，炮筒子脾气。心里有气，就在街上说出来。先说自己这一年喝了多少苦药汤子，又说如何把个腥臭的蝙蝠弄到自己嗓子眼儿里，折腾一个六够也没见效果，倒是去了一趟医院，贴了一季"三伏贴"，这多年咳喘的老病根儿一下就去了。关四爷在街上这么说，虽没提齐建国一个字，可谁都明白，这话句句指向榕树街的齐大夫。有人实在听不下去，就去告诉了齐建国。齐建国听了只是笑笑，倒不介意。但又想了想，就还是来到老君街。关四爷一见齐建国来了，就知道是自己的话传到他耳朵里。索性当面说，早知有这"三伏贴"，这一冬一春，也就不用喝那些苦药汤子了。

齐建国知道关四爷的心里有怨气，倒不计较。只是耐着性子说，我来是想告诉你，这"三伏贴"是怎么回事。齐建国说，"三伏贴"又叫"天灸"，当年还是从清朝传下来的。它是把中草药直接贴在穴位上，再借助一些特殊手段，达到治疗的效果。中医认为，一年之中三伏天最热，经络也最畅通，此时穴道大开，用药贴敷最易深达腠理，所以才在这个季节用这样的治法。不过，齐建国又说，你这多年的老咳喘就是另外一回事了，咳只是标，不是本，虽说现在用这"三伏贴"有效果，但也只是治了标，而没治本。关四爷听了不服气，拍着自己的胸脯说，别管治标治本，我现在不咳不喘了倒是真的！齐建国笑笑说，俗话说，病来如山倒，病去如抽丝，只怕没这么简单，先过了这一夏吧，看一看再说。

也就在这一年的夏末，又出了一件事。关四爷的老伴儿没了。

关四爷的老伴儿没得很突然，事前没一点征兆。关四爷这老伴儿是灵山人，爱吃猪脚粥。这天晚上，喝了点粥，刚放下碗，两眼一翻就倒下了。关四爷一见慌了手脚。齐建国这一晚刚好在老君街，正为旁边虾饼店的伙计看带状疱疹。关四爷往日与齐建国有过节儿，此时也已顾不上这么多，赶紧把齐建国请过来。齐建国来看了，取出一颗苏合丸。因这苏合丸是急救药，专治中风痰厥，齐建国平时出诊就总带在身上。这时关四爷的老伴儿已牙关紧闭。齐建国让关四爷帮着撬开老伴儿的嘴，将这颗苏合丸灌进去。不料一口水刚下去，关四爷的老伴儿哏儿的一声，就咽气了。关四爷一见老伴儿没了，终于忍不住了，心里憋了这么久的怨气一下都爆发出来。但关四爷毕竟是军人出身，还有些素质，他爆发怨气并没直接冲着齐建国，而是用一种悲痛的方式表现出来。于是他趴在老伴儿的身上，抚着尸首大放悲声。这悲声的动静已不是哭，而是嚎，还不仅是嚎，已经是吼。关四爷这连哭带嚎的吼叫顿时响彻了老君街。齐建国行医这些年，自然什么都见过，已从关四爷这哭嚎里品出味道。

也就没劝，收拾起诊包起身走了。

这以后，关四爷与齐建国虽没撕破脸，两人的话就更少了。街上再碰面，倘离得远就都装没看见，连招呼也不打了。齐建国这些年，在街上从没与人红过脸。他只是用这种方式告诉关四爷，自己是恼他了。事后，齐建国也曾对街上的人说起过关四爷的事。齐建国说，医家最怕的就是最后一根稻草和最后一个烧饼。当初关四爷去医院贴那个"三伏贴"，就是吃的最后一个烧饼。殊不知他此前已吃了若干个烧饼，就是饱，也不是饱在这最后一个烧饼上。而他老伴儿的死，也是死在这最后一根稻草上。

齐建国无奈地说，道理虽浅，却也难懂啊。

2

　　齐三旗上小学时，常来老君街的福记粉店。他来福记粉店不为吃粉，就为吃关四爷的赵州油条。关四爷与齐建国有过节儿，却喜欢齐三旗，赶上齐三旗没带钱，也夹一根油条给他，自己掏钱垫上。齐三旗爱听关四爷说话。关四爷平时闷，话少，一见齐三旗话却多，他的河北赵州口音一直没改。赵州话好听，像唱歌。关四爷有乡愁，心思重，想起老家的时候就常对齐三旗说，人离故土，就像没了根，见过水上的浮萍没，就那么漂着。然后又叹息，当初想的是，打完了仗，就回家，却没想落在了这里。可齐三旗一问，当年从部队转业时，为什么不回赵州。关四爷又摇头，再问就说，算了，不提了。

　　齐三旗明白，关四爷心里有苦。虽拿自己当忘年交，有的苦也无法说出来。所以去洪远插队以后，每次回来，第一件事就是先来老君街。这时的福记粉店已改叫"红旗食堂"。齐三旗来了要一碗簸箕粉，一边就着关四爷的油条吃着，听他说说话，心里才踏实。

　　这年春节，齐三旗从洪远回来。像往常一样来到老君街，发现关四爷的脸色很难看，像挂了一层灰。齐三旗跟父亲学过中医，就问关四爷，哪儿不舒服。

　　关四爷说，没事。

　　再问就说，晚上来家说吧。

　　关四爷的家就在红旗食堂旁边。晚上，齐三旗来到关四爷家里。关四爷正一个人喝酒。见齐三旗来了，就拉他过来，让陪他一起喝。关四爷的脸色在灯下更难看了，两个眼睑已经发黑。齐三旗仔细看了看，怀疑关四爷是肾出了问题，就抓过他的手腕摸了摸脉象。

　　关四爷说，别摸了，就是肾。

　　齐三旗忙问，怎么回事？

　　关四爷说，慢性肾衰竭。

　　齐三旗明白了。慢性肾衰竭是西医的说法，也就是尿毒症。尿毒症堪比肾癌，甚至比肾癌还厉害。这时还没有肾移植术，可以说是绝症里的绝症。

　　立刻瞪着关四爷，怎么会这样？

　　关四爷笑笑，死生有命，富贵在天，不稀奇。

　　齐建国当初还是说对了。关四爷在那个夏天贴了一季"三伏贴"，虽不咳了，但正如齐建国所说，咳只是标，肾才是本。关四爷当年让毒蛇咬了，虽把命捡回来，却已伤及肾脏，衰竭只是迟早的事。这一阵，关四爷的咳嗽虽轻了，渐渐却感到食欲不振，四肢乏力，接着又开始一阵一阵地呕吐，再后来还经常晕倒。去医院检查，已是肾衰晚期。

　　关四爷给齐三旗倒了杯酒，说，这些日子，一直等你回来呢。

　　齐三旗点头，您有事，就说吧。

　　关四爷说，也没什么大事。

　　齐三旗看看关四爷。

　　关四爷说，这赵州油条，是门手艺啊。

　　齐三旗就明白了。

　　炸赵州油条确实是一门手艺。特有的酥松香脆，是有讲究的。虽也是用油炸，却又不完全是油。锅里的油只是薄薄一层，底下其实是水。水倒进热油会炸，而热油倒进水里又会膨，关键是个比例，再有就是顺序和温度。要先把水倒进锅里，到了一定温度，不能热，也不能凉，再倒进适量的油。水重，而油轻，油就会浮在表面。这样再炸油条，看着是用油炸，而油只是上面一层，底下是被水托着。这样炸出的油条，味道自然不一样。关四爷事先已准备好了，这时就让齐三旗来到灶间，一步一步细细地做给他看。

　　做了一遍，回头问，看清了？

　　齐三旗点头，看清了。

　　关四爷说，也没别的留给你，就是这个。

　　又说，也别小看这手艺，哪天，兴许就能派上用场。

3

过了正月十五，齐三旗准备回洪远。

想起关四爷，就打算临走前去老君街看看。

这天下午，齐三旗正收拾行李，关八匆匆来了。关八是过去福记粉店关老板的儿子。福记粉店原是关老板自己开的，后来改红旗食堂，就变成集体所有制。关老板心里不服，嘴上又不敢明说，就歇手不干了，只把儿子留在店里。关老板的这个儿子叫关成，因为长着一对扇风耳朵，街上的人就给他取了个绰号，叫关八戒。但只要有人叫，关成就还嘴，有的时候真急了还上去动手。后来街上就没人再叫关八戒了，只叫关八。

关八在这个下午来榕树街，是给齐三旗送信儿，说关四爷有事，叫他去一趟。齐三旗一听，立刻有了一种不祥的预感，赶紧放下手里的事来到老君街。

关四爷躺在床上，见齐三旗来了，冲他招招手。齐三旗就过来，在关四爷的床前坐下了。关四爷脸色蜡黄，黄里又透着苍白，说，叫你来，也没事。

可说着没事，又好像有话要说。

齐三旗看出来了，就去给关四爷倒了杯水，端过来。

关四爷摆摆手说，别喝了，喝进去尿不出来，肿啊。

沉了一下，才又说，心里闷，叫你来，也是想说说话。

齐三旗说，知道你有一肚子话。

关四爷看一眼齐三旗。

齐三旗说，能说到哪儿，就说到哪儿吧。

关四爷叹了口气，是啊，再不说，就得带着这一肚子的话走了。

关四爷这时已不能平躺，歪靠着喘了一会儿，就还是把这些年闷在肚子里的话，对齐三旗说出来。说的，自然是自己当年的事。关四爷说，他当年随大军南下，后来留在这里，其实不光因为被蛇咬了，也是犯了错误。停了一下，才又说，他那次给战士改善伙食，去林子里抓蛇。可他当时去那个林子还不仅为抓蛇，也是去见一个女人。

齐三旗哦一声，冲关四爷笑笑。

关四爷说，他也是偶然认识这个女人的。一次出去为部队买粮食，穿过麻衣街时，见一个女人在路边卖盐水花生。盐水花生是当地特产，把花生先用盐水煮了，再晾干，这样的花生吃到嘴里既不燥，也没水气，很有滋味。关四爷那时就爱喝两口儿，来到这里，又喜欢上当地的三花酒。晚上炊事班完事了，就常弄二两喝一喝。这时一见这盐水花生，想着晚上喝酒挺好，就朝这边走过来。但来到跟前一摸身上，才发现没带钱。钱是带了，可带的是部队买粮食的钱，不能动。卖盐水花生的女人见关四爷犹豫，不知他是没带钱，就说，好吃着呢，尝尝吧。关四爷立刻摇头说，不买，就不能尝。女人问为什么。关四爷说，我们有纪律，不拿群众一针一线。这女人见关四爷穿着军装，挑着个挑子，知道他是军人。关四爷是河北人，身材又高大，显得挺威武。这女人就扑哧笑了，说几个花生也值一针一线啊，吃吧吃吧。关四爷红着脸连连摆手，赶紧挑起挑子要走。这时这女人已看出来了，关四爷不是不想买，是身上没带钱，就立刻叫住他说，你等等。关四爷站住了。这女人把两手插进盆里，捧了一捧花生，举到关四爷的面前。关四爷一看更慌了，连忙说，先不买了，还要去办事，下次再买。这女人笑着说，不要钱，拿去吃吧，好吃下次再给钱。说着就过来硬装进关四爷军装的衣兜。关四爷见推辞不掉，只好说，下次，下次一定把钱给你。一边说着才注意看了看这个女人。这女人的脑后梳着个发鬏，看着三十多岁，眼睛挺大，尖下颏儿，皮肤也很白皙。女人见关四爷打量自己，脸也红了，笑笑说，那就下次给钱吧。

几天以后，关四爷又在街上碰见这个卖盐水花生的女人。其实也不是碰，关四爷上街买东西，故意绕到麻衣街，就又看见了这个女人。这女人一见关四爷也立刻认出来。关四爷要把上次的花生钱给她。这女人推辞了一阵才收下。这以后，关四爷就经常来买这女人的盐水花生。渐渐熟了，赶上关四爷没要紧的事，两人也站在街边聊一会儿。这女人叫桂香，是灵山人。男人是个篾匠，几年前病死了，她就来这里投靠亲戚。关四爷听说桂香也不是此地人，又想起自己在河北赵州的老家，就有了一种同是天涯沦落人的感觉，心里也就跟这桂香又近了一步。后来到桂香的住处去了一次，两人就好上了。

但关四爷跟这桂香好上，也很不容易。部队管得严，平时不准随便外出。有事离队要请假，还要经过上级批准。关四爷因为在炊事班，经常外出买东西，所以才有便利条件。但买东西也不能天天买，且买东西就是个买东西，时间也不能太长。这样每跟桂香见一回面，他就总要挖空心思想各种理由。后来有一次，关四爷到驻地附近挑水，无意中发现，这里有一片茂密的林子。于是就经常借着挑水，在这片林子里和桂香匆匆约会一下。

出事是在桂香生日的这天。两人每次都是匆匆一聚，这天桂香就想从容一点，两人在一起多待一会儿。关四爷想来想去，就想出这样一个借口，说要为战士们改善伙食，去林子里抓几条蛇回来。关四爷这天来到林子里，先为桂香过了生日，两人把该做的事做了。可回去总得有个交待，于是关四爷就真开始抓蛇。但关四爷是北方人，赵州虽也有蛇，也只是些草蛇或菜花蛇，没毒，对这边毒蛇的习性就不了解。可他不了解，桂香却了解。桂香从小在灵山长大，知道这边毒蛇的厉害，就提醒关四爷千万小心。可是她的话还没落地，关四爷已在草丛里发现了一条很粗的大花蛇，跟着就伸手去抓。这一伸手，就被那条蛇反咬了一口。桂香已认出来，这是一条老鼠蛇，又叫烙铁头，是一种毒性极强的蛇。这时一见关四爷被咬了，就知道事情大了。被这种叫烙铁头的毒蛇咬了，最明显的感觉就是疼痛难忍，且不是一般的疼。这时关四爷就已疼得有些站不住了，意识也开始模糊起来。

桂香毕竟已在此地生活了几年，对这一带很熟悉，赶紧去附近找来一个蛇医。经过一番救治，关四爷的命才算保住了。可这一来，关四爷和桂香的事，再想瞒也就瞒不住了。关四爷作为炊事班的副班长，为给大家改善伙食去林子里抓蛇，这当然没什么可说。而抓蛇时不小心被蛇咬了，这也没什么可说。但问题是，部队的人闻讯赶来时，还有一个年轻女人在关四爷的身边，且一下就能看出来，这女人跟关四爷的关系不一般，这就不好说了。当时部队有很严明的纪律，无论军官还是士兵，一律不准与当地的异性发生恋情。而关四爷应名儿是来林子里抓蛇，现在身边却有这样一个女人，这显然就不是抓蛇这么简单的事了。

直到这时，关四爷也才不得不向部队领导承认了自己跟桂香的关系。

承认了关系，问题反倒简单了。部队领导决定，让关四爷转业到地方。部队领导这样决定也是出于两方面考虑，一是关四爷的这个问题已不仅是违反军规。一个军人，虽是炊事班的副班长但也毕竟是个副班长，大白天和一个当地女人跑到林子里，两人还搞得身上背上都是草针树叶，这显然就已是生活作风的问题了。其次，关四爷被毒蛇咬过之后，虽保住了性命，身体也明显不行了，已不适于再跟随部队行军打仗。

关四爷就这样从部队下来了。

但关四爷从部队下来，又面临一个选择，是回河北赵州老家，还是留在当地。留在当地当然是首选，因为桂香在这里。桂香也希望关四爷留下。可关四爷还有一个更大的难题一直没说出来。关四爷在河北赵州的老家，已经有了一个老婆，且这个老婆已给他生了一个还没见过面的儿子。关四爷当年参军时，在家刚结婚几天，新婚的被窝儿还热着就穿上军装出来了。这一出来就跟随部队一路南下。后来老婆生了个儿子，还是从家里的来信中得知的。现在算起来，这儿子也该有三岁了。桂香倒是个通情达理的女人，知道了关四爷家里的事，也同意他回去。可就在这时，又出了新的问题，桂香也有身孕了。这一下关四爷就真是两头为难了。有心回赵州老家，桂香这里又放不下；可如果留在当地跟桂香过日子，老家那边还有老婆孩子等着回去。关四爷想来想去，最后还是咬牙决定留下来。自己在这里跟桂香好了一回，又已经把人家的肚子搞大了，总不能说走就这么扔下人家走了。

但桂香肚里的这个孩子最后也没落住。也没见桂香小产，后来不知怎么，这孩子糊里糊涂就没了。孩子没了，桂香哭了几天。关四爷反倒劝桂香，孩子是人造的，没了再造。现在不像在部队的时候了，每回还得想各种借口，且匆匆忙忙。如今是在自己家里，想怎么造就怎么造。可这时在家里了，时间充裕了，孩子却又造不出来了。其实关四爷的心里，还一直惦记着赵州老家那个没见过面的儿子，所以这时，也希望桂香能尽快生出一个。眼看着桂香的肚子总没动静，就把榕树街的齐老先生请来。但齐老先生给桂香看了，说了一句话，让关四爷一下愣住了。齐老先生说，桂香小时受过病，她早已没有了生育功能。

齐老先生这话，是背着桂香说的。所以桂香一直不知道，自己的事已被齐老先生说破了。关四爷也就把这事装在了心里。但一件事装在心里，不说，不等于没有。反而越是装着不说，心里越憋得难受。好在桂香比关四爷大几岁，这些年吃的穿的，很疼关四爷。

关四爷叹口气，对齐三旗说，几十年，也就这么过来了。

4

关四爷当晚就不行了。

齐建国得着消息，也过来了。

关四爷看见齐建国，想说话，但已说不出来了。齐建国坐到关四爷的跟前，看看关四爷的脸色就明白了。关四爷的抬头纹已开了，这是死相。于是齐建国拿出一粒红色的药丸，塞进关四爷的嘴里。这粒药丸是齐门医家祖传的，叫"回命丹"。说是回命丹，却并不是救命的药，而是送命的药。送命不是吃了就死，是让病人吃了，死得舒服些，减轻痛苦。当年齐老先生把这回命丹传给齐建国时说，据他当年的祖父说，曾有临死的病人吃了这回命丹，描述吃后的感觉，说是疼的不疼了，难受的也不难受了，身上轻飘飘的，感觉真像是驾起了五彩祥云。这时，齐建国在关四爷的嘴里塞了这粒回命丹，关四爷的脸色真就渐渐红润起来。齐建国对关四爷说，我的本事就这么大了，我说过，医家不是神仙。

关四爷点点头，吃力地说，知道。

齐建国又说，我当初，说对了一句话，也说错了一句话。

关四爷看着齐建国。

齐建国说，我曾说，你老伴儿走，是走在最后一根稻草上，这话说对了。

关四爷仍看着齐建国。齐三旗一见父亲又说起这一段，要拦他。齐建国这次却突然固执起来，回头使劲看了齐三旗一眼。齐三旗感觉像有一只手，用力把自己推到了一边。齐建国回过头，又继续说，我当初还说错一句话，你贴了那个"三伏贴"不咳了，是吃的最后一个烧饼，这话，我说错了，它错就错在，其实这也不是个解饱的烧饼。

关四爷点点头。

齐建国叹口气说，不过现在看来，这话当时错了，其实也是对了，我曾告诉过你，那"三伏贴"只是治标而不治本，可现在看，齐建国摇摇头，也无所谓标与本了。

这时，关四爷突然挣扎着想坐起来。

齐三旗赶紧过来扶住，说，您有话，说吧。

关四爷瞪着齐三旗，抓紧他的手说，赵州，关家湾，关永旺。

齐三旗感觉到，关四爷抓着自己的这只手先是越抓越紧，然后就慢慢松开了。

关四爷这最后的话，齐三旗听懂了，赵州关家湾，是关四爷的老家，关永旺，应该就是他那个没见过面的儿子。关四爷说这话，是心里放不下这个儿子，意思是让齐三旗有一天替他去找。齐三旗只是不知道，这关永旺的旺，是兴旺的旺，还是盼望的望。

关四爷孤身一人。齐三旗只好暂不回洪远，先说发送关四爷。

发送关四爷，就要有一口棺木。关四爷活着时，一次跟齐三旗闲聊，说他在战场上，曾见过被凝固汽油弹烧焦的尸首，太可怕了，黑糊糊的，将来他可不想死得这么难看。这时已经移风易俗，提倡人死火化，但还没有硬性规定。所以关四爷说，到他死的那天，决不火化。关四爷这样说着，还跟齐三旗开玩笑，说，真有那一天，如果是你小子发送我，可千万不许烧我。这时，齐三旗想起关四爷当初说过的话，就决定，还是去郊外找块不碍事的地方，土葬了关四爷。而要土葬，自然就得先有一口棺木。齐三旗就想到了后街的段木匠。

但齐三旗来到木匠铺，跟段木匠一说，段木匠却面有难色。其实段木匠跟关四爷也有交情。关四爷看着是个北方男人，生得大手大脚，却心灵手巧。他小时在关家湾老家，曾跟着村里的女人们学过拓花儿样子，后来不仅拓花儿样子，还剪窗花儿。关四爷曾凭着记忆，为段木匠画了几幅当年赵州老年间的花儿样子。段木匠试着用在木器上，果然很漂亮。从那以后，段木匠再有在木器上雕花或描绘的事，就来找关四爷求样子。所以这时，按说在关四爷这最后一件事上，帮一口棺木也不为过。但段木匠说，现在木匠铺已歇了生意，一歇生意，没了外活儿，也就不进料了，不要说给关四爷做寿枋，就是打个匣子，也得用料，用料就得单去买。段木匠说到这里，齐三旗也就明白了。段木匠倒不是个吝啬人，但就是做口匣子，也得用不少木料。现在木匠铺没了生意，段木匠眼下的状况，就已担负不起。

齐建国知道了这事，就说，料钱我出吧。

但齐三旗不想让父亲出这个料钱。不想让父亲出，是因为心里窝着一口气。那一晚关四爷临终时，父亲来也就来了，毕竟这些年了，虽说关系一直有些疙疙瘩瘩，但这时已是弥留，临终来看一看也是人之常情。可父亲来了，不该在关四爷的这时候再说那样一番话，又是烧饼又是稻草的，这就不厚道了，也不像父亲这样的人做的事。

齐建国也看出来，齐三旗对自己那一晚说的话耿耿于怀。于是对齐三旗说，关四爷这些年走南闯北，也是个明白人，既然是明白人，就该让他走得明白，如果我当时说的这番话，他听懂了，应该谢我才是。齐建国这样说着，又叹息一声。

摇摇头说，这口棺木，就当我送他的最后一剂药吧。

关四爷的这口棺木最终也没做成。不是不能做，能做。齐建国的木料已备齐了，也送到了后街的木匠铺。段木匠这里也已开始画线下料。但就在这时，一天上午，有人来到关四爷的家里。来的是两个穿中山装的人，一个藏青，一个铁灰。进门没说话，先朝屋里环视了一下。关四爷的尸体停在床板上，从头到脚蒙着一块白布。齐三旗特意在关四爷的身上放了些芹菜。芹菜有特殊气味，放在尸身上，为的是不招苍蝇。这个办法，齐三旗还是在洪远学来的。洪远那边办丧事，有这个习俗。两个来人看看停板上的关四爷。

穿藏青中山装的人问齐三旗，你是死者什么人？

齐三旗过去没脾气。去洪远插队以后，整天在山上放炮崩石头，渐渐就有了脾气。这时听这人说话不太顺耳，就上下看看他问，你问谁？

这人说，问你。

铁灰中山装走过来，这是我们贾股长。

贾股长又指指铁灰，这是张干事。

齐三旗朝门外一指说，出去。

贾股长愣住了。

齐三旗说，别惊着躺着的人。

张干事这才说，我们是殡葬处的。

齐三旗又朝门外指指，有话，外面说。

贾股长只好出来了，这才放缓口气，我们了解过了，死者当年是革命军人，现在移风易俗，连国家领导都带头火葬。说着，跟铁灰中山装对视一眼，我们来，只是提个醒。

贾股长说完，就带着张干事走了。

齐三旗想了想就明白了，问题应该出在榕树街杨局长那里。还不仅是杨局长，关键问题是关四爷死在了家里。按户籍管理规定，人去世，要立刻去派出所注销户口。而关四爷孤身一人，就不仅是注销户口的事，还要销户，这一来也就更麻烦。人死在家里，怎么死的，倘是非正常死亡，譬如自杀、他杀或意外事故，这反倒好办，由公安机关来处理就行了。最麻烦的就是正常死亡。死者没去医院，也没经过医生诊断，你怎么证明是正常死亡？医院不敢轻易开这个死亡证明。齐三旗没办法，就只好去找杨局长。杨局长也没多想，打了个电话，就让一个医院把死亡证明开了。但有一件事，齐三旗不知道，杨局长也没说。按惯例，医院开了死亡证明，就会通知殡葬处。所以殡葬处的贾股长就带着张干事来了。

在这个上午，贾股长和张干事走后，齐三旗一直在琢磨这事。这两个人的突然出现，齐三旗觉得不能掉以轻心。这时对火化虽还没有硬性规定，但正如这个贾股长所说，连国家领导都带头火化，所以虽不硬性，也就已经有了硬性的意思。况且关四爷曾是军人，有这样一个特殊身份，倘不带头火化，殡葬处会不会来找麻烦？齐三旗一向是个稳妥的人，什么事都习惯想在前面。丧事毕竟不像别的事，倘有人来费口舌，总不能让死者躺在这里等着。

齐三旗就又来找杨局长，把打算土葬的事说了，问杨局长，这事会不会有人干涉。

杨局长听了想一想，问，先说清了，你打算埋哪儿？

齐三旗说，城外找块不碍事的地方。

杨局长说，问题就在这儿。

齐三旗不懂。

杨局长说，你说不碍事，可你怎么知道这块地方碍不碍事？

齐三旗还是没明白杨局长的意思。

杨局长说，意思很简单，现在的问题是，如果殡葬处没盯上你，你悄悄把人埋了也就算了，可现在已经盯上你了，虽说火化没有硬性规定，可他们如果不说不让你土葬，就说你埋的不是地方，碍事，怎么办？你总不能已经埋了，再把人刨出来吧？

齐三旗哼一声，刨就刨！

杨局长说，这人有刨着玩儿的吗？

齐三旗当然也是句气话。人埋了，自然不能再刨出来。

既然如此，也就只好火化了。

5

齐建国对齐三旗说，当年他父亲，也就是齐三旗的祖父齐老先生常说，只有手艺人才靠得住，手艺人凭的是真本事，说话做事都不亏心。齐建国说，齐门医家历代行医凭的就是真本事，一代一代下来，才不亏心。就因为不亏心，也才行得端走得正。

齐三旗明白父亲说这话的意思。父亲的意思，还是想让他学医。

但齐三旗不想学医。学医当然有学医的好处。齐三旗已看在眼里，父亲这些年，在街上是如何的受人敬重。可行医也有行医的问题。虽如父亲所说，这也是一门手艺，可这门手艺跟后街段木匠和担水街上叶裁缝的手艺又不一样。段木匠的手艺和叶裁缝的手艺有个共同之处，都是且悲且喜。段木匠虽为死人做棺材，可也为结婚的新人做家具；叶裁缝虽做装老衣裳，也就是死人发送时穿的寿衣，但遇有婚寿喜事，也做喜庆衣服。惟行医却不然。人没病时不会想起大夫，来找大夫的，永远都是愁眉苦脸，或被病痛折磨得呲牙咧嘴的病人。倘一辈子这么过，也就没有舒心日子。但齐三旗又想不好，不学医，这辈子还能干什么？不管怎么说，父亲和祖父这句话说得对，人这一辈子，总得有点真本事。

关四爷的赵州油条，让齐三旗在洪远派上了用场。

这年夏天，全县的围堰造田进入攻坚阶段。县里犒劳各村，发下慰问品，每人一两豆油、二斤大米。但发到洪远，大米发完了，就改为一两豆油二斤白面。洪远山多地少，很穷，人们平时吃红薯都吃不饱，大米白面就更罕见。于是有人提议，用这二斤白面炸成油饼，使劲解解馋。但一两豆油也就一碗底儿，根本无法炸二斤面。唯一的办法就是把大家的油凑在一起。可又没人愿意，觉着自己的油倒进集体的锅里，吃亏了。村里最后无法统一，就还是把这一两豆油、二斤白面发到每人手里。也就在这时，村里人发现，齐三旗竟把他这二斤白面用一两豆油炸了一个锅盖大小的油饼，且酥松香脆。他站在集体户的门口举着吃，老远就能听见他嘴里发出的咔嚓咔嚓的脆响，香味儿也一阵一阵飘过来。

这件事立刻轰动了全村。洪远的人都无法理解，这么一碗底儿豆油，又是这么大的一个油饼，齐三旗究竟是怎样炸出来的。于宝生第一个来找齐三旗。于宝生跟齐三旗是朋友，齐三旗就把这油饼掰了一块给他，让他尝尝。于宝生一尝立刻说，他们大明湖老家有一种叫果箅儿的油饼，这炸的比果箅儿还香脆！于是，齐三旗就给于宝生把他那二斤面也炸了。给于宝生炸了，集体户的人也就都让齐三旗给炸。跟着村里人也纷纷来请齐三旗。齐三旗是个厚道人，又懂些中医，平时村里谁有头疼脑热都来找他。齐三旗也是有求必应，还经常背着箩筐去山上采草药。这时大家让他给炸油饼，他也不推辞。

这天傍晚，村里的卢金花也来找齐三旗。

卢金花二十来岁，在村里算是漂亮女孩儿。卢金花的母亲当年在洪远一带就是个有名的美女坯子。但洪远太穷，她母亲实在过不了这种苦日子，后来就扔下卢金花父女，跟着一个挑担串村的山货郎走了。卢金花的父亲叫卢春旺。其实卢春旺是有些本事的，在洪远一带也算个能人。卢春旺会做炸药，且可以根据不同的用途，制作出威力不同的炸药。但他做炸药也失过手。当年一个采石场的老板来找他，说是要用几坛子炸药。卢春旺一见来了生意，也是想多赚几个钱，就连夜赶着炒芒硝。到后半夜困了，火塘里的火星飞出来，把做好的炸药引着了，掀翻了半个屋顶，还炸断了卢春旺的一条腿。那以后，村里人就都叫他卢拐子。

后来卢拐子死，也是死在这炸药上。

洪远是山区，农业学大寨时大搞梯田。山上搞梯田，只能围堰，所以就要经常开山崩石头。一次要在一个崖壁上开凿一条通道，须先把人从崖顶用绳子系下去，然后在崖壁上凿炮眼儿。这件事显然很危险。卢拐子制作的是土炸药，雷管也是土雷管，凿好炮眼儿把炸药填进去，要用引信直接点燃。引信也是卢拐子自己做的，且根据不同的用途，引信燃烧的快慢也不一样。一般都是吊在崖壁上的人填好炸药，等回到崖顶再点燃引信。但这一次由于崖高陡峭，难度太大，也就没人愿意下去。当时负责这个工程的是村里的治保主任任桂云。任桂云见没人肯去，担心影响工程进度，一时情急就说，谁下去放炮，一个炮眼儿村里给三斤红薯。卢拐子一听有红薯，立刻自告奋勇。当时就有人劝他，说健全的人都不敢去，你拐着一条腿，下去太危险。但卢拐子艺高人胆大，也是冲着那一个炮眼儿三斤红薯，就还是在腰里系上绳子下去了。凿炮眼儿对卢拐子来说自然是很容易的事，可凿好了炮眼儿填上炸药，他却犯了一个致命的错误。他觉着这引信是自己做的，燃烧的速度心里有数，于是填好炸药，直接就把引信点着了。倘按正常速度，卢拐子回到崖顶也完全来得及。但就在这时，却出了问题。他回崖顶，应该是一边蹬着崖壁，上面的人一边拽绳子。可他只有一条腿，吃不上劲，在崖壁上一下蹬空了，整个人就在半空荡来荡去。这时上面的人一慌，绳子又卡在了崖壁斜长出的一棵树上。就这样，炮眼儿里的炸药爆炸了。事后村里人在崖下的石缝里只找到了卢拐子的两只残手、一只破脚和半块头皮。任桂云说，这就算是一个人吧。于是村里人找来一个卢拐子生前装炸药的坛子，就把他这两只手一只脚和半块头皮装进坛子埋了。

卢拐子毕竟是死在工程上，村里也就照顾他女儿卢金花。其实卢金花很能干，在工地凿石头能顶上一个男人。治保主任任桂云也就不让她再去凿石头，只在村里的伙房做饭。

这个傍晚，卢金花把齐三旗请到伙房。村里搞工程，每天中午管一顿饭。管饭也就是红薯粥，红薯和糙米比家里放得多一些，粥熬得稠一些，还能有腌笋。晚上村里没饭，卢金花在伙房也就没事了。于是把齐三旗请来，想让他给自己炸油饼。卢金花一直对齐三旗的印象很好。齐三旗平时总跟于宝生在一块儿，两人还经常一起偷偷摸摸上山。但他两人的性格却完全不一样。于宝生爱说笑话，还爱说三句半。于宝生说的三句半很奇怪，好像一句和一句都不挨着，也没什么好笑。可别人不觉着好笑，他自己却觉着好笑，每次说完，别人还没笑，他自己就已经先笑得站不住了。每到这时，齐三旗就总是在旁边静静地看着于宝生。齐三旗不爱笑，也不爱说话，反倒让卢金花觉得这人可信，也更可靠。

卢金花已听村里人说了，齐三旗炸的油饼很神，只用一两豆油，就能倒出半锅。倒出的半锅当然不都是油，油里还掺了水。卢金花很好奇，想不出油里怎么可以掺水。她请齐三旗来，也是想看一看，这究竟是怎么回事。齐三旗在这个晚上来到伙房，卢金花拿出两份儿面。齐三旗看看这面，又看看卢金花。卢金花说，这份儿是我的，这份儿是任主任的。

又说，就一块儿炸了吧。

齐三旗就明白了。

齐三旗当初刚来洪远时，父亲齐建国曾追到这里，当时在工地上还险些跟任桂云动了手。也就从那次，任桂云跟齐三旗就结了仇。结仇不是表面，两人表面都没显露出来。平时在村里，该说话也还说话。只是心里较上了劲儿。这次齐三旗用一两豆油就能炸油饼，震动了马前岭和马后岭两个自然村。村里人都来找齐三旗，任桂云却没来，没来是因为抹不开面子，也觉着为这点事，没必要跟齐三旗赊这个脸。齐三旗能做的，他任桂云自然也能做。不就是往油里兑水么，一两油兑二斤水，就变成了二斤一两，然后再用这二斤一两兑了水的油，或者说是兑了油的水炸油饼。任桂云就在自己家里，也试着用这办法炸油饼。但任桂云却把事情想简单了。齐三旗的做法，是先在锅里放水，等水热到一定温度，再一点一点把油倒进去。可任桂云并不知道这个顺序，先放了油。等油热了，又把凉水猛地往里一倒。这时锅里的热油已冒着蓝烟儿，突然一倒凉水，立刻就腾起一个巨大的火球。这火球把任桂云的眉毛也燎了，然后就直冲灶屋的屋顶。屋顶是竹子和木板，一下就着起了大火。任桂云一见慌了，赶紧又往锅里泼水。可着起了火的油锅，越泼水火就越旺，很快，整个灶屋就都烧起来。幸好任桂云家的这个灶屋是在院角，没跟住房连着，否则一个家就都烧了。

卢金花又说，给任主任也一块儿炸了吧。

齐三旗嗯一声，就开始准备炸油饼的事。

卢金花知道齐三旗跟任桂云的关系。当年齐三旗的父亲齐建国跟任桂云在山上相互推搡，还险些动手，卢金花就在旁边。所以这时，卢金花就觉着齐三旗这人挺厚道。其实卢金花也不喜欢任桂云。但不喜，又不好直接表现出来。任桂云当年从部队复员，觉着自己在海边开过大炮，找对象条件就很高。可他条件高，条件好的女孩条件更高，这样一来也就一直高不成、低不就，到三十出头了还没遇上一个合适的。合适的当然有，任桂云觉着眼前的卢金花就很合适。不仅合适，可以说是很理想。人漂亮，又能干，且家里只一个人，倘娶过来就能一心一意过日子。所以任桂云在村里，明里暗里就总是有意关照卢金花。卢金花的心里当然也明白。但卢金花不喜任桂云，是不喜他这种类型的男人。倒不是嫌他长得粗，男人就该粗一点，太细了反倒女气。卢金花是瞧不上任桂云的这个样子。看上去五大三粗，却留着个小平头。头顶就像是被横着砍了一刀，齐刷刷的，又如同顶着一畦禾苗。

任桂云也曾试探过卢金花。一次卢金花为她父亲过周年祭日，一早要上山。任桂云说，山上有野物儿，恐卢金花一个女孩儿不安全，要陪她一起去。卢金花就答应了。但直到上山时，卢金花才发现，原来任桂云早有准备，特意带了香烛纸表，还带了很多供品。等上山来到坟前，卢金花烧了纸，哭了一回。该轮到任桂云了，竟一边烧着纸，哭得比卢金花还伤心，简直就是嚎啕大哭。一边哭着嘴里还叨念，把卢拐子叫叔，说让叔放心，他一定照顾好金花。当然他所说的这个照顾比较模糊，既可理解为他作为村干部，照顾卢金花，也可以理解为是做女婿，照顾卢金花。但卢金花在一旁听了，只当没听懂。

后来卢金花再去上坟，就不让任桂云跟着了。

任桂云第二次试探卢金花，是想为卢家修房。当初卢拐子因为做炸药把自己的一条腿炸断了，还把家里的房子掀去半个屋顶。后来这屋顶只简单苦了苦，就没再修。卢拐子不修，自然有自己的想法。他曾对村里人说，日后要招个养老女婿，这屋顶就等着让养老女婿来给修。卢拐子当时并没意识到，他说的这话表面是修屋顶，其实也就给这修屋顶赋予了另一层含义。这另一层含义就是，倘卢拐子答应让谁来给自己修这屋顶，也就等于不言而喻地承认了这个人就是他将来的养老女婿。但卢拐子这番话的这层含义，当时村里却没人明白。卢金花这样的女孩儿，自然有很多男人惦记。倘有人明白了这层含义，也就早有人来抢着修这个屋顶。可别人没明白，任桂云却已经明白了。任桂云毕竟在部队受过教育，理解能力比一般人要强。任桂云理解了这层含义，也就当即决定，要为卢家修这个屋顶。可就在这时，卢拐子却在崖上把自己炸死了。修屋顶这件事也就只好先搁置下来。

后来有一次，洪远连着下了几天大雨。卢家的房子原本只是简单苦了苦，这一下就漏起来，且越漏越厉害。任桂云借这个机会冒雨来到卢家，修了一次屋顶。但任桂云这次修屋顶的借口很巧妙，只说是以村里的名义。卢金花也就没办法拒绝。可后来，天开晴之后，任桂云又扛着梯子来了，说这一次，要正式把这屋顶修一修。卢金花就还是谢绝了。卢金花谢绝的理由，也让任桂云无话可说。卢金花说，这个老屋已经几十年，屋顶不值得修了，日后准备翻盖，等翻盖的时候再请任主任过来帮忙。

任桂云听了，也就只好作罢。

但任桂云倒也沉得住气。这两次试探卢金花，虽没得到肯定的回应，却也没被明确拒绝。这以后，也就不再提此事。平时在村里该怎么关照卢金花，还怎么关照。

6

齐三旗是个手巧的人。手巧的人，心都细。

齐三旗用这种赵州油条的方法炸油饼，不仅要心细，还要头脑清楚。把水烧到什么温度才可以倒油，倒油的时候，油倒在哪，是倒在锅的中间还是边上。如果倒在中间，肯定不行，油立刻会膨；倒在边上，也不行，油又会溅。这个分寸就很难拿捏。正确的做法是，须倒在锅的中心与边上的三分之二处。此外缓疾也有讲究。油倒得太缓，水就开了。水一开，倒进去的油就会被水花挤到锅边，无法均匀地漂在水面。油倒得过疾，水和油突然搅在一起又容易炸。所以这个晚上，卢金花在旁边看着齐三旗做这一切，就已看得目瞪口呆。她简直不敢相信，一个大男人，能把这件事做得如此精细。

任桂云在这个晚上原本也想来伙房。他为炸这个油饼，把自家的灶间都烧了，就很想看看，齐三旗到底是怎么弄的。可他想来伙房，又不好直接来，总觉着颜面过不去。后来齐三旗把油饼炸出来，这特殊的香味从伙房飘出去。任桂云实在绷不住了，就还是闻着味儿过来了。任桂云一进伙房，就直奔过来抄起自己的这个油饼，他长这么大还从没吃过这么香的油饼，又是刚出锅，也就不顾一切，张开大嘴岔子就咔嚓咔嚓地吃起来。但这个油饼吃了快一半时，突然感觉不对劲了。不是这个油饼不对劲，是卢金花的表情不对劲。卢金花这时没吃油饼，而是一直在看着齐三旗。一边看，脸也微微红起来。任桂云已是三十多岁的男人，虽还打着光棍儿，但也懂，倘一个女人看一个男人，看得脸红起来，意味着什么。于是哼一声，用手背蹭了一下嘴角的油，对齐三旗说，你准备一下，明天一早去马后岭！

洪远是个行政村，由马前岭和马后岭两个自然村组成。洪远行政村的办公地在马前岭。马后岭也是洪远围堰造田的工地。但离马前岭很远，有三十多里山路。去那边工地，晚上无法回来，要住在山上的窝棚。齐三旗看一眼任桂云，没说话。

显然，村里分派谁去哪个工地，不归任桂云管。

卢金花问，怎么让他去马后岭？

任桂云说，缺人手，那边。

卢金花说，这边也缺人手。

任桂云说，你做饭，又没去工地！

卢金花头一扬说，我做饭，才知道工地上的事！

卢金花的话显然激怒了任桂云。他看一眼卢金花，又看一眼齐三旗，嗓子眼儿里发出很闷的一声，就这么定了！说完，就举着吃了一半的油饼走了。

第二天一早，齐三旗拎着铺盖卷儿来到村里。街上停着一辆已经突突响的拖拉机，正准备把几个派到马后岭的人送过去。齐三旗来到拖拉机跟前，任桂云走过来。

任桂云的脸色很难看，说，你回去吧。

齐三旗看看任桂云。

任桂云又说，你不用去马后岭了。

齐三旗就拎着铺盖卷儿回来了。路过村里的伙房，卢金花出来叫住他。

卢金花笑着问，不去马后岭了？

齐三旗说，是。

卢金花问，知道为什么吗？

齐三旗看看卢金花。

卢金花说，我找队长了！

齐三旗哦一声。

卢金花又说，你先回吧，一会儿找你有事。

齐三旗问，什么事？

卢金花脸一红，再说吧！

说完就扭身回伙房去了。

卢金花找齐三旗，是要让他帮自己修屋顶。卢金花让齐三旗修屋顶，当然有很充分的理由。齐三旗不仅懂中医，也会木匠活儿，村里的农具坏了，工地上的工具坏了，都让齐三旗修。卢金花不仅是请齐三旗来给自己修屋顶，还要让他帮着修门窗。

齐三旗要给卢金花修屋顶，这件事又一次震动了全村。这时村里的人都已知道了卢拐子当年留下的话，也就明白，倘卢金花让谁修屋顶，就已不仅是修屋顶这样简单的事。

　　但村里人都明白了，惟齐三旗不明白。

　　齐三旗不明白，来给卢金花修屋顶，也就很坦然。齐三旗不仅手巧，且心细，做事也就很认真。这时村里的围堰造田工程已更加紧张，白天要上山，齐三旗为卢金花修这个屋顶就只能利用一早一晚。这天早晨，齐三旗拎着工具来到卢家，先上屋顶查看了一下，心里就有数了。用来修屋顶的各种木料和竹料，卢拐子当初都已备下。齐三旗就开始动手。齐三旗修屋顶并不急于求成，每天早晨干一点，晚上再干一点，修补得很细，看上去也就很结实。卢金花一直住在村里的伙房，这时就搬回来。早晨齐三旗来了，先为他做早饭。晚上齐三旗从屋顶下来，又已把晚饭做好了等他。齐三旗心里过意不去，对卢金花说了几次，集体户有饭，他可以回去吃。卢金花听了总是抿着嘴笑。齐三旗也承认，卢金花做的饭确实好吃。尤其熬的竹笋粥，虽是糙米，但和鲜笋一起熬了，再放一点盐，就有一种独特的鲜味儿。集体户里的饭当然要更好一点，但好东西没好做。集体户是轮流做饭，大家都是学生，当初在家时谁也没做过饭，这时做的不是糊，就是生。齐三旗的肚子又不好，吃了不熟的饭，经常拉稀。所以齐三旗为卢金花修了些日子屋顶，人倒胖了，看上去气色也好起来。

　　但这时，齐三旗在村里也忙起来。每天早晨来工地，已有一堆工具在等着他修。任桂云一见齐三旗就沉着脸，意思是嗔着他来晚了。傍晚收工，别人都走了，任桂云又把齐三旗留下，让他去村里，生产队还有一堆农具等着他修。齐三旗起初没在意，让修工具就修工具，让修农具就修农具，心里想的是赶紧修完了，再去给卢金花修屋顶。但渐渐就觉出不对了，任桂云让他修的这些工具，有的可以不修，还有的干脆就没必要修。

　　齐三旗感觉到了，任桂云是在没事找事。

　　卢金花知道齐三旗跟于宝生的关系好，一天晚上就把于宝生也叫来，用家里放了很久的一小块腊肉炒了一盘竹笋，又拿出父亲当年留下的一瓶三花酒，让齐三旗和于宝生喝。三花酒是米酒，于宝生是北方人，喝不惯，几杯下去脸就红了。齐三旗爱喝三花酒，又有一盘竹笋腊肉，挺对口味。喝了一会儿，于宝生忽然说齐三旗，你最近忙啊！

齐三旗皱了下眉，没说话。

于宝生又说，我看，现在就属你忙！

卢金花奇怪，问于宝生，他忙什么？

于宝生说，你不知道？他现在可是任桂云的大红人儿啊！

卢金花越发不懂，他怎么是，任桂云的红人儿？

于宝生扑哧乐了，摇晃着脑袋说，任桂云就相信他，每天都安排一堆事儿！

卢金花从于宝生的话里似乎品出了一些味道，回头看看齐三旗。

齐三旗哼一声，想说什么，没说出来。

于宝生伸过头，知道为什么吗？

齐三旗放下酒杯，能者多劳吧。

错！

于宝生说完，又回头看一眼卢金花。

卢金花的脸红了。

于宝生说，说个三句半吧：长虫不说长虫长；黄瓜不说黄瓜黄；心里有事儿不说事儿；说到这里，回头看看齐三旗，又看看卢金花：——修房！

卢金花的脸一下更红起来。

这时齐三旗也已有些明白了。齐三旗也听说过卢拐子当年留下的话，只是从没往这上想，觉着这根本是不可能的事。所以卢金花让来修屋顶，就修屋顶，让修门窗就修门窗。这时，于宝生这么一说，再看看卢金花的表情，心里就忽悠了一下。

其实齐三旗也一直觉着卢金花挺好。山里的女孩儿都从小出力，就是有点姿色，风吹日晒，再一劳累，姿色也就磨糙了。像卢金花这么漂亮的女孩儿还真不多见。但齐三旗觉着卢金花漂亮，却从没往多处想。现在于宝生一说，再看卢金花，也就越发觉着这女孩儿可爱。但齐三旗的心里明白，卢金花再可爱，也就是个可爱，自己不可能娶她当老婆。首先，一个插队知青，倘跟当地女孩儿结婚，那就真要扎根落户了。而一旦扎根落户，也就意味着永远别想再回城，真要在这里当一辈子农民了。齐三旗不想在这里当一辈子农民。齐三旗虽还没想好，自己这辈子究竟干什么，但至少有一点可以肯定，他不想一辈子留在洪远。

这天晚上，齐三旗和于宝生虽只喝了一瓶三花酒，但两个人都有点大。有点大，却并没醉，只是觉着兴奋，想说话。两人回到集体户，于宝生沏了一壶白毛茶。他本来还是济南人的习惯，爱喝花茶。但来到洪远，这里没花茶，就又喜欢上了当地的白毛茶。于宝生沏好了茶，一边和齐三旗喝着，问他，看出来了吗？

齐三旗说，看出什么了。

于宝生说，卢金花。

齐三旗问，卢金花怎么了？

于宝生笑了，装傻？

齐三旗叹口气，摇摇头。

于宝生哼一声，这么漂亮的女孩儿，你还要怎么着？

齐三旗说，不是还要怎么着，是没办法怎么着。

没办法怎么着？

是。

你也能说相声了，没办法怎么着是什么意思？

你不想走了？

没想好。

可我想好了。

还想走？

还想走。

于宝生点点头，那就另说了。

齐三旗说，我可不想，一辈子待在洪远。

于宝生说，如果这样，你就真得小心了。

齐三旗刚拿起茶杯，又放下了。

于宝生说，你没看出来吗，这个卢金花，可是对你动真情了。

齐三旗点头，是啊，你今天一说，我也看出来了。

于宝生说，可还有件事，恐怕你没看出来。

说着晃了晃脑袋，再给你说个三句半吧。

于宝生喝了酒，脑子有点儿不转，两眼眨巴了一阵，还是没想出头一句。又想了一下，才说：金山顶上开金花；心里喜欢不敢抓；一早一晚修工具；

说完伸头一笑：——为她！

齐三旗闷着头，心里当然明白。

7

齐三旗的心里装着一件事。关四爷死后，骨灰还一直放在火化场。火化场不是久存骨灰的地方，最多五年。但要存五年，也得办手续。当初料理完关四爷的后事，齐三旗急着回洪远，也就没去办存放手续，只给火化场留了一个联系地址就回来了。现在火化场连着寄来三封信函催促，倘再不抓紧去办手续，就要当无主骨灰处理了。

齐三旗一直没办存放手续，也是有想法。当初关四爷活着时，一次跟齐三旗闲聊，曾说过一句玩笑话。关四爷叹口气说，人没分身术啊，凭良心说，老伴儿这些年，对我是不错，可赵州老家那边还有一窝子呢，将来我又不想烧，总不能把自己锯成两截儿，这边一截儿跟这个老伴儿合葬，再弄一截儿回去跟那边合葬吧。当时关四爷说得无心，齐三旗却听得有意。现在关四爷的这个想法可以实现了。关四爷最终还是烧了。人不能锯成两截儿，骨灰却可以分成两份儿。齐三旗想的是，把关四爷的一半骨灰跟他这边的老伴儿合葬，另一半暂时存在火化场，等将来有时间，再给他送回河北赵州的老家，交到那边那个叫关永旺的儿子手里。可这两件事，哪件办起来也不容易。现在看来，至少第一件事是不能再拖了。

齐三旗决定，尽快回城。

齐三旗去村里请假却碰了钉子。队长不同意。队长说，山上工程还没完，田里的农活儿又这么紧，这时候不管多急的事，一律不准请假。任桂云听说齐三旗要走，却很同意。山上的工程归任桂云管。任桂云就跟队长说，有事就让他去，也不缺这一个人。

队长平时也要让任桂云几分。听他这么说，也就只好同意了。

齐三旗这次回城，不想告诉卢金花。

齐三旗为卢金花修好房子，原以为没事了。但卢金花又提出，让齐三旗帮着搭一个鸡舍。搭鸡舍自然比修房简单。但齐三旗已不想再管卢金花的事。他不想管，是不想跟卢金花继续走近。他也担心，倘再这样下去，恐怕连自己也无法再让自己拒绝卢金花了。齐三旗已经感觉到了，修房这段时间，每天跟卢金花接触，自己确实已经越来越喜欢这个女孩儿。卢金花的身上有一种很纯、很真的东西，像山上的泉水，能一眼看到底。这是城里的女孩儿没有的。当初马红看着也挺纯，也挺真。但马红的纯、真，是另外一种纯真。马红就像是红墨水，看上去很清亮，也挺透亮，可再仔细看，却无法看到底。

马红这时虽然不再闹自杀，脑子还是一阵明白一阵糊涂。村里建议她，借这个病，索性办"病退"回城算了。一来国家有政策，二来大家也省心，否则还得整天有人盯着她，唯恐再闹出个三长两短。但马红回去两次，一到医院检查，人立刻就清醒了，看不出脑子有任何问题。脑子没问题，医院当然不给开诊断证明。没诊断证明，也就无法办"病退"。可是一回到洪远，她脑子就又糊涂了。村里为照顾她，只好让她在集体户做饭。做饭也不行。马红明白时，做的饭大家还凑合着吃，赶上糊涂时把饭也做得一塌糊涂。于宝生有一次实在忍不住了，来找队长，说马红做饭时糊涂了，不知往粥里放了什么东西，有一股说不出的奇怪味道，她这整天糊里糊涂的，哪天再往锅里下点药儿，他可不想陪她一块儿死。就这样，村里实在想不出还能给她安排什么事，就只好让她去了山下的江边。村里在山下的清花江边有一片茶园，平时只有两个老女人在那里看着。村里就让马红去跟那两个老女人做伴。

齐三旗回城的前一晚，卢金花来集体户找齐三旗。

集体户里的人正在伙房吃晚饭，有蹲着的、有站着的。卢金花进来，径直走到齐三旗的跟前说，别吃了，找你有事。说完也没看他，就扭头出去了。这时集体户的人都端着碗停下来，抬头看着齐三旗。齐三旗也愣了，看看出去的卢金花。于宝生却在一旁乐了，挑挑下巴说，快去吧，你今天晚上又有好吃的啦，有酒别自个儿喝，想着回来叫我！

齐三旗就放下碗，从集体户里出来。

齐三旗跟着卢金花来到她家，一进门，就闻到一股熬米粥的味道。齐三旗很爱喝卢金花熬的米粥。卢金花熬的米粥很稠，也很黏，几乎已看不出米，细细的，有一股独特的香味。卢金花见齐三旗跟来了，没说话，用手指了一下，让他在桌前坐下，然后就去盛了一碗粥给他端过来。齐三旗看了看，粥还是糙米，且比平时的米更糙，笋也没了，粥碗里灰糊糊的。卢金花自己也盛了一碗，坐在齐三旗对面，就低头吃起来。

齐三旗没动面前的粥碗，一直看着卢金花。

卢金花把粥喝完了，抬起头，你怎么不喝？

齐三旗说，你叫我来，就是喝粥？

卢金花说，是，也不光是喝粥。

说吧。

就想问问你。

嗯。

你，还走吗？

去哪。

将来回城。

齐三旗看她一眼，没说话。

还走？

齐三旗仍没说话。

还走？

齐三旗慢慢低下头。

卢金花点点头，明白了。

又说，你走吧。

说着站起来，就把齐三旗面前的粥碗端走了。走了几步，又站住，慢慢回过头看着齐三旗说，我本想让你知道，以后，我俩就过这样的日子，想问你，愿意不愿意。

说着，就端着碗去灶间了。转头的一瞬，齐三旗看见了她眼里的泪光。

齐三旗起身出来了。走到半路，碰见了于宝生。于宝生一见齐三旗就笑了，说，本来想去找你喝酒，现在看来，肯定没戏了，饭也没吃上吧？

齐三旗就在路边的一块石头上坐下了。

于宝生看看他，摇了摇头，笑着说，如果是一高一低，还好选择，不用犹豫，自然是就高不就低，就怕这两头一般高的事儿，主意就难拿了。说着翻翻眼皮，嗯，再给你说个三句半吧：上山下乡人人夸；洪远最美属金花；只叹终非久留处；

说着弯下腰，把头伸到齐三旗的面前：——回家！

齐三旗抬头看一眼于宝生，没说话，就起身走了。

8

这天傍晚，齐三旗回到榕树街。

齐建国没在家，去沙脊街的广记虾酱铺了。

广记虾酱铺的朱老板摊上点事。倒也不是大事，家务事。可越是家务事也就越麻烦。朱老板的广记虾酱铺，原来有三个伙计。后来铺子不让干了，工商部门给出两条路，要么改制，变私有为集体，要么关张。朱老板辛辛苦苦经营这广记虾酱铺，已有二十多年，现在突然让改成集体所有制，好好儿的一个铺子变成大家的，自然舍不得，也不认头。于是一咬牙，索性就关张了。关张也没全关，每月仍出几缸虾酱。应名儿自己吃，其实还是偷偷卖给一些老主顾。铺子里的伙计也都遣散了，只留下一个叫虾球的远房侄子。

问题也就出在这个虾球身上。

其实这虾球并不是朱老板的远房侄子，而是朱老板当年跟一个送虾头的女人偷偷生的。这个送虾头的女人并不漂亮，马脸，胸也小。但身上有劲儿，能干，像个男人。朱老板年轻时就胖，可胖得结实，身上有肌肉，天热的时候跟这女人站一块儿，胸倒显得比这女人还大。但朱老板跟这女人在床上时，曾对她说，他喜欢的就是她身上这股男人劲儿。这女人的男人当年在渔船上，后来出海遇上台风，翻船死了。这女人就借着男人在世时的关系，从船上趸点鱼虾到岸上来卖。再后来也为沙脊街的广记虾酱铺送虾头，这样就跟朱老板认识了。

这女人也曾对朱老板说，她看上朱老板，并不是看上他的铺子，而是看上他做生意的认真和勤快。男人不看别的，就看这两样，只要有了这两样，这辈子也就靠得住。所以这女人来送了几次虾头，就跟朱老板好上了。偶尔赶上下雨或天晚，也在铺子里住一夜。但这女人并不知道，朱老板这时已经有了老婆。朱老板是石康人，自己在这里开铺子，老婆还在石康老家。后来朱老板的老婆也从石康过来了，这女人才恍然明白。这女人很有主见。原本跟朱老板好，是想把他当成自己一辈子的依靠，却不曾想，人家已经有老婆。虽然朱老板从没跟她说过这事，她也不怪他。这女人想，朱老板不说，自然有不说的道理，倘不是有难言之隐，这么大的事也不会不告诉自己。于是没跟朱老板打招呼，从此就不来了。

朱老板一见这女人不来了，心里也就明白了。但毕竟跟人家好了一场，偶尔想起来，也有些黯然。可再想，也是无奈。现在老婆既然已从石康老家过来，日子总还要过下去。

　　但让朱老板没想到的是，当初跟这女人的这场缘分虽断了，可这缘分却已有了结果。十几年后，一个下着小雨的傍晚，广记虾酱铺来了个十几岁的孩子，说是要找朱老板。朱老板从里边出来。这孩子一见就说，他叫虾球，是朱老板的远房侄子。这虾球说，他母亲死了，家里已没别人，母亲临死前叮嘱他，让来投奔这个叔叔。朱老板一下让这孩子说懵了，想了想，却怎么也想不起有这么个远房亲戚。但就在这时，这虾球又拿出一串珍珠项链，说这是他母亲留下的，让交给这远房叔叔，虽不值钱，家里也就这点东西了。朱老板一看这串珍珠项链就明白了。这串项链，是自己当年送给那个女人的，也算个信物。接着再细看眼前这个叫虾球的孩子，也是矮墩墩的身材，且眉眼竟真有几分像自己。于是朱老板忍着心里的难受，拍了拍他的肩膀说，孩子，以后就在这铺子里，跟着叔叔过吧。

　　事情到这里，本来就该解决了。

　　可后来又出了问题。后来的问题是出在朱老板自己的身上。这朱老板做生意虽精明，却也是个有良心的人。当年老婆在石康老家时，自己在外面偷偷搞了别的女人，后来老婆来了，虽跟那女人断了，心里却一直过不去。心里过不去，还不光是思念那个女人，也觉着对不起老婆。现在事情闹大了，突然又冒出这么个儿子，虽说看着从心里喜欢，可毕竟来路不正，也就总觉着心虚。尤其这朱老板的老婆，又是个贤良女人，平时对伙计们极好，都当成是自家的孩子。而这虾球又有这一层亲戚关系，后来伙计们遣散了，只留下他一个人，也就更把他当成自己的儿子，真是视如己出。可越这样，朱老板的心里也就越觉着有愧。

　　终于一天晚上，朱老板忍不住了。

　　这天晚上，朱老板也是喝了点酒。人一喝酒就容易兴奋，兴奋过劲了就会感慨。而感慨之余，也就难免感伤。正如古人所说，水入宽肠，酒入愁肠。朱老板这一晚，也就是酒入了愁肠。想想当年那个浑身结实得像男人一样的女人，又想想她给自己留下的，眼下在身边的这个大儿子，再看看面前的老婆，突然觉得，其实自己才是个最不地道的人，这辈子谁也对不起。这么想着，又把一杯酒喝下去，就忍不住流下泪来。朱老板的老婆正坐在对面缝衣裳，抬头看看他，有些奇怪，这喝酒喝得好好儿的，怎么就哭起来了。朱老板起身把老婆拉过来，让她坐到自己身边，然后说，有件事，一直觉着对不住你，也就一直没说。

朱老板的老婆哦一声说，没说，就别说了。

朱老板说，可不说，这心里又憋得慌，难受。

朱老板的老婆看看他，到底说，还是不说？

朱老板点头，还是说了吧。

朱老板就把自己当年跟那个送虾头的女人的事，对老婆说了。然后，就又说到这虾球。朱老板一说到虾球，朱老板的老婆就笑了。朱老板一下给笑得浑身的汗毛都竖起来，觉着老婆这笑有些怪，眼神也怪。朱老板的老婆这才平静地说，你不说，我也早就知道了。

朱老板越发惊讶，瞪着她，你，早知道了？

朱老板的老婆说，是呀。

又撇撇嘴，谁家的孩子能长成你这个虾头样子，上下一边儿粗。

朱老板又想想，也是。

这时，朱老板的老婆反倒也流下泪来。

朱老板忙问，你怎么了？

朱老板的老婆叹口气，我也没给你个生儿子，眼下咱有了这么个大儿子，不也挺好么。

朱老板没想到，自己的老婆竟是这样一个明事理的女人，连连点头，又叹息，是啊。

朱老板的老婆说，以后，这儿子也是咱的一个指望。

朱老板说，但愿吧。

可让朱老板没想到的是，他跟老婆在屋里说话，竟然隔墙有耳。虾球在这个晚上本想来跟朱老板说一声，约了对面凉茶棚周老板的儿子，第二天一早去海边。可来到朱老板的门口，听见他夫妻俩正在屋里说话。虾球一耳朵就听见了朱老板正说到自己，接着也就知道了，原来自己竟是这么回事。他先是一下愣在那里，待了一阵，就转身走了。

第二天一早，朱老板就发现不对劲了。平日里，虾酱铺虽已关张，但每天一早一晚，还是按过去的习惯卸门上板。卸板上板自然是虾球的事。可头天晚上朱老板喝了点酒，又跟老婆说了一阵体己话，夜里夫妻俩亲热了一回，早晨也就起得有些晚了。朱老板起床从房里出来，发现外面的堂屋还黑着。这才意识到，还没卸板。朱老板以为虾球是睡懒觉睡过了头，就来他门前叫了两声。里面没人应。又叫了两声，还没人应。推门进来一看，虾球没在屋里，床上的铺盖看样子也没打开过。接着就发现，床上还扔着一张纸条。朱老板赶紧抓起来一看，上面歪歪扭扭地写着几个字：我都知道了，别再找我了。

朱老板这才明白，一定是昨晚跟老婆说的那番话，让虾球听见了。朱老板这几年已深知，这个虾球不愧是自己的儿子，脾性很像自己。沙脊街上有句老话儿，叫"宁死爹不戴孝帽子"，意思是说一个人的死拧脾气。朱老板自己就是个拧死爹不戴孝帽子的死拧脾气。小时候一次偷吃供品，被父亲掴了一巴掌，能三天不吃不喝，最后吓得一家人都来跟他说好话。朱老板知道，自己这儿子的脾气肯定也是如此。既然儿子的脾气如此，也就越发意识到，倘他已知道自己的身世，这一走，就再也别想找回来了。朱老板已是六十多岁的人，六十多岁虽还不算风烛残年，但一直膝下无子。现在好容易有了这么个大儿子，突然又不辞而别，且这辈子也许就再也见不到。一下急火攻心，只觉胸口一热，哇地吐出一口黏痰。跟着两眼一翻，身子一挺就厥在了床上。朱老板的老婆虽是个有主见的女人，这时也慌了，赶紧来榕树街请齐建国。齐建国来到虾酱铺，听了事情的原委，不用摸朱老板的脉象就明白了。

齐建国知道，这朱老板得的，是跟自己当初一样的病。

当初齐三旗跟着班里那个叫马红的女同学偷偷跑去洪远插队，齐建国得着消息，心里一急，也是这样一下子厥过去。这一厥，叫痰迷，也叫痰阻心窍。齐建国拿出随身带的麝香，让朱老板闻了闻。朱老板长出了一口气，才慢慢缓过来。但人是缓过来，神志却还没完全清醒。齐建国把朱老板的老婆叫到外面，对她说，人病好治，心病就难了。

朱老板的老婆哭着说，再难，也总得想个办法啊。

齐建国摇头，他这儿子不回来，只怕，没别的办法。

朱老板的老婆一听更急了，说，可他这儿子跟他老子一个脾气，不光死拧，还一根儿筋，现在既然已经跑了，一时半会儿哪还找得回来啊！

齐建国说，我尽力吧。

9

齐三旗回来的第一件事，就是找关四爷老伴儿的墓地。找到墓地，才好取出关四爷的一半骨灰合葬。但齐三旗这时才意识到，要找这墓地也并非易事。当初关四爷只说，他这个老伴儿叫桂香。但这桂香埋在哪儿，关四爷却没说。他没说应该不是不想说，或故意不说，而是没想起要说。等他再想说时，就已经说不出来了。

可关四爷没说，这桂香的墓地也就没处去找。

就在这时，齐三旗想起一个人。这人姓胡，叫胡顺溜，是关四爷当年在部队时的一个战友。关四爷在世时，常提起这个人。胡顺溜是河北迁安人。迁安离赵州五百里，但都属河北，所以关四爷跟这胡顺溜也算老乡。当年关四爷在部队是炊事班的副班长，胡顺溜是连里的通讯员。胡顺溜每天要来炊事班给连长和指导员打饭，跟关四爷又是老乡，两人就挺说得上来。后来关四爷出了事，转到地方，跟这胡顺溜也就断了联系。但几年后，关四爷无意中在街上碰见了胡顺溜，才知道他也没跟部队走，也转到地方了。两人是河北老乡，又是战友，现在又都留在了当地，关系自然就比在部队时更近一些。平时没事，也常一起喝个酒。一次胡顺溜喝大了，才对关四爷说出来，自己当初在部队干得好好儿的怎么就转到地方来了。

胡顺溜转地方，是因为他这张嘴。

胡顺溜的嘴不好，不是爱说别人坏话，是不严，像个棉裤腰，该说的、不该说的都往外说。可这个毛病带来的后果，往往比说别人坏话还严重。尤其在连里当通讯员，也就更是大忌。连长和指导员平时所有的事都不背他，如果什么都往外说，后果自然可想而知。后来胡顺溜惹祸，也是惹在这个嘴上。连里有个卫生员，是个女的，姓秦，大家都叫她小秦。小秦长得不好看，皮肤本来就黑，再跟着部队行军打仗，也就越发显得又黑又糙。鼻子也挺大，嘴唇还厚厚的，总像是噘着。但连里就这么一个女的，又是卫生员，所以连长平时哪儿不舒服了，就经常找她。指导员哪儿不舒服了，也常找她。小秦就被搞得很紧张，经常是顾了连长，顾不上指导员，顾了指导员，又顾不上连长。后来有一次，连长和指导员终于在连部当面干起仗来。干仗是因为工作上的事。但胡顺溜出来，却偷偷对下面的战士说，其实他们干仗是为了小秦。连长怪指导员总找小秦，而指导员又觉着其实是连长找小秦找得最多。这样的事，自然一下子就在连里传开了。等事情传开了，胡顺溜才突然意识到，自己要有麻烦了。因为这件事除了自己，别人不会知道，现在连里传得沸沸扬扬，甚至连营部那边的人都听说了，自然是从自己嘴里说出去的。于是一直战战兢兢，等着连长或指导员来找自己。知道这一找，肯定就是一场狂风暴雨。可等了一段时间，似乎风平浪静，连长和指导员都没任何动静。尤其指导员，对他的态度反倒更和蔼了。但胡顺溜这时还没意识到，这种风平浪静和态度和蔼，其实比狂风暴雨更可怕。果然，又过了一段时间，指导员就把胡顺溜找来，心平气和地对他说，现在地方工作很缺人手，所以部队经过研究，决定让他转到地方工作。胡顺溜这时才恍然明白，但明白也已经晚了。胡顺溜对关四爷说到这里，痛悔不已，一边用手打着自己的嘴一边说，唉，我这张破嘴啊，这哪是嘴，简直就是个鸡屁股，整天乱扑哧。关四爷也乐了，指着他说，我当初在部队时就总说你，没记性，改不了么。胡顺溜说，这回长记性了，自从来到地方，整天连个屁也不敢放了，所有的事儿都闷在肚子里。

但后来，关四爷跟这胡顺溜的关系突然就不行了。为什么不行，关四爷没说。不过听关四爷的意思，两人后来的关系虽不及从前，也没彻底翻脸。毕竟是老乡，又是战友，也就还维持着表面。只是不像以前那么亲热，也不常走动了。这时，齐三旗想，凭这个胡顺溜跟关四爷这么多年的关系，倘能找到他，也许能问出桂香的墓在哪。

齐三旗回忆了一下，当初听关四爷说过，这胡顺溜转到地方以后，曾在麻衣街上开了个烧饼店，专卖迁安的缸炉烧饼。两人还曾商量，打算合着开一个早点铺，把迁安的缸炉烧饼和赵州的水炸油条放在一起，再弄个饶阳豆腐脑。后来又觉得这是北方人的口味，怕当地人不习惯，这事也就放下了。但胡顺溜的烧饼店还一直开着。齐三旗上中学时去麻衣街找同学，也记得，在街拐角确实有个烧饼店。但后来好像改卖红鱼粥了，字号也变了。

齐三旗就来到麻衣街。凭记忆找到那个街角，果然，这个卖红鱼粥的店还在。齐三旗进来，要了一碗粥，坐在桌前一边喝着，问店里的伙计，知不知道有个叫胡顺溜的人。这伙计二十来岁，听口音是文山人，想想说，我刚来，没听说有这么个人。

又说，你等一下。

说完就进里边去了。一会儿，出来个五十多岁的男人，身材不高，两眼挺亮，看着挺精神。伙计说，这是我们店的领导，吴主任，有事儿问他吧。

吴主任问，你要找谁？

齐三旗说，我想打听一个叫胡顺溜的人。

吴主任一听就笑了，说，是有这么个人。

齐三旗忙问，他现在，在哪儿？

吴主任说，也是这名字挺奇怪，就记住了，不过，这人早不在了。

齐三旗一听不在了，心里一凉，去世了？

吴主任立刻说，不是这意思，是早不在这店里了。

吴主任告诉齐三旗，他也是听店里前任领导说的，这个胡顺溜原来在这里开烧饼店，后来店里着了一把火，幸好房子没烧坏。他就把这个店盘给了别人，改卖红鱼粥，自己还留在店里当伙计。可当初那把大火，把他的气管儿烧坏了，一喘气就呼噜呼噜的，说话像拉风箱，来喝粥的客人不爱听。后来店里就让他回去了。

齐三旗问，他住哪儿？

吴主任想了想，好像，离这儿不远。

说着朝前一指，前边有个高台阶儿，你去那儿问问。

齐三旗从粥店出来，朝前走了一段，果然看见街边有个高台阶。这高台阶是用青条石垒的，看样子年代已很久远，但仍还齐整。高台阶上的房子却已有些破烂。也不能说破烂，门窗上的油漆虽已剥落，还没糟朽，只是这房子已经有些歪。再细看，是整个房架子歪了，给人一种摇摇欲坠的感觉。齐三旗猜测，这大概就是胡顺溜的家了

果然，问了一个街上的人。这就是胡顺溜的家。

胡顺溜说话，比齐三旗想象的要顺溜儿，听着喘得也不太厉害，只是有些虚弱，精神也不太好。胡顺溜一听齐三旗是来打听关四爷的事，两眼倏地一下就亮起来，人也像是来了精神，一边摆着手说，你问关四儿啊，这人可有意思，太有意思了！

说着也不喘了，还捂着嘴哏哏儿地笑了两声。

齐三旗问，怎么有意思？

胡顺溜兴致勃勃地问，你是想从头儿听，还是只听他那一段儿？

齐三旗不解，哪一段儿？

胡顺溜说，当然是最有意思的那一段儿！

齐三旗从胡顺溜的神情已看出来，他所说的最有意思的那一段儿，应该也是关四爷最不光彩的一段事。按说人已死了，就不该再这么编派他。但齐三旗又觉着好奇。这个胡顺溜当年跟关四爷是部队上的战友，肯定还知道关四爷的不少事，也想听听。于是就说，这次来，是想问一下，关四爷的老伴

儿当初去世，埋在哪儿了，不过关四爷当年的事，也想听听。

胡顺溜一拍大腿，说的就是他跟老伴儿当年的这一段儿啊！

齐三旗来的路上，特意买了一串芝麻蕉，这时就拿出来放到桌上。胡顺溜一见芝麻蕉，更来了兴致。先伸手掰了一个，剥皮吃了，又去给自己沏了一壶相思茶，准备润嗓子用。然后才拉开架式，开始给齐三旗讲关四爷当年跟他老伴儿的这一段儿。

10

胡顺溜这一讲，就跟关四爷当初说的有出入了。

据胡顺溜说，当年的这个桂香，也就是关四爷后来的老伴儿，确实是灵山人。但她的男人不是篾匠，也没病死。当篾匠，后来病死的是她娘家的父亲。桂香的男人姓白，是个杀猪的，平时没猪杀的时候也种菜。因他浑身毛发重，且杀猪时又爱脱掉上衣，露出一身的汗毛，村里人就都叫他白毛儿。这白毛儿看着挺壮，却有个毛病，夜里到床上跟女人干不成男人的事，干不成自己就急，脾气也暴，还经常用各种办法折腾桂香。后来桂香实在受不住这白毛儿的折腾了，才从灵山老家跑出来。但桂香认识了关四爷，后来两人又好上了，却并没把家里的实情说出来，所以关四爷也就并不知道这桂香的家里还有个男人。再后来关四爷在林子里被蛇咬了，跟桂香的事在部队上闹出来，原本只是受了个处分，部队领导并没打算让他转业。可就在这时，灵山老家的白毛儿听说了这件事，立刻拎着杀猪刀跑来部队，嚷着要见关四爷。关四爷在部队虽是炊事班的，但也经过枪林弹雨，这几年大大小小也走过无数的战场，这时一个拎着杀猪刀的白毛儿自然吓不住他。但他毕竟是军人，又在部队上，这个白毛儿再怎么说也是个老百姓，就是不怕他，也总不能跟他动刀子。于是经部队领导同意，由一个副连长陪着，就出来跟这白毛儿见了一次。出来时部队领导反复叮嘱，见了这个白毛儿一定要心平气和说话。关四爷本来也亏着心，毕竟是自己搞了人家的老婆，也想好好儿跟这个白毛儿解释一下，自己事先确实不知情，现在看看，这事怎么解决。

可没想到，这白毛儿根本不听解释，更不吃关四爷这一套，一见面就抢着杀猪刀扑上来。这白毛儿是个力大无比的人，在村里杀猪时，二百多斤的肥猪都不用捆，两脚踩住两条后腿，一只手揪住两条前腿，杀猪刀轻松一插，就能从脖子一直扎进心脏。这时一个一百多斤的关四爷，自然不在话下。关四爷一见这白毛儿蛮不讲理，且混不吝，二话不说就拎着杀猪刀杀气腾腾地要跟自己拼命，一下也来了气。关四爷整天挑着担子爬山越岭行军，不仅浑身是劲，腿脚也灵便，见这白毛儿扑过来，并没躲闪，待他来到近前，突然身子一侧，底下的腿一伸，这白毛儿朝前一跌就蹿出去，一下子飞出老远才摔到地上。手里的杀猪刀也扔出去，鼻子也戗破了，流了一脸的血。白毛儿爬起来用手一抹，见流了血，更急了，扑过去要捡自己的杀猪刀。这时关四爷已走过去，一脚把他的刀踢开了。陪着出来的副连长一见事情要闹大，立刻喊来几个战士，把这白毛儿好说歹说地劝走了。

但这次只是开了个头。从这以后，这白毛儿就三天两头拎着杀猪刀来部队闹。关四爷在部队一向口碑很好。平时在炊事班不仅工作认真，也经常为大家调剂伙食，往往很普通的饭食，让他一掂配就能做出很多花样，大家的评价很高。所以这次，部队领导本想把这事压下来，待慢慢平息，也就不动声色地过去了。可这个白毛儿一一闹就不行了。毕竟是解放军的部队驻地，整天弄个当地老百姓，拎着一口杀猪刀在门口蹦着脚儿的又喊又骂，不仅不成体统，影响也太坏了。最后没办法，就还是让关四爷转业到地方了。

关四爷也是个拧脾气。原本知道了桂香在灵山老家有男人，已不打算再跟她来往。现在就因为这桂香，自己在部队干得好好儿的却下来了，心里一赌气，就又来找桂香。先把自己在赵州老家的真实情况说了，然后对桂香说，我家里有老婆，你家里有男人，不过现在让你选，如果你选那个白毛儿，就回灵山老家接着跟他过日子，如果选我，我家里的老婆也不要了，咱就一块儿过。桂香听了点点头，自然选了关四爷。

于是就这样，关四爷跟桂香一块儿过了。

但接下来的事情还没完。这个白毛儿一听说关四爷从部队下来了，且索性跟桂香一块儿过起了日子，越发怒火中烧。他打听到关四爷和桂香住哪儿，又拎着杀猪刀找上门来。但这时的关四爷就跟过去不一样了。过去是军人，部队在这里总不会长驻，所以这个白毛儿来闹也是白闹，哪天部队一开拔，事情也就过去了。现在却不行了。现在自己也是平头百姓了，今后也要像个普通老百姓居家儿过日子了，这要是再弄个白毛儿整天拎着杀猪刀上门来闹，日子就没法儿过了。日子没法儿过，就只有彻底解决。可是关四爷毕竟在部队受过教育，总不能自己也弄把杀猪刀，跟白毛儿拼命。况且这时关四爷离了部队，也有些心灰意冷，已经没了当初军人的那股血性。于是就决定，还是跟这白毛儿坐下来谈一谈。倘谈得进去，就按谈进去的说，看这个白毛儿提什么条件。谈不进去，没了退路，大家再动杀猪刀不迟。就这样，一天白毛儿又拎着杀猪刀找上门来。白毛儿每次来，都是在门外一蹦一蹦地叫阵，关四爷并不出来露面。但这回，白毛儿刚一叫，门就开了，关四爷从里边走出来。关四爷这突然一出来，白毛儿反倒愣住了，一时想不好接下来该怎么办。关四爷走到白毛儿跟前，也从身上掏出一把刀子。这刀有半尺多长，是一把真正的匕首，刀尖微微上挑，刀背儿挺厚，还有两道齿槽，拿在手里锋利的寒光一闪一闪的。这匕首还是当年关四爷往战场送饭，偶然撞见一个国民党的侦察兵，缴获的战利品。这次转业时，跟部队领导再三请求，才允许他带回来。这时，关四爷把这匕首在手里掂了掂，对白毛儿说，你也甭这么整天来闹了，事情总得有个了结，今天你说吧，说好了，就依你，说不好，咱再动手。

关四爷说罢，就把这匕首扔在旁边的地上了。

白毛儿这时已知道关四爷的厉害。表面虽闹得凶，白毛儿也只是给自己壮胆，心里已经有些发虚。这时一见关四爷这么说，就顺坡下驴，也大大方方地把杀猪刀扔在地上。

哼一声，他看着关四爷说，说吧，怎么说。

关四爷说，既然是你来我的门上，你说吧。

白毛儿翻起眼皮想了想，一时也想不出该怎么说。

关四爷说，这么说吧，桂香原来是你老婆，可她不想跟你了，才从家里跑出来，现在她跟了我，已经是我老婆，在此之前我不知道还有个你，现在既然你找上门来，按道理我也该给你个说法儿，只是这说法儿怎么给，你提个数儿吧，先说下，多了我可没有。

关四爷这么说话，白毛儿没想到。于是哼哼叽叽地想了一阵。

关四爷说，快说，我等着呢。

白毛儿一咬牙，五头肥猪，都要二百斤以上的。

白毛儿毕竟是个杀猪的，比一般种田的有经济头脑。他心里清楚，倘要钱，自己要的数儿，关四爷肯定一下拿不出来，拿不出来就得打欠条，打了欠条再还清就说不定哪一天了。可一样的钱，现在能买的东西，将来就不一定能买了，照这么说，就还是以物论价更划算，也更保险。不过也知道，五头肥猪，且都要二百斤以上，这条件开得有点高。

果然，关四爷说，五头猪太多了。

白毛儿问，你的意思，桂香不值五头猪？

这话问得有点儿混，也很阴险，让关四爷没法儿回答。

关四爷说，桂香跟猪，能是一回事吗？

白毛儿说，一回事两回事，也是五头！

关四爷说，三头吧。

五头！

三头。

五头！

关四爷点头，好吧，四头。

于是成交了。双方讲好，先付一头猪，余下的三头打欠条，后面每年还一头。

就这样，白毛儿最后用四头猪，把他老婆桂香卖给了关四爷。但关四爷后来并没能按时还猪。只还了一年，后面的两头猪就还不上了。关四爷当年从河北赵州的老家出来时，身上没带一分钱。后来在部队几年，津贴并不高，平时又好喝个酒，也就没多少积蓄。转业到地方，跟桂香成家又要花钱，这样也就所剩无几了。关四爷后来还不上这两头猪，索性又给白毛儿重新打了一个两头猪的欠条。再后来这两头猪的账，也就一直这么拖下来。

胡顺溜说到这里，又捂着嘴哏哏儿地笑了，你听说过欠账，有欠猪的吗？

齐三旗问，关四爷的老伴儿，后来埋哪儿了？

胡顺溜说，这就要说到另一件事了。

胡顺溜说，起初他也不知道，关四爷跟这白毛儿还有这么两头猪的一笔旧账。他知道这事，已是在桂香去世以后。桂香一去世，这白毛儿在灵山就知道了。白毛儿的消息之所以这么灵通，是因为他有个外甥，经常往这边老君街上的一个茶叶店送相思茶。这茶叶店叫"福升茶叶店"，离关四爷的家很近，所以这边有点事，那边立刻就能知道。白毛儿一听说桂香死了，立刻又来找关四爷。但白毛儿这次来，没再提那两头猪的事，而是一进门就趴在桂香的身上大哭起来。白毛儿这时虽也已经上了年纪，但仍然中气很足，这样一哭动静儿就很大，震得屋顶直掉土。关四爷也一下让他哭得没了主意，闹不清他这是哭的哪一出，肚子里又装了什么算盘。白毛儿这样鼻涕一把泪一把地哭了一阵，才站起来，说明自己的来意。他说，他要把桂香拉回灵山。关四爷一听，这简直是无稽之谈。桂香虽然跟这白毛儿结过婚，但这些年早已是自己的老婆，现在死了，怎么可能把自己老婆的尸首交给她的前夫？可白毛儿说，这是他们那里的规矩，一个女人，这辈子就是改嫁一百个男人，最后死时，也还要回到第一个男人这里，这也叫叶落归根。关四爷一听，立刻让他给气笑了。他也知道有叶落归根这个说法儿，可没听说这么叶落归根的。关四爷当然不会同意。于是这事就又僵在了这里。可这次僵，毕竟僵的是丧事，总不能一直这么僵下去。活人能等，躺在床板上的死人却不能等。这时唯一的办法，就只有找个中间人，出来说合一下。

关四爷想来想去，就又想到了胡顺溜。

关四爷这时和胡顺溜已经很少来往。这就要说到两人的关系本来很近，后来怎么又远了。当年关四爷从部队转业，原本在地方安排了工作，是个政府部门，工作环境和条件都很好。但关四爷没去。没去是因为有顾虑。他自己是个转业军人，本来很体面，可为什么转业的，估计人还没来，事情就已传到了这边的机关。一个军人，因为作风问题从部队下来了，这应该是个耻辱。关四爷就想找个陌生环境，重新开始生活。关四爷懂厨艺，于是就来老君街的福记粉店，宁愿当了个厨子。福记粉店的关老板因为和关四爷同姓，且认准了他的赵州油条，也就很关照。可是过了些日子，关四爷渐渐发现，周围的人看自己的眼神有些不对劲了。店里的几个伙计也总在一起嘀咕，一见关四爷过来又立刻不说了。关四爷是个有脾气的人，一天实在忍不住了，揪住一个伙计问，到底在说什么。这伙计正说得眉飞色舞，这时一见关四爷真急了，一害怕，才说出来。原来大家都在议论，说关四爷在部队时搞女人，后来被人家的男人知道了，整天拎着杀猪刀到处追，因为这事才转业的。关四爷一听，登时僵住了。自己宁愿放弃政府部门的工作，来老君街当厨子，结果在部队的事还是被人知道了。关四爷也是一时气急，挥手就扇了这伙计一巴掌。关四爷是北方人，身大力不亏，这伙计也单薄了一点儿，这一巴掌下去，一头撞在桌角上，把太阳穴撞出个血窟窿。这一下事情就闹大了。福记粉店的关老板也奇怪，关四爷平时挺随和，今天怎么突然发这么大脾气？一问别的伙计，才知是这么回事。这时关四爷已收拾东西，准备离开肠粉店。关老板就把关四爷拉到自己房里，对他说，男人年轻时，谁还没荒唐过，不必放心上，倘为这点事走，太不值得了。

关四爷一听问，这么说，你也早知道了？

关老板说，是，可没当回事。

关四爷说，好吧，你只要告诉我，这话是从哪儿传出来的。

关老板说，既然不叫个事儿，何必刨根问底。

关四爷说，你若不想让我走，就告诉我。

关老板又想了一下才说，好吧，我不说，也是不想坏了你们的交情。

关四爷一听就明白了。在这里，关四爷能论上交情的，只有胡顺溜。

关老板说，就是胡顺溜。

胡顺溜常来老君街找关四爷。胡顺溜又是个爱说话的人，一来二去，跟街上的人也就都熟了。福记粉店的斜对面是福升茶叶店。这茶叶店平时卖茶叶，也有茶座儿。喝第一壶茶不要钱，但至少要买店里的一两茶叶，为的是招揽生意，也聚人气。胡顺溜和关四爷常在这里喝茶。两人茶喝透了，再去找个小铺儿喝酒。偶尔赶上关四爷店里有事，腾不开身，胡顺溜就一个人先过来，在这里一边喝茶一边等他。胡顺溜经常来，渐渐跟店里的伙计和常在这里喝茶的客人也就熟了。大家没事闲扯，胡顺溜就扯起了关四爷当年在部队的这一段儿。这种事自然最能引起人们的兴趣。又是在茶馆儿，喝茶的人都穷极无聊，也就更爱听这种新鲜事。听完了议论，议论完了再传，就从茶叶店传到了街上。

关四爷听了，登时气得半天说不出话来。

关老板也说，我早看出来，你这个叫胡顺溜的朋友，是个背地里爱说人的人，虽然有句老话，"谁人背后不被说，谁人背后不说人"，可还有句话，"来说是非事，必是是非人"。关老板摇摇头，关师傅，你这朋友这毛病，可不好啊。

关四爷这时，反而不说话了。

这以后，关四爷虽然没离开福记粉店，但跟胡顺溜的关系也就明显远了。这时胡顺溜也已听说，自己背后说关四爷在部队上的事，关四爷已知道了，为此还把肠粉店的伙计给打了。但胡顺溜没跟关四爷解释这事，关四爷也就没再提。

现在关四爷的老伴儿去世，白毛儿跑来闹丧，关四爷就又想起了胡顺溜。胡顺溜毕竟是当年的战友，对这段事儿的前前后后也最清楚，让他当个中间人，出面调停应该最合适。胡顺溜倒是热心人，一听关四爷想让自己帮这个忙，也没推辞。胡顺溜当年曾跟这白毛儿打过交道。那一次白毛儿拎着杀猪刀来部队驻地的门口闹，副连长陪着关四爷出来跟他见面，两人没说两句话就动起了手，是胡顺溜跑回去喊了几个战士出来，把这白毛儿好说歹说劝走的。所以胡顺溜知道，这个白毛儿不是善主儿。但不是善主儿倒也不怕，事情已过去这些年，当年的白毛儿已成了老白毛儿，谅他也不会再像当年拎着杀猪刀来。

胡顺溜这次一见白毛儿，就明白了。白毛儿拉不拉桂香的遗体回灵山倒无所谓，他冲的，还是那两头猪。他说要人，其实是要猪。可现在要猪也有麻烦。事情已过去这些年，关四爷还这两头猪自然是还得起。但也正因为已过去这些年，再让关四爷还猪，关四爷就已经不认头。当初还这几头猪的债，是还的风流债，可现在，当年的桂香已变成老伴儿，又已经躺在这停板上，关四爷就觉得，再要还这笔风流债就有些莫名其妙。胡顺溜也知道关四爷的脾气，但既然让自己当中间人，就还得耐着性子和稀泥，先把这白毛儿打发走，葬了桂香再说。于是对白毛儿说，现在正是办丧事的时候，你非顶着门儿要这两头猪的账，不太合适。又说，关四也是个走南闯北的人，这些年见过大世面，当初既然已给你打了欠条，不过是两头猪，也不会赖账。但白毛儿不干，坚持说，既然他不赖账，现在就先还了这两头猪再说。

胡顺溜说，正在丧事上，逼着还账，怕不妥吧。

白毛儿理直气壮，杀人偿命，欠债还钱，自古天经地义！

胡顺溜一见这白毛儿是个蒸不熟、煮不烂的主儿，就拿出最后的杀手锏，对这白毛儿说，实话跟你说，我也是受人之托，只是帮忙，一手托两家的事，我现在提个想法儿，你若觉着行，咱就这么办，不行，就还是你们自己说去，这闲事我也不管了。然后就说，关四这人，你也打了这些年的交道，他的脾气秉性你该是知道的，你现在说，他如果不还猪，你就把人拉走，可他要是真上了浑劲儿，就让你拉人，你还真把人拉走吗？且不说这死人你能不能拉出城去，灵山离这儿这么远，你怎么拉？就算能拉，这么热的天，等你拉回去，人还不臭了？这桂香再怎么说，也跟你夫妻过一场，你就忍心让她臭了？

胡顺溜这一番话，说得白毛儿不吭声了。

胡顺溜又说，你若相信我，那两头猪的欠条不是还在你手里吗，你就先回去，等这边的丧事办利落了，让桂香入土为安，人的事办完了，咱再说猪的事。

胡顺溜又拍拍白毛儿的肩膀，我当个保人，总行了吧？

胡顺溜这一说，白毛儿才回灵山去了。

11

关四爷老伴儿的墓地总算问清楚了。据胡顺溜说，是在去灵山的路上。去灵山的路上有一面山坡，坡下是一片水。水的阴阳与山的阴阳正好相反。山是山南为阳，山北为阴，而水则是水北为阳，水南为阴。这面山坡是在水的北面，所以坡是阳坡，水也是阳水，双阳。当年关四爷的老伴儿曾说，她喜欢这地方，风水好，将来有死的那天，倘能埋在这里，就算是一辈子的造化了。关四爷记住这话，桂香死后，就把她葬在了这面山坡上。

但胡顺溜说，虽然坟在那儿，也不能轻易动。

齐三旗问为什么。

胡顺溜说，当年跟这白毛儿有约在先，关四欠的那两头猪，自己是保人，现在关四没了，可这两头猪的账还在；账还在，自己这保人就还担着责任。胡顺溜对齐三旗说，这白毛儿的脾气一上来比关四还浑，倘按常理，该是人死账烂，只要人一死，也就一了百了，可白毛儿肯定不认这个一死百了。倘再动桂香的坟，把关四的骨灰跟桂香合葬，再让这白毛儿知道了，他真能把关四的骨灰刨出来给扬了，这种事他干得出来。

齐三旗一听，也觉着这事有点麻烦。

胡顺溜说，只有一个办法。

齐三旗问，什么办法？

胡顺溜说，我虽是保人，可这两头猪，我是拿不起，只有你替他拿。

　　齐三旗一听这话，就有些犹豫了。两头猪，且都要二百斤以上，如果合成钱不是一笔小数目。就是在洪远少说也得二百五六，在这边，恐怕就要三百以上。但再想，当初关四爷在世时，自己没少吃他的油条，况他临终前，又把这赵州油条的手艺传给了自己，且还托付了老家的事，跟自己也算是忘年交一场。倘这么想，替他还这两头猪的账也就应该。

　　于是点头说，好吧，我替他还。

　　胡顺溜原本也就这么一说。这两头猪的事，一直是他的一块心病，总担心白毛儿哪天再找上门来。这时一听齐三旗竟真同意了，立刻松了口气。赶紧跟齐三旗商定，事不宜迟，白毛儿的那个外甥，现在每月初仍来老君街的福升茶叶店送相思茶。这两天正是月初，估计又该来了，就让这外甥给白毛儿捎个口信，叫白毛儿赶紧过来，就说要结那两头猪的账。

　　齐三旗又叮问了一句，结了这笔账，就能动土了？

　　胡顺溜立刻说，这你放心，包在我身上，白毛儿再不让，我有话跟他说。

　　胡顺溜送齐三旗出来时，忽然又用手捂住嘴，哏哏儿地笑了几声。

　　齐三旗回头看看他。

　　胡顺溜就扒在齐三旗的耳边说，告诉你个事儿，别人都不知道。

　　齐三旗问，什么事？

　　胡顺溜说，这关四，还有个邪的，他那个男人的东西出奇的大，又粗又长，像根擀面杖，也就为这个，当初桂香才稀罕他。一边说着，就又忍不住哏哏儿地笑起来。

　　齐三旗没笑。看他一眼，就告辞出来了。

　　齐三旗答应了胡顺溜，替关四爷还这两头猪的账。可答应是答应了，自己拿什么还。齐三旗不想再跟父亲张嘴，既然是自己答应的事，就自己解决。但这三百块钱不是小数目，况且还不知白毛儿把这两头猪怎么折算，倘他狮子大开口，就凭他这浑劲儿，说不定真敢要个四百五百。齐三旗在洪远插队这几年，每年的年底，在生产队里多少能分点钱，加上经常参加县里公社的造田工程，村里每天管一顿午饭，这样一年也能省下些口粮，这粮食也能卖点钱。算在一起，手里也就攒了三百多块钱。可这三百多块钱也不能一下全用了。当初齐三旗是那样离开家的，在父亲面前就一直觉着有些亏心，这几年的吃穿用度，就是再难，也从不向父亲伸手。现在自己手里的这笔钱，也就不能一点不留。

齐三旗这里正盘算着，胡顺溜那边已传来消息，说是这天下午白毛儿就到，定的见面地点，是在老君街的福升茶叶店。齐三旗想了想，福升茶叶店都是喝茶的人，关四爷既然已殁了，就还是给他留点面子，在那种地方谈这事，倘这白毛儿又犯起浑来，一吵嚷，又要在街上闹得满城风雨。于是就提前来到胡顺溜的家，跟他商量，还是让白毛儿来这里，就在胡顺溜的家里谈。胡顺溜这时好容易要把这块心病去了，对齐三旗说的话也就无可儿无不可儿，立刻说行。然后让齐三旗先等在这里，自己就去了福升茶叶店。

一会儿，胡顺溜就把白毛儿领过来了。

齐三旗还是第一次见这个白毛儿。白毛儿看着挺壮，但身材不高，整个儿人像是横着长的，上身穿一件和尚领儿的汗衫，已看不出颜色。从奓拉的领口露出来，脖子以下都是浓密的胸毛，只是这胸毛也已经白了。大概胡顺溜已在路上告诉他，来的这人就是替关四还账的，所以他一进来，目光只跟齐三旗碰了一下，立刻就闪开了。齐三旗仔细打量了一下这个人，觉得他倒不像想象中的那么生猛。也许是上了年岁的缘故，背已经有些驼了。胡顺溜在一旁看看白毛儿，又看看齐三旗，用力喘了口气说，我这个当保人的总算当到头儿了，关四虽死了，现在有人替他还账，这账怎么个还法儿就是你们的事了，你们自己商量吧。

齐三旗没立刻说话，只是看着白毛儿。

白毛儿又看了齐三旗一眼，目光立刻又闪开了。

齐三旗预感到，这个白毛儿要狮子大张口了。他一定是担心自己要的数儿，一旦说出来会被拒绝，所以才不敢看自己，也不敢轻易说。又等了一下，就先对白毛儿说，钱我带来了，总共两头猪，你说个数儿吧，俗话说，帽子再大也大不过一尺去，只要差不多就行。

白毛儿又抬起头，看了齐三旗一眼说，就，就二百五吧。

齐三旗听了，立刻问，你说，两头猪？二百五？

白毛儿赶紧又说，二百二也行，就，就二百吧。

齐三旗看着白毛儿，没再说话。

胡顺溜赶紧在一旁说，行，二百二可以了，就二百二吧。

又看看齐三旗，你说呢？

齐三旗问，欠条，带来了吗？

白毛儿从裤兜里掏出个蓝布包，打开，里面又是个白布包，再打开，小心地拿出一张叠得方方正正的纸片，递给齐三旗。齐三旗接过打开看了看，这是一张日历纸，背面有几个歪歪扭扭的铅笔字：关大同，欠白毛儿两头猪。底下是关大同签名。在白毛儿的地方又用笔画了，旁边写了一个白水根。显然，这白水根，应该是白毛儿的大号。

齐三旗掏出钱，数出二百二，想了想又加了十块，递给白毛儿。

白毛儿接了钱连连点头，意思是对这多加的十块表示感谢。

胡顺溜这时松了一口气，说，好了，这笔账，这回总算清了。

又对白毛儿说，咱都是男人，当初说的话，可得算数。

白毛儿手里捏着钞票，看看胡顺溜，当初说的，哪样？

胡顺溜立刻说，哎，你现在已拿了钱，说过的话可不能忘了。

白毛儿又想了想，哦，你是说桂香的坟？去吧，去挖吧。

说完就慢慢转身，要出门走。

齐三旗叫住他，你等等。

白毛儿站住了，转过身。

齐三旗问，我挖那坟要干什么，你知道吗？

白毛儿说，知道。

说罢又看一眼胡顺溜，就走了。

齐三旗为关四爷与老伴儿合葬，用了三天时间。白毛儿只要了二百二十块钱，这是齐三旗没想到的。幸好剩了一百多块钱，也就都用在这合葬的事上。先是去火化场，又买了个骨灰盒，让火化场的人帮着把关四爷的骨灰一分为二，一半办了存放手续，另一半就取出来。胡顺溜原想把关四爷的老伴儿坟在哪儿，告诉齐三旗，让他自己去就是了。但后来又想想说，也罢，谁让我跟这关四是战友，又是老乡呢，我这个好人就做到底吧。

于是就和齐三旗一起来了。

齐三旗来到这面山坡上，发现这块地方的风水果然很好。不仅风水好，风景也好。山坡上是一片林子，坡下是一片很开阔的水面，一眼能望出很远。齐三旗特意带来一把锹。来到关四爷老伴儿的坟前，胡顺溜说，按我们河北老家的风俗，这开坟破土的说道儿就多了，不过关四是个军人，就不讲究这些了，再说跟他老伴儿合葬，他也该高兴，挖吧。

齐三旗就用铁锹把坟挖开了。里面的墓穴是用砖垒的，很整齐，看得出来，当初关四爷埋老伴儿时很用心。用的棺木也很好，看上去很厚实。齐三旗一眼就看出来，这棺木应该是段木匠的手艺。墓穴里显得挺宽绰，也许关四爷埋老伴儿时，就已经给自己留出了地方。齐三旗就把关四爷的骨灰盒小心放进去，摆在了他老伴儿棺木的旁边。

这时，胡顺溜忽然在旁边唱起来：

　　三月——里——来——
　　三月里来桃花开
　　杏花白
　　水仙花儿开
　　又见那牡丹芍药一起开呀
　　天上桫椤是什么人栽
　　地下的黄河是什么人开
　　什么人把守三关外
　　什么人出家就没回来
　　那个——咿呀咳

赵州桥来什么人修

玉石栏杆什么人留

…………

胡顺溜唱到这里忽然不唱了。齐三旗回头看看他，只见胡顺溜的脸上挂着泪。

齐三旗忽然觉得很累，扔下铁锹，一屁股坐到地上。

12

齐三旗办完了关四爷的事，原想在家里住一段时间。但突然又决定回洪远。

齐三旗决定回洪远，是因为在街上遇到了当年的同学高大全。高大全在学校时，作为红极一时的学生干部，鼓动了很多女同学报名去农村插队，最后他自己却没走，被分到了一个市直机关工作。但高大全很聪明，离开学校以后就再也没露过面。

齐三旗这天早晨出来，是要去后街的段记木匠铺。段木匠的女人一大早来榕树街找齐建国，说是段木匠跟小儿子，父子俩又闹起来。段木匠的心口疼又犯了，请齐大夫过去看看。但齐建国已去草篮桥出诊了，只有齐三旗在家。这一阵街上正闹时令病，齐建国也就格外忙，每天出诊都是早出晚归。于是齐三旗就跟着段木匠的女人来了。

齐三旗在路上听段木匠的女人说，段木匠的心口疼当初就是跟这小儿子怄气怄出来的，后来沾点儿气就犯。段木匠的这个小儿子不知怎么认识了一个在寿衣店卖寿衣的女孩儿。这家寿衣店不光卖寿衣，也卖花圈，所以这女孩儿对丧葬一类的事就很在行。段木匠的这个小儿子叫段小强。段小强跟这女孩儿好上以后，这女孩儿知道段小强是个细木匠，就给他出主意，说卖寿衣和卖花圈，其实都不如卖骨灰盒赚钱。一个骨灰盒，只要做得精致点，再雕上花儿，卖好了就能上百，赶上孝顺的儿女为父母买，还能卖出更好的价钱。起初段小强对这女孩儿说的没当回事。段小强虽是细木匠，跟他父亲也学过雕花儿，但一直只做硬木家具。可架不住这女孩儿总说，段小强就动心了。于是背着父亲做了两个骨灰盒。骨灰盒不能叫做，是叫抠。段小强抠的这两个骨灰盒虽没用什么上好的木料，都只是硬杂木儿，雕花儿却雕得很精细，是一对龙凤盒。这段小强的手比他父亲还巧，手艺也更精湛。这一对龙凤盒抠出来，再描了漆，看上去就玲珑剔透。那个女孩儿拿去寿衣店试着卖，也是赶上个机会，刚好有一对九十多岁的老夫妻，两人前后脚，只差一天相继仙逝。这孝子贤孙们觉着是个喜丧，也是心气高，就决定大操大办一下，于是就把这一对龙凤盒都买去了。一个卖了一百，另一个因为正面的木纹上有个疖子，少卖了点，卖了八十。这一对龙凤盒虽说让段小强花了一个月时间，却一下就卖了一百八，刨去给寿衣店的，还净剩了一百二，段小强一下就来了精神。做家具虽说是给活人用的，且世上的活人毕竟比死人多，可活人不一定都用新家具，而死人却是一定要用骨灰盒。这么一算，抠骨灰盒就还是比做家具更有生意。但段木匠却不赞成儿子这么干。虽说段记木匠铺过去也做棺材，可那时做棺材也只是偶尔做。且段记木匠铺有规矩，每做了一口棺材，做好的棺材一抬走，做这棺材的刨花儿、木屑碎料头儿就都要扫出去，堆在门外一把火烧了，为的是去掉晦气。此外还要放一挂鞭炮，铺子里也要挂红，还要歇业一天。现在木匠铺早已不做棺材了，小儿子竟又抠起了骨灰盒。段木匠对这个寿衣店的女孩儿也不喜欢。段小强曾领回来一次，段木匠一看就堵心了，觉着这女孩儿的身上有一股阴气，太妖。于是父子俩先是为这女孩儿，接着又为抠骨灰盒，就一直争争吵吵。

齐三旗在这个早晨来到后街的段记木匠铺，一进门就有些不认识了。齐三旗自从去洪远插队，就再没来过木匠铺。过去的木匠铺一直是段木匠主持，铺子里横着两条做木匠活儿用的长凳，地上到处堆着木料、刨花儿和碎木头，墙边摆着各样木匠工具。现在却不一样了，段木匠上了年纪，已把铺子交给两个儿子。段木匠的大儿子叫段大成。段大成学的是粗木匠，所以干活都是出去，或给人家盖房的立房架子，或打门窗。铺子里平时就是段小强主持。段小强学的是细木匠，且心也细，现在又已抠了骨灰盒，用的木料比过去也精，铺子里也就显得比过去干净多了，看上去不仅利落，各种木料和工具也都摆放得井井有条。

但段木匠对现在铺子里的一切显然很不满意。段木匠躺在床上，一见齐三旗就唉声叹气，摇头说，你来了，来了好啊，你跟段叔，只怕是见一面、少一面了。

齐三旗一听就笑了，说，怎么这么说。

段木匠又叹息，是啊，说不定哪天了。

齐三旗说，没这么严重。

说着就坐到段木匠的床前，抓过他的手腕摸了一下脉，觉得没什么大事，就放下他的手说，要我看，是心病，凡事想开点儿，别跟自己过不去。

段木匠说，话是这么说，我当初还劝过你父亲，儿孙自有儿孙福，不为儿孙做马牛，现在你父亲是不用劝了，你这么懂事，他算是熬出来了，该轮到我了。

段木匠说着，哽咽了一下。

齐三旗明白，段木匠指的还是自己的小儿子段小强。齐三旗跟段小强也很熟，只是小时候没一块儿玩儿过，但也了解，这段小强是个很有主意的人。齐三旗知道段木匠憋了一肚子的话，倘让他打开话匣子，自己就走不了了。于是起身说，我还有事，有时间再来看您。

段木匠点头说，你们现在都忙，去忙吧。

齐三旗又打了个招呼，就出来了。

齐三旗走在街上，心里还在想着段木匠家的事。他想的是，早知道这段小强现在做骨灰盒，为关四爷合葬时，来他这里拿一个就是了，也能省点钱。但又想，这段小强跟他父亲段木匠可不一样。当初自己去洪远插队时，偷偷让段木匠给打了个木箱子，最后连工带料，段木匠一分钱没要。可这段小强就不行了，肯定是一厘一毫，都要跟自己算得很清。

齐三旗正一边走一边想，一抬头，就看见高大全骑着自行车迎面过来。

齐三旗第一眼看见高大全，几乎没认出来。高大全在学校时很英俊，头发不长不短，看着留的像个分头，却没分印儿，走起路来一飘一甩的，很帅；脸不太白，但很光滑儿，虽不是浓眉大眼也挺秀气。可现在已不像过去的样子了，头发剃短了，也没了发型，小脸儿焦黄干瘦，且已经有了褶子，看样子日子过得不是很松心。他骑着一辆半新的自行车，后衣架上夹着个铝饭盒，猫着腰，车子蹬得挺快，显然是急着去上班。

齐三旗在路边站住了，看着他迎面骑过来。

高大全一见齐三旗先是犹豫了一下，但还是下来了。推着车子过来，伸手跟齐三旗握了握。高大全的手过去很软，且肉乎乎儿的，跟人握手的习惯，总是握住对方的手先上下左右摇晃一下，显得很亲热。但这时，齐三旗觉出来，他的手上已没肉了，干得像树枝，跟自己握着也没劲儿了。齐三旗打量了他一下，就是个机关小干部的样子了。

高大全问齐三旗什么时候回来的。又问什么时候走。

齐三旗说自己回来有些天了。然后就说起马红。说马红现在的精神仍很不好，在江边和村里的两个老女人一起看茶园。齐三旗说着，见高大全并没听进去，一边朝街上东瞅西看，还不时地抬腕看一下手表。齐三旗问，你急着去上班？

高大全立刻说，是啊，上午机关有会。

齐三旗说，你走吧。

高大全立刻骗腿上车，打了个招呼就匆匆走了。

齐三旗看着高大全远去的背影。这时街上骑车的人很多，都是赶着去上班，像一股湍急浑浊的流水，高大全就这样，很快隐在这流水里了。齐三旗站在街边发了一阵呆。心想，倘有一天，自己从洪远回来了，无论是去机关还是进工厂，也会像这个高大全，或者还不如他。早晨夹着个饭盒蹬着车子匆匆出门，傍晚下班，再蹬着车子回来。日复一日，年复一年，就这么过一辈子。此时再想想洪远，一片青山绿水，天地广阔，倒真不如在那里自由自在。

这时，齐三旗就又想起那个叫卢金花的女孩儿。

他当即决定，立刻回洪远。

13

齐三旗在牛山县的县城下了长途车，回洪远的路上，被堵住了。

通往洪远的山路很窄，刚够过一辆拖拉机。山路就是被一辆二十马力的"东方红牌"拖拉机给堵住了。拖拉机是被山路上的一堆大石头给堵住了。石头堵住了拖拉机，拖拉机又堵住了山路。堵住拖拉机的这堆大石头是洪远村的治保主任任桂云，一个人从山上搬下来的。任桂云用了一个上午，就搬来了这些大石头，严严实实地把这条山路堵上了。任桂云承认，他堵山路，就是为的堵这辆拖拉机。开拖拉机的是公社拖拉机站的机耕队副队长，姓何，叫何志田。何志田这次开着拖拉机来洪远，又是来见卢金花。

半年前，何志田去山下的江口村耕地，听江口村的人说，半山腰上的洪远有个马前岭，马前岭有个漂亮女孩儿叫卢金花。江口村的人说，这一带就没见过这么漂亮的女孩儿，先别说她长的什么样儿，你就闭着眼想，漂亮女孩儿是什么样儿，她长的就是这个样子。何志田二十多岁，县里的农机学校毕业，拖拉机不仅会开，还会修，且这么年轻就当上了公社拖拉机站机耕队的副队长，无论到哪村都是远接高迎，好吃好喝，自然也就心高气傲，一般的女孩儿都不放在眼里。但这时一听江口村的人这么说，心就动了，想亲眼见见这个卢金花，看她究竟长什么样儿。于是就找了一个理由，说是要上山调查一下农田的分布情况，就这样来到了洪远的马前岭。何志田来到马前岭，却并没进村，只是在村外的山路上转游。将近中午时，就见山路上来了一辆牛车。牛车上拉着一个木桶，还有一个大竹簸箩，簸箩上盖着一块白屉布。显然，这牛车是去给山上的工地送饭。但引起何志田注意的不是这辆牛车，而是坐在这牛车上的女孩儿。何志田的两眼一下就直了。他发现这个赶牛车的女孩儿太漂亮了，简直就不像是山上的女孩儿。但这女孩儿并没注意站在路边的何志田，就这么赶着牛车走过去了。何志田一直目送着这牛车在山路上远去，心想，这女孩儿肯定就是卢金花了。换句话说，她就算不是卢金花，也已无所谓，那个传说中的卢金花肯定也不会比这个女孩儿更漂亮了。

何志田这天从山上下来，心里就打定主意，就是这个女孩儿了。

何志田看上了这个女孩儿，不能光看上，还得有具体办法。于是想了两天，就把办法想出来了。公社广播站的陈站长，老婆的娘家是洪远的。但这种事，自己不好去找陈站长，且跟陈站长也没这交情，倘被人家回绝，面子就没处放了。于是就又想到了拖拉机站的冯站长。冯站长跟广播站的陈站长是朋友，两人经常一块儿喝酒。如果让冯站长去跟陈站长说，面子就大了。于是何志田就来跟冯站长说。冯站长一听就笑了，说这可是好事儿啊，积德行善的事，我去跟陈站长说。就这样，陈站长果然满口答应了。没过几天，消息传回来，何志田那天在山路上碰见的，应该就是卢金花。洪远再没有第二个这么漂亮的女孩儿，这是第一。第二，卢金花在村里负责做饭，每天中午，也是她赶着牛车去给工地送饭。但陈站长对冯站长说，他老婆已跟这个叫卢金花的女孩儿提这事了。他老婆满以为，凭何志田这样的条件，别的女孩儿还巴不得，卢金花听了一定会满心高兴地答应。却不料，竟碰了一个软钉子。这卢金花不说同意，也不说不同意，只说，她现在还不想考虑这事。

何志田听了这个消息，心里一下凉了半截。何志田本以为自己已经够心高气傲了，却没料到，这个叫卢金花的女孩儿竟比自己还要傲。但这一来反倒激起了何志田的斗志。何志田倒不是想跟这个卢金花斗气，只是觉着凭自己的条件，却被山上的一个女孩儿拒绝，有些不服气，也不认头。于是他就决定，自己要亲自出面，直接去跟这个叫卢金花的女孩儿谈一次。何志田想了一下，就给卢金花写了一封信。在信中先写明自己的条件和各方面的情况。又说，很想跟卢金花当面谈一谈，如果她同意见面，什么时间，什么地点，都由她来定，她可以回一封信，也可以托人捎个口信。最后，何志田又把自己特意去县里照相馆拍的一张照片放在信封里，就把信寄出去了。几天以后，回信来了。回信又是托公社广播站陈站长的老婆带回来的。卢金花的回信很简单，仍是上次给陈站长老婆的答复，说感谢何队长，但自己现在还不想考虑这件事。也就在这时，何志田又听陈站长的老婆说，这个叫卢金花的女孩儿很可能已看上了村里的一个知青。这一阵，人家正让这知青帮着修房子。

何志田听到这个消息，也就彻底死心了。

但就在前不久，陈站长那边突然又传来消息，说这个卢金花又松口了，陈站长的老婆回娘家时，跟她说，如果这个何队长还想见面，她可以见，来村里就可以。何志田一听这个消息，简直觉得这喜讯就像是从天上掉下来的。

当即决定，第二天就去洪远村。

何志田为去洪远，做了精心的准备。他先去公社的供销社理了发，又找出一身崭新的再生布工作服换上。这种工作服穿在身上，可以证明是挣工资的身份，在村里女孩儿的眼里简直比礼服都高贵。此外何志田还有一个更大胆的创意，他要开着一辆拖拉机去洪远。何志田上一次去洪远时，已经注意看了，这洪远是在半山腰上，但通往山腰的山路虽窄，还可以走车，倘开一辆车身小一点的二十马力"东方红牌"拖拉机，应该没问题。最关键的是，自己开着这样一辆拖拉机突突突突地进村，这本身就是一种身份的象征。何志日这样决定了，就特意选了机耕队里一辆刚进的新拖拉机，又用了一个晚上，把机身擦得锃亮。

何志田这次开着拖拉机来洪远，果然达到了预期效果。村里人只在山下见过拖拉机，却没想到，这东西竟还能开到山上来，且一直开进了村。但卢金花却似乎对何志田开来的这台拖拉机没多大兴趣，也没让何志田进家，只对他说，去村外，找个地方说话吧。

何志田大声说，好，上车吧！

说罢，就当着全村人的面把卢金花扶上拖拉机，让她坐在副驾驶的座位上，然后就开起拖拉机，又突突突突地出村，沿着山路走了。

但这次何志田和卢金花并没谈几句话。卢金花似乎也没想谈什么。倒是何志田，一直在不停地说话，说自己的机耕队一到农忙季节是如何的忙，自己作为机耕队的副队长，责任是如何的重大，不仅要安排生产计划，还要把队里所有的车辆调度好，否则稍有疏忽就会出大问题。然后又摆弄着拖拉机前面的仪表盘和挡位手柄，为卢金花讲解，说这种"东方红牌"拖拉机虽是我们国家自行设计和制造的，但驾驶技术难度很大，要求也很高，一般人很难掌握。接着又说，自己已经连续两年，被县里评为青年模范拖拉机手。卢金花在一边听着就笑了。何志田认为卢金花这样笑，是不相信自己的话，觉着自己在吹牛。立刻又说，我被评为青年模范拖拉机手，是有正式奖状的，哪天拿来给你看。

卢金花说，好吧，那就哪天拿来看看。

说罢就跳下拖拉机，自己走着回村去了。

何志田的拖拉机在山路上无法掉头，只能眼巴巴地看着卢金花就这么走了。想了想，又冲她的背影喊了一句，过两天，我就把奖状拿来给你看啊！

卢金花没回头，只是一边继续朝前走着，一边挥了下手。

何志田这次开着拖拉机来洪远，又在村里引起震动。卢金花本来在村里就引人注意，现在又有这么个公社拖拉机站的机耕队副队长开着拖拉机来找她，村里的男人，尤其是还没成家的男人，心里也就都明白了，这回这卢金花，应该算是名花有主了。但别人都明白了，惟治保主任任桂云不明白。任桂云不明白，是不明白这个叫何志田的机耕地副队长究竟好在哪里。任桂云在村里对人们阐述了一个最简单的道理，这拖拉机是在平地上跑的东西，可洪远这里都是山，不仅是山，路又窄，这么窄的山路下面就是悬崖，弄个拖拉机在这么窄，又这么险的山路上跑，人走路不小心还要摔跤，倘这拖拉机不小心从山路上开下去，后果就不用说了。任桂云说，他当初在福建的海边开大炮时，一次他们部队的一辆炮车就从山路上掉下去了，那摔得叫一个惨，好好儿的一辆新炮车，比何志田开来的这辆拖拉机还要新，在山底下生生地摔成了一堆烂铁。开车的人被挤在这堆烂铁里，最后尸首都没弄出来。

任桂云为村里人举出这个惨痛的事例，也就顿时对卢金花有了一种深重的责任感。既然开拖拉机是一种如此高危的职业，他当然不能眼看着这件事再继续发展下去。于是在这个上午，当任桂云得知何志田又要开着他的拖拉机来洪远找卢金花时，就提前来到通往马前岭的必经山路上，一口气从山坡上搬下了一堆大石头，把山路给堵住了。

何志田在这个下午兴冲冲地开着他的二十马力"东方红牌"拖拉机，又沿着山路上山来。他的怀里揣着两个纸卷，都是当初被评为青年模范拖拉机手，由县领导亲手颁发的大红奖状。他在这个下午要展示给卢金花，让她仔细看清楚，自己并没有吹牛。但拖拉机在半路上，就被前面一堆大石头堵住了。何志田停车下来，走到这堆大石头跟前看了看，觉得这些石头堆在这里没道理，既不像有施工，也不像是意外翻车卸在这里的。正狐疑，一直蹲守在这里的任桂云就从山坡上跳下来。任桂云来到何志田的跟前说，别看了，这堆石头是我弄的。

何志田不认识任桂云，看看他问，你弄这堆石头，干什么？

任桂云说，从这堆石头再往上走，就是马前岭的地界了。

何志田还是不懂，问，马前岭的地界又怎么样？

任桂云说，马前岭的山路是我们村自己修的，不让拖拉机随便辗轧。

何志田就笑了，又问，不让拖拉机辗轧，你们就不用拖拉机耕地了？

任桂云立刻斩钉截铁地答，这边的农田都是梯田，台地，从来不用拖拉机。

何志田这时已明白了，面前的这个人是故意不让自己开着拖拉机进村。但何志田是个心高气傲的人，自然不吃任桂云这一套。你不让我进村？我偏要进村！于是没再理睬任桂云，绕过他去，就要自己动手搬开这堆石头。但何志田真一伸手，才意识到，事情没有这么简单。何志田虽然比任桂云还年轻几岁，但整天只开拖拉机，也就没有任桂云的这膀子力气，且任桂云当年开过大炮，何志田没开过大炮，身上也没有他那股浑不论的生猛劲头。任桂云是一口气把这些大石头从山上搬下来的，现在轮到何志田再想搬开，却没这么容易了。何志田两手抓住一块石头，搬了搬，没搬动。换了一块又搬了搬，还是没搬动。这时何志田的心里就感到奇怪，这么重的一堆大石头，这个人是怎么弄来的？

何志田和任桂云正在这里守着这堆大石头说来说去，齐三旗就沿着山路走过来。

齐三旗并不认识何志田，但去公社办事，见过这个人，知道他是拖拉机站的。这时见他把一辆拖拉机停在山路上，又见前面的路上堆着一堆大石头，这人正跟任桂云争执得面红耳赤，不知发生了什么事。路是过不去了，索性就站住，听他们两人说话。

齐三旗听了一会儿就明白了，是这个何志田想开着拖拉机进村，任桂云不让。但为什么不让，不清楚。现在何志田想自己把这堆石头搬开，又搬不动。于是两人就一直矫情。齐三旗没再理会这两个人。转身上了山坡，攀着石头绕过去，又跳下山路，就进村去了。

齐三旗经过集体户时没进去，径直就往村里走。于宝生看见齐三旗，就追出来。

于宝生笑着问，刚才进村时，在山路上看见什么了。

齐三旗说，没看见什么。

于宝生说，你再想想？

齐三旗又想了想，说，哦，看见任桂云，正跟拖拉机站的人吵架。

于宝生就乐了，凑过来问，知道他们为什么吵吗？

齐三旗说，好像那人要开着拖拉机进村，任桂云不让，把路给堵了。

于宝生嗯一声，又问，知道任桂云为什么把路堵了吗？

齐三旗摇头说，不知道。

于宝生说，这人开着拖拉机，是来看卢金花的。

齐三旗听了，好像有些明白了。

于宝生说，你再不赶紧拿主意，就要有人捷足先登了！

齐三旗没再说话，又看一眼于宝生，就扭头进村去了。

齐三旗先是来到卢金花的家。卢金花家的大门没锁，院里没人，屋里也没人。齐三旗又奔村里的伙房来。果然，卢金花在伙房，正弯着腰收拾锅灶。她抬头一见齐三旗，先是愣了一下。显然，她没想到齐三旗这个时候会突然出现在这里。

她慢慢扔下手里的笤帚，起身拂了下散在前面的头发。

齐三旗说，我刚回来。

卢金花哦了一声。

齐三旗又说，我，不走了。

卢金花看看他，又哦了一声。

齐三旗说，我意思，是说，就留在洪远了。

卢金花慢慢垂下眼。

过了一会儿，她抬起头，回去吧，还有事要商量。

齐三旗问，商量什么。

卢金花说，房子，还得再收拾。

她说罢就头前走了。

齐三旗看看她，也随后跟出来。

14

齐三旗和卢金花结婚这天，于宝生喝大了。

于宝生这一喝大，就顺嘴秃噜出自己的一个秘密。

婚礼是在卢金花的家里办的，办的并不大。卢金花的家里已经没人，村里有的，也只是些亲戚，关系虽不算远，也不算近，倘请一家就都得请。卢金花想了想，索性就一家都不请了。齐三旗只把集体户的人叫来了。集体户的人来了都挺兴奋。尤其于宝生，一边喝着酒说，齐三旗是咱集体户第一个真正扎了根，落了户的，今天要好好儿庆祝一下。但想想又说，可庆祝什么呢？就庆祝他是第一个，也是惟一的一个，恐怕还是最后的一个！

于宝生的这个祝辞，立刻得到所有人的一致响应。

这时有人提议，让于宝生再说个三句半。于宝生说，说一个就说一个！然后喝了一口酒，略一沉吟说：喜人喜事喜讯多；大家敬酒别多喝；要问今晚有啥事儿；

然后他回头看看齐三旗，又看看卢金花：——别说！

卢金花的脸一下红了。

众人也都笑起来。

这时任桂云来了。任桂云在这个时候来，显然不太合时宜。但他是村里的治保主任，一进门就说，是代表村里来的。于宝生也对得起他，你代表村里来的是吧？好啊，喝酒！

于是于宝生就率领集体户的人，你一杯我一杯地敬他。也不是敬，就是灌。没一会儿工夫，就把任桂云灌大了。其实任桂云在福建海边开大炮时，部队赶上年节也喝酒。任桂云的酒量很大。但酒量再大也架不住众人轮番灌。任桂云一喝糊涂了，就开始说胡话，先说自己要跟齐三旗谈谈，齐三旗有很严重的作风问题。接着又说公社拖拉机站的何志田自杀了，但没死成，只是把拖拉机开到清花江里去了。众人听了只是笑。事实是，一年前何志田开着拖拉机来洪远，被任桂云用一堆大石头堵在了山路上，两人从下午一直吵到傍晚也没吵出个结果。后来何志田看看天色已晚，开着拖拉机走这么窄的山路也危险。再看一看堆在山路上的这堆大石头，自己也实在没奈何，就只好作罢，赌气跳上拖拉机就突突突突地下山去了。接着没过多久，也就听说，卢金花果然已跟村里的这个知青定了婚。这何志田毕竟在县里上过农机学校，又是公社拖拉机站的机耕队副队长，还有些风度。于是就托公社广播站陈站长的老婆给卢金花捎来一个口信，说是祝她幸福。卢金花也回了一个口信，说谢谢。

　　任桂云这天在齐三旗和卢金花的婚礼上，说了一阵胡话，很快就彻底大了。大了之后就开始哭。不是一般的哭，是嚎啕大哭，直哭得鼻涕眼泪流了一脸。一边哭，一边诉说着自己这些年在感情上的种种挫折。说当年在部队开大炮时，曾怎样爱上当地的一个海防女民兵，那个女民兵是如何的英武，每次在海边巡逻又是如何的飒爽英姿五尺枪，不爱红装爱武装。可他就是不敢向人家表白，当然部队的规定也不允许表白。后来就这么眼看着人家嫁了，嫁给了当地一个叫墨鱼仔的民兵排长。那小子真像个墨鱼仔，虽是民兵排长，可还没有一杆枪高，也没有一杆枪宽。后来部队文工团来海防前线慰问演出，他又爱上了一个唱歌的女兵。那女兵的身材，那叫一个好看，军装穿在她身上，已经不叫穿，叫绷，绷得浑身一点皱褶都没有，鼓鼓的。腰也细得就是一捧。可他连一句话都没摸到跟人家说，就那么眼巴巴地看着让一个没脖子的部队首长用吉普车接走了。任桂云越说越沉痛，用力甩了一把鼻涕，接着又说，可现在，他喜欢的女孩儿又嫁了，又嫁给了一个没脖子的。于宝生看看齐三旗。齐三旗也奇怪，用手摸摸自己的脖子，不知他说的是谁。但这毕竟是在婚礼上，任桂云这么鼻涕一把泪一把地哭，总不成体统。于是于宝生又满满斟了两杯酒，跟任桂云一口干了。这回任桂云就彻底不吱声了。然后在于宝生的指挥下，众人就把他抬出来，放到院里猪圈的棚顶上，且故意大头朝下。这么一来，任桂云刚才吃的喝的，一下子就都被控出来，顺着棚顶一直流进猪圈。于宝生看了拍着屁股直乐，说，这回可热闹了，猪吃了他吐的东西，肯定也得醉了！

　　于宝生回来，一坐到桌前，就看出也有点大了，拉住齐三旗说，你比我狠！

　　齐三旗看看他，不懂他这话的意思。

　　于宝生说，你一扎根儿，就敢落户，我不行！

　　齐三旗看着他，还是不懂。

于宝生凑过来说，告诉你，我也扎根儿了，可就是不想落户！

一边说，一边不停地摇头。

齐三旗明白了。村里已有传闻，说是于宝生也有了一个要好的女孩儿，且这个女孩儿也是村里的。只是于宝生自己一直不肯承认。这时，于宝生扒在齐三旗的耳边说，这事儿是真的！接着又说，没你的卢金花漂亮，可人好，人比你的卢金花，一点儿不差！尤其，嗯，尤其到了那时候，简直是，于宝生说到这里，又拍了齐三旗的后背一下，嘻嘻地笑了。

齐三旗问，怎么？

于宝生说，你懂的。

齐三旗又看看他。

于宝生摇晃着脑袋说，简直妙不可言啊！

于宝生说的这女孩儿姓丘，叫丘八月，在山下江边的茶园采茶。于宝生没事的时候经常往山下茶园跑，说是爱喝刚采的鲜茶。于宝生说，在他的大明湖老家虽然各种茶也有，可就是没有这种刚采鲜茶。齐三旗曾和于宝生一起去江边的茶园喝过茶。但齐三旗并没觉出这种鲜茶的味道有什么独特。只是发现，于宝生很爱跟茶园里这个叫丘八月的女孩儿说笑。丘八月长得不算漂亮，可长圆脸儿，尖下颏儿，且身体丰盈，挺招人喜欢。丘八月爱听于宝生说话，觉着他的济南口音有意思，说话也逗人笑。但每次于宝生来了，丘八月一见他立刻就红着脸低下头。丘八月知道于宝生爱喝鲜茶，就总是给他泡刚摘下的鲜嫩芽，还特意用玻璃杯泡。新鲜的嫩芽泡在玻璃杯的清水里，就显得格外醒目。于宝生每到这时就爱拿起杯子，看一眼杯里的茶，看一眼丘八月，再看一眼杯里的茶，再看一眼丘八月，然后点头说，嗯，好看啊，好看！齐三旗听他这么说，就问，什么好看？

于宝生嘿嘿一笑，都好看！

一次于宝生喝着茶，曾对齐三旗说，八月这个名字挺好听，可再配上前面的姓，丘与秋同音，就不太好了。于宝生说，他当年在大明湖边，曾听过一段梅花大鼓，叫《王二姐思夫》，也叫《摔镜架》，里面有几句唱词。一边说着，他就摇头晃脑地唱起来：

> 八月秋风阵阵凉
> 一场白露一场霜
> 小严霜单打那个独根儿的草
> 挂大扁儿甩子在荞麦梗儿上

于宝生唱罢又摇头说，秋八月，这名字，太悲，只怕将来克夫，也克自己啊。

这时齐三旗一边喝着酒，就觉得于宝生有些可笑。他曾说这个叫八月的女孩儿名字太悲，将来克夫，现在自己却跟人家好了。齐三旗这时也喝得有点大了，就搂着于宝生的肩膀说，这可是好事儿啊，八月这女孩儿挺好，干脆，你也别走了！

于宝生看看齐三旗。

齐三旗说，咱俩在洪远，也是个伴儿。

于宝生立刻正色说，不行，这回真考上大学，我还说不定去哪儿呢。

于宝生这么一说，齐三旗就无话了。

这时全国已恢复了高考。中央人民广播电台在每晚八点的《新闻联播》节目里已正式公布，第一届的高考时间，就定在这一年冬季，十二月的八、九、十，共三天。集体户里已有几个人在复习功课。齐三旗虽决定留在洪远，也准备参加高考，每天正和于宝生一起准备功课。

但齐三旗的心里明白，自己参加高考也就是凑个热闹。齐三旗从小没太用心上学，一阵学医，又一阵学木匠，总是心有旁骛。后来学校又经常停课。上中学的几年，学校经常组织学工劳动，又学农劳动，也没学多少文化知识，所以自己能考上的希望也就很小。但卢金花对齐三旗参加高考，却无二话。不仅无二话，还很支持。这倒是齐三旗没想到的。卢金花说，哪个女人不希望自己的男人有出息呢，真能考上大学，也是好事。齐三旗跟她开玩笑，如果自己真考上了，这一走不回来了怎么办。卢金花说，那就更好，倘真是这样的人，早早走了，也就看出是什么人，免得糊里糊涂地过一辈子，到老才知道，也晚了。

卢金花能说出这种话，倒真让齐三旗刮目相看。

但这时，于宝生说，倘他真考上大学，将来还说不定去哪儿。这话倒让齐三旗觉着有点不对了。齐三旗想问于宝生，你将来还说不定去哪儿，那丘八月怎么办？

但他又想了一下，还是没问出来。

15

齐三旗这次高考，果然落榜了。落榜也分两种。一种是失手落榜，本来有实力，但由于客观原因，没能考出理想成绩，倘再考一次也许就中了。另一种则是根本就不行，距离差得比较远，就是再考多少次，也不会考中。齐三旗明白，自己就属于这后一种。

齐三旗决定不考了。就在这洪远，跟卢金花踏踏实实过日子了。

于宝生却考中了。于宝生考中，用他自己的话说，是因为从一开始角色认知就很准确，目的也很明确。于宝生的角色认知，就是一个知青参加高考。知青参加高考，目的就不是为了求学，而是谋生。说得再明确一点，也就是为的早日离开农村。想明白这一点，于宝生在报志愿时也就动了一番脑筋。于宝生倒没想过一定要回大明湖边，只要能离开农村，有个大学上，具体学什么，去哪儿学，倒无所谓。于是他就给自己报了一个保底的学校，省农学院。就这样，虽然考的成绩一般，最后就还是被这个保底学校录取了。

于宝生考上省农学院，问题也就来了。怎么对山下茶园里那个叫丘八月的女孩儿说？虽然丘八月从没跟于宝生提过结婚的事，就是齐三旗和卢金花结婚了，她也没提过。可不提，不等于没有这事。丘八月在村里，跟卢金花最好，两人还有一层亲戚关系，论起来是远房的姑表姐妹。丘八月管着这片茶园，平时很少上山。卢金花没事的时候就常来山下看她。两人坐在茶园的棚子里，也常说一说悄悄话儿。这时马红也还在茶园，说是和那两个老女人一起看茶园，每天也没什么事，就总是一个人坐在江边发呆。卢金花远远看着坐在江边的马红，常对丘八月说，一个女人，这辈子可别把自己搞到这步田地。

丘八月知道卢金花这话的意思，是在提醒自己。

于宝生考上大学，丘八月不知道。丘八月平时在山下，山上村里的事，也就是卢金花偶尔下山，从她嘴里知道一些。但这一阵卢金花没下山，于宝生也没下山。于宝生没把自己考上大学的事告诉丘八月。不是不想告诉，而是不知该怎么告诉。于宝生当初报名参加高考，没跟丘八月商量。当时他想的是，倘没考上，就当没这回事，真考上了，到时候再说。可现在真考上了，又不知该怎么说了。于宝生想来想去，就决定，既然不知怎么说，索性也就不说了，干脆来个不辞而别。省得跟生离死别似的，执手相看泪眼，心里也难受。

临走这天晚上，于宝生把齐三旗叫出来。

于宝生对齐三旗说，想去山上看看。齐三旗明白于宝生的意思。可是两人来到山上，走进树林，再找到那个山洞时，却都愣住了。不知什么时候，从崖顶掉下一块巨石。说是掉下来的，倒不如说是裂下来的。这块巨石原本在崖顶就裂开一道很大的缝隙，看着摇摇欲坠。现在它终于脱落下来，就如同是一道石墙，把洞口堵住了。就这样，这个山洞就永远封在了里面。于宝生和齐三旗站在这块巨石的前面愣了一会儿，就转身走出树林。

两人在山上找了个地方坐下来。

这里也是一片林子。但林子很稀，从树缝能看到天上的星星，月亮也升起来了。两人坐在一块大石头上，于宝生从背着的绿挎包里掏出一瓶三花酒，咬掉盖子，自己先喝了一口，又递给齐三旗。齐三旗接过也喝了一口，问，你明天，就这么走了？

于宝生说，是啊，不这么走，还能怎么走？

齐三旗说，丘八月，你就真不打招呼了？

打招呼，怎么说？

可总不能，就这样啊。

怎么想，也只能这样。

于宝生叹口气，又说，托付你个事吧。

齐三旗立刻说，你别托付，我做不到。

于宝生说，做到做不到，你也得做，我跟她毕竟好了一场，人家女孩儿，把什么都给我了。说着抹了一下眼角，拿过酒瓶子又喝了一口，我也是，没办法。

齐三旗问，你知道丘八月知道了这事，会怎么样吗？

于宝生说，想过，可不敢想。

齐三旗说，我也不敢想。

丘八月知道了这件事之后的反应，确实让所有人都没想到。丘八月是从卢金花的嘴里知道的。卢金花是于宝生走了几天以后，才来山下江边的。丘八月见了卢金花先是有些奇怪，问她，最近怎么没来。又说，你不来，宝生也不来，山上没出什么事吧。

卢金花说，倒没什么事。

丘八月看看她。

卢金花又说，不过，也有点事。

丘八月又看看她。

卢金花沉了沉，才把于宝生的事说了。

卢金花说，他已经走几天了。

丘八月听了没说话，沉默了一阵，抬头问，他临走，留下什么话吗？

卢金花说，就是留了话，我也不知道，我没见他。

丘八月就不再说话了。

卢金花这天从山下的江边回来，对齐三旗说了去看丘八月的事。卢金花说，八月知道了这事，什么话也没说。齐三旗听了松口气，说，这就好，就怕她也像马红，那就麻烦了。

卢金花却摇头。

齐三旗问，怎么？

卢金花说，如果她真像马红，倒也好了，就怕她这个不说话，她不说话，就不知她心里在想什么，你不觉得，这比她哭、她闹，还让人心里不踏实吗？

卢金花的担心没错。两天以后，卢金花再去山下的江边时，丘八月没在茶园。村里两个看茶园的老女人也奇怪，问卢金花，她没去山上的村里吗？卢金花立刻有了不祥的预感。看茶园的老女人说，她两天前就出去了，还以为是去山上的村里了。

村里的人立刻都出动了，去山上到处寻找。但洪远的四周都是山，岩石密布，地势复杂，要想找一个人谈何容易。齐三旗问卢金花，她会不会追下山，去了县城。卢金花想想说，不会，她长这么大，还从没出过山，再说，这也不是她的性格。

丘八月最终还是找到了，是在一个山崖的下面。她显然是从崖上摔下来的，虽已奄奄一息，人还清醒。村里人把她抬回来。但问她什么，却一直不开口，只是静静地闭着眼。村里人说，她也许是一个人去山上走走，不小心从崖上掉下来的。

但卢金花却不同意这样的说法。

卢金花在家里对齐三旗说，她和丘八月，是从小一起长起来的。

她说，八月，一定是自己从崖上跳下来的。

16

齐三旗高考没考中，另一个却中了。

卢金花怀孕了。

齐建国得着这个消息，也很惊喜。齐建国这时对留在洪远的齐三旗已不抱什么指望。换句话说，已经认头了。半栏桥的杨局对齐建国说，现在对私人诊所的管理已经越来越严，行医要取得医师资格，不是随便谁都可以行医了。当然，像齐建国这样的祖传老中医，且已行医多年，卫生局的掌握是老人老办法，新人新办法，但齐三旗再想行医，就要取得医师资格证，否则就是非法行医了。齐建国原本还抱一线希望。齐三旗也参加了高考。倘真能考中，报个中医药大学，哪怕是中医学院，将来也就可以当个名正言顺的中医大夫了。可齐三旗却落榜了。齐三旗落榜，也在齐建国的意料之中。自己的儿子，能飞多高儿，蹦多远儿，自己的心里当然有数。齐建国这时已年届天命，心气不像从前了。再遇事，也就随遇而安了。

齐建国还一直没见过卢金花。听说儿媳怀孕，想接到城里来。一方面能为她保胎，将来生产时，城里医院的条件也好一些。但卢金花不想去城里。卢金花对齐三旗说，山里的女人生孩子，从古至今都在山上生，不也就一直这么生下来。

不过卢金花最后还是同意，生产时，去县医院。

卢金花生产是在这年秋天。生产之后，出了一件事。起初齐三旗并没发现什么异常。卢金花幸好来了医院，虽是顺产，但生产时不太顺利，最后不得不做了侧切，医院费了很大的劲才把孩子接生下来，是个男孩儿。齐三旗见是男孩儿，挺高兴。就在这时，齐建国也从城里赶来了。齐建国一见抱出来的这个孙子，仔细端详了一下，脸上虽没表现出来，心里却忽悠了一下。齐三旗毕竟了解父亲，在一旁看出了父亲的神色。趁卢金花喂奶时，父子俩来到外面，齐三旗就问父亲，刚才看这孩子，是不是看出了什么事。

齐建国先还不想说。

齐三旗又问。

齐建国沉吟了一下，才说，你仔细看过这孩子吗？

齐三旗问，怎么？

齐建国说，这话，只能咱父子俩说，别引起误会。

齐三旗说，您说。

齐建国这才说，我看这孩子，不像咱齐家的人。

齐建国说，他刚才仔细观察了一下。齐家人都是宽脑门儿，可这孩子，脑门儿就是窄窄的一条儿，几乎眼眉上边就是头发。再有就是鼻子，齐家人都是通关鼻梁儿，可这孩子却是个瘪鼻子，鼻梁子塌得快跟眼角一平了。齐建国说，这孩子，怎么长得这样儿？

齐三旗听了没说话。

其实齐三旗也早已看出来。不是看出别的，是这孩子的长相儿，总觉着哪儿有点别扭。这时父亲这一说，就意识到了，是这孩子的脑门儿和鼻子，确实有问题。但父亲的提醒也对。这样的话，当然不能轻易跟卢金花说，否则肯定会引起误会。她卢金花生出的孩子，不是他齐三旗的又会是谁的？但齐三旗想，这件事也必须弄清楚。

齐三旗知道，要想弄清这件事，其实很简单，只要去查一下这孩子的血型，应该就清楚了。于是就背着卢金花去找护士。护士一查病例，孩子的血型是B型，而卢金花的血型是A型。这就不用说了。齐三旗的血型也是A型。一对血型是A型的父母，不可能生出一个B型的孩子。这时卢金花已感觉到了，齐三旗一直往护士那里跑，又查病例，又倒腾血型，就开始有些疑心。于是问齐三旗，在干什么，究竟怎么回事。齐三旗到了这时，也就只好把这事告诉了卢金花。卢金花一听，果然误会了，立刻变脸问，你是说，这孩子不是你的？

齐三旗说，是。

卢金花瞪着齐三旗，你把我，当什么女人了？

齐三旗连忙说，不是这意思，这孩子不光不是我的，干脆说，就不是咱俩的！

卢金花更不懂了，问，你到底什么意思？

齐三旗这才把这件事的原委告诉了卢金花，说事情已经清楚了，两个

A型血的父母，不可能生出个B型血的孩子。也就是说，是医院那边出了问题，这孩子，肯定抱错了。卢金花一听就急了，自己抱了几天，又喂了几天的孩子，竟然不是自己的，当即就要去找医院。齐三旗赶紧拦住她，说她产后虚弱，这件事，自己去处理。

这里劝住卢金花，齐三旗就立刻来找医院。

医院一听这事，也很意外。但是看了这孩子的血型，再看父母的血型，毫无疑问，就是错了。这才意识到，这件事有点大了。赶紧又去查那天的接生记录。一查记录就简单了。那天一共接生了九个孩子，上午两个，下午两个，晚上三个，凌晨两个。这个抱错了的孩子是晚上接生的，而这个晚上接生了一个女孩儿，两个男孩儿。也就是说，如果错了，就肯定错在那另一个男孩儿的身上。接着再一查，这男孩儿已经出院了。孩子的父亲是个卖肉的，在县城供销社，曾给医院留了个联系电话。医院立刻把电话打到供销社。孩子的父亲正在肉案上卖肉，一接到医院电话，也没顾上摘围裙，还带着两只油手就赶过来。

齐三旗正等在医院，见这卖肉的来了，一眼就看出来，肯定没找错人。这卖肉的也是个窄脑门儿，塌鼻梁，很显然，他跟这抱错的孩子才是一对亲父子。医院先跟这卖肉的说了抱错孩子的事，又连连道歉。这卖肉的倒也通情达理，反正自己生的是个儿子，就是错了再换过来，也还是个儿子，况且这才是自己的亲骨肉，也是万幸。

就这样，两家把孩子换过来了。

但孩子换过来，卖肉的那家没问题了，齐三旗这里却又发现了问题。这换回来的孩子不会哭。不光不会哭，也不会笑，就会吃奶。先是齐建国觉出不对劲。刚生的小孩子不会哭，应该不是好事。这才想起给这孩子仔细检查了一下。这一查，竟是先天性脑疝。齐建国已行医这些年，虽不是儿科，也知道这新生儿的先天性脑疝是怎么回事。

他临回去时，告诉齐三旗，这孩子怕保不住。

果然，没过多少日子，这孩子就死了。

　　孩子死了，齐三旗倒松了口气。齐三旗毕竟从小跟父亲学过医，对这种事倒看得很开。孩子一落生就有这种病，就是不死，将来大了也受罪，倒不如早回去，只当没到这世上来过。但卢金花却不行，毕竟是自己身上掉下的肉，哭了几天。卢金花已看出来，自己生了这个儿子，齐家父子从心里高兴。齐三旗曾对她说，齐门医家到他这里已是第七代，可他却没继承祖上的衣钵。这件事他父亲嘴上不说，心里一直很失望。齐三旗对卢金花说，倘将来生个儿子，能成为齐门医家的第八代传人就好了。卢金花的心里清楚，也正因如此，这次生下这孩子，齐三旗的父亲齐建国才坐着长途汽车跑几百里，风尘仆仆地赶来洪远。

　　卢金花下决心，还得再生个儿子。

　　但卢金花有很严重的先天性心脏病，也是这次生孩子时，在医院查出来的。生了这个孩子之后，医生曾说，卢金花已不能再生育，否则会有生命危险。医生这话，是对齐三旗说的。齐三旗还跟卢金花开玩笑，说已经有了一个儿子，国家又号召计划生育，以后就是能生也不生了。齐三旗还说，卢金花这回生孩子，已经受过一次罪，这点小事就不用她再去了，等过一段时间，自己去医院做个绝育手术也就行了。可当时的话是这么说，现在却不行了。这次这孩子没保住，总不能真就一辈子不生了。

　　卢金花对齐三旗说，我还要生。

第三部

齐落瓦记

　　按传统习俗，倘生男孩儿，一般叫"弄璋之喜"。璋，是一种玉。而生了女孩儿，则叫"落瓦之喜"。其实也是重男轻女的意思。但齐三旗想想，还是没用父亲的这个"弄璋"。就如同"狗剩""狗蛋"，名字越贱，孩子反而越好养。于是就故意让这孩子叫"落瓦"，齐落瓦。

1

卢金花再生孩子，已是三年以后。

这一次又是个儿子。

这次生，卢金花如同在鬼门关走了一遭。虽也是顺产，但进产房之前，医生让齐三旗签字，说产妇有严重的心脏病，生产过程中，什么意外都有可能发生。齐三旗先是犹豫，这个字签还是不签。但他又想，不管签不签，也总得签，现在卢金花已躺在产房，即使自己不签字，这孩子也总得生出来。想到这里一咬牙，就还是签了。就这样，医院虽又费了一番事，总算把这孩子生出来了。护士抱出这孩子，给齐三旗看，五斤多重，很壮，浑身的肉也挺瓷实，两条小腿一蹬一蹬的，看着像两根小棒槌。齐三旗一见这么个胖儿子，心里自然喜欢。但接过来一抱，突然感觉手上一疼。低头一看才发现，竟被这孩子狠狠咬了一口。

护士赶紧提醒说，小心。

齐三旗掰开这孩子的嘴一看，不禁吃了一惊。这孩子一出生，竟就长着牙。接着，齐三旗又发现，自己看这孩子时，这孩子也正看着自己。虽然从他的眼里看不出什么，但觉着，他这两只眼里冷飕飕的，像两个深潭，黑黑的，深不见底。

齐建国听说这次又是个男孩儿，很高兴。特意写来一封信，说是已给这孩子取好了名字，叫弄璋，齐弄璋，乳名就叫璋儿。齐三旗明白父亲的意思。按传统习俗，倘生男孩儿，一般叫"弄璋之喜"。璋，是一种玉。而生了女孩儿，则叫"落瓦之喜"。其实也是重男轻女的意思。但齐三旗想想，还是没用父亲的这个"弄璋"。就如同"狗剩""狗蛋"，名字越贱，孩子反而越好养。于是就故意让这孩子叫"落瓦"，齐落瓦。

这齐落瓦跟前一个孩子一样，不哭。但他的不哭，不是不会哭，看样子是不想哭。每到要哭的时候，他就皱着眉，攥着拳，似乎咬着牙就是不让自己哭出来。卢金花看这孩子有些怪，心里又不踏实，问齐三旗，这孩子，别是也有什么病吧?

齐三旗也说不上来。

只是说，再看看吧。

齐三旗为齐落瓦过周岁生日时，在家里摆了一桌酒席。说是酒席，也没有太像样的菜，不过是腊肉炒辣椒、腊肉炒竹笋、腊肉炒野菜，又用水炸油条的办法炸了一盘红薯片和一盘冬芋片。这时集体户里剩的人已不多了，齐三旗又都请过来。村里的治保主任任桂云也又来凑热闹。任桂云这时仍还没讨老婆，但已跟马后岭的一个女孩儿见了面，且这回已有了要成的意思。马后岭的这个女孩儿说是女孩儿，其实是个年轻寡妇。娘家是甘棠岭的，刚嫁到马后岭十几天，男人在村里逗驴玩儿，让驴给踢了。这一下正踢在裆上，回家躺了两天就死了。但这女孩儿性情刚烈，死了男人没几天，就上山搬石头，参加了村里的围堰造田。任桂云去见面时，也知道这女孩儿新寡不到一年。可一见面，见她浑身上下足足实实的，心里就挺喜欢。这女孩儿也已听说，任桂云当年在部队开过大炮，再一见，果然是个挺壮的男人，心里也有几分倾意。这时任桂云已看出这女孩儿的心思，一时把持不住，竟上去就抱住人家亲了一口。可这女孩儿不仅没恼，反倒笑了，一边抹着脸说，看你这莽劲儿，倒真像个开过大炮的。所以任桂云这次来，就已跟当初来参加婚礼时不一样了，心气儿正高。

既然是庆生酒席，一边喝酒，卢金花就把齐落瓦从里边抱出来。齐落瓦刚睡醒，皱着眉头，好像不太高兴。任桂云一见就过来说，听说这孩子不会哭？来，我看看！一边说着就伸过手，从卢金花的怀里抱孩子。在接过孩子的一瞬，一只手也在卢金花的胸上划拉了一下。卢金花看他一眼，没说话。但就在这时，任桂云突然大叫了一声。

众人都吓了一跳，不知出了什么事。

齐三旗赶紧过来，这才看见，任桂云的手背上有个精致的小指甲印儿，鲜红，很深，已经快流出血来。显然，是让他怀里的齐落瓦掐的。任桂云赶紧把这孩子还给卢金花，这一回还得干净利落，然后一边抚着手背说，这小子怎么有指甲啊？还挺有劲儿，掐人挺疼！

齐三旗就笑了。卢金花也笑了。

任桂云又说，我看这小子，将来可不是善茬儿，像个狼崽子！

任桂云没注意，他说这话时，齐落瓦在卢金花的怀里，正看着他。

2

任桂云果然没说错。

齐落瓦七岁时，跑到任桂云的家里干了一件事。这时任桂云已把马后岭那个新寡的女孩儿娶过来。这女孩儿确实很能干，来到任桂云的家，第一件事就翻盖了猪圈，把一个圈扩成两个圈，每年同时养四口猪。但这一年的秋天，任桂云的女人发现这圈里的几头猪突然都不吃食了，只是趴在圈角里吭哧。先还没注意，后来仔细一看，才大吃一惊。原来这几头猪，每头都少了一个耳朵。任桂云正在山上带着人围堰，闻讯立刻赶回来。任桂云的女人已把兽医叫来。但兽医只给抹了点药，除此之外也没别的办法。任桂云跳进猪圈，仔细察看了一下。这几头猪的伤口都干净利落，应该是被一种极锋利的刀刃把耳朵割去的。可任桂云又想不明白，这个人把自己的几头猪都割掉一个耳朵，究竟想干什么？

也就在这个傍晚，齐三旗回到家里，忽然闻见一股肉香。马前岭平时没事，很少有谁家炖肉，所以这种炖肉的香味儿也就很引人注意。齐三旗来到灶间，问卢金花，家里是不是炖肉了。卢金花说没有啊。又说，她也闻到了，不知哪儿，总有一股一股的肉味儿。

齐三旗从家里出来，寻着这肉味儿绕过院子，来到房后的山坡上，才看到是齐落瓦。齐落瓦正蹲在后坡上，用树枝架着一口小锅，在炖什么。齐三旗过来一看，果然，锅里炖着几只猪耳朵。这几只猪耳朵都没去毛儿，但已快熟了，泛出鲜嫩的肉红色。

齐三旗立刻明白了。他刚才回来时已听说，治保主任任桂云家的几头猪，不知被谁割了耳朵，且一头猪割去了一个。任桂云正站在自己家的门口跳着脚儿骂街。

齐落瓦回头看见父亲，没说话，继续埋头炖他的猪耳朵。齐落瓦是用父亲齐三旗的匕首，去割的任桂云家的猪耳朵。齐三旗的这把匕首，还是当初关四爷留给他的，就是关四爷当年从部队带回来的那把军用匕首。关四爷去世后，齐三旗一直留着这把匕首。这次齐落瓦不知怎么翻出来，就拎着跑去任桂云家的院子，趁着没人，跳进猪圈把猪耳朵割了。齐落瓦本想照着一头猪割，但一头猪只有两个耳朵。且如果都割了，样子也太难看。于是就决定，每头猪只割一个耳朵，还保留一个耳朵。这样，也就割回了四个耳朵。

齐三旗这时看着儿子，已经气得说不出话来。但齐落瓦仍蹲在那里，埋着头，只顾忙自己的事。他从小锅里捞出一个已经炖熟的猪耳朵，晾了一下，用手轻轻一捻，这耳朵上的猪毛就被捻掉了，露出里面诱人的熟肉。齐落瓦吹了吹，就塞进嘴里三口两口吃起来，一边吃，嘴里还发出清脆的吧唧吧唧的咀嚼声。这时齐三旗已气得头顶冒烟了。他爬上山坡，一脚把这只小锅踢翻了，猪耳朵连汤都撒在了草丛里。

齐落瓦慢慢站起来，看着齐三旗。

齐三旗歪着头，瞪着他。

齐落瓦没说话，就扭头下坡去了。

几天以后，齐三旗的家里也出事了。傍晚，卢金花端着食盆出来喂鸡。咕咕地叫了一阵，却不见鸡群过来。她觉着奇怪，来到院墙的底下一看，十几只鸡，已经都躺在了地上，有的嘴里吐出白沫，还有的仍在蹬腿。卢金花手里的鸡食盆子一下扔到了地上。

齐三旗从屋里出来一看，显然，这些鸡是吃了农药。

齐三旗这次终于忍不住了，把齐落瓦痛打了一顿。不是用手，是用棍子。一根准备用来做铁锹把的木棒，有三尺多长，手腕粗细，生生给打折了。但齐三旗怎么打，齐落瓦就是不哭。不光不哭，还用两眼看着父亲。齐三旗扔下打折的木棒，累得一屁股坐在门口的台阶上。他想不出来，这个只有七岁多的孩子，心里到底在想什么？

齐落瓦挨了打，家里安静了几天。

这天上午，齐三旗和卢金花要牵着家里的毛驴去田里耙地。这时村里已将农田都分到各户。齐三旗的家里分到一块水田，在山下的清花江边。齐三旗和卢金花去耙地，把齐落瓦一个人放在家里不放心，担心他又弄出什么事，就带着他一起下山来到江边。经过茶园时，卢金花想进去看看丘八月。丘八月当年从崖上掉下来，不光摔断了腿，也摔坏了腰。后来好了，虽能勉强走路，却已不能干农活儿了。但丘八月这些年已在山下的江边住惯了，不愿上山回村，就还住在茶园里。在这个上午，齐三旗也想看看茶园里的马红。马红的精神已越来越差，平时很少再去江边，只在茶园的棚子里躺着。齐三旗和卢金花来到茶园跟前，就把毛驴拴在江边的一棵树上，让齐落瓦等在这里。他们两人就进茶园去了。

齐落瓦在茶园外面等了一会儿。江边有个江岔，这江岔上有一个不大的石头水坝。水坝并不高，水流很急，哗哗的流水声挺好听。齐落瓦站了一会儿，朝茶园里看了看，就把拴在树上的毛驴解开，牵着来到水坝上。他朝水里看一眼，就走到驴的屁股后头，用手推了推。毛驴回头看看他，不知他是什么意思。齐落瓦推了两下没推动，就又绕到驴的侧面，突然朝它的肚子横着用力推了一下。这一下毛驴失去了平衡，朝旁边一歪，就掉进了江岔里。毛驴是个很大的东西，这一落水，动静也就很大，且溅起了很高的水花。但齐落瓦并不知道，驴是会游泳的。这头毛驴被推进江岔，先呛了几口水，很快就把嘴和鼻子露出水面，然后不慌不忙地游到岸边，蹬了几下爬上来。这头毛驴爬上来，大概是以为齐落瓦在跟它闹着玩儿，就又溜达过来。这次齐落瓦掌握了要领，看看它，突然又朝它的肚子猛推一把，就又把它推到水里了。毛驴这次就有些费劲了，江岔里的水很急，它被往前冲了一段，才又游着爬上岸来。就在齐落瓦第三次要把它推进江里时，齐三旗和卢金花从茶园出来了。齐三旗一看，毛驴浑身精湿，再看齐落瓦正用两手推驴的肚子，立刻就明白了，赶紧跑过来把齐落瓦拉到一边。这回齐三旗真急了。他不再是用手打齐落瓦，而是没脑袋没屁股地连踢带打。直把齐落瓦打得像一只小动物，刚爬起来，又被踢倒了，再爬起来，又被踢倒了，就这样打得连滚带爬。卢金花在一旁看了，担心齐三旗把儿子打坏，才赶紧过来拦住了。

齐落瓦爬起来，看一眼齐三旗，就扭头上山去了。

接下来就发生了一件更可怕的事。卢金花的父亲卢拐子，当年曾留下一坛火药。这坛火药是特制的，不是为采石场崩石头，而是专门用来开山的，比一般的火药威力也就更大。卢拐子做好这坛火药，没等用，自己就在崖上被炸死了。这坛火药也就放在了厢房里。由于年头多了，又被压在一堆杂物下面，卢金花也早已忘了。但这坛火药，却不知怎么被齐落瓦发现了。齐落瓦发现了这坛火药，起初并不知是什么东西。可他曾听村里人说过，他的外公当年会做火药，后来也是被自己做的火药炸死的。齐落瓦就想到了，这坛子黑乎乎的东西，应该就是火药。他先弄了一点，到村外找个没人的地方，试着用火点了一下，没反应。虽然没反应，但他还是断定，这个坛子里的东西应该就是火药。因为他已闻出了气味，这气味跟村里过年放鞭炮时的气味是一样的。齐落瓦知道，鞭炮如果受了潮，再燃放就不会响。由此也就断定，这坛子火药一定是放在厢房里，受潮了。

　　齐落瓦想得没错，这坛子火药就是受潮了。

　　火药受潮，自然就要烘干。但齐落瓦却用了一种极其危险的办法烘干这坛子火药。他把这个粗瓷坛子从厢房里拎出来，放到了灶间，且就放在了烧柴大灶的旁边。用这种方式，在柴灶的旁边烘干受潮的东西，从道理上应该没错。只要用柴灶煮饭，灶火在煮饭的同时也就可以起到烘干的作用。但问题是，齐落瓦要烘干的是一坛子火药，这就是另外一回事了。起初卢金花并没注意，在灶口的旁边多了一个黑瓷坛子。她又像平时一样抱来一些干柴，开始烧火煮饭。但就在她煮饭时，这坛子火药也在灶火旁边越烤越热。

　　幸好出事时，卢金花去院里喂猪了。

　　这坛子火药的威力确实大得惊人。爆炸时，把灶间的屋顶整个掀掉了，且在半空升起一团像蘑菇云一样的浓烟，与此同时，也发出一声轰隆的巨响。当时齐三旗牵着驴从田里回来，正往家走。走到村口时，突然听到了这声巨响，接着就看到那团升腾起来的蘑菇云。齐三旗从这团蘑菇云升起的位置，立刻判断出应该是自己的家。他赶紧跑回来，进院一看就愣住了。只见好好儿的一个灶间，已被炸的只剩了一个黑房框子，院里到处散落着被炸烂的碎片。卢金花正披头散发地坐在地上，齐落瓦则面无表情地站在旁边。

　　卢金花抬头见齐三旗回来了，嘴动了动，却没说出话来。

3

　　齐落瓦八岁时，齐三旗决定，必须想个彻底的办法了。

　　齐三旗已看出来，倘再不想办法，这个家，就得让这儿子彻底毁了。这时国家已出台了一个政策，当年去农村插队的知青，如果在当地结婚生子，只要在城里找到可以落户籍的地方，子女的户口就可以迁回来。齐三旗跟卢金花商量，再这么下去不是办法，索性把齐落瓦送回城里去吧。卢金花起初还有些舍不得，也不放心。

但再看家里，已成了这个样子，也就只好同意了。

齐三旗用当年自己来插队时的那个木箱，为齐落瓦准备了行李。路上叮嘱齐落瓦，到城里别再惹祸。又说，他祖父是老中医，在街上很受人敬重。接着又讲了齐门医家的事，齐落瓦祖父的父亲，祖父的父亲的父亲，历代都是中医，所以说，齐家辈辈是读书人。

齐落瓦听了，先没说话。又走了一会儿，抬头问，你也是读书人吗？

齐三旗没想到儿子会这么问，愣了一下，一时不知该怎样回答。

齐落瓦走着，又看了齐三旗一眼。

齐三旗问，你还想说什么？

齐落瓦就低头不再说话了。

齐建国见把孙子送来了，自然满心高兴。齐三旗最终也没能学成医，齐建国已接受了这个现实。这些年自己为自己宽解，也已经想开了。现在又有了这么个大孙子，看着也挺机灵，就又燃起希望。但齐三旗不想让父亲再次失望，也知道自己这儿子是怎么回事。但又想，也许齐落瓦来到这里，换了环境，心性从此就变了也说不定。

于是对父亲说，试试吧，是不是这块料儿，还难说。

齐建国却信心满满，你的小时候，可比他让我操心。

齐落瓦刚来榕树街的几天，果然没再闹事。但没闹事，也不喜待在家里，总往街上跑。齐建国有经验，当年齐三旗在家待不住，是用煎药的石锅引起他的兴趣。于是就又试着用药碾子。齐建国让齐落瓦坐到竹椅上，用两脚蹬药碾子。这对小孩子应该是一件很好玩儿的事。但齐落瓦并没多大兴趣，只蹬了几下就把这药碾子蹬翻了。

齐建国就又拿出一本《医学衷中参西录》。齐落瓦还不认字，当然看不懂内容。但这书里有图，画的是人体的各部位或一些脏器。齐建国是想让齐落瓦看这些图，以此引起他的兴趣。这次，齐落瓦似乎有了兴趣。齐建国这才松了一口气。

这孙子有兴趣，后面的事就好办了。

　　但齐建国很快就发现不对了。这本《医学衷中参西录》，在齐落瓦的手里没几天就不见了。这天下午，齐建国从外面出诊回来，经过半栏桥时，见齐落瓦和几个孩子蹲在桥上，正蹶着屁股不知干什么。齐建国过来一看，立刻气不打一处来。原来齐落瓦正跟几个孩子在地上拍"元宝"，小手儿拍得又脏又黑。这种元宝是用纸叠的，只要用手拍地，把这元宝拍得翻过来，就算赢。齐落瓦是从农村来的，手劲儿当然比别的孩子大，他的跟前就已赢了一堆元宝。可这时齐建国发现，这些元宝也有些可疑。不是元宝可疑，是叠这些元宝的纸可疑。齐建国从地上捡起一个元宝，拆开一看，气得险些晕过去。这些元宝竟然都是用那本《医学衷中参西录》叠的。这孙子已经把这本书撕了，叠成了一堆纸元宝。

　　齐建国心疼得几乎要站不住了。还不只是心疼这本书，这本书固然很珍贵。他更心疼的是这孙子。他知道，倘这孙子这样下去，将来还不如他的父亲齐三旗。

　　这天傍晚，齐落瓦回来了。齐落瓦似乎并没意识到，把这本《医学衷中参西录》叠成纸元宝是一件多大的事，回来也就若无其事。齐建国没做晚饭，一直坐在家里。

　　这时见齐落瓦回来了，就说，去洗手吧。

　　齐落瓦还是洪远时的习惯，饭前不洗手。

　　齐建国又说，洗手。

　　齐落瓦大概听出齐建国的口气，看他一眼，就去洗手了。

　　洗了手回来，说，我饿了。

　　齐建国看着他，你过来。

　　齐落瓦就走过来。

　　齐建国说，坐下。

　　齐落瓦就坐下了。

　　齐建国问，你知道这是什么书吗？

　　医书。

这是我父亲，你的曾祖当年留给我的。

齐落瓦看到桌上有五毛钱，拿起来说，我去吃粉。

就出去了。

4

齐落瓦十六岁时，身体开始强壮起来。

齐落瓦的强壮不是魁梧。相反，看上去还有些单薄。但脱掉上衣就会发现，从两根胳膊到前胸后背，都是一条一条的肌肉，不像个十六岁的少年。其实说十六岁，是按农村人的说法，农村一般说虚岁。这时的齐落瓦，实足年龄只有十五岁。

齐落瓦在街上，还是一眼就能看出是农村人。农村人和城里人怎么看着都不太一样。不仅是皮肤，农村人，尤其山里人，长年累月风吹日晒，皮肤都红里透黑；走路的姿势也不一样，城里人走惯了水泥路或柏油路，看上去很平稳，山里人走的是山路，上上下下都是石头，天长日久，一走起路来两条腿就习惯往两边撇，看着有点哈巴儿。齐落瓦走路虽不哈巴儿，但也不像城里人，皮肤有些黑，浑身的骨头架子也大。

但齐落瓦不喜别人说他是从洪远来的。

齐落瓦平时在街上，并不起眼，同龄人却都惧他。他平时喜欢站在榕树底下，两根胳膊抱在胸前，看着像个成年人。他看人的时候，习惯用眼角。用眼角看人，一般有两种，一种是轻蔑，一种是阴狠。齐落瓦就属于后者。倘谁说，一看他就像从洪远来的，不管有意还是无意，他一般不说话，脸上也没表情，只是不动声色地朝对方走过去。如此一来，对方也就不会想到他要干什么。但就在对方要跟他说话时，他突然会在下面一拳，打在对方的小腹上。对方一疼痛，自然就会弯腰，接着上面又一拳，打在对方的脸上。一般这拳再出手，对方就会躺下了。对方一躺下，他也就不再用手，而是用脚。他这种打架的方式在榕树街一带绝无仅有。不要说榕树街，就是从榕树街到后街，再到麻衣街乃至担水街，也没见过有人用这种方式打架。也正因如此，齐落瓦在这一带，已经打遍天下无敌手。

齐建国第一次被派出所叫去，是在一天傍晚。

这个傍晚，齐建国在家里一直等着齐落瓦回来吃饭。吃过晚饭，齐建国还要去麻衣街看一个急诊病人。但直到天黑，仍不见齐落瓦回来。齐建国正着急，见警察来了。来的这个警察姓刘，街上的人都叫他刘队长。其实这刘队长不是什么队长，只是派出所的一个管片儿民警。齐建国再早跟这刘队长并不熟。后来有一次，齐落瓦在街上打架，刘队长来处理，齐建国跟这刘队长打了一次交道，就认识了。刘队长有个毛病，长年拉肚子，且总在早晨，准准五点钟的时候跑厕所。刘队长认识了齐建国，就请他给看一看，自己这拉肚子究竟是怎么回事。齐建国给看了，也不是什么大毛病，告诉刘队长，这在中医叫五更泻，也叫鸡鸣泻，是肾阳不足，命门火衰，阴寒内盛所致。于是给他开了一味补骨脂，回去泡酒。这刘队长喝了一段时间真就好了。这以后，两人也就熟起来。在这个晚上，齐建国一见刘队长来了，就知道不是来找自己看病的。果然，刘队长进门就说，您这孙子又惹祸了。

刘队长是崇左人，说的是崇左普通话。

齐建国一听忙问，又惹什么祸了？

刘队长说，您别急，人在医院里。

齐建国一听人在医院，更急了。

刘队长说，不是您的孙子在医院，是他打的那个人，在医院。

齐建国听了，心不但没放下，反而越发提起来。齐落瓦把人打得进了医院，这得打成什么样？刘队长这才告诉齐建国，伤得倒不重，齐落瓦是用路边的半块砖头砸了对方的脑袋。但这一下砸偏了，砸在对方的耳朵上，所以只把耳朵缝了几针。刘队长说，现在不是齐落瓦打人的事，替他去医院缴医药费也是小事，问题是这件事的起因。

齐建国问，这件事的起因，怎么了？

刘队长说，他打的这个人，是一个溜门撬锁的惯偷。

齐建国哦一声，这么说，他是见义勇为？

刘队长说，要是见义勇为，也简单了。

齐建国有点儿急，那到底是怎么回事？

刘队长这才说，现在事情麻烦，也就麻烦在这儿。这个被打的惯偷儿叫查三儿。查三儿是在街上行窃时，被齐落瓦打的。但齐落瓦为什么打这查三儿，查三儿不说，齐落瓦也不说，可从两人的说话判断，他们此前好像认识。

刘队长说到这里，看看齐建国。

齐建国明白了，心里立刻一沉。

这样说，他跟这些人搅到一起了？

现在，还不能确定。

刘队长又说，您最好，跟他谈谈。

齐建国赶紧跟着刘队长来到派出所。齐建国走进值班室，一见齐落瓦，心里立刻像是被一只手揪了一下。只见齐落瓦蹲在值班室的墙根，一只手被铐在水管上。

刘队长解释，因为他打伤了人，问题还没搞清，只能先这样铐上了。

又说，你们谈谈吧。

说完就出去了。

齐建国走过来，抖着嘴唇说，你算欺了祖了。

齐落瓦没抬头，用另一只手捋了一下头发。

齐建国指着他腕子上的手铐说，咱齐家哪一辈，还从没有人戴过这东西。

齐落瓦把头扭过去。

齐建国已看出来，自己跟这孙子谈不出什么，就摇摇头出来了。

刘队长还等在外面，一见齐建国出来就明白了，说，他不想说，就回去慢慢问，好在没出什么大事，目前看，这查三儿的事，应该跟他没有太大关系。然后又凑过来，在齐建国的耳边轻声说，不过，以后可要注意了，他过去还只是打架，大不了把人伤了，只要别出大事还好说，可如果跟查三儿这伙人搅在一块儿，问题就严重了。

齐建国点头说，是啊，我明白。

说着，又摇头叹了口气。

5

这年夏天，齐落瓦又惹了一场事。

这场事惹得更大，也更严重，险些闹出人命。派出所的刘队长对齐建国说，这次虽还够不上刑事，也只能先拘了。就这样，齐落瓦被行政拘留七天。

起因是后街的段记木匠铺。

段木匠的小儿子段小强，这时已是制作骨灰盒的专业户。当年的段记木匠铺也改了，取了个意蕴深远的字号，叫"天宇堂工作室"。这段小强比他父亲段木匠有头脑。段木匠当年做木器家具，也就是个傻做，只要有买主儿，就是黑天白夜连轴加班也要给人家赶出来。段小强却不这样。段小强的骨灰盒销路也很好。但他却控制产量，也不雇人，每天只在工作室独自干。这样的最大好处，一是惜售；物以稀为贵，反倒能卖出好价钱。二是专利保护，自己独特的制作工艺也不会外传。但随着技艺日益精湛，段小强也想往高端发展。现在有钱人开始多起来。有钱人一多，买东西就不怕贵，怕的是手里有钱，却买不到真正的贵东西。段小强曾去高档殡仪馆看过，几千上万，甚至几万十几万的骨灰盒都有。这也就给段小强打开一个思路。抠十个一百块钱的骨灰盒，不如抠一个一千块钱的骨灰盒。但要想往高端发展，首先是材质。段小强从家里找出几块鸡翅木。这鸡翅木在红木中，颜色是最漂亮的，且有一股微香。但这几块鸡翅木是段木匠当年留下的，一直没舍得用。这次段小强翻出来，就试着抠了一个骨灰盒。起初段木匠不知道。等他发现时，这个玲珑剔透的骨灰盒就已抠出来了。段小强把它摆在天宇堂工作室迎门的展台上，用特制的射灯一打，看上去璀璨夺目。可段木匠来到工作室，一见自己珍藏多年的几块鸡翅木已变成了这么个骨灰盒，一下就急了。他先是站立不稳，用手抓住自己的胸口摇晃了摇晃，然后一屁股就坐在地上。

段木匠的女人知道他心口疼的毛病又犯了，赶紧来请齐建国。

在这个下午，齐建国原本没打算带齐落瓦来。但齐落瓦一听是去后街的木匠铺，就要一起跟来。齐落瓦要跟来，是想看一看这里的骨灰盒。齐落瓦在洪远时，因为是山上，村里人死了就还是土葬。所以只见过棺材，还从没见过骨灰盒。

齐建国也知道齐落瓦的心思，就让他一起来了。

齐建国和齐落瓦来到"天宇堂工作室"时，段木匠已把儿子段小强的工具都扔到了地上，工作台也推翻了。这时段木匠的儿媳，也就是段小强的老婆不干了。段小强的老婆，也就是当年卖寿衣的那个女孩儿。她后来成功地嫁给段小强，又成功地把段小强从一个做硬木家具的细木匠，变成一个专抠骨灰盒的手工艺人。接着在她的策划下，又成功地把段记木匠铺改成了天宇堂工作室。这时的这个女孩儿虽已是四十多岁的妇人，却仍然打扮得很凌厉，甚至有些冷艳。她的两道细眉，眉梢一直甩到两边的太阳穴；头发也高高地束起来，但看上去蓬而不乱，支支愣愣的就像是一团山鸡尾巴。这时，她一见段木匠把自己的天宇堂工作室砸了，一下就急了，冲着段木匠蹦起来，嘴里嚷着，你要干吗？你这是要干吗？！

又嚷，有本事，你把这房子也一把火烧了呀？！

段木匠回过头，看着这个女人。

其实段木匠的火儿，也就是冲这女人来的。他觉得自从这女人一出现，他们段家就失去了安宁。这时他突然吼道，我把这房子烧了又怎么样？这本来就是我的产业！

这女人也不示弱，又一跳一跳地嚷，好呀！你烧呀？有本事你烧呀？！

她每跳一下，头上像山鸡尾巴一样的头发就跟着一抖一抖。齐落瓦在旁边看了一阵，觉得这女人的头发太难看了，脸上画的那两道眉也太难看了，把这头发和这两道眉放到一起，简直令人生厌。齐落瓦还从没见过这么讨厌的女人。于是，他慢慢走到迎门的展台跟前，朝这台子上的骨灰盒看了看。这个用鸡翅木抠的骨灰盒确实很精致，正面雕的是一座仙山。山间有云朵。在云朵的笼罩下，山腰有亭台楼阁，山下有一片湖水，湖水中还有一条小船。齐落瓦朝这骨灰盒上的雕刻看着，似乎要看进去了，感觉这骨灰盒里也是一个迷人的世界。这时那个束着山鸡尾巴的女人还在冲着段木匠一跳一跳地大嚷大叫。齐落瓦回头朝她看一眼，从兜里掏出一只小鸟儿，塞进这骨灰盒，就又把盖子盖上了。

回来的路上，齐建国心情很不好，一直摇头叹息。

自言自语说，照这样，这段木匠只怕是没几天了。

齐落瓦吹了一下，把沾在手上的一根细小的羽毛吹掉了。

就在这天夜里，天宇堂工作室出事了。段木匠的小儿子段小强把这木匠铺改成天宇堂工作室以后，段木匠的大儿子段大成在外面另有房，就搬出去了。段小强一家也就搬到工作室来住。过去的木匠铺上面有个阁楼。段小强就把这阁楼收拾出来，改成了住房。这天晚上，段小强因为跟父亲闹了一场，心里烦闷，就喝了点酒。段小强没酒量，可平时爱喝。这天晚上喝了一小杯，觉着有点大，就早早睡了。段小强的女人没睡。这女人有个习惯，爱在夜里算账。她不是算店里的流水，而是算每个骨灰盒的成本，再算定价，然后毛利多少，净赚又是多少。这天夜里，这女人正算账，突然听到楼下有动静。过去楼下是木匠铺，这么多年，门窗一直不严。段木匠的习惯，夜里也就随手把门插一下。不过是些木料，拿不好拿，搬又不好搬，就是偷走了也不值几个钱。倒也不怕闹贼。可现在不行了，工作室里都是骨灰盒。有抠了一半的，有已经抠成的，还有正上二遍漆的。这些骨灰盒哪个都值几百上千。况且展台上还放着那个刚用鸡翅木抠的骨灰盒，虽说还没想好怎么定价，但至少也得上万。这女人这么想着，就赶紧推推身边的段小强。可段小强喝大了，睡得挺沉，推了几下，没推动。这女人就只好自己慢慢下楼来。

打开灯看了看，好像没什么异常。

就在这时，这动静又响起来。

这女人寻着声音过来，细一看，头发立刻乍起来。原来这声音是从那个刚用鸡翅木抠的骨灰盒里发出来的。声音虽不大，噗噜噗噜的，却震得这骨灰盒直动。这女人从十几岁就在寿衣店里卖寿衣，且卖寿衣这类东西，一般都在夜里，因为人大都是在夜里死，也就经常一个人站夜店，按说胆子应该很大。可这时，她已经起了一身的鸡皮疙瘩。再看这台子上的骨灰盒，这时被射灯一打，也就越发显得光怪陆离。这女人看了一阵实在忍不住，嗷儿地叫了一声就朝楼梯口儿奔去。这时段小强在楼上也已醒了，迷迷糊糊的下来，问这女人出了什么事。这女人已说不出话来，只是用手朝展台那边指着。段小强走过来，一听这骨灰盒里噗噜噗噜的声音，酒立刻也吓醒了，朝后倒退了几步，脚下一绊，一屁股就坐在地上。这女人过来拉拉段小强，哆嗦着问，这个盒儿，有人问过价吗？

段小强已经说不出话，想了想摇摇头，又点点头。

这女人说，怕是哪家的死鬼等不及，自己先来了。

说着就过来扑倒在地，冲着这骨灰盒磕头。

段小强也爬过来，跟着女人一块儿磕头。

但磕了一阵，这女人忽然发觉不对劲了。

这女人的胆子毕竟比段小强大。她听见，这骨灰盒里一边噗噜噗噜的响，好像还有吱吱的叫声。于是停下，慢慢爬起来，朝这骨灰盒一点一点地蹭过来，又仔细听了听，好像还有吱吱的叫声。她过来，把这骨灰盒的盖子慢慢打开，一看，气得险些背过气去。原来这骨灰盒里装了一只小鸟儿，黄毛儿、红嘴儿、蓝眼儿，被射灯一打还挺鲜艳。

这女人翻着两眼，半天没说出话来，敢情给这只鸟儿磕了半天头。

这只小鸟儿一见亮光，突噜一下飞了。

这女人没好气地踢了段小强一脚，快起来吧！

段小强也已看见这只鸟儿，慢慢从地上爬起来。

这时，这女人又回想了一下，就明白了。这天下午，榕树街的齐大夫是带着他那个孙子一块儿来的。这女人早听说齐家这孙子，在街上不是个善茬儿，从农村来的这几年已惹出了不少事。这天下午，这女人正跟段木匠吵架时，曾看见他来过这边的展台，好像还摆弄了一下这个骨灰盒。但当时正乱，她也就没在意。

事情到这里，本就该结束了。

但齐落瓦知道，这事不会就这么结束。果然，两天后的傍晚，段小强的儿子来榕树街找齐落瓦。段小强的这个儿子叫段继业，比齐落瓦大两岁，身材高大，也魁梧。这段继业在市里的体训队，是扔铁饼的，平时就住在体训队里。这天傍晚，他回家拿几件换洗的衣服，听说了这事，一下就火了。但这段继业毕竟是专业运动员，有些素质，虽心里有火，也没想把事情闹得太大。且这段继业曾听祖父说过，他们段家跟齐家已是几十年的交情，所以这个傍晚来榕树街，只是想跟齐落瓦当面说一说，让他知道，这是在城里，不比在农村，且城里有城里的规矩，以后在街上老实点，不要再这么由着性子胡闹。

段继业在这个傍晚来榕树街时，齐建国出诊还没回来，只有齐落瓦一个人在家。齐落瓦一见来了个黑大个儿，比自己还黑，且比自己高出半头，就问，你找谁？

段继业猜到眼前这个精干的年轻人应该就是齐落瓦，说，就找你。

齐落瓦听出这来人的话茬儿不对，警惕地上下看看他。

段继业说，别看，天宇堂工作室的。

齐落瓦就明白了这人的来意。

段继业说，对，就为这事来的。

齐落瓦看看他，没说话。

段继业说，我今天来，只想告诉你，这是在城里，不是你们农村，城里人有城里人的规矩。接着又说，我们这一带本来挺太平，街上的人也厚道，不像你们农村人，整天打架。

段继业这样说着，并没注意齐落瓦的脸色。

这时，齐落瓦的脸色已经黑下来。

段继业挺大度，但说话还是软中带硬。他伸手拍了拍齐落瓦的肩膀，又说，过去的事就算了，我这人也不是好脾气，以后，咱别再闹出别的事。

段继业说着，还笑了一下。

但就在这时，齐落瓦突然在他的肚子上给了一拳。这一拳打得非常凶狠。段继业一愣，先是低头看了看，然后就抬起头笑了，说，你跟别人来这套行，跟我，就不灵了。

他说着撩起自己的运动衣，露出肚子上六块硬邦邦的腹肌。

段继业的身材很高大，他把运动衣撂下，又说，我已经说了，就是打架，城里也有城里的规矩，以后找机会吧，我再教你，怎么跟城里人打架。

齐落瓦仰头看着他，突然又一抬腿，在段继业的裆里顶了一下。齐落瓦这一下就比较阴了。他没用脚，而是用的膝盖。膝盖的力道当然比脚更大，也更快。而更要命的是，段继业的肚子上有肌肉，裆里却没肌肉，不光没肌肉，还是全身最柔软的地方。这样被齐落瓦的膝盖突然一顶，哼的一声，就本能地猫下腰。他这一猫腰，也就显得比齐落瓦矮了。齐落瓦又一拳跟上去，打在他的脸上。段继业朝后一仰就倒下了。但齐落瓦还没完。他转身进屋，又把药碾子上的那个石滚子拎出来。段继业这时刚刚勉强爬起来。齐落瓦走过来看着段继业说，我这人，也不是好脾气，今天就让你知道，农村人怎么打架。

说完，就抡起这个石滚子，一下砸在了段继业的头上。

这个石滚子的直径并不大，也就像个菜盘子，但有一寸多厚，所以也就很重。它平时在药碾子里用脚踩可以，真拎到手里，再抡起来，就有些费劲。且这石滚子的两面还各有一个石柄，是用来蹬脚的。齐落瓦拎着一边的石柄，由于用力过猛，另一边的石柄在自己的身上挂了一下。也就是挂的这一下，才救了段继业的命。齐落瓦本来已用足了十分的力气，这一挂，就剩了五分。但就是这五分力气，石滚子砸在段继业的头上，也一下就砸开了花。段继业来找齐落瓦，两人在诊所门口争执，街上已围了一些人。街上的人都认识齐落瓦，知道这一下又要有热闹看了。接着就看到，齐落瓦竟把比自己高半头的段继业打倒了，还有人发出惊叹。但直到看见齐落瓦拎着这个石滚子出来，才意识到，要出大事了。

这时，人们一见段继业的脑袋被砸开了花，立刻惊得四散。

也就在这时，齐建国出诊回来了。

齐建国走在街上，远远看见自家的门口围满了人，就知道齐落瓦又惹事了。待三步两步赶过来。拨开人群一看，就见后街段木匠的孙子段继业正两手抱头倒在血泊里。自己的孙子齐落瓦站在旁边，手里拎着那只还在滴血的石滚子。

6

这天中午，齐建国把齐落瓦从派出所领出来，先带他去沙脊街喝了一碗红鱼粥。这个红鱼粥的铺子就是当年的广记虾酱铺。广记虾酱铺的朱老板回石康老家了。临走，把铺子托给了齐建国，说是遇着合适的买主儿，帮着给盘出去。但这些年问的人倒有，只是价钱总不合适。齐建国也是受人之托，不敢掉以轻心。先是卖不上价儿，后来价钱又涨了，且眼看着一直涨，又不敢卖了。再后来价钱已翻了几番，齐建国就写信跟朱老板商量，不如先不卖了，索性租出去，留着也是份产业。朱老板起初过意不去。齐建国已上了年纪，又是个老中医，不能总让人家为这铺子操心。但后来再想，也就同意了。毕竟是多年的朋友，有情后补吧。就这样，这铺子就租给了从合浦来的一对老夫妇，卖起了红鱼粥。

齐落瓦在这个中午食欲很好。看样子关在里面这些天，没怎么好好儿吃饭。先是闷着头喝了一碗红鱼粥，好像没饱，还想喝。齐建国就又给他要了一碗。

齐建国一边看着这孙子喝粥，叹口气说，跟你爸当年一样。

齐落瓦从粥碗里探出头，看看齐建国。

齐建国说，他当初喝红鱼粥，一喝也是两碗。

齐落瓦没说话，又低下头去继续喝粥。

喝完了红鱼粥，从店里出来。齐建国在街上给齐落瓦买了一身运动衣，看了看，又买了一双运动鞋。运动衣是蓝色的，运动鞋是白色的，放在一起颜色很跳。齐落瓦拎着衣服和鞋，回来的路上一直低着头。齐建国也没说话，路过菜市场，又买了两条黄鱼。

下午齐建国出诊了。傍晚回来时，又带回一些罐头、饼干和水果糖之类的食品。晚上祖孙俩一块儿吃饭，齐建国就说出自己的想法。齐建国的想法，是让齐落瓦回洪远。齐落瓦的初中已经上完了。齐建国曾问过他，后面打算怎么办，是接着上高中，还是不上。齐落瓦说，不上。齐落瓦不想上高中，让齐建国有些意外。齐建国问，你不想上高中，将来怎么办。齐落瓦反问，我就是上了高中，将来又能怎么办。

齐落瓦这样一问，齐建国反倒没话了。

齐建国本来想的是，齐落瓦只有上高中，将来才有可能考大学，只有考上了大学，也才有可能成为齐门医家的第八代传人。可他这时才意识到，面前的这孙子，并不是自己当初想象中的孙子。他不要说考大学，更不要说成为齐门医家的第八代传人，只要别再惹是生非，将来能平平稳稳地给自己找个吃饭的地方就行了。既然这样，上不上高中也就真无所谓了。而如果不上高中，也就没必要再在自己这里待下去。齐建国的心里还有一个更深层的想法。他现在已经烦这孙子了，自己老了，也不想再为他，整天过这种提心吊胆的日子了。

齐落瓦听了没说话。仍埋着头，继续吃黄鱼。

齐建国说，吃吧，多吃点，洪远那边没海鱼。

齐落瓦抬起头，看了齐建国一眼。

齐建国又说，你爱吃，以后再回来吃。

齐落瓦放下筷子，起身去收拾东西了。

齐落瓦突然回来，齐三旗和卢金花都很意外。齐落瓦去城里这几年，齐三旗一直在忙卢金花的事。卢金花生了齐落瓦，这几年身体已渐渐垮了。经常胸闷，气短，已不能下田，每天只在家里做些简单的事。齐三旗毕竟懂些中医，知道卢金花是先天性心脏病，这种病无药可治，只能慢慢养。这几年，他也就一边忙田里的事，一边为卢金花调养身体。偶尔想起来，也往城里写封信，问一问齐落瓦的情况。但齐建国知道齐三旗在洪远事多，负担也重，不想让他再跟着操心，也就没多说。现在齐落瓦突然回来了，齐三旗才想起问他，怎么不在城里继续上高中了。齐落瓦先是不说话，再问，就说，不想上了。

齐三旗又问父亲，怎么回事。

齐建国也没说什么。

齐建国把这孙子放下，只住了一晚就回去了。

齐三旗这才感觉到，齐落瓦在城里，应该发生了什么事。

7

齐落瓦刚回来，村里就又出了事。

任桂云家的牛突然死了。

这头牛死得很奇怪。下午任桂云还牵着去山上干活儿，晚上回来，添夜草时也很正常。第二天早晨，任桂云再来圈里时，牛就倒在槽子跟前，已经断气了。这头牛的两眼睁得很大，张着嘴，好像临死前要说什么。再摸身上，已经凉了。

牛死了，任桂云自然舍不得埋，更舍不得扔，只能自己吃肉。但一剥皮开膛，就发现了问题。原来这头牛的肚子里有一根木棍。这木棍有手腕粗细，且很长，几乎是从牛尾一直到牛头，直通通地横在肚子里。任桂云一

看，吃了一惊。显然，这根棍子不会是牛肚子里自己长的。再一细看，就明
白了。这根木棍，应该是有人从牛屁股里捅进来的，几乎一直捅到了嘴里。
任桂云登时气得两眼发黑。这是跟自己有多大仇的人，才能干出这种事。

任桂云这时已将近五十岁，没了当年开大炮的脾气。这天晚上，坐在家
里一边喝酒，吃着牛肉，在心里细细地将这件事。这一将，突然就想起了齐
三旗的儿子齐落瓦。这个齐落瓦从城里回来了。几天前，任桂云牵着牛从山
上下来，在村口碰见齐落瓦。当时齐落瓦穿着一身崭新的蓝运动衣，脚下是
一双白运动鞋，正在村里闲逛。任桂云一见，就跟他开玩笑说，你穿这么一
身，跟个城里的小洋人儿似的，这是要上北京还是要出国啊？

又说，当心你那双小白鞋儿，别踩了我的牛屎。

当时齐落瓦看看任桂云，又看看他手里牵的这头牛，没说话。

任桂云想到这里，心里立刻又忽悠一下。

接着，任桂云就又发现了一个有力证据。他把牛肚子里的这根木棍洗
净，再仔细辨认，应该是一种杉。后山就有一片这样的杉林，今年春天过
火，刚死了。齐三旗经常去这片林子砍柴。而就在此时，齐家院子里，还堆
着一垛这种杉枝。任桂云据此断定，这件事就是齐落瓦干的。但任桂云断定
是齐落瓦干的，却又无法直接去问齐落瓦。任桂云当然知道，就算自己有确
凿的证据，但没亲眼看见，这个齐落瓦也不会承认。

任桂云想来想去，还是咽不下这口气。

第二天一早，任桂云就来找齐三旗。任桂云这时跟齐三旗的关系，已不
像过去那么紧张。齐三旗曾帮过任桂云一个很大的忙。任桂云把马后岭那
个年轻寡妇娶过来，这女人看着挺壮，却有个毛病，每月的月经不准。说来
几天就来一回，说不来，又几个月不来。女人月经不正常，自然就生不出孩
子。任桂云知道齐三旗懂中医，就来请他想办法。齐三旗当初回城探亲，曾
带来一些药材。他带这些药材，是父亲齐建国让带的。齐门医家的人从来都
是如此，无论走到哪，药材就随身带到哪，为的是用着方便。齐三旗来给这
女人看了，倒不是什么大毛病，给开了两味药。这女人吃了，第二个月的月

经就正常了，接着没过多久就怀了孕，给任桂云生下一个儿子。这任桂云看着脾气大，挺浑，也是个懂得感恩的人，为了让儿子日后记住这事，就特意给他取名，叫任念三。任桂云解释，他让儿子叫"念三"是有两层含义，一是取齐三旗的名字里这个"三"字；另一层，也是让儿子这辈子要感念三个人的好处，一是父，二是母，第三就是齐三旗。倘没齐三旗，也就没有他任念三。齐三旗听了任桂云这番话，心里倒生出些感慨。难怪父亲一生行医，且齐门医家辈辈悬壶济世。细想，行医这一行看似简单，却也真不简单，不仅受人敬重，也是个功德的事。

但这个早晨，任桂云来找齐三旗，却带着一肚子气。

齐三旗一早要上山，正在院里收拾毛驴。一见任桂云来了，看看他的脸色，就知道有事。任桂云倒也直截了当，一进院子就说，这回这事，咱得说清楚！

齐三旗问，什么事？

任桂云说，牛的事！

齐三旗不懂，问，牛的什么事？

任桂云说，我家的牛死了！

齐三旗一听就明白了。任桂云家的牛突然死了，且死得不明不白，这事村里人已经都知道了。任桂云这样来找自己，应该又怀疑，这件事与自己的儿子齐落瓦有关。但齐三旗却认为，任桂云这次的怀疑没道理。齐落瓦这一次回来，就像变了个人，每天从早到晚只闷在家里，从不出门。他不出门，也就不可能有机会去害任桂云家的牛。

于是说，这事我知道。

任桂云说，不是你知不知道的事。

齐三旗说，这回，确实跟他无关。

任桂云问，你怎么就这么肯定，跟他无关？

齐三旗说，他一直在家里，从没出去过。

任桂云说，你白天上山，他出不出去，你怎么知道？

这一下倒把齐三旗问住了，想想说，就算他出去，又怎么能肯定就是他干的？

任桂云正等着齐三旗问这句话，立刻把手里的木棍举给齐三旗，你自己看吧。

齐三旗接过看了看，这就是一根普通的木棍，有手腕粗细，别的没看出什么。任桂云又拿过去，在手里掂着说，你没看出来，我可看出来了，这是一根还没长成的杉苗儿。

齐三旗看出来了，这确实是一根杉苗儿，可就是杉苗儿，又能说明什么呢？

任桂云朝院墙底下指了指。

任桂云一来到齐家就看见了，在院墙底下，正堆着一垛杉苗儿，这也就更坚定了他的判断。这时，他指着这垛杉苗儿说，你自己看，一样不一样？

齐三旗明白了，任桂云拿来的这根木棍，跟自己家的这堆杉苗儿一样。这时，任桂云又说，我当年在部队不光开大炮，也当过侦察兵。说着走过去，捡起一根杉苗儿，和自己手里的这根放到一起比较着说，你看这刀口、这力道，是不是同一个人，用同一把柴刀，在同一片林子里砍的？说着就把这两根杉苗儿举到齐三旗的眼前。

齐三旗摇头，你这么说，也只是说，可没真凭实据。

任桂云确实拿不出真凭实据。又哼了一声，就拎着棍子走了。

但齐三旗的心里也没底。想了想，还是要把这事弄清楚。这时齐三旗的习惯已和洪远人一样，早晨吃了饭，就带上午饭牵着牲口上山，要一直到太阳落山才回来。可这个早晨，齐三旗把驴收拾好了没有马上走。卢金花正在灶间给儿子做饭。齐落瓦在城里这几年养成个习惯，早饭爱吃米粉。每天早晨，卢金花都要单为他做一碗米粉。

齐三旗来到灶间，问，他回来这些天，白天在家，还是出去？

卢金花知道，齐三旗问的是儿子，抬起头说，倒也不常出去。

齐三旗明白了。卢金花说不常出去，就是有时也出去。齐三旗想着就来到屋里。齐落瓦回来以后，还是城里人的习惯，晚上不睡，早晨不起。有的时候睡懒觉，能一直睡到中午。齐三旗想把齐落瓦叫起来，问问他。但来到门口，齐落瓦已经揉着眼从屋里走出来。齐落瓦显然是听到外面说话才起来的。但没看齐三旗，径直来到灶间，在桌前坐下了。卢金花把做好的一碗米粉端过来。齐落瓦拿过筷子，就闷头吃起来。

齐三旗忍着气，跟着来到灶间，站在门口看了齐落瓦一会儿说，这不是在城里，早晨没睡懒觉的。齐落瓦好像听见了，又好像没听见，手停了一下，又继续埋头吃米粉。

齐三旗说，我在跟你说话，没听见吗？

齐落瓦嗯了一声。

齐三旗问，嗯，是听见了，是没听见？

齐落瓦抬头，看了一眼齐三旗。

齐三旗沉了一下，你白天，常出去？

不想待在家里。

为什么？

不好闻。

什么不好闻？

鸡粪，猪粪。

齐三旗用力喘了一口气。

齐落瓦吃着米粉，又说，不像人待的地方。

这次齐三旗终于忍不住了，一伸手把齐落瓦的粉碗胡噜到地上，瞪着他吼道，你才去城里几天？！我是城里长大的，还不敢说这洪远不是人待的地方，你就敢说？！

齐落瓦看看摔在地上的粉碗，又看看齐三旗，站起身走了。

卢金花不知怎么回事，问，这好好儿的，是怎么了？

齐三旗不想告诉卢金花，任桂云家的牛死了。

只是哼一声说，都是你宠的！

卢金花的眼窝一下红了，说，怎么是我宠的？

齐三旗说，你不宠，他能有这些毛病？

卢金花幽幽地说，你不也说过，孩子不容易吗？

齐三旗就不说话了。

孩子不容易，这话齐三旗确实说过。卢金花刚生下齐落瓦时，晚上，齐三旗看着在卢金花怀里睡熟的儿子，常叹息，知青的孩子不容易。他当年的同学，就算是一起来洪远插队，后来又回城的，人家的孩子吃什么，穿什么，用什么，再看看自己的儿子。

这时，齐三旗又摇摇头，叹口气，就牵着驴上山了。

8

洪远的山上没驴，只有牛。山上的牛笨，也傻，站着卧着都像块石头。

齐三旗买这头驴，也是偶然动意。当年于宝生在时，曾说过，在他们大明湖老家，农村种地都用驴。那边牛也有，除此之外还有马和骡子，但人们还是觉着驴好使。驴身体结实，不爱生病，且听话，也比牛更吃苦耐劳。齐三旗只在书和画册上见过这种叫驴的牲畜，还从没见过真驴长什么样儿。几年前去山下的县城买化肥，回来时路过集市，见街边有个秃头的大胖子正牵着一头驴。逛集市的都是当地人，也没见过驴，都围着看新鲜。这大胖子听口音是北方人。北方人说话一般不如南方人快，可这人说话却像一阵风，还不喘气。他说他是河北河间人，河间最有名的是驴肉火烧。河间的驴肉火烧跟保定的驴肉火烧又有所不同，保定的驴肉火烧其实是保定徐水的驴肉火烧，夹的是热肉热焖子，但要凉吃。而河间的驴肉火烧是河间米各庄的驴肉火烧，夹的是凉肉，却要热吃。热吃凉肉驴火自然就比凉吃热肉驴火要香，所以也就更出名。这大胖子说，他就是河间"马记驴汤锅"的老板兼厨子，专做驴火。当年他家的"马记驴汤锅"在河间府一带是第一驴火，乾隆年间，他祖上还曾被朝廷的太子太保、大学士纪晓岚请去府上当过厨子。就在前不久，这边一个开饭馆儿的许老板跟他联系，说是也想开个驴火店，让他过来先试试水。但"马记驴汤锅"自古有规矩，用的驴肉须是现杀，于是他就带着一头活驴过来了。可人和驴都来了，这许老板却不见了，不知是赔了生意跑路了，还是一打听这边的人不爱吃驴火，知道没市场，就改主意不露面了。这个姓马的大胖子说，现在他已经千辛万苦地把这头驴弄来，总不能再弄回去，就是弄回去，这头驴也已瘦得不能吃了，所以就想在当地卖了。这大胖子看出齐三旗有意，就又说，其实驴这东西不光能吃，还有很多用处，拉车、种地、推碾子拉磨，想骑都行。齐三旗一见这头驴长得挺可爱，遍身漆黑，却是个白鼻子，白嘴唇，还有两个大耳朵。再一问，价钱也合适，比一头牛便宜多了。想想家里种田也要用牲口，一高兴就买回来。

齐三旗买回这头驴，才知道是买对了。首先，驴吃得少，且不挑食。驴这东西在北方只是春夏秋三季吃鲜草，一入冬就只能吃干草了。而到了这边却是一年四季都有鲜草，且各种新鲜的嫩草漫山遍野都是，这也就如同到了天堂，所以给点草吃就知足。其次是腿脚儿灵活。驴的身架小，腿细，蹄子也小，上山爬坡也就身手敏捷，遇到陡一点的围堰，牛上不去，它也能上去。但身手敏捷，力气却一点不比牛小，耙田、挠秧一样行。洪远的人见齐三旗牵了这么一头奇怪的牲口回来，起初都好奇。有见识多一点的，认出这是驴。村里人就都笑齐三旗，到底是个知青，想法儿就是跟别人不一样，别人种田都用牛，他却偏偏牵回一头驴。可时间长了，人们渐渐就看出这驴的好处，还真比牛好用。

其实齐三旗的心里，跟这头驴还有另一层感情。

齐三旗上山，每当在田边歇憩时，看着这头驴在旁边吃草，心里就会想，自己跟这驴也有相似的地方。这洪远种田都用牛，自己却牵回一头驴，当地人就觉着新鲜，看着也像个怪物。可时间长了，怪物也就不怪了，平时一样的干活儿，一样的吃草，好像跟牛也没什么区别了。但驴的心里明白，牛的心里也明白，再怎么干活儿，再怎么吃草，驴还是驴，牛也还是牛。齐三旗想，自己又何尝不是一头驴呢。现在在洪远，每天吃的穿的，做的所有事，都已跟洪远人没什么两样了。可洪远人的心里明白，自己的心里也明白，说到底，自己还是个知青。就像这头驴，永远也变不成牛。齐三旗经常想起当年的一句口号，"做一个有知识的新农民"。现在明白了，农民，又怎么是做的呢？没这么简单。

齐三旗回想，当初于宝生在洪远时，还曾说过，如果驴跟马交配，生出的就是骡子，且一般都是公驴跟母马配。齐三旗这时才意识到，于宝生当初说这话，是不是在暗指自己和卢金花？而更有意思的是，这小子还说，驴跟马生出的骡子就更奇怪了，由于染色体发生变异，所以没了繁殖能力。齐三旗还记得，当时于宝生一边喝着酒说，在这个世界上，没有任何一头牲畜是骡子生出来的。齐三旗由此就又想到了齐落瓦。

这齐落瓦，将来会不会也是一头骡子？

任桂云家的牛死了。几天以后，齐落瓦又惹出了一场事。

这次不是齐落瓦打了人，而是让人把他打了。打他的人，是任桂云的儿子任念三。

任桂云五大三粗，年轻时在部队又开过大炮，他女人也挺壮实，所以生出的这个任念三也就高大魁梧。但任念三的高大魁梧跟别人不一样。别人高大，身架儿也大；魁梧，一走路就显笨。可任念三虽高大，身架儿却不大，只是身上的肉多，身架儿是让肉给垫起来的。这样的魁梧，按说更显笨。他却很灵活。不仅灵活，简直就是灵巧，在山上能踩着石头尖儿走路。且这任念三虽高大魁梧，却又是个内秀，比他父亲任桂云机灵，脑子也快。小学虽是在山下乡里上的，到中学就考上了县一中。县一中是全县重点校，在这重点校里又是尖子生。任桂云在村里一说起自己这个儿子，也就很得意。

任念三平时住校，星期六回来。在这个星期六的上午，任念三一回来，就听说家里的牛死了，且死得很奇怪。任桂云坚持认为，这牛就是让齐落瓦用木棍捅进屁股，活活捅死的。任念三听了也同意父亲的分析。但任念三的同意，却跟他父亲的想法不一样。任念三要通过推理，再由推理寻找到最有力的直接证据。任念三知道，只有这样，齐落瓦才无法抵赖。

首先，任念三一直认为，当年他家的那四头猪，每头都莫明其妙地被人割去一只耳朵，这件事肯定就是齐落瓦干的。任念三比齐落瓦小两岁，但当时也已懂事。他还记得，出事的时候曾见过那几头猪耳朵上的伤口，显然是被一种极锋利的刀子割的，且如此锋利的刀子，在洪远一带很难找到。只是当时任念三还小，这种分析，只是一种直觉。后来任念三曾无意中听父亲说，齐三旗的家里有一把匕首。父亲说，他当年在部队时曾受过侦察训练，所以一眼就能认出来，这是一把专业的军用匕首。当时任桂云说的无心，任念三却听的有意。也就从那时起，任念三就更坚定了自己的判断，自己家的这四头猪被人割了耳朵，这事就是齐落瓦干的。所以这次，任念三也认定，这件事应该又是齐落瓦干的。

任念三认定了，就要推理。要推理，首先就要确定时间坐标。通过时间坐标，才能确定事发的时间段。据任桂云回忆，发现牛死，是在五天前的早晨四点左右。而最后一次喂夜草，是在那天夜里的大约十二点。这样一来，也就可以确定，这头牛遇害，应该是在夜里十二点到第二天凌晨四点这四个小时之间。只要搞清楚，重点怀疑的齐落瓦在这四个小时里在哪儿，和谁在一起，都干了什么，也就可以确定，这件事是不是他干的。任念三先是拎着一袋稻谷去了村里的打米房。果然，在这里遇到了也来打米的卢金花。卢金花一直对任念三的印象很好，觉得这孩子很出息，也懂事。任念三就和卢金花闲聊起来，说自己在学校的学习很紧张，晚上也要看书，还经常熬夜。接着就问卢金花，我落瓦哥，晚上也熬夜吧？

任念三比齐落瓦小两岁，所以叫他哥。

卢金花不知任念三这样问的用意，就说，是啊，他也熬夜，晚上不睡，早晨不起。

任念三立刻问，他天天熬夜？

卢金花说，是啊，天天熬夜。

任念三没再说话，就拎起稻谷走了。

这件事确定了。中午，任念三就拎着一根木棍来找齐落瓦。这时齐三旗上山了，卢金花正在后坡的菜地摘菜，只有齐落瓦一个人在家。任念三来到院里叫了一声，齐落瓦就从屋里走出来。齐落瓦虽去城里几年，但从小跟任念三很熟。

任念三就说，落瓦哥，帮个忙。

齐落瓦说，说。

任念三说，我家牛圈的食槽子歪了，要倒，得加固。说着把手里的木棍拿给齐落瓦，你帮着削一下吧，这棍子太硬，我家刀子笨，削不动。

齐落瓦看一眼这根木棍，就转身进屋去了。一会儿，拎着一把短刀出来。任念三一眼认出来，这应该就是那把军用匕首。这把匕首果然很锋利，齐落瓦拿过这根木棍，三下两下就削尖了，然后递给任念三，随口说，你家牛槽子不是石头砌的吗，怎么用木棍？

任念三接过这根木棍，看了齐落瓦一眼，说了声，谢谢。就转身走了。

齐落瓦看着走出院子的任念三，觉得他有点奇怪。

下午，齐落瓦从家里溜达出来。齐落瓦喜欢去村外的山口。在这山口的上面有一个断崖，站在断崖上，可以看到山下的清花江和江边山坡上成片的茶园，风景很好。齐落瓦觉得心里闷时，就来这断崖上看一看风景，心里就会舒畅一些。

齐落瓦正朝村口走着，任念三迎面过来。

任念三挡住齐落瓦的去路，说，落瓦哥，问你个事。

齐落瓦就站住了。

任念三问，五天前的晚上，你去我家了？

齐落瓦看着任念三，没说话。

任念三说，我家的牛，让人用木棍插进屁股，插死了。

齐落瓦仍看着任念三。

任念三又说，这事，是你干的。

齐落瓦说，说吧，你怎么知道的。

任念三说，第一，我家的牛是夜里十二点以后，到凌晨四点以前，被人捅死的，可我爸发现时，牛已经凉了，这就说明，它至少已死了三个小时以上，也就是说，事发应该是在十二点到一点，而你有熬夜的习惯，这时肯定还没睡。

齐落瓦嗯了一声，你接着说。

任念三接着说，当然，你这时没睡，也不能证明一定就是你干的，可是还有第二点。任念三说，第二，我下午去找你削那根木棍，本来只想看一看，你削这根木棍的刀口，跟我家牛肚子里的那根木棍是否一样。因为凶手为了更容易把这根木棍插进牛屁股，也为了更有杀伤力，故意把木棍削得很尖，且用的是一种很锋利的刀具，我知道，你家就有这样一把锋利的军用匕首。果然，你下午削的这根木棍，我回来一比较，跟牛肚子里的这根木棍刀口一样。任念三说到这里盯着齐落瓦，可是这个下午，我还有一个意外收获。

任念三看着齐落瓦，你想听吗？

齐落瓦说，说。

任念三说，当时我说，我家的牛槽子歪了，要加固一下，你是怎么问我的？你问，你家的牛槽子不是用石头砌的吗，怎么用木棍。任念三说，我家的牛槽子确实是用石头砌的，可砌这牛槽子没几天，你又刚从城里回来，从没去过我家，你是怎么知道的？

齐落瓦又点了一下头。

他这次点头，是表示默认了。

齐落瓦默认，是因为任念三的这番推理不仅合情，也很合理，且每一个细节都抓得很精准。齐落瓦是一个做事很有风格的人，对做事同样有风格的人，也就很欣赏。齐落瓦一向认为，有风格的人之所以能互相欣赏，是建立在彼此征服的基础上。这时，齐落瓦就感觉到，面前的这个任念三，虽比自己小两岁，却已经征服了自己。

但就在这时，任念三看着齐落瓦，又说了一句话。

他说，我提醒你，做事，别太过分了。

齐落瓦这时正看着山下的清花江，听到任念三这么说，就把头慢慢转过来。

任念三又说，过去的事，就不提了，当年我家那四头猪，耳朵是怎么回事，我不说，你心里也应该清楚。接着，任念三就走到齐落瓦的跟前，又一个字一个字地说，别以为你爸是个知青，你在村里就怎么样，告诉你，你不一定比我强，也不一定就比我聪明。说着哼一声，又冷笑了一下，我说这话你信吗，也许有一天，我去了城里，你在我面前，反倒是个农村人，有句老话听说过吗，三十年河东，三十年河西。

任念三这样说着，虽声音不大，话却越来越硬，也渐渐已听出逼人的寒气。但他并没注意到，齐落瓦那只一直插在运动衣兜里的右手，已经慢慢抽出来。

任念三接着又说了一句话，你听明白了，我不是我爸。

齐落瓦转过头去，又朝山下看了看。

任念三又说，你，也不是你爸。

齐落瓦突然一转身，在任念三的肚子上给了一拳。任念三没防备，也是因为疼，立刻本能地一弯腰。齐落瓦跟着又是一拳，打在他的脸上。倘换了别人，这第二拳再上去，对方立刻就会仰身倒下了。但这任念三虽比齐落瓦还小两岁，毕竟是山里长大的，且是任桂云的儿子，身材不仅高大，也粗壮。所以尽管齐落瓦的这两拳一拳比一拳凶狠，他却并没倒下。不仅没倒下，脸上挨了一拳之后，反倒慢慢直起腰来。

这一来，反倒是齐落瓦不知所措了。

以往这时，对方一倒下，齐落瓦的脚也就会跟上去。只要几下，对方就彻底失去了还手能力。可现在，这个任念三虽然鼻子已淌出了血，却还稳稳站着，且正大睁着两眼瞪着齐落瓦。齐落瓦一时想不好，接下来该怎么办。但就在这时，任念三的拳头已经过来了。任念三的第一拳是打在齐落瓦的肩膀上。任念三还是农村人的打架方式，不讲究动作，拳头从上往下来，这就不是打，而是砸。他本来想用拳头砸齐落瓦的头顶。但齐落瓦头一歪砸偏了，一下就砸到了他的肩膀上。任念三的拳头跟他的身架一样，看着大，里边的骨头却小，大是因为肉垫在骨头上，所以手上的肉也就很厚，圆乎乎儿的就像是戴着个拳击用的大拳套。这样砸下来，不仅有力道，也就很有弹性。齐落瓦没想到任念三会是这样的打法儿，肩膀立刻被砸得往下一塌，人就倒了。齐落瓦一倒，任念三也就跟过来，骗腿骑在他的身上，接着两个大拳头也就雨点儿似的砸下来。这些拳头砸在身上倒还无所谓，也就是疼。但砸到头上就不行了，齐落瓦顿时感觉头上嗡嗡乱响，接着就像戴了个帽子，似乎越涨越大。此时他的心里还清醒，他知道自己已经没有还手能力，索性就用手抱住头，蜷缩在地上不动了。

任念三打了一会儿，自己也累了，于是停住手。

齐落瓦仍蜷在地上，一动不动。

任念三又看看他，就起身走了。

任念三在这个傍晚回到家，并没跟父亲说这事。但他知道，这事不会就这么算完。齐落瓦这个人，挨了这样一顿打，决不会善罢甘休。于是决定，不吃晚饭了，收拾东西立刻下山。任桂云奇怪，问他，这么急急忙忙地回去干什么。

任念三说，学校功课紧，回去还要学习。

任桂云说，功课再紧，也得吃了饭啊。

任念三说，吃了饭，天就黑了。

说完就匆匆拎上东西，从家里出来。

任念三没想错。他刚出村，沿着山路走到山口，就见齐落瓦从路边的山坡上跳下来。齐落瓦的手里提着那把军用匕首，来到山路上，把匕首扔起来在手里掂了一下，看着任念三，又晃了晃刀尖。任念三知道齐落瓦，他能用这把匕首割掉自己家那四头猪的耳朵，能用这匕首削尖了木棍插进自己家的牛屁股，也就能把这匕首扎在自己身上。于是，他慢慢向后退了一步，又退了一步，突然一转身就沿着山路又朝村里奔去。

齐落瓦立刻提着匕首随后追上来。

任念三虽比齐落瓦魁梧，但身架小，魁梧是因为肉多，所以腿也就并不长。他为了跑得快一点就不得不把两条腿紧捣。可手里还拎着东西，一个是书包，另一个是提包。书包里装的是课本和作业本，提包里装的是换洗衣服和一些日用品，两个都不能扔。但这两个提包拎在手里，也就严重影响了他的奔跑速度。这时已进了村里。傍晚时分，正是上山的人们回来的时候。人们一见这任念三两手拎着两个大包在街上狂奔，齐落瓦在后面提着一把刀紧追不舍，就知道又出事了。于是立刻有人跑去告诉任桂云，也有人跑去告诉了齐三旗。

先是任桂云得着了消息。

任桂云一听就明白了，难怪儿子任念三不吃晚饭就急急忙忙要走，原来是为了躲这个齐落瓦。接着一股怒火就从心里冒上来。齐落瓦这小兔崽子也欺人太甚了，他用木棍活活捅死了自己的牛，这事还没说清楚，现在竟又拎着刀子满街追杀自己的儿子，这还有没有王法了？任桂云想着就从家里冲出来。这时，正看见自己的儿子任念三朝这边跑过来。任桂云已经很久不犯当年开大炮的脾气，这回终于忍不住了。他站在当街，看着儿子跑过来，先让他躲到自己身后，然后瞪着拎刀追过来的齐落瓦说，你要疯啊？你小子有本事，先扎我！

齐落瓦并不理睬任桂云，绕过他就朝任念三扑过来。

任桂云又冲任念三喊，你别动，我看他敢扎？！

任念三真的站着没动。

不料，这齐落瓦也真就挥着刀子扎过去。

任桂云一见这齐落瓦动了真的，也有些慌，赶紧过去要护住自己的儿子。

幸好这时，齐三旗赶到了。

齐三旗在这个傍晚牵着毛驴从山上下来，还没进村，就已经有人朝他跑来。齐三旗一看就知道又出事了。果然，跑来的人说，快去看看吧，你家齐落瓦拎着刀要杀人呢！

齐三旗一听也顾不上驴了，扔下缰绳就朝村里跑来。

齐三旗跑来时，任桂云已经抓住了齐落瓦拿刀的那个手腕子。但齐落瓦毕竟年轻，身体灵活，那根胳膊扭来扭去的眼看就要挣脱。任念三本来是躲在任桂云的身后，这时担心父亲吃亏，也过来帮忙，用两手按住齐落瓦的一个肩膀。齐落瓦就跟这任家父子撕巴成一团。

齐三旗过来大吼了一声，你们放手，我看他敢怎么样？！

任家父子一见齐三旗来了，就都放开了手。

齐落瓦先是愣了一下，但跟着就又朝任念三扑过去。齐三旗这时终于忍无可忍了。齐三旗毕竟是个好面子的人。平时在家里，齐落瓦再怎么样，还只是在家里，现在却当着全村的人。齐三旗这些日子积在心里的火一下都爆发出来。他冲上去一脚踹在齐落瓦的大胯上。齐落瓦没看身后，正朝前扑着，被这突然一踹，身体一下失去重心，跟跄了几步就一下趴在了地上。但这一下，又出了一个意外。齐落瓦手里的这把匕首原本是刀尖朝外，可他朝任念三扑上来时，却已经又把刀尖冲里，这样在扎对方时才更应手。现在突然这一扑倒，自己的手腕正好垫在这朝里的刀刃上。这么锋利的匕首，手腕上的血一下就冒出来。

但此时齐三旗也已跟过来，抓住齐落瓦的后脖领子一用力就把他从地上提起来，又一巴掌打在他的脸上。与此同时一松手，齐落瓦就又一次扑倒在地上了。齐三旗这时已经打红了眼，扑上去从齐落瓦的手里夺过那把匕首，用力朝他扎过去，一边喊着，我扎死你算了！

这时卢金花跑过来，哭着一把抱住了齐三旗。

齐落瓦这才爬起来，跌跌撞撞地走了。

9

齐落瓦走了。不是走，是跑了。

齐三旗已经想到了，这次齐落瓦又会跑。只是没想到，跑得这么快。

齐三旗这一夜没睡踏实。还不仅是生气，也是卢金花。卢金花哭了一夜。齐三旗不知该怎么劝卢金花，因为卢金花自己也说不出究竟为什么哭。是自己不争气，生了这么个儿子，还是儿子不争气，惹出了这么多的事，或者是齐三旗不争气，没把这儿子管好，又或者自己当初根本就不该嫁给齐三旗？卢金花曾问过齐三旗，如果自己当年没向他表示，他是不是就不会留在洪远了。齐三旗想了想，只说了一句话，人这辈子，都是命。

卢金花哭了一夜，齐三旗也睁着眼，在床上躺了一夜。

齐三旗早晨起来收拾毛驴，准备上山。这才发现不对了，儿子的屋门敞着。过来朝屋里一看，就明白了。床上的被褥没动，只是那个双肩背包没了。这双肩背包是齐落瓦从城里带回来的，显然是他自己买的，黑黄两种颜色，很鲜艳。齐三旗知道，儿子最喜欢黑黄色。

这时，不仅这个背包没了，且还带走了一些日用的东西。

齐落瓦没地方可去。齐三旗首先想到的，就是城里的榕树街。齐三旗想，齐落瓦应该是夜里走的。如果连夜下山，年轻，脚快，天亮就可以到县城。县城最早的一班长途车是早晨七点，他如果搭上这班车，傍晚之前就应该到榕树街了。

齐三旗想了想，就还是来对卢金花说了。

卢金花一听，哭得更厉害了。

齐三旗叹口气说，他已经大了，也成人了，也许走了倒是好事，出去闯闯，栽几个跟头也就懂事了，待在家里，还指不定再惹出什么祸来。卢金花哭着说，他出去就不惹祸了？在家你都管不住他，这一出去，谁说得准又惹出什么事呢！

卢金花这一说，齐三旗就更没话了。

下午，齐三旗下山去了趟乡里。乡里可以打长途电话。齐三旗算着时间，估计齐落瓦应该到了，就给榕树街上的中医诊所打了个电话。电话一直没人接。齐三旗的心就又悬起来。按说诊所电话没人接，应该也属正常。父亲经常出诊，一出诊也就可能没人。但如果齐落瓦到了，父亲就不会出去了。换句话说，就算父亲出诊了，倘齐落瓦到了，他也该接电话。

齐三旗又等了一阵，再拨电话，还是没人接。看看天色已晚，就只好先回山上来。

卢金花一直在家等消息，一见齐三旗回来就急着问，电话打通没有。齐三旗并没直接说实情，只是说，兴许爷儿俩出去吃饭了，明天吧，再去打个电话试试。

第二天一早，齐三旗就又下山来到乡里。打电话时已是上午十点。这次电话一拨就通了，接电话的就是齐建国。齐建国一听是齐三旗的声音，就说，他来了，昨天下午到的。

齐三旗连忙说，您让他接电话。

齐建国顿了一下，说，他不在。

齐三旗问，又去哪儿了？

齐建国说，走了。

走了？

是。

去哪儿了？

不知道。

齐建国告诉齐三旗，齐落瓦昨天来时，已是下午五点多钟。来了什么也没说，直接就上楼去了。这房子原本是一楼一底，楼上只有一个卧室。当年有了齐建国，齐老先生就把这卧室隔开，变成了一大一小两间。大的自己住，小的就让齐建国住。后来有了齐三旗，齐建国就在大间住，又让齐三旗住小间。再后来齐落瓦来了，就又让齐落瓦住了这个小间。昨天齐落瓦来了，齐建国一看他的样子就知道，这孙子是又在家里怄了气，跑出来的。当时诊所里正有病人，也就没跟他说什么。等病人走了，才叫他下来，祖孙俩去街上吃晚饭。齐三旗也就是这时打的电话，所以电话一直没人接。吃饭的时候，齐建国才问，怎么回事，为什么刚回洪远就又回来了。齐落瓦只说了一句，以后，不想回去了。再问别的就什么也不说了。吃完了晚饭，齐建国还要去麻衣街看一个病人，齐落瓦就自己回来了。但让齐建国没想到的是，第二天一早，齐落瓦就不见了，且随身带的那个双肩包也没了。齐建国这才明白，这孙子来家里只是为了住一夜，且看样子，以后也不打算再回来了。

齐建国说，他临走，还拿了钱。

齐三旗忙问，拿了多少？

齐建国说，倒没多少。

齐建国并没跟齐三旗说实话。齐落瓦拿走的钱不是没多少，而是把齐建国放在家里的现金都拿走了，少说也有两千多块钱。齐建国平时出诊，患者每次给的诊疗费，回来之后他就放在楼上床头的一个竹篓里。这是个装茶叶的竹篓，看着不起眼，但篓里却是两个罐子。一个罐子用来装茶叶，另一个罐子就用来装钱。齐建国的习惯是等这罐子里的钱装得差不多了，再去银行存一次。但齐建国怎么也想不出来，自己这个装钱的地方，这孙子是怎么知道的。在这个早晨，齐建国先是发现齐落瓦走了。然后才又发现，自己这个装钱的罐子也空了。

齐三旗想了想，在电话里说，我回去一趟吧。

齐建国问，你回来，又有什么用。

齐三旗说，总得找啊。

齐建国说，这么大一个城市，去哪儿找？

沉了一下，又说，当初段木匠，常跟我说一句话，儿孙自有儿孙福，不为儿孙做马牛，现在，我也要跟你这么说了，你从小，也没少让我找，可找来找去，你不还是你。

齐三旗明白父亲的意思，又说了一句，我再想想吧。就把电话挂了。

其实事情是明摆着的，齐落瓦这次走，就没打算再回来。齐三旗本以为，他是不打算再回洪远了，现在跟父亲通了电话才明白，他也没打算再回榕树街。这一走，就永远走了。如果这样说，就算真去找他，也真找着了，还有什么意义呢。齐三旗这样想明白了，心里反倒踏实了。父亲说的对，儿孙自有儿孙福，不为儿孙做马牛。

齐三旗一咬牙，这回不光不做马牛，驴也不做了。

齐三旗回到山上已是中午。远远看见自己的家，觉着有些不对劲。齐三旗的家是在村外，且在山腰高处，以往这时候，齐三旗虽在山上的田里，也能看到自己的家，应该已冒起炊烟，正是卢金花做饭的时候。可此时，远远看去，家里却死气沉沉，没一点烟火气。

齐三旗紧走几步，连忙朝家里奔来。

院门虚掩着。齐三旗推门走进院子，鸡已经从墙根跑出来，四处觅食，猪也在圈里吭吭着，显然都没喂。齐三旗来到屋里，卢金花不在。齐三旗想，也许去屋后的坡上摘菜了，但摘菜也不会这时候了还不做饭。想着他又出来。就在这时，他无意中朝灶间扫了一眼，就见灶间的门槛上搭着一条腿。齐三旗的心一紧，赶紧过来，才发现卢金花正趴在灶间的地上，手边还有一个瓷盆，米撒了一地。看样子是要来灶间煮饭，在门槛绊倒了，就再没起来。齐三旗赶紧过来抱起她，来到屋里放到床上，摸了摸她的脉，沉细，且迟。

齐三旗知道，卢金花是心脏病又犯了。

卢金花躺了一会儿，睁眼看看齐三旗问，电话通了？

齐三旗说，通了。

又问，找着他了？

齐三旗嗯了一声，找着了。

他，怎么说？

没说什么。

不想回来？

是。

那就先别回来了，在城里，总比这边好些。

齐三旗点头，我再下山时，打电话告诉他。

说完，拉过被子给卢金花盖上，就从屋里走出来。

院里的太阳很好，洒在地上，显得很亮。几只鸡已经发现了灶间地上的米，都跑去抢食。圈里的猪还在吭吭地叫。齐三旗站在门口，看着院子发了一阵呆，忽然有眼泪流出来。

他用手抹了一下眼角，硬一硬心肠，就去喂鸡，又忙着喂猪。

卢金花的脉相很不好，这让他担忧。

10

齐三旗四十三岁这年，卢金花的病更重了。在齐三旗的坚持下，带卢金花去了一趟县医院。齐三旗本来要带卢金花回城，去大医院看一看。齐三旗很清楚，卢金花的先天性心脏病是无法彻底根治的，要根治，只能手术。但卢金花坚决不做手术。不做手术，还不仅是怕花钱。卢金花曾偷偷打听过，做一个这样的手术少说也要几万块钱；她也是怕疼，一想这么大的手术，要开膛破肚，心里就害怕。但齐三旗想的是，就算不做手术，也总得知道这病到了什么程度。齐三旗心里明白，患这种先天性心脏病的人，一般寿命都不会太长。所以卢金花不想去城里的医院，齐三旗就还是坚持带她来到县医院。在县医院住了三天，病情全查清楚了。医生把齐三旗叫去，对他说，病人的病情已不是很严重，而是相当严重了。

齐三旗问，有多严重？

医生说，如果不手术，随时可能有危险。

回来的路上，卢金花问齐三旗，医生怎么说。

齐三旗说，没说什么，就是多注意，别劳累，也不能着急。

这时从乡里到县城已通了汽车。两人坐在回来的汽车上，就都不说话了。不说话，彼此也知道对方的心里在想什么。卢金花倒不会劳累，平时不用下田，在家里除去煮饭，也就是喂喂鸡，喂喂猪。两人的日子也挺平静，没什么生气着急的事。但就是这一件事，一直让卢金花的心里放不下。儿子齐落瓦已走了三年多，一点音信没有。

齐三旗把这件事的实情告诉了卢金花，也是迫不得已。起初瞒她，也瞒得挺严实。但卢金花虽没多少文化，却是个极聪明的女人，心也细，加上整天想儿子，很快就发觉这里边有事。她每次问起齐落瓦在城里的情况，齐三旗总支支吾吾。先说他在那边找到工作了，问他具体干什么，一阵说在建筑工地，又一阵说是在饭馆。再问，又说也不清楚到底在哪。卢金花问了几次就有点急了，揪住齐三旗，让他说，到底怎么回事。又威胁说，如果齐三旗再不说实话，她就要亲自去城里找儿子。齐三旗没办法，这才只好说了实话。卢金花听了一屁股坐在床上，眼泪就掉下来。齐三旗知道她禁不住急，赶紧说，这不是一直都在找吗。卢金花哭着说，这个儿子，我是拼着命才生下来的，你得给我找回来。齐三旗说找，一定找。其实齐三旗也确实一直在找，每过一段时间，就往城里打一个电话。但父亲那边一直没消息。

这时，汽车又走了一阵，卢金花说，跟你商量个事。

齐三旗说，说。

卢金花说，你去城里一趟吧。

齐三旗转过头，看看卢金花。

卢金花说，我自己知道，我怕是，没几年了。

齐三旗立刻说，什么话。

卢金花哽咽了一下，我不怕死，只怕，见不到他了。

齐三旗说，你想儿子，就说想儿子，别说这些没用的。

卢金花说，好吧，我就是想儿子了，你去给我找吧。

齐三旗说，让我想想。

齐三旗也明白，卢金花这样的病情，已说不准什么时候。如果再不尽快找到齐落瓦，也许卢金花就真看不见了，可他这时想的是，倘自己真回城去找儿子，卢金花这里怎么办？把她一个人放在家里，又不放心。几年前，齐落瓦刚跑时，她已犯过一次病，当时幸好自己在家。现在自己走了，只留下她一个人，再发生这样的事怎么办？

齐三旗回家想了一夜，第二天一早就来到山下的茶园。

山下江边的这片茶园还是茶园，但已归了乡里。乡里有一家合资农场，在江边开了一片果木园，也养蜂。后来又看中了这片茶园。但洪远人也已经有经济头脑。这片茶园是全村的集体财产，乡里的农场看中可以，租也可以，但不卖。且租也不能一租几年，只能是一年一续租。茶叶的价格年年涨，且有的年份几乎是几连涨。这样一年一续租，村里也就保留了随时收回茶园的权利。茶园租给乡里的农场，丘八月和马红仍还留在茶园。这也是当初村里跟农场谈的一个条件。农场这边自然愿意。马红这时的精神虽还不太正常，但也能做一些事，丘八月也还能做点简单的工作，两人每月只给一点饭钱，也是挺划算的事。

齐三旗来茶园，是想跟丘八月商量，她跟卢金花是姑表姐妹，平时关系又很好，自己回城去办事，是不是就让丘八月来家里陪卢金花一起住。村里的人只知道齐落瓦走了，去了城里，却不知他到了城里又走了，且这一走就不知下落。齐三旗顾面子，也就没对任何人提过这件事。丘八月这些年已在茶园住惯了，原本不想上山。倘在过去，让卢金花下来，搬到茶园一起住也就是了。可现在茶园已租出去，成了人家的地方。但如果上山去陪卢金花，这里还有个马红，也是一阵明白一阵糊涂。丘八月想想说，如果上山，就只能带着马红一起去。齐三旗一听连忙说，只要她同意，这样当然更好，你们三个人一起过日子，我也就放心了。

于是，丘八月就把马红叫来。

马红这时虽刚四十多岁，却已是满头白发，人也瘦，看上去已像个老太太。马红一听要上山，想了想，没说同意，也没说不同意，就扭头出去了。

丘八月说，行了，她这样，就是同意了。

11

齐三旗下了长途汽车，才意识到，自己已经快十年没回城了。过去回城，还有种回家的感觉。毕竟是在这个城市长大的，不管走到哪儿，还都有当年的记忆。这次却不一样了，感觉哪儿哪儿都陌生。陌生，还不仅是因为久没回来。这个城市也已繁华了。一个城市繁华的标志就是三多，车多、人多、建筑多。人一多，建筑一多，商店也就多。商店多了，街边的各种霓虹灯也就多。霓虹灯一多，也就显得更繁华。但繁华，也嘈杂。齐三旗这些年已在洪远的山里清静惯了，这时走在街上，看着车来人往，突然觉得这里已经没有属于自己的东西，自己已是一个外地人了。不仅是外地人，好像就是个从乡下来的农村人。

齐三旗再想，自己本来就已是个农村人了。

齐建国还是没有齐落瓦的消息。齐建国说，这三年多，他始终没放下这件事，一直还在寻找。齐落瓦虽在这里上小学，又上中学，可这几年，在这里没交下什么朋友。没朋友，也就没处去打听他的下落。所以找了这几年，一点线索也没有。

齐建国无奈地叹口气，没想到，这孙子比你当年还难找。

齐三旗听出来，父亲这话，带着一股怨气。

但就算不好找，齐三旗这趟回来就是要找齐落瓦的，也还得找。齐三旗没说卢金花的病情，也没说这次为什么回来找儿子。他发现，父亲已经老了，一说话听出有些喘，背也驼了。人都得老。齐三旗看着父亲想，只是这些年，一直没在父亲的身边，心里有些愧疚。

但不管怎么说，既然已经回来了，就还是要尽快去找齐落瓦。

齐三旗开始上街。街道还是过去的街道，但街边已有了很多新建筑，有的地方须仔细辨认，否则已认不出来了。齐三旗就这样在街上漫无目的地转了几天，才意识到，在一座如此繁华的城市，要想用这个办法找到一个人，简直就如同大海捞针。这时忽然想起，父亲齐建国说，当初齐落瓦刚走时，过了一段时间，他曾去派出所找过刘队长。这时的刘队长已是派出所的刘所长。齐建国到了这时也已顾不得颜面，对刘所长说，自己的这个孙子回农村去了。刘所长一听立刻说，好啊，回去了好啊。齐建国又说，可他没走几天，又回来了。刘所长就皱皱眉说，回来了可不好，咱这一带又要不太平了。齐建国只好厚着脸皮说，他这回回来，只在家里待了一晚上就又走了。接着又说，不是走，是跑了。刘所长就明白了，想了一下，点点头说，我们公安系统都是信息共享，只要他没离开这个城市，不管在哪儿，有什么事，我这里立刻就会知道。刘所长曾让齐建国治好了拉肚子，且是很难治的"五更泻"，心里还一直念着这事，所以这时就说，齐大夫，您只管放心，只要有了消息，我第一时间就通知您。齐建国对齐三旗说，可这几年，刘所长那边一直没消息，没消息，当然也是好事。

齐三旗想不出，没消息，怎么反倒是好事。

齐建国说，这也就说明，这孩子没出什么事啊。

这时齐三旗想，如果齐落瓦真的没出什么事，他也就应该像别人一样，已经过上正常人的生活。而要过正常人的生活，首先就要吃饭。要吃饭，就得出来工作。齐落瓦没什么特长，上学也就勉强是个初中毕业，所以要找工作，应该不会去太高的地方。

齐三旗就想到了建筑工地。

齐三旗一想到建筑工地，自然就想到了段木匠的大儿子段大成。

齐三旗当年回来为关四爷跟他老伴合葬时，就听说段大成因为干的是粗木匠，已经去了建筑工地，身边还带了几个人，是个小包工头。这时，齐三旗想，如果要去建筑工地这种地方，段大成应该最熟。这天下午，齐三旗就来到后街的段记木匠铺。齐三旗已经很多年没来后街了，到这里一看，过去的木匠铺门面已没了，是个古色古香的小楼。门窗上都是精致的万字格，隐隐地还能看出这些万字格里拼出的"寿"字。再看门楣上挂的牌匾字号，是"天宇堂工作室"。齐三旗以为找错了地方，再听里面，似乎还有木匠家什的声音，就推门进来。段木匠的小儿子段小强正在台子上用电钻给一块木板雕花儿，抬头一见齐三旗，立刻认出来。

齐三旗明白了，现在段小强这骨灰盒，已经做大了。

段木匠一年前就已去世了。直到临终前去医院，才终于弄明白，他这犯了这么多年的心口疼是怎么回事。医生说，他是冠心病，能活到现在已经是奇迹了。段木匠临终只提了一个要求，告诉儿子段小强，不要把他装进骨灰盒。可这时已经没有别的选择，只能火化，而人火化了总不能把骨灰扬了。段小强就还是硬着心肠，把他装进自己抠的骨灰盒。但在段小强的女人坚持下，并没用上好的骨灰盒。段小强的女人心眼儿小，还一直对段木匠耿耿于怀。

段小强显然跟他哥段大成的关系不太好。本来对齐三旗挺热情，一听说是来找段大成的，段小强脸上就有点讪讪，继续忙着手里的事说，他不常来，已经很久没见了。

齐三旗也已看出来，问清了怎么联系段大成，就告辞出来。

段大成仍是包工头。但他现在这包工头已跟过去不一样了，不光跟自己的过去不一样，跟别的包工头也不一样。段大成已不是一般的包工头，手下管着几十个包工队，山东的、山西的、河南的、四川的，还有安徽的和贵州的。表面看，段大成好像没做什么大生意，虽有个办公的地方，也不常在办公室里待着，整天夹个包儿逛来逛去，像个皮包公司的小老板。可实际上，他这不起眼的包儿里除去支票本和现金卡，还装着上千万的账。

段大成知道父亲当年跟齐家的关系，所以一接到齐三旗的电话，就放下手里的事，立刻赶来榕树街的半栏桥。齐三旗正等在桥上，一见段大成是坐出租车来的，也不像是多有钱的样子。不过段大成有钱没钱跟自己倒没什么关系，有关系的只是他手下的这些包工队。

齐三旗也没瞒段大成，告诉他，自己要找儿子。

段大成一听立刻说，这点事，不叫事。

说着就拿出手机，打了几个电话。

然后又从包里掏出一块皱巴巴的纸片，趴在桥栏杆上写了一阵，把这纸片交给齐三旗说，这些工地，我都已打过电话了，你去找他们的队长，提我就行，有事再找我。

说完，他又招手拦了一辆出租车，就匆匆走了。

齐三旗按着段大成给的地址先来到一个工地。这是个住宅小区，楼已盖起来，但架子还没拆。齐三旗找到工地上的队长，其实也就是包工头。这包工头姓吴，是山东人，一听齐三旗是来找人，就领他来到工棚里。工棚里的工人正吃午饭，听了齐三旗说的这人多大年岁，长什么样，就都摇头，说没见过。又走了几个工棚，也都说没见过。吴工头和齐三旗出来，摇头说，你要找的这人，是个当地人，当地人不会来我们的施工队。

齐三旗又跑了几个工地，也就明白了，齐落瓦确实不会来这种地方。这种建筑工地上的施工队，一般都是一个小包工头，找自己的老乡组成的包工队，说白了都是自己人，他们不可能让外人掺和进来。且这些建筑工地上的工人，大都是从乡下来的农民工。齐落瓦一向心高气傲，最讨厌别人说他是农村人，也就不可能来这种地方与这些人为伍。

这时，齐三旗又想到了饭馆。

齐三旗想，齐落瓦再怎么说，他来到这个城市也是个外地人。而外地人来城里，倘没有太高文化，又没任何特长，最容易打工的地方一是建筑工地，二就是饭馆。齐三旗凭记忆想了一下，老君街上的饭馆应该最多。于是就来到老君街。

老君街也已不是过去的样子。但当年的福升茶叶店还在。这时的福升茶叶店已在门前打出了"百年老号"的招牌。招牌旁边还立了一个不大，但很精美的广告牌，广告牌上是一个穿衣服很少，且很妩媚的美女，旁边有几个美术变体的大字，"相思茶专卖"。齐三旗还记得，这个福升茶叶店的斜对面就是福记粉店，当年关四爷就在这里当厨子，炸他的赵州油条。齐三旗还记得，这福记粉店的老板也姓关，后来粉店改成"红旗食堂"，关老板就不干了，只把自己的儿子留在店里。关老板的这个儿子叫关成，绰号叫关八。

齐三旗朝对面看看，这个肠粉店还在，但已不叫"红旗食堂"，字号又改回了"福记粉店"。他朝这边走过来，看了看，店里已经全是生脸儿。一个白白的小胖子正低头扫地。

齐三旗过来问，关成在这儿吗？

小胖子一抬头，嘴边还有两撇小胡子。他看看齐三旗，你说的是关八？

他已经走了。

齐三旗一听他说关八，就知道，说明他知道关成。

于是问，他什么时候走的？

小胖子说，有几年了。

他现在，在哪儿？

你找他什么事？

一点私事。

哦。

小胖子用手朝前一指。齐三旗顺他手指的方向看去，前面不远有个骑楼。看幌子，应该也是一家肠粉店。于是谢过小胖子，就朝这边走过来。果然，这骑楼的底商也是个肠粉店。齐三旗走到门前，抬头看看招牌，写的是"老福记粉店"。这"老福记粉店"和"福记粉店"只差一个"老"字，但显然，这个"老"就是冲着那边那个"福记粉店"去的。

齐三旗走进粉店，一个女孩儿迎过来。

齐三旗问，关成在这儿吗？

女孩儿立刻说，您找关老板，他在。

说着话，关八已从里面走出来。

关八一眼就认出了齐三旗，笑着说，哦，是榕树街的齐大夫。

齐三旗也笑笑，说，我哪是什么大夫。

两人在一张桌前坐下，齐三旗就说明自己的来意。关八听了想想说，现在这城里已不像过去，街上的饭馆多如牛毛。说着又摇摇头，显得很无奈。他说，光自己家的这"福记粉店"，现在就已冒出二十多家，且家家都说自己是正宗，也都做桂平罗秀的"簸箕粉"，幸好是不能改姓，倘能改姓，他们也就都把自己改姓关了。没办法，自己只好又在这里开了一家"老福记粉店"，且打明旗号，是正宗的关家老福记。可没过多久，又跟着冒出十几家老福记。关八说，现在街上的餐饮业已经乱成这样，你站在街上捡块砖头，随便闭眼一扔，就能打破一家饭馆的玻璃，要想找一个在饭馆打工的人，就不是大海捞针了，简直就如同大海捞丝。

齐三旗从老福记粉店出来，走在街上，想想关八的话也确实有理。在这个城市里，要想在饭馆找一个人，应该比去建筑工地还难。建筑工地再多也不如街上的饭馆多，且目标大，老远就能看见。可这饭馆，说不准街上的哪个角落就藏着一家。倘一家一家去找，真像关八说的，已经不是大海捞针，简直就是大海里捞丝了。

齐三旗这么一想，就泄气了。

12

担水街的"夜巴黎名品时装店"，老板姓叶，叫叶逢财。叶逢财是当年叶裁缝的孙子。叶裁缝做了一辈子裁缝，到儿子小叶裁缝这一辈就做不下去了。做不下去，并不是没人来做衣服了。想做衣服的人还有，且不少。但想做衣服的人已没处去买衣料。过去街上有绸缎庄，商店也有专卖各种衣料的柜台，现在已经很少见了。但裁缝毕竟是一门手艺。叶裁缝临终前，就叮嘱儿子，还是别把这门手艺轻易丢了。做裁缝的想进衣料，自然有自己的办法和渠道。于是叶裁缝的儿子就在担水街开了一个成衣铺，叫"迎春成衣铺"。

叶裁缝的儿子叫叶迎春，铺子里专卖自己做的成衣。

如今已进入机械化时代，所有的东西都能批量生产。批量生产的东西看着好看，也光鲜，但放到一起，就分不出哪是自己的，哪是别人的，一件和一件长的都一样。如此一来，反倒是手工制作的东西成了稀罕物。因为手工制作的每件东西，都是这世界上唯一的，不会再有第二件。尤其手工缝制的衣服，不光唯一，穿着也随身儿，舒服，上了年纪的人都习惯。所以迎春成衣铺就还有一些老主顾，能把生意支撑下去。

可到了叶裁缝的孙子这一辈就不行了。不仅是铺子里的生意不行，过去的老主顾老的老，死的死，来买成衣的人已经越来越少；"迎春成衣铺"出来的成衣，手艺也越来越差。裁缝手艺看着简单，其实极吃功夫，须坐得下来，耐得住心，一针一线，不紧不慢，有张有弛。叶裁缝的孙子已不耐烦这么一针一线地缝衣服，索性改用缝纫机。一用缝纫机也就没了技术含量，虽还是手工，却已没了手艺，更没了老叶裁缝当年留下的有松有紧的"活针脚儿"。叶裁缝的孙子直到这时也才省悟了一件事。父亲曾告诉他，他这叶逢财的名字，当年还是祖父老叶裁缝想了一夜，为他取的。现在想一想，这"逢财"两字倒过来，也就是"财逢"，正是"裁缝"的谐音。看来祖父当年用心良苦，那时就已想好，让自己也做一辈子裁缝。

但叶逢财已不想再做一辈子裁缝。如今的时代，都讲究时装，已不再需要裁缝，再做裁缝就得饿死。于是先把这"迎春成衣铺"改成"布拉迪斯拉发时装店"。过了一段时间，还觉得这字号不够响亮，干脆就直奔最时尚的法国，改叫"夜巴黎名品时装店"。

夜巴黎的"夜"虽是谐音，总算还保留了当年叶家的一个"叶"字。

齐建国最爱穿叶裁缝做的衣服。当年叶裁缝做的中式青布对襟外罩很地道，合体、硬挺，也随身，穿在身上有种气派。齐建国觉得，自己穿一件这样的青布外罩出诊，才像个真正的中医大夫。但齐建国穿叶裁缝的青布外罩，叶裁缝却从不要钱。叶裁缝不要钱，也是出于交情。这交情已是世交，当年从齐建国的父亲齐老先生那里传下来的。既然是世交，也就是双方的，一方的世交只能叫剃头挑子一头儿热。叶裁缝家的人偶有小病小灾，齐建国来给看病也同样不收诊费。所以叶裁缝当年有句话，常跟儿子叶迎春和孙子叶逢财说，你们从小，都是吃着齐家的药长大的。叶裁缝也常跟齐建国开玩笑，说，其实说来说去，还是我叶家划算，你穿衣服能穿多少，不过几年才一件，可人吃五谷杂粮没有不闹病的，这闹病就是常事了。齐建国听了也笑，说我这行医的，还是算计不过你这当裁缝的。

到了叶裁缝的儿子叶迎春开成衣铺时，给齐建国做成衣仍不收钱。但叶迎春不收钱，却记着账。这记的账当然不让齐建国知道，也没打算让他还，只为心里有个数。

可到了叶裁缝的孙子叶逢财这里，账就不是这么算了。叶逢财一天在店里翻出当年的旧账本，细一看才发现，齐建国这些年，从"迎春成衣铺"也拿了不下七件衣服。其中四件中式对襟外罩，两件中式裤子，还有一件华达呢马甲，这些衣服倘按时价，算起来也是一笔不小的数目。叶逢财翻这本旧账，不是想让齐建国还钱，而是另有想法。

叶逢财跟他祖父叶裁缝和父亲叶迎春都不一样。叶裁缝是地道的手艺人，到叶迎春这里虽开了成衣铺，卖的还是自己做的成衣，说起来也还是手艺人。手艺人都是一根儿筋，认死理，学会一门手艺就如同是女人嫁了个男人，一辈子不会再改主意。可到了叶逢财就已不是这样。叶逢财虽也会裁缝手艺，但同时也做生意。手艺是为吃饭，生意是为赚钱，这就不是一回事了。所以做生意心眼儿要活泛，什么赚钱做什么，不能一棵树上吊死。

也正因如此，叶逢财这次不是想让齐建国还钱，而是让他还人情。

叶逢财也是偶然听说的，当年的齐门医家有一种"三花茶"。这种三花茶跟街上的凉茶不是一回事。凉茶只为消暑解渴，而这种三花茶不仅消暑，也能治病。三花茶说的三花，是指菊花、槐花和金银花，但其中还有别的成分，这就是齐门医家的秘方了。

这个秘方，就在齐建国手里。

叶逢财对市场很清楚。如今卖时装已不如卖美容，而卖美容又不如卖保健。现在的人都怕死。怕死，也就怕病。老话儿说，富抱药罐儿，穷跑卦摊儿。人的日子一好过就都想多活几年。况且一生病，一场病花的就是没数的钱。而提前保健，花钱却有数。这么一算，哪个更合适也就明白了。所以现在保健业才方兴未艾。电视、电台、大街上，各种保健品卖得如火如荼。叶逢财也是看准了这一点，才想把这三花茶的配方弄到手。

叶逢财来榕树街要三花茶的配方，却并不提配方的事，只说父亲病了。齐建国听说叶迎春病了，立刻收拾诊包，要去担水街。齐建国论起来跟叶迎春平辈，这些年关系一直很好。但叶逢财赶紧又说，去就不用去了，他想喝三花茶，给他拿几包三花茶就行了。

齐建国一听，就明白了。

齐建国知道，叶逢财一直想要这三花茶的配方。按齐门医家祖上的规矩，齐家的药方不是不可以外传。既然悬壶济世，药方自然传得越广，受益的人也就越多。但只有极少的秘方除外。其实这三花茶也不算秘方，倘换别人，想喝，拿几包也无所谓。可这叶逢财要三花茶却不为喝，是想拿去赚钱。这就是另外一回事了。倘让他拿去一包，找个明白人，把其中的成分一样一样分离出来，一看就清楚了。齐建国对叶逢财一直有看法，觉着他不像他父亲叶迎春，更不像他的祖父叶裁缝。手艺人，就得干一行爱一行，干什么吆喝什么。这一边做着裁缝，又开时装店，还想卖三花茶，就已不是心有旁骛，而是不务正业了。

这样想着，就对叶逢财说，你等一下，我去煎了，你带回去。

叶逢财知道自己碰了软钉子。心想，姜到底还是老的辣。

就讪讪地说，还有事，改天再来拿吧。

一边说着就要告辞。

正这时，齐三旗从外面回来了。

齐三旗又在街上漫无目标地转了大半天，累得灰头土脸，还是没一点线索。叶逢财知道齐三旗，但不熟。当年齐三旗去插队时，他还小，不太记事。但也知道，论辈分，该叫齐三旗哥。叶逢财毕竟是生意人，嘴乖，就招呼了一声，三旗哥，回来了。

齐三旗认出是叶裁缝的孙子，也客气地随口应了一声。

叶逢财问，这是去哪儿了？

齐三旗知道父亲跟叶家是多年的交情，也就不瞒这叶逢财。况且找了这些天，已顾不上颜面，告诉的人多了，说不准在哪就能找到线索。就把自己找儿子的事，对叶逢财说了。不料这叶逢财听了，眨眨眼问，齐落瓦，是你儿子？

齐三旗听出他这话里有话，忙问，你见过他？

叶逢财又吭吃了一下，才说，见是见过。

齐建国一听也赶紧过来问，在哪儿见过？

叶逢财说，有些日子了，在晚香街。

晚香街？

齐三旗不知这晚香街在哪。

齐建国说，晚香街，就是当年的香烛巷。

叶逢财又说，去晚香街的安琪儿美容院问问吧，红姐跟他打过交道。

说完，又看一眼齐建国，就转身走了。

13

齐三旗这才知道，当年的香烛巷已改成了晚香街。

香烛巷过去是一条很窄的巷子，在老城深处，一头通着水井街，另一头通着城隍庙。如果不是当地人，一般不知这条巷子。后来这巷子里的老屋拆了，拓成街道，两边又盖起一些新建筑。但因为过去是巷子，拓成街道也就并不长。当年巷子里有几家剃头的小铺儿，现在已改成发廊，又新开了几家美容院。渐渐地，就成了"美容一条街"。

齐三旗来到晚香街，在街口找到了叶逢财说的安琪儿美容院。叶逢财说的红姐，叫杨红，是当年半栏桥边杨局长的女儿。这杨红当年在卫生局当会计，当了几年觉得没意思，后来跟那个妇科医生也离婚了。先是停薪留职，出来做生意，再后来索性辞掉公职，用当时的说法就是彻底"下海"了。这些年她也挣了点钱，于是就在这晚香街开了一家安琪儿美容院。官称红姐，生意也做得有声有色。这时的红姐虽已五十多岁，但保养得很好，又做美容业，看上去也就不过四十多岁。红姐不认识齐三旗，一听说是榕树街上齐大夫的儿子，立刻很热情。当年红姐住娘家，因为官外孕大出血，还是齐建国及时诊断出来的，说起来也算有救命之恩。这时听说，齐三旗要找的是齐落瓦，立刻说，是，认识这个人。

又问，这齐落瓦是？

齐三旗说，是我儿子。

红姐哦一声，就明白了。

红姐说，齐落瓦来她的美容院，已是将近半年前的事。安琪儿美容院不光做美容，也有发廊服务。那次有两个年轻人，一看就是外地人，来这里干洗头。一边洗着，不知为什么跟这里的女孩儿吵起来。这两个年轻人挺浑，一怒之下把美容院给砸了。红姐一见有人闹事，要报警。这时可能有人打了电话，齐落瓦就来了。齐落瓦看着比这两个闹事的年轻人都小，却像个当大哥的样子，什么也没问就先给红姐赔了钱，又说，报警就别报了，两个小弟不懂事，大家都是吃街上饭的，什么事都好商量。红姐一见他这么明事理，事情也就算了。后来大家还一起吃了一次饭。齐落瓦也让这两个闹事的年轻人给红姐赔了不是。

齐三旗问，后来呢？

红姐说，后来，这齐落瓦又来过两次，再后来就没见过了。

齐三旗一听又泄气了。红姐说了这半天，这条线索还是断了。

不过线索断了，也还是得到一些信息。如果红姐说的这件事是发生在半年前，就说明，齐落瓦现在已不是一个人。且从这件事里，齐三旗已有了一种不好的感觉。齐落瓦毕竟是自己的儿子。齐三旗知道，他在街上这几年，应该什么事都干得出来。

齐三旗从"安琪儿美容院"出来，漫无目的地走在街上。

已是傍晚。齐三旗突然感到心里一阵发空，身上又开始洇汗。心里明白，这不是饿，应该是低血糖又犯了。齐三旗去洪远这些年，重体力劳动似乎反倒治好了低血糖的毛病。饿就是饿，不饿就是不饿，已经很久没有这种低血糖的感觉。可现在，这感觉又来了。齐三旗发现，这种低血糖有的时候不一定是消耗体力造成的，情绪波动，也会影响血糖。齐三旗这时才意识到，已到了晚饭的时候。他朝街边看一眼，有一家卖红鱼粥的小店，就朝那边走过去，想喝一碗粥再回去。但走到小店门口又站住了，摸摸身上的钱，已经没有多少。这次从洪远回来，他并没带太多的钱。家里的钱也不多了。这几年卢金花吃药、调养，又去医院检查。齐三旗在村里只是种田，没再干别的，也就没攒下几个钱。但齐三旗知道，父亲也不容易。父亲这些年行医，一直恪守齐门医家的规矩，一般的药材不向病人收钱，只收一点诊费。齐三旗也就不好再向父亲伸手。这时，齐三旗想了想，把裤腰带紧了一下，就转身走了。

齐三旗这天晚上回到榕树街，得到一个消息。齐建国告诉他，洪远那边来电话了。齐三旗一看父亲的脸色，心里立刻一紧。齐建国说，电话是那个叫任桂云的人打来的。

齐三旗说，说吧。

齐建国看一眼齐三旗，金花，没了。

齐三旗已经想到了，但听了这话，心里还是翻了一下。

齐建国说，今天刚没的，那边说，让你赶紧回去。

这时已是晚上七点，长途车早没了。齐三旗赶紧收拾东西，准备转天一早动身。

齐建国拿出些钱，让齐三旗带上。

齐三旗说，我身上还有。

齐三旗第二天就坐长途车赶回来。到了牛山县城，先买了些香烛纸马，又特意买了一斤糕点。卢金花最爱吃这种带馅儿的糕点。可这些年，她一直舍不得买。

齐三旗想，现在做供品，她总该舍得了。

齐三旗赶回村里已是傍晚。远远看见，自己家的院子灯火通明。紧走几步赶过来，一进院，任桂云就迎上来。任桂云说，都已收拾好了，衣服是八月和马红给穿的，门板是任念三卸的，身下铺的、身上盖的，都是八月和马红弄的，现在人已停好了，你来看看吧。

齐三旗慢慢走进来。屋子当中搭着一块门板，卢金花躺在上面，蒙着一块白布。齐三旗过来，轻轻掀起白布。卢金花的脸色和身上的白布一样白，两只眼还微微睁着。齐三旗用手给她揉了一下，眼才闭上了。丘八月给拿过一个火盆。

齐三旗就蹲在卢金花的头前，给她烧纸。

丘八月说，她走时，没说话。

齐三旗问，什么也没说吗？

丘八月说，什么也没说。

齐三旗低着头烧纸。他知道，卢金花到底没见着儿子，是带着一肚子话走的。

丘八月告诉齐三旗，卢金花走得很突然，之前没一点征兆。自从齐三旗回城，丘八月和马红搬来跟她一起住，三个人说说话，聊聊天，倒也挺开心。马红的糊涂似乎也很少犯了，还经常给丘八月和卢金花唱歌跳舞。马红最爱唱的是《毛主席啊派人来》，一唱到"雪山为你把路开啊把路开"，就伸开两只胳膊不停地转，好像人都要飞起来。这天中午，她们三个人吃完了午饭，马红又唱着，跳了一阵，就去喂猪。丘八月在院里喂鸡。卢金花去给毛驴添草。卢金花去了一阵还不见回来，丘八月朝那边喊了两声，没回应。马红就走过去。丘八月刚要跟过去，就听马红叫了一声。丘八月赶紧过来一看，就见卢金花的两只胳膊趴在驴背上，身子已经瘫下来。丘八月没力气，和马红一起把卢金花从驴背扶下来，搀她来到屋里。这时，卢金花躺在床上，只是睁大两眼看着丘八月和马红，过了一会儿，就咽气了。

齐三旗把当年为卢金花修房剩下的木料找出来。这些木料都在厢房里，还一直保存得很好。任桂云过来说，没人会木工，帮不上手，村里的两个木匠都出外打工去了。

齐三旗说，我一个人就行了。

木料没有太好的木料。做棺材，叫摔。齐三旗用了一晚上，为卢金花摔了一口薄棺材。第二天一早，任桂云就带着村里的几个年轻人，把卢金花抬到山上去埋了。丘八月走路不方便，没跟来。马红一起来到山上，一边走，一直哼唱着《毛主席啊派人来》。任桂云有点烦，回头瞪她一眼吼道，派啥人来派人来，派人来接你走啊？

马红看着任桂云，笑了。

坟头堆起来。山上土少，堆的多是碎石。齐三旗看着这堆碎石，忽然想起于宝生当年曾给他看过的一张照片。于宝生的哥哥也插队了，去的是内蒙古的锡林郭勒草原。这张照片就是在草原上拍的。于宝生的哥哥穿着一件翻毛儿的破羊皮袄，站在一个石堆旁边，看样子正在放羊。于宝生说，这个石堆在草原上叫"敖包"。经过这里的行人，都要往石堆上添一块石头，为的是祈福，也为祝福远方的客人。这时，齐三旗看着这个坟堆，觉得它像个敖包。

香烛纸表在坟前烧起来。

齐三旗拿出那一斤特意买的糕点，摆在坟前。摆了一阵，任桂云就过来，抓起来给众人分了。一边说，自古讲，上供人吃，人吃了，也就是替她吃了。

齐三旗接过一块糕点，没吃。在坟前一点一点捻碎。碎屑就都掉进石缝里了。

从山上下来，丘八月和马红就回山下的茶园去了。齐三旗看看家里已没什么好收拾的，就把门窗都封起来。然后，牵着那头毛驴从家里出来。这毛驴好像明白了什么，在院里四个蹄子蹬着地，拼命往后倒着不肯走。齐三旗拍拍它的头，像对它，也像对自己说，走吧，这日子，总还得过下去啊。毛驴似乎听懂了，突噜了一下鼻子，就跟着出来了。

齐三旗牵着驴来到任桂云的家。任桂云出来，看看驴，又看看齐三旗。

齐三旗在驴背上拍了下说，去吧。

毛驴回头，看他一眼。

任桂云没明白，问，怎么？

齐三旗说，当初没了你一头牛，现在赔你一头驴，别的，我也没什么了。

任桂云点头说，我先替你喂着吧。

齐三旗摆摆手，就转身出来了。

齐三旗坐在回城的长途车上，才觉得浑身都要散了。他想，儿子还是要找。过去找，是为了卢金花，想抢在卢金花走之前，让她再看一眼儿子。现在卢金花走了，就更得找。他得让儿子知道，他妈是怎么走的。天底下有这样的儿子吗？他想当面问问齐落瓦，从打他落生，父母究竟欠他什么了？这个世界究竟欠他什么了？难道他来这个世界，就是来讨债的吗？

齐三旗这么想着，身上就又沁出汗来。

14

齐建国发现，人一上七十岁，想法就全变了。

当年父亲齐老先生曾说，孔子的几句话，一下说准了几千年，三十而立，四十不惑，五十知天命，六十耳顺，七十随心所欲而不逾矩，至今的人们还是这样的活法儿。当时齐老先生这样说，齐建国还不理解。不理解，却以为自己理解了。

现在齐建国才明白，自己是真的理解了。

人这一辈子，三十岁和四十岁，四十岁和五十岁，心气儿都不一样。直到六十岁了，仍还觉着自己想奔，也能奔，且有个奔头儿。一到七十岁就不行了，死心了，也认头了。这辈子一下子就变成了一碗清水，能一眼看到底了。

行医这些年，街上的人，齐建国几乎没有不认识的，也没有不认识齐建国的。齐建国眼看着一茬一茬的孩子变成年轻人，一茬一茬的年轻人变成中年人，又一茬一茬的中年人变成老人，也看着一茬一茬的老人作古。所以人一老，就孤独。孤独还不仅是因为孩子不在身边，身边的老人儿也一个一个走了。齐建国过去心里有点事，搁不住，还能跟段木匠说说。现在段木匠也走了，连段记木匠铺都让他那个叫段小强的小儿子改成抠骨灰盒的什么工作室了。

　　一年前，广记虾酱铺的朱老板从石康回来一趟。齐建国这些年一直帮朱老板打理铺子。打理也就是收收租金。如今租铺面已不像过去。过去一租就是几年十几年，都讲个老字号。现在的铺子今天卖红鱼粥，明天也许就改卖了蟑螂老鼠药，铺面一般都不长租。租金又不停地涨，租长了，也不划算。齐建国是个受人之托，忠人之事的人，帮朱老板打理这铺面也就很认真。一认真，事情就多，也累。朱老板也是实在过意不去了，就从石康来了一趟。一是想干脆把这铺子卖掉，二来也是看看老朋友。齐建国跟老朱板见了，两人都有些感慨，几年时间，彼此都已看出老了。齐建国问起老朱板的儿子虾球。朱老板摇头，叹息一声说，找是找到了，可看着也不亲，话里话外，总跟欠着他多少债似的，随他去吧。朱老板这么一说，齐建国也就随口说出段木匠当年的那句话，儿孙自有儿孙福，不为儿孙做马牛。

　　朱老板说，是啊，虽是句老话，可话糙理不糙。

　　齐建国想想，过去的老人儿也真没几个了。叶裁缝死得比段木匠还早，却不如段木匠干脆。用街上的话说，死得黏。叶裁缝躺了这些年，原本已说不出话了，浑身上下只还剩两片眼皮能动，整天一眨一眨地看着屋顶。可突然一天就吐起来。吐，应该是已经没的可吐，每天吃得少，喝得也少，吐两口肚子就空了。可叶裁缝这一吐竟就止不住，夜里用的小尿桶儿，吐了一桶又一桶，吐了倒，倒了再吐。把叶裁缝的儿子叶迎春也弄糊涂了，搞不清父亲这肚子里怎么会存了这么多东西。总这么吐，也不是办法，就赶紧来榕树街请齐建国。齐建国来看了，开了一剂止吐药。上边的吐是止住了，下面又开始拉。这一拉就跟吐不一样了，不仅拉出的东西奇臭无比，且比吐的还多，拉了一桶又一桶，用东北人的话说，杠尖儿杠尖儿的。

　　这时齐建国就明白了。中医讲，这叫清肠。叶裁缝该到时候了。

　　叶裁缝终于把肠子里的东西清干净了。肚子只剩薄薄的一层皮，有些透明，几乎能看见里面的内脏，一喘气呼嗒呼嗒儿的。肚子干净了，头脑也就清醒了。一天晚上，竟又能说出话来。他先是让儿子叶迎春去请齐建国，然后把哑巴女人叫过来。哑巴女人这些年只一个人，一件事，每天从早到晚就是伺候叶裁缝。这时叶裁缝对她说，咱俩是三世的夫妻，上辈子已做过一世，只是你已经不记得，这辈子又做了一世，下辈子，咱俩还有一世的姻缘。哑巴女人听了攥着叶裁缝的手，流着泪连连点头。这时齐建国夹着诊包赶来了。

叶裁缝看着齐建国，微微一笑说，请你来，不是让你看病。

齐建国已看出来，这叶裁缝，又有了仙气儿。

叶裁缝说，你穿了我几十年的衣裳，也给我看了几十年的病，叫你来，是想送你句话。

齐建国点点头，说吧。

叶裁缝未曾开口，先叹了口气。

然后才说，还是得找啊。

齐建国听了心里一沉。当年儿子齐三旗让蹬三轮的黄鱼拐走，后来又转到一个老乞丐手里，自己把儿子找回来，叶裁缝就曾说过这样的话。当时齐建国听了还不以为然。可后来的事实证明，齐三旗这个儿子，也真让自己找了半辈子。现在叶裁缝又这样说。儿子齐三旗是不用找了，可还有个孙子齐落瓦。他这么说，应该指的又是这孙子。

叶裁缝说了这话，当晚就走了。

叶裁缝走了三天以后，哑巴女人也无疾而终。这一来，两棚丧事就合成一棚了。叶裁缝的儿子叶迎春对齐建国说，也好，这老两口儿，去做他们下一世的夫妻了。

15

齐三旗从洪远回来，人像瘦了一圈儿，看着也没精神。

齐建国知道中年丧妻的滋味。当年齐三旗的母亲秀秀走时，自己比齐三旗现在还年轻。人这辈子，不如意事十常八九，劝也是白劝，只能自己化解。倘化解不开，就只能受着。

这时，齐建国想的是另一件事。

两天前，叶逢财又来了。这次是送来一件月白色的中式罩衫。齐建国穿衣的尺寸，肩宽袖长，前襟后片儿，胸围下摆，从当年的叶裁缝就已记得清清楚楚。齐建国这些年也没发福，体形还是当年的体形，所以叶家为他做衣服，也就从来不问尺寸。叶逢财这次来说，他去为时装店进服装，一眼就看上了这件中式罩衫，想着齐大夫穿着肯定好看，再看尺寸，也合适，就拿来了。叶逢财又半开玩笑地说，如今叶家虽不做衣服了，可还做衣服生意，所以还是过去的老规矩，齐大夫身上的衣服，照样从叶家出。齐建国先是过意不去。自己过去穿叶家的衣服，是因为叶家自己是裁缝，且这叶逢财的祖父叶裁缝跟自己的父辈是世交，这些年你来我往也是互有穿换，用句街上的生意话说，过的着。可现在人家叶家已不做裁缝，做的是生意，既是生意就得将本求利，再白穿人家的衣服就说不过去了。但在叶逢财的一再坚持下，齐建国还是穿上这件中式罩衫试了一下。月白色的纺绸料子，又是半袖，再配上中式对襟，一排整齐的袢纽，看着果然清爽精神。齐建国的心里也挺喜欢，就对叶逢财说，这些年，确实已穿惯中式衣服，舒服，也顺眼。接着又问，这件衣服到底多少钱。叶逢财立刻正色说，您若提钱，这衣服我就拿走了，您是不是觉着，我上门是来推销衣服啊？

叶逢财这一说，齐建国也就不好再坚持了。

叶逢财走后，齐建国又想起上一次的事。上次叶逢财来要三花茶。齐建国的心里也明白，其实他要的不是三花茶，而是三花茶的配方。但自己当时给他吃了个"软钉子"。现在想想，虽然当年父亲曾交待，这三花茶只能给喝茶的人，不能给卖茶的人。意思也就是说，喝茶的人只是喝，而卖茶的人却是要用这三花茶去赚钱。这样说，也就有不外传的意思。可是现在想想，儿子齐三旗到底没干这一行，孙子齐落瓦就更不用说了。齐门医家到了自己这一辈，也就算是断了。倘这三花茶再不外传，将来等自己走的那一天，也就真失传了。况且齐建国也明白，这次叶逢财来给自己送这件衣服，说是坚决不要钱，其实也不是白送。俗话说，礼下于人，必有所求。这叶逢财跟他祖父叶裁缝不一样。叶逢财是生意人，生意人做事，心里想的都只是一个字，钱；两个字，赚钱；三个字，多赚钱；四个字，怎么赚钱。

齐建国这么想了，也就决定，还是把这三花茶交给叶逢财。但既然要给，也就不光是给茶，索性就把这方子也给了他。叶逢财虽年轻，倒也是个精明的生意人，倘这三花茶到他手里，今后能做大，也未尝不是一件好事。但齐建国转念又想，就是给，也不能马上给。自己前一次刚给人家吃了"软钉子"，现在送来一件衣服，立刻就把方子拿出来，岂不是太浅薄了？

于是，又沉了几天，齐建国才把叶逢财叫到榕树街来。

叶逢财来榕树街的这个傍晚，齐三旗也刚从洪远回来。叶逢财已听说了齐三旗的事，这时见他心情沉闷，就劝了一句说，三旗哥，想开些吧。

齐三旗应了一声，你坐。就上楼去了。

齐建国这才拿出一个漆匣。打开，从里边拿出一本用毛边纸装订的小册子。翻了两页，对叶逢财说，我跟你们叶家，论起来也是父一辈子一辈的交情，知道你一直想要这三花茶的方子，今天就给你吧。不过，齐建国说到这儿，又抬起头看了看叶逢财。

叶逢财没想到，齐建国叫自己来，竟是为这事。一下睁大两眼。

齐建国说，我得先跟你说清楚，齐门医家出的方子，从来都是只为治病，不为赚钱。叶逢财听了立刻张嘴要说话。齐建国知道他要说什么，摆摆手拦住，又说，你现在拿去这方子，赚钱可以，但不能只为赚钱，如果唯利是图，就把方子糟踏了。

齐建国说完，就用两眼盯住叶逢财。

叶逢财郑重地点点头，好吧，您只管放心。

齐建国叹息一声，不是我放不放心，是这种事，我见得太多了。

齐建国说着就拿过桌上的纸笔，用蝇头小楷工工整整地把这三花茶的方子誊写下来。交给叶逢财时，又详细交待，这三花茶的三花，其中的槐花，中医又叫槐米，其实也分两种，一种是生槐米，另一种是熟槐米，生槐米和熟槐米的功效又不一样。生槐米的三花茶是升清，往上，而熟槐米的三花茶是降浊，向下；一个清上一个泻下，功效不一样，也就不是随便喝的。叶逢财接过方子，小心装起来，又对齐建国说，这方子，我也不能白拿。

齐建国没听懂叶逢财的话，慢慢放下笔，看看他。

叶逢财说，我总得，付您点专利费。

齐建国的脸色立刻难看下来，点头说，好吧，这方子已快两百年了，你说，付多少？

叶逢财赶紧说，我说错了，说错了，您别介意。

又说，您的话，我记住了。

说罢就起身要走。

走到门口，忽然又站住了。

齐建国问，你还有事？

叶逢财慢慢转过身，嗯嗯了两声说，也许，我没看清。

齐建国看看他，你说什么？

叶逢财说，有一个，叫查三儿的。

齐建国一听查三儿这名字，觉着有些耳熟，一时又想不起来。

叶逢财说，这查三儿，过去来我店里偷过东西，让警察逮住了。

齐建国这才想起来。几年前，齐落瓦曾在街上把一个人打伤了。当时送去医院，这人伤在耳朵上，缝了十几针。那时派出所的刘所长还是这一带的片儿警，据刘所长说，这人就叫查三儿。这查三儿专在街上溜门撬锁，也挑皮子，是个惯偷儿。也就从那一次，齐建国才在刘所长这里知道，挑皮子是这些人的行话，就是掏钱包的意思。但刘所长说，齐落瓦究竟为什么把这个查三儿打成这样，齐落瓦不说，查三儿也不说，可是看他们此前好像就认识。后来齐建国把齐落瓦从派出所里领出来，也曾问过他。但齐落瓦还是一直没说。

这时，齐建国说，你说的这个查三儿，我知道。

叶逢财说，上个月，我在服装批发市场，又看见他了。

齐建国常在街上走，外面生意上的事也多少知道一些。叶逢财开的这个夜巴黎名品时装店看着挺洋气，字号也唬人，其实卖的服装都是从批发市场趸的。叶逢财说，那天中午，他去批发市场的一个饭馆吃饭，无意中看见，这个查三儿就坐在角落里。

叶逢财说，旁边还有两个人，其中一个。

他说到这里，忽然停住了。

这时楼上的齐三旗听到下面说话，已经下来了。

齐三旗立刻问，你说，其中的一个，是齐落瓦？

叶逢财点点头，像他，可没看清。

16

查三儿每次出门，都带着芋头。

其实查三儿瞧不上芋头。芋头是荔浦人。荔浦出芋头。荔浦芋头自古很有名，叫魁芋，也叫槟榔芋，个儿大的能有十几斤，浑圆，且肉质细腻，古人形容，酥软如美人胸。但芋头长的却不像他们荔浦的芋头，不仅身材瘦小，也干瘪，且黑，看着像块酱腌的咸菜。瘦人一般都机灵，胖人才迟钝。芋头瘦小，也迟钝，做事出手总太慢；也笨，经常被人发现。做这行，一旦被人发现很危险，轻则一顿暴打；不仅当事人打，过路的人也跟着一块儿打；重则抓进牢子。倘进了牢子，就不是一天两天能出来的了。所以就得快跑，有多快跑多快。可芋头瘦小，腿脚儿还慢，经常没跑几步就让人家抓住了，所以被打得鼻青脸肿也就是常事。

查三儿带芋头出来，只是为自己带一个备份。

这个早晨，查三儿又出来晚了。他带着芋头刚转到老君街，就遇上一队出殡的。一群披麻戴孝的孝子贤孙哭哭啼啼地抬着一口大棺材，走在最前面的一个中年男人还扛着一根哭丧棒。查三儿觉着晦气，朝地上啐口痰，又朝芋头使个眼色，自己就走进街边的福升茶叶店。

查三儿很喜欢这个茶叶店，里边有茶座儿。坐在茶座上，透过宽大的玻璃窗就能看见外面街上的情形。查三儿有时累了，路过这里，就进来坐坐。这里的相思茶也好，不仅味道甘甜，也生津止渴。做这一行并不轻松，劳累的同时，神经也绷得很紧。喝杯相思茶，也可以放松一下。这时，查三儿坐在茶叶店的窗前，看着外面的芋头。

芋头唯一的优点就是目标小，在人群里不易被注意。但这行毕竟是个特殊行业，对天分有极高的要求。芋头就没天分，在街上一站，就不像干这个的。查三儿已给他讲过很多次，做这一行的在街上，无论看人，还是看物，都不能直视，须用眼角。用眼角就不能叫看，只能叫瞟。可这时的芋头夹着两手站在街上，直杵杵地瞪着过往行人，就是没事的也能让他瞪出事来。查三儿朝窗外看着，心里的气又不打一处来。

这时就见一个四十多岁的男人朝这边走过来。这男人一看就是个农村人。农村人走在街上都疑疑乎乎的，东瞅西看，像是心里有什么事拿不准主意。且现在已是夏季，街上的人都穿着了短袖，这个男人的身上还穿着一件灰涂涂的旧夹克，下身是蓝布裤子，一双旧布鞋。城里人没这个打扮。查三儿正看着，就见芋头已朝这人跟上去。

查三儿一看更来气了。

查三儿平时已跟芋头说过无数次，得学会看人，看准了人才能下手。一般最好是女人，尤其是女孩儿。女孩儿胆子都小，就是发现了也不怕，索性把偷变成抢。而男人最好是找大肚子的。大肚子男人一般都有钱，倘没钱，也不会把自己的肚子搞这么大。此外还有一点也很重要，肚子一大就跑不快，即使被发现，他就是想追，也追不上。查三儿反复给芋头讲，你冲一个身上揣着几千块钱的是下一回手，冲一个身上只有几十块钱的也是下一回手，同样是下手，同样有风险，哪个更划算？可这么一笔简单的账，芋头就是算不过来。

这时芋头已跟到这个男人的身边。这男人当然没有大肚子。不仅没大肚子，还面黄肌瘦，肚子反而比一般的男人更瘪。不过这回芋头还算利落。身边刚好有一辆自行车骑过来，芋头朝这边一躲，在这男人的身上碰了一下，就转身走开了。

查三儿看了，也立刻起身走出茶叶店。

福升茶叶店的旁边是青竹巷。青竹巷的另一头通着打铜街。穿过打铜街，是一片老房子。查三儿从茶叶店出来转身拐进青竹巷。在转身一瞬，芋头也跟过来，跟查三儿撞了一下，与此同时把一个东西塞进他手里。查三儿就快步朝巷子里走去。

17

齐三旗一早就从家里出来。

叶逢财前一晚说的这件事，让齐三旗又看到了希望。但这件事也让他更担忧了。

这一晚叶逢财走了，齐建国才告诉齐三旗，这个查三儿是怎么回事，当初齐落瓦怎么在街上莫名其妙地用半块砖头拍了他，怎么把他的耳朵拍得去医院缝针，自己又是怎么去的派出所，从刘所长那里把齐落瓦领回来。但齐建国说，齐落瓦究竟为什么把这个查三儿打成这样，他跟这个查三儿又究竟是怎么认识的，齐落瓦却始终没说。齐三旗听了，就想起那次去晚香街，听安琪儿美容院的红姐说起的那件事。心也就一下子更悬起来。

齐建国哀叹，咱们齐家，怎么出了这么个后人啊。

叶逢财说的这个服装批发市场是在靠近市郊的地方，齐三旗知道大概位置。如果一个月前，叶逢财在这里看见的确实是齐落瓦，他就有可能还会去那儿。

齐三旗说，我明天去看看吧。

齐三旗在这个早晨从家里出来，想一想去这个服装批发市场路途很远，至少要倒两次公交车。摸摸身上，只还有三十几块钱，就决定走着去。走着去，就得先填饱肚子，否则又会低血糖。路过老君街，就打算先去吃一碗粉。吃粉当然不能去"老福记粉店"。老福记是关八开的，齐三旗不想去熟人的地方。人家开粉店毕竟是生意，大家又是多年的熟人，一碗粉，要钱不是不要钱也不是，倒不如去个生地方。齐三旗这样想着，就朝"福记粉店"这边走过来。心里有事，一边走着也就没看路。迎面突然过来一辆自行车。齐三旗一抬头，吓了一跳，接着就被旁边的一个小个子年轻人撞了一下。齐三旗回头看一眼，在心里叹口气。本来是这条街上长大的，去农村插队这些年，再回来，走在这街上却已像个乡下人了。

不到一个月的时间，这"福记粉店"又变了。福记还叫福记，粉店也还是粉店，但显然已换了老板。上次的那个小胖子不见了，现在粉店里是一对小夫妻。这对小夫妻都身材矮小，男的不到一米五，女的也就一米四几，看着倒也般配。小两口儿都是柳州口音，一见齐三旗进来，却一口咬定自己是桂平罗秀人，一再说，这店里卖的就是他们家乡正宗的罗秀"簸箕粉"。齐三旗见这个小老板两眼一闪一闪的，看着挺精明，也无心管他正宗不正宗。要了一碗"老友粉"，就坐在桌边埋头吃起来。心里想着赶紧吃完，还得赶路。小老板看出齐三旗是个农村人，就说，他这店里还有刚炸的油条，别处没有，问齐三旗要不要来一根。又说，其实他这里的"猪脚粉"才是最正宗的，问齐三旗要不要再来一碗。齐三旗舍不得再要别的。赶紧吃完了，就起身掏钱。但这一掏钱，突然愣住了。他的钱是放在一个破旧的塑料钱包里，这塑料钱包就揣在夹克的衣兜。可此时一摸，衣兜却空了。

这时小老板一直盯着齐三旗。

齐三旗又上下摸摸身上，还是没有。

小老板说，一碗粉，六块。

齐三旗应了一声，还在摸身上。

齐三旗一边在身上来回摸着，小老板就已蹭过来，把去门口的路挡住了。

齐三旗的脸已憋得通红，苦笑了一下说，我身上的钱，不知怎么，没了。

小老板上下看看齐三旗，是没了，还是没有？

齐三旗说，确实没了，早晨出来，身上还带着。

齐三旗这样说着，又浑身上下摸了一遍。这时，几个正在店里吃粉的人也都停住手，抬起头朝齐三旗这边看着。小老板的女人正在门外炸油条，一见里边好像有事，也放下手里的竹筷奔进来。小老板眯起一只眼，回头对老婆说，这里有个要吃白食的。

这女人用眼角瞥一下齐三旗，一个大男人，一碗粉啊，值得么？

齐三旗涨红着脸说，是，是不值得啊，可我身上的钱，确实没了。

小老板点点头，我这人还认死理，你吃了我的粉，如果不想给钱，白吃也就白吃了，可你要说钱没了，我今天还就得要钱！况且我这粉店刚开张，也不想让个吃白食的触霉头！

说着一把拽住齐三旗，你今天不给钱，就别想出这个门！

齐三旗终于忍不住火了。

齐三旗这几年已磨得没了性子，可这时在大庭广众之下，只为一碗粉，就被人揪住要钱，积在心里的闷气一下就爆发出来。他突然扬手甩掉这小老板。小老板比齐三旗矮半头，又没防备，一下被甩得一个趔趄。这一下小老板的老婆不干了，扑上来扯住齐三旗的衣服，嘴里喊着，你吃霸王餐还这么凶啊？这街上还有王法吗？今天就不信你能出这个门！

小老板一见老婆来助阵，也重新扑上来。夫妻俩就跟齐三旗撕巴起来。

齐三旗一边被这对小夫妻撕巴着，心里不禁哀叹，想不到，自己已落到了这步田地，只为一碗粉，就被人家当街羞辱。心里想着，就感觉有一团东西堵在了嗓子里。

就在这时，他看到了粉店门外那口炸油条的油锅。这油锅架在个煤气灶上，旁边还放着一个黑乎乎的煤气罐。于是想想说，好吧好吧，这样吧，你们先放手。

小夫妻不撕巴了，但还不肯放手。

小老板瞪着他，你说？

齐三旗说，我会炸油条。

小老板的老婆嗤的一声，炸油条谁不会啊？还用你！

齐三旗说，我炸的油条，不一样，你们先看了再说。

小夫妻又对视了一下，有些将信将疑。

齐三旗说，你们松手吧，为一碗粉，我不会跑的。

小夫妻这才把手慢慢松开了。

齐三旗来到煤气灶的跟前，开始忙碌。他先把油锅清理干净，又重新倒上清水，打开煤气灶，点着炉火。这种水炸油条他已多年不做了，但手法还记得。水温的火候儿，油和水的配比，还能恰到好处。这对小夫妻站在旁边瞪眼看着。看了一会儿，就发现，这个农村人炸油条果然不一样。不仅手法儿不一样，炸出的油条，味道也不一样，似乎有一种说不出的奇怪香味。一阵风儿吹来，这种奇怪的香味就在街上散开了。渐渐有人围过来，过了一会儿，就在锅前排起了长队。小老板推了女人一下。女人才醒悟，赶紧过来帮着收钱。

就这样忙了一上午，齐三旗看看时候不早了，自己炸的油条也早已抵上这碗粉钱，就放下竹筷准备走了。小老板这时已不像早晨的态度，执意要留齐三旗吃午饭。齐三旗半开玩笑地说，你的饭我可不敢吃，一碗粉，就让我炸了一上午油条，再吃你的饭，就得卖给你了。

小老板也不好意思，一边笑着，一边拉着老婆一直把齐三旗送出来。

齐三旗从福记粉店出来，就急忙赶着去市郊的服装批发市场。

这服装批发市场是一片很大的地方。齐三旗还记得，当年上中学时，曾来这一带参加过"学农劳动"。那时这边都是农田，好像还有一片蕉林。现在已认不出来了，修了一条挺宽的马路，里面是一大片停车场。再往里，就是一个挨一个的交易大厅。这片市场的东面，有一排饭馆儿。说是饭馆儿，也就是一溜儿大排档，有卖肠粉的、卖兰州拉面的、卖浙江小笼包儿的，还有卖新疆大盘儿鸡的。看来就是为在这里做生意的人准备的。在这个市场做生意的人来自全国各地，这大排档里的小吃也就哪儿的都有。齐三旗想了一下，齐落瓦不会做服装生意，也就应该不会去里面的交易大厅。且据叶逢财说，一个月前，是在这市场的一个饭馆里看见他的。如果他经常在这里出现，饭馆的人会不会知道他？

这么想着，就先来到一个叫"四方君会大酒店"的饭馆。

这家饭馆叫大酒店，店堂里只有几张桌子。桌上铺着透明的塑料布。里面还有几个包间，门也不太齐整，看着油漆都已剥落了。齐三旗进来，柜台上站着个四十来岁的女人。这女人化妆挺重，两道细眉画得竖起来，样子有点凶。见齐三旗进来，就问，吃点什么？

齐三旗朝她走过来，说，想打听个人。

这女人一听，立刻警觉地上下看看他。

齐三旗说，是个年轻人，有二十来岁。

这女人说，饭馆儿这种地方，整天人来人往的，哪记得住。

齐三旗想想说，我，买瓶矿泉水吧。

女人拿了瓶矿泉水，才又问，有照片吗？

齐三旗的身上已经没了齐落瓦的照片。本来有两张，一张是齐落瓦小时候的，卢金花抱着他，他们一家三口在院里的窗前照的。这还是集体户里一个叫秦朗的知青，当年临回城时用他的海鸥牌照相机给拍的，说是留个纪念。还有一张照片，是齐落瓦中学毕业时，为做毕业证拍的。这次回来，齐建国特意找出来，让齐三旗带在身上。但齐三旗把这两张照片都放在那个破旧的塑料钱包里，而这个钱包又不知怎么丢了。齐三旗就只好对这女人大致说了一下齐落瓦的体貌特征。这女人听了想想说，好像有这么个人，来过这里。

齐三旗忙问，是来吃饭？

这女人说，也吃饭，可好像又不为吃饭，还有几个人，一直来来去去的。说着，又看一眼齐三旗，你别介意，我看这几个人，不像是做正经事的。

齐三旗明白了，这女人说的，应该就是齐落瓦。

于是问，他最近，又来了吗？

这女人说，有些日子没见了。

齐三旗从这个饭馆出来，又沿着这一溜儿大排档来回走了一趟。这时已是下午三点多，过了午饭时间，一家挨一家的饭馆都清静下来，已没什么客人。齐三旗想，如果刚才这女人说的就是齐落瓦，而齐落瓦带人来这里，又确实不是做正经事的，那他每次来，也就不会只去一个固定的地方。这时一个五十多岁的男人站在一个饭馆门口，正一边用牙签剔牙，眼角朝这边瞄着。齐三旗也已注意到了这个男人。这男人的身材粗大，但并不胖，是个秃子。秃子和光头不一样。虽然秃子和光头都没头发，但光头的头发是故意剃的，而秃子的头发有可能是自己脱落的。这秃子的脑袋是个三角儿的，尖儿朝下，下巴很锋利，头顶已油光发亮，后脑和脖子连在一起，皱出很多核桃纹儿。这时，他又朝齐三旗看了看，问，你找人？

齐三旗就站住了。

找什么人？

一个年轻人。

秃子就笑了，不是正经人吧？

齐三旗觉着这秃子说话挺不中听，没答腔。

秃子又说，你要是找正经人，就去里边大厅了。

齐三旗想想，这秃子说的倒也有理。

秃子从嘴里拔出牙签，扔到地上说，前些天，这里出事了。

齐三旗问，出什么事了？

秃子说，两个偷东西的，胆子太大了，整箱的衣服就想往外弄。

说着又朝齐三旗看一眼，把警车都招来了，戒严了一小时。

齐三旗问，逮着了？

秃子把一丝食屑吐到地上，没逮着，两个都跑了。

说完就转身进去了。

齐三旗从这个批发市场出来了。刚才的秃子说得无心，但这个情况很重要。无论他说的这两个试图偷整箱衣服，但没有偷成的人，其中有没有齐落瓦，或是不是齐落瓦的人，他们应该都不会再在这里出现了。倘是齐落瓦，或是齐落瓦的人，他们就会成了惊弓之鸟，这次侥幸逃脱，也就不会再来自投罗网。而如果不是齐落瓦或齐落瓦的人，他们看到别人在这里出了事，这里已成了危险之地，也就不会再来了。

齐三旗来时，因为早晨吃了一碗粉，腿上还有劲儿，心里也急，所以走得挺快。现在往回走了，这一趟又没什么结果，就觉累了。将近傍晚时，才走到人民路。人民路这边是新城区，离榕树街还很远。齐三旗实在走不动了，就在街边的一个花坛坐下来。这段时间，虽几次找到齐落瓦的线索，却又几次都断了，可是齐三旗感觉，已经离齐落瓦越来越近了。不是离找到他近，而是对他的现状，看得越来越清晰了。

随着清晰，齐三旗也就更担心了。

18

查三儿在这个上午碰到出殡的，果然很晦气。

从福升茶叶店出来，在拐进旁边的青竹巷时，芋头过来在他的身上碰了一下，与此同时，底下把刚到手的钱包塞到他手里。在钱包到手的一瞬，查三儿的心里立刻一喜。看来这芋头的手上也不是总瓢。瓢，是道上的行话，意思是软、菜、面，没本事。查三儿这时想起油蹭子当初经常说的一句话，孺子可教也。油蹭子是行里的前辈，平时夸人，总爱说这句话。

查三儿的习惯，每次拿了刚到手的钱包，并不急于打开，只用手摸。一是摸材质，二是摸做工，三是摸厚度。一个钱包的材质，决定它的价格。仿皮和真皮不一样，一般的真皮又和顶级的真皮不一样。当然价格不同，这个钱包的意味也就不同。但光有了材质还不行，还要摸它的做工。当然材质越好，做工也就越精细。可精细和精细又不一样。有的钱包做工精细，但不一定精致；也有的精细，且精致，又不一定精美。这个精细、精致与精美之间的细微差异，也就决定了这个钱包的品位。当然，有了对这个钱包的价格与品位的判断，也就有了对这个钱包主人的大致判断。倘再摸厚度，这个钱包里的内容也就基本有数了。查三儿每得到一个钱包，最享受的，还不是把成叠的钞票从这钱包里拿出来的时候，而是这个判断的过程。这个过程由猜测，到猜想，又由猜想到遐想，简直就如同经历了一次美妙、玄幻而又真实的梦境。查三儿每到这时就会想，其实，这也才是这一行的魅力所在。

查三儿在这个上午快步走进青竹巷。巷子很窄，两头都没人。于是一边走着，手就伸进衣兜，去摸这个钱包。查三儿起初对这个钱包并没抱太高的奢望。他刚才坐在福升茶叶店里，透过窗子已看见了那个走过来的男人。这显然是个农村人，冲他那身打扮，也不会太有钱。但就在查三儿摸到这钱包时，心却突然动了一下。

这是一个对折的钱包。对折的钱包很常见，但关键是它的材质。查三儿摸了摸，又摸了摸，感觉很光滑。在查三儿以往的经验里，好像还从没遇到过这种材质的钱包。他知道，有一种顶级的意大利抛光真皮。但又想，就凭刚才看见的这个男人，用北方人的话说已经土得冒烟儿了，他会用这种意大利抛光真皮的钱包吗？可转念再想，也不是没有可能。现在很多建筑工地的包工头，就是这种打扮。表面看着土里土气，衣服也皱巴巴的，身上却指不定带着多少现金。这种人一般不习惯用卡，用卡总觉着不踏实，所以有多少钱就都揣在身上。查三儿这么想着，就又摸了摸这个光滑无比的钱包。果然很厚。倘是现金，查三儿凭经验判断，少说也要有六到八千。这么想着，查三儿的底下就加快了脚步。

穿过青竹巷，再横穿打铜街，就走进对面的一片老房子。这片老房子的住户已经很少。现在城市发展很快，房主大都等着拆迁，平时就很少有人再来这边。查三儿快步走到一座老房子的后面，看看四周没人，才把这钱包慢慢拿出来。但他拿出来一看，立刻就泄气了。原来这只是个塑料的旧钱包，难怪摸着这么光滑。这种钱包已是老古董，浅驼色，有些很细的格子花纹。

这应该是一种质量不错的塑料，所以年头虽多，还没太老化，且本身就有些仿漆皮的意思，摸着也就还有一点皮子的感觉。也就是这点感觉，把查三儿骗了。

查三儿使劲朝地上啐了口唾沫。打开钱包看了看，里面只有一些零钱，一元的，贰元的，伍元的，还有几张零毛的，数了数，总共是三十八元六角。查三儿掏出这些零钱，把这个钱包狠狠摔在地上。钱包在地上弹了几下，又从里面摔出两块纸片。查三儿朝地上看看，有些好奇，就走过去捡起来。原来是两张照片。其中一张已经有些发黄，上面是一家三口，一个男人和一个女人坐在院子里的窗前，女人的怀里抱着个孩子；翻过来看看照片的背面，有一行用钢笔写的小字，"周岁纪念、摄于洪远马前岭"。另一张则是一寸照，上面是个中学生模样的年轻人。查三儿看看这照片，突然愣住了。这照片上的人有些像七哥。

他想了想，就把这两张照片揣起来。

查三儿回来时，七哥正发火。七哥发火，是因为服装批发市场那件事。七哥定的规矩，一般情况下，只准挑皮子，不准搬运。搬运，也是行话，指的是偷实物。当然，更不准溜门撬锁。挑皮子是有技术含量的，也相对安全。这里说的安全还不仅是挑皮子的人安全，被挑皮子的人也安全。倘在挑皮子的过程中被人发现，大不了就是个跑，就算跑不了被抓住，也就是个打。打是在大街上，也不会让人家打死。但搬运就难说了。尤其溜撬，你进商店还好说，倘进了民宅，又被事主发现，一旦动起手来也就变成入室抢劫，再一失手就有可能闹出人命。油蹭子曾讲过，一行有一行的规矩，这一行自古传下的行规，不能跟事主照面。不照面为窃，一照面就为劫。窃和劫，性质就完全不一样了。古时惩窃，是砍手，而惩劫就是砍头。七哥已把这个道理反复讲给大家，且三令五申。可就在前两天，查三儿带着芋头去服装批发市场，又坏了规矩。查三儿也是一直改不了盗贼的脾性，甭管钱还是物，只要一看见手就痒痒，也就不管挑皮子还是搬运，怎么得手就怎么干。查三儿这次带芋头去服装批发市场，原本是去挑皮子，可刚到一个交易大厅的后门，就见一辆拉货的地排子车上放着两个半人多高的大纸箱。查三儿一眼就看出来，这是两箱服装，且是有品牌的，倘弄出去肯定能卖不少钱。于是朝四周看了看，又回头看了芋头一眼。芋头会意，问，搬运？

查三儿嗯一声，搬运。

芋头的身材虽瘦小，又笨，却有股子干巴劲儿。立刻从身上掏出根绳子，过去往纸箱子上一绕，哈腰就背起来。查三儿也掏出绳子勒上，背起另一个箱子。两人来到一个角落，看看四周没人，才把箱子放下。查三儿早看好了，这里有半间空房。当初盖这市场时，原是要当垃圾站。但后来改了垃圾储运方式，这房子就空下来。查三儿想的是，先把这两箱服装藏在这里，等夜里没人时，再想办法弄出去。但就在这时，事主已发现这两箱服装丢了。原来这箱子里都是高档西服，虽是在国内做的，却都挂着国际名牌的商标，少说也值十几万。事主先把一箱服装搬进去，再出来时见这两箱没了，就知道是被人偷了。赶紧追到市场外面，见没有，就立刻报了警。这个市场看着挺大，管理却很严，只要把门口一封，一辆车也出不去。查三儿和芋头正在这里鼓捣这两个箱子，突然听到外面警笛大作，知道是出事了。

两人赶紧扔下这两个箱子，钻进大厅溜了。

七哥在这个批发市场另有眼线，所以消息很快就传过来了，且立刻猜到，又是查三儿带着芋头干的。但心里憋着火，却没立刻发作。七哥的习惯不是一事一议。底下的这帮小弟整天在外面跑，做了点儿该做或不该做的事也就难免。倘一事一议，也就没办法再干别的事了。所以一般都是数罪并罚，不到一定的时候，不会轻易说话。但下面的小弟也都知道，到七哥要对谁说话的时候，这个人就要有大麻烦了。

七哥的威严，也是靠实力树起来的。当年这帮小弟是在查三儿的手下。查三儿是在油蹭子的手下。油蹭子在这行里摸爬滚打了一辈子，四十五岁以后就收手了。收手跟洗手还不一样，洗手是在金盆里，从此不再染指这一行；收手却是自己不干了，让别人接着干。

油蹭子干了几十年，不仅道上的人都认识，对行里的事也了如指掌。人一过四十五岁，这行就没法儿再干了，目标太大。油蹭子又是个很注意外表的人，平时一身名牌，发型也很时尚，看上去像哪个大企业的资深高管。自己也知道，是该收手，找个接班人的时候了。但油蹭子对查三儿并不看好。不是他的业务能力，而是素质。查三儿的素质太低。油蹭子经常对查三儿，也对查三儿手下的这帮小弟说，一定要多读书。读书才能知书，知书也才能达理，只有知书达理了，做这行也才能跟别人做得不一样。否则就算干一辈子，也还是个毛贼。油蹭子说，自己到今天这一步，之所以不同于普通的毛贼，就是当年听了先生的教诲。油蹭子一向把自己当年的师傅尊称为先生。油蹭子说，是先生，把他引上了这条正路。但让油蹭子失望的是，这查三儿却是个蒸不熟、煮不烂的主儿，不管跟他怎么说，说多少，都是串皮不入内。查三儿最大的优点就是不犟嘴。油蹭子怎么说，他就怎么听。且油蹭子谆谆教诲时，他还连连点头，看着好像都听进去了。可一扭脸，该怎么干还照样怎么干。起初油蹭子不死心，还一直耐着性子跟查三儿反复说。后来也就懒怠说了，经常无奈地摇头叹息，朽木，朽木啊。

直到七哥出现，油蹭子才又看到了希望。

七哥跟查三儿也是偶然认识的。当初查三儿常去榕树街。从榕树街到后街，再到担水街，这一带都是老房子。老房子有个共同特点，就是门户不严。这里的住户都是几代人的老街坊，彼此知根知底，相互有个照应，偶尔出去买东西或办事，也就没有锁门的习惯。所以查三儿来这边一般不挑皮子，只是搬运。看哪家的门四敞大开，屋里没人，就进去顺手牵羊。一次查三儿来后街，转了一下，没发现什么有兴趣的东西。这时来到一个古色古香的小楼跟前。这小楼的门窗都刷着红漆，镶着万字格，在街上很醒目。查三儿站住看了看，门口挂着一个牌匾，写着"天宇堂工作室"。他不知这天宇堂工作室是干什么的，再看挂在门上的铜锁，知道里面没人，就把这锁撬开溜进来。这一进来立刻感到一股阴气，再细看，竟到处摆放着已经做完或做了一半的骨灰盒。查三儿这才明白这里是干什么的。但既然已经进来了，总不能空着手走。按说这骨灰盒也是寿材，倘顺一个走不光吉利，也能值几个钱。可是以往搬运别的东西，查三儿知道去哪儿出手，弄个骨灰盒就不知该怎么变钱了。这时发现旁边的地上有个帆布兜子，里边装的都是木匠工具，就过去拎起这兜子背在身上。正准备走，突然看见门口站着个人。后来查三儿有一次喝大了，曾对七哥说，他那次第一眼看见七哥，真没把他放在眼里。七哥的身材并不高大，也不魁梧，看着还有几分单薄。当时查三儿以为是这里的主人回来了，就慢慢放下兜子，又朝周围看了看，准备找机会脱身。但就在这时，站在门口的七哥说话了。他说，这里的东西，你今天偷了，也就偷了。

查三儿听了看看他，一时没听懂。

七哥说，下次，别再让我看见你。

他说完就退到门外，让出门口的去路。查三儿想了想，又把兜子背在身上，试着迈腿出门。七哥果然没拦他。这一次，他就这么顺顺当当地走了。

但查三儿第二次碰上七哥时，果然就没这么顺当了。

查三儿第二次碰上七哥是在榕树街。当时查三儿转到这里，发现街边的一间老屋敞着门，屋里的桌上供着一尊小铜佛。查三儿一眼就看出这铜佛是鎏金的，且很可能是一件老物儿。朝街上看看，四周没人，就溜进去把这铜佛揣进怀里。但正要出来时，一抬头，就看见七哥又站在门口。这时查三儿的心里也有些恼火，心想跟这个人怎么这么犯相，转来转去总能碰上他。这时七哥盯着他说，把东西放回去。

查三儿没理睬，只管低头出门，就要走。

七哥过来，挡住他的去路。查三儿毕竟是在街上混的，立刻抬起头瞪着七哥，酸着脸说，咱是井水不犯河水，你别挡我的道儿，我也犯不着得罪你。

七哥又说，把东西放回去。

这下查三儿真有点儿急了。干这行讲的是来去如风，甭管挑皮子还是搬运，顺了东西拔脚就走，最怕有人挡道儿，稍一黏糊就可能出事。查三儿一见这人还挡在面前，索性往他身上使劲一撞。他想的是这一下把他撞开，自己也就趁机脱身了。查三儿的这一撞，也的确把七哥撞开了。不光撞开了，查三儿身材高大，还把七哥撞了个趔趄。但查三儿并不知道面前的这个人是怎么回事。七哥在趔趄的同时，顺手就从地上抓起半块砖头，跟着双脚往起一跳，呼的一下就拍下来。后来七哥的这个动作，也就成了他的招牌动作。无论行里行外的人，见了他这一跳都会不寒而栗。这时查三儿一见七哥蹦起来要用砖头拍自己，赶紧本能地把头一歪。接着这半块砖头就挂着呼呼的风响下来了，擦着他的耳朵拍在肩膀上。查三儿一屁股就坐在了地上。半个耳朵也耷拉下来，跟着血就出来了。七哥走过来，从他怀里掏出那尊佛像，又放回屋里去了。事后七哥才告诉查三儿，这屋里住着个寡妇老太太，老伴儿和儿子都死了，她整天就靠烧香拜佛过日子。七哥说，你把她这佛像拿走，也就等于拿走了她的命。

　　也就从这一次，查三儿认识了七哥。

　　查三儿再次见七哥，已是几个月以后。这时的七哥已经漂在街上。一天查三儿在街上偶然碰见了七哥，立刻认出来。大家也是打出来的交情，就让他来自己这里了。

　　七哥来的第二天，就把这里的大傻杨给打了。大傻杨叫杨大傻，是甘肃凉州人，跟查三儿也是偶然在街上认识的。认识时，这大傻杨已经两天没吃饭，饿得坐在街边，已经走不动了。查三儿带他去喝了两碗粥，又吃了一碗粉，这大傻杨就非认查三儿当叔不可。查三儿一见这人满嘴的胡子，看着比自己还老，怎么可能给他当叔？细一问，他也确实比查三儿还大几岁。查三儿心一软就把他领回来。可这大傻杨来了，没吃几天饱饭，脸就变了，开始跟查三儿滋事。别的小弟都听查三儿的，惟这大傻杨不听。不光不听查三儿的，也不听油蹭子的。这里没人敢跟油蹭子顶嘴，只有大傻杨敢顶。油蹭子到这个年纪已经没了脾气，就经常摇头叹息，引狼入室，引狼入室啊。现在七哥来了，这大傻杨就又瞄上七哥，仗着自己是先来的，拿七哥当小弟，总支使他干这干那。起初七哥不说话，大傻杨也不知他是怎么回事。查三儿也是故意的，成心不告诉大傻杨这七哥的厉害。来的几天以后，一个早晨，大傻杨让七哥去倒尿桶。这尿桶比一般的小尿桶儿要大，大家又尿了一夜，已经满满当当。大傻杨早晨起来又尿了一泡，一边提着裤子，就让七哥拎出去倒了，嘴里还骂骂咧咧，嫌七哥的动作太慢。这时查三儿在旁边已看出七哥的脸色，知道要出事了。果然，七哥走过去，把这个尿桶慢慢拎起来，突然往起一跳就扣在了大傻杨的头上。十来个人尿了一夜，臊气的味道可想而知。关键是这么沉的一桶尿，且满得已快流出来，旁边的人都不知道，这七哥是怎么扣到大傻杨的头上的。七哥把这个尿桶扣在了大傻杨的头上，却不拿下来，就这么一直扣着。大傻杨的脑袋被扣在尿桶里，一下子就让这尿臊给呛晕了，也熏傻了，愣在那里竟不知把这尿桶从头上拿下来。但七哥这么干了还不算完，又从地上抄起一个哑铃。这哑铃是平时大家玩儿的，很重，有八公斤。七哥抄起这个哑铃又双脚一蹦就从地上跳起来，抡圆了，哐的一声就砸在大傻杨顶着的尿桶上。也正是这个尿桶，活活救了大傻杨一条命。它起到了钢盔的作用，否则这一哑铃砸下来，就肯定把脑袋砸开了。这个大傻杨是从西北来的。他从西北到华南，一路走了几千公里，还从没遇到过这样的事，更没想到竟会有人手这么黑，能干出这么狠的事。大傻杨这一下算是彻底栽了。被人家把一桶尿扣在头上，可以说是一栽到底，已经没脸再在这里待下去了。当然，也是惧了这个七哥。当天下午，也没打招呼，就一个人偷偷走了。

也就从这以后，查三儿手下的这帮小弟就都成了七哥的小弟。七哥在家并不行七，不知是从哪论的，但大家也就都叫他七哥。查三儿虽比七哥大两岁，也叫他七哥。

油蹭子也就是在这时，说了一句话。

油蹭子点头说，孺子可教也。

油蹭子说孺子可教，意思当然是看好七哥。但油蹭子看好七哥的，还不仅是他往大傻杨的头上扣尿桶，也不是往尿桶上砸哑铃，而是七哥身上的这么一股子劲儿。油蹭子等了这些年，现在觉得这个要等的人终于出现了。于是就把自己的一手绝技，传给了七哥。

原来这油蹭子之所以在江湖上被人称为油蹭子，也是因为这一手绝技。据他说，这虽是一手常见的绝技，但真正的根蒂却已失传。一天晚上，他在灯下弄了一碗麻油，把一块肥皂头儿扔到碗里。肥皂头儿一沾湿就很滑，泡在油里也就更滑。但这油蹭子让七哥看着，他用食指和中指，中指和无名指，无名指和小指，都能轻松地把这肥皂头儿从油碗里夹出来。七哥看了很吃惊。接着，油蹭子才告诉七哥这里的诀窍，他把自己的右手在左手的掌心一戳，四根手指竟长短一样。油蹭子说，只要练成这个功夫，油碗取物就不在话下了。

油蹭子把这手绝技传给七哥，第二天一早，就不辞而别了。

19

七哥在这个中午发火，起因是华小菁过生日。

七哥遇到华小菁是在两年前。当时是一个下雨的晚上，在一家酒楼门口。这家酒楼这天开业，七哥带着几个人过来。大家一到酒楼立刻就散开了。七哥事先让人去花店扎了一个花篮，两条红色的缎带，上一条缎带上写"洪禧大酒楼开市大吉"，下一条缎带上写"齐天万皮公司恭贺"。花篮抬到酒楼门口，立刻有人接过去，摆到门前大大小小的花篮当中。然后就有人把七哥请进去，安排到企业家的一桌。但七哥并没过去，而是找了个清静的地方自己坐下来。在这个位置可以看清周围的一切，也能随时掌握动向。这时七哥已发现了问题。他原来想的是，来这里吃饭的客人坐到桌前，会把上衣脱下来搭在身后的椅背上，这样也就有了下手的机会。可这个洪禧大酒楼的老板很精明，事先已有防范，让服务员把每个搭了衣服的座位椅背，都用漂亮的布套儿套起来，这一来也就无法下手。无法下手的地方当然不是久留之地，于是七哥发了一个撤离的信号，就起身先出来了。

七哥出来时才发现，外面的雨下大了，街边已有了积水。这时，七哥无意中一回头，看见一个女孩儿正贴着墙根站着。这酒楼临街的玻璃窗很大，窗上有太阳罩。但这时雨太大了，太阳罩也已不起作用。这女孩儿身上的衣服挺单薄，此时已经湿透了，两手抱在胸前局局缩缩的。七哥不是个爱管闲事的人。但看看这女孩儿，不像是临时避雨的。倘临时避雨，她应该找个更严实的地方，况且此时身上已湿透了，再避雨也没意义。

想了想就朝这女孩儿走过来。

女孩儿看七哥不像坏人，倒不避讳，说自己叫华小菁。又说，是从家里跑出来的，在街上已有些日子了。一个这样的女孩儿从家里跑出来，肯定有原因。七哥就问，为什么跑出来。女孩儿这才说，父亲死了，母亲带着她改嫁，但改嫁的是母亲当年一起插队的知青，两人也是初恋的情人。可结了婚，却整天吵架，开始动嘴，后来还动手。她实在无法在家里待下去了，才跑出来。七哥一听这女孩儿的父母是知青，想了想，问，现在住哪儿。

女孩儿低下头，没说话。

七哥就明白了，把她带回来。

华小菁一来，就知道七哥这伙人是干什么的了。但她并不意外，也不反感。七哥看出来了，华小菁不反感，还不仅是因为她现在已无处可去，好容易有个栖身之所；她也是对这一行很好奇，觉着好玩儿。但华小菁这次过生日，还是向七哥提出一个要求。

华小菁说，她想要一个正式买的生日蛋糕。

她特意把正式买的这几个字，说得很重。

七哥当然明白华小菁的意思。但这个要求，确实有些难度。七哥的钱，应该都是挑皮子来的。不过想了想，还是答应了华小菁的要求。七哥的手里确实还另有一点钱，但数目不大，也就几百元。这笔钱还是当年从榕树街的家里带出来的。带出来时是两千多，只有在实在没饭吃的时候才用一点；再后来，就是再难，也不想动这笔钱了。

在这个早晨，七哥把这笔钱交给芋头。芋头早晨要跟着查三儿出去开工。七哥让他回来时，去街上的蛋糕店，用这笔钱买一个生日蛋糕带回来。

芋头也是好意。且做这一行，已养成职业习惯，总觉着花钱买东西就是亏。心里也就打定主意，不用七哥给的这笔钱，要搬运一个蛋糕回来。芋头在这个上午跟着查三儿来到老君街，先是勉强挑了一个农村人的皮子。看着查三儿穿过青竹巷走了，这才奔街上的一个蛋糕店来。芋头自从来七哥这里，还从没干过一件漂亮事。从上到下所有的人，对他的评价就一个字，瓢。芋头这回就想在大家面前露一手，好好儿地不瓢一次。

芋头来到这家蛋糕店的门前，朝里看了看。

这个蛋糕店不大。透过玻璃门可以看到，迎门柜台上摆着几个刚做的蛋糕，颜色挺鲜艳。蛋糕这东西太大，又有厚厚的一层奶油，要想搬运确实比较困难，目标也太大。芋头朝左右看了看，发现不远处有一家竹器店，就朝那边走过去。这家竹器店里卖的是一些土产杂货，有竹椅竹几，扁担箩筐，还有一些小的家用竹器。门外的墙上还挂着一堆斗笠。这些斗笠有大有小，形状不一。其中有一种斗笠很深，看着像个簸箩。芋头对这种斗笠很熟悉，在荔浦老家时，常见有人戴这种斗笠。他朝店里看一眼，一个年轻女人正坐在竹凳上，背过身去奶孩子。芋头一伸手，从门口摘下个斗笠迅速戴在自己头上，与此同时横着朝旁边跨了一步。这样一来，就像是刚从街上走过来的。芋头戴着这个斗笠，又不紧不慢地朝蛋糕店这边走回来。蛋糕店的门上挂着个风铃。芋头一推门，头顶上就叮叮当当地响起来。里面出来个正做面膜的中年女人，一张大白脸挺吓人。她看了看芋头的样子，不像是买蛋糕的。

芋头问，有甘蔗的吗？

他一边这样问着，就把斗笠从头上摘下来，随手扣在迎门的柜台上。这一扣，也就把一个漂亮的蛋糕扣在斗笠下面。这面膜女人愣了一下，不知道他问的甘蔗的是一种什么蛋糕。眨着眼看看芋头，说了一句，没有。就扭身回里面去了。芋头又朝店里环顾了一下，然后伸出手，把柜台上的斗笠朝怀里一搂，与此同时另一只手托住底，就出来了。

芋头搬运回来的这个蛋糕，华小菁并不喜欢。不仅不喜欢，也不满意。

这蛋糕已蹭得破破烂烂，不知道的已经看不出是个生日蛋糕，像个破饼。七哥也已意识到，让芋头去办这件事，是找错了人。但芋头还挺自鸣得意，以为这一次，自己终于办了一件漂亮事。把这蛋糕放到七哥和华小菁的面前，又不慌不忙地从兜里掏出那几百块钱。

七哥一看就明白了。接着，华小菁也明白了。

华小菁没说话，转身回自己房间去了。

这次，七哥终于发火了。

七哥发火，不是嚷，也不动手。

只冲芋头说了一句话，去吧。

芋头一下愣住了。七哥让他去，他当然知道是让他去干什么。接着也才明白，自己这一次是又瓢了。他想问七哥，是自己瓢，还是这蛋糕瓢。但想了想，没敢问，就转身来到院子里。院子里的桂花树下有一个水龙头。水龙头旁边的石墩上，放着个洗脸盆，平时谁想洗脸，就来这里洗。但这洗脸盆还有另一个用途。七哥平时惩罚谁，被惩罚的人也是来这里，用这个洗脸盆接了水，然后自己从头到脚地浇下来。要这样一盆一盆地一直浇，直到七哥认为可以了，才能停下来。七哥用这种方式，是想让被惩罚的人头脑清醒。

只有头脑清醒了，犯了什么错，下次也才能记住。

查三儿回来时，芋头还在桂花树下一盆一盆地用凉水浇自己。所以查三儿进来，也就没敢立刻说话。直到七哥冲外面说，行了。

芋头才浑身湿漉漉地回来了。

这时七哥回头看看查三儿。查三儿就赶紧把那个旧塑料钱包拿出来，又把这钱包里的三十几块钱交给七哥。七哥看看这点零钱，没说话。他平时对大家挑回的皮子，倒不很在意。俗话说，家有万贯，出门也有一时不便。街上挑皮子，虽然要看准人下手，但也不是绝对的。有的人看着西服革履，人模狗样儿，也许兜里就没几个钱，况且今天的人都已不用现金。往往挑来的皮子看着挺厚，一打开，只是一堆银行卡。银行卡没密码，还不如扑克牌。所以七哥常说的一句话是，谋事在人，成事在天。所谓谋事在人，也就是做事的路数要对。只有路数对了，过程也才能对。而过程对了，最后的结果如何，就是所谓的成事在天了。

这时，查三儿又把手里的塑料钱包递给七哥。

七哥接过这个钱包，拿在手里看了看，突然愣住了。慢慢打开，从里边掏出两张照片。他拿着这两张照片看了看，又看了看，抬头问查三儿，这皮子，是哪儿挑的？

查三儿说，老君街。

七哥慢慢瞪起眼，突然一拳打在查三儿的脸上。

20

这年夏天，齐建国死了。

齐建国死得不算突然，但有些出人意料。

入春时，齐建国就开始咳嗽。不是一般的咳，也不是喘，似乎这咳是在胸腔深处，咳的时候身上一抽一抽的，表面却看不出来。齐三旗这时仍早出晚归，却还是没有一点齐落瓦的线索。齐建国知道齐三旗的心思不整，嘴上没说，心里也明白，自己这咳不是好咳。人的肺气弱，一般应在冬季，且大都因为脾虚，水谷精微不能上荣所致。一入春，阳气回升，肺气就该旺起来。可齐建国却正相反，眼看回春了，胸咳反而一天天加重。

这时齐建国已不出诊。每天只在诊所接诊。精神也越来越不济，经常跟病人说着话，就已昏昏欲睡。这天傍晚，安琪儿美容院的红姐来诊所找齐建国。红姐的父亲杨局长一年前去世了，杨局长的老伴儿，也就是当年的那个漂亮老婆患了老年痴呆。但她的老年痴呆还不是脑萎缩，据杨局长活着时说，是阿尔茨海默病。这种阿尔茨海默病比脑萎缩更厉害。脑萎缩是傻，不闹，而这个阿尔茨海默病却是又傻又闹。且闹也不是疯闹，是胡来，有的时候闹起来能把自己拉的大便抹得墙上到处都是。红姐为了照顾母亲，每天就只好又回榕树街来住。红姐这时已没了月经，但闭经以后，脸色越来越差。红姐自己是搞美容的，却用多少化妆品也遮不住这脸色，不光遮不住，两颊还渐渐长出了蝴蝶癍。去医院看了，皮肤科的医生说，这恰恰是使用化妆品不当所致，建议停一段化妆品试试。内分泌的医生又说，建议看一看中医，调理一下。红姐想起榕树街上的中医诊所，这天晚上就来找齐建国。

齐建国在这个晚上还没吃饭。不是不饿，也饿，但不想吃。胸腔里像塞了一团乱麻，撕扯着总想咳，却又已经没有咳的气力。这时见红姐来了，就还是来到诊桌前，让她在自己对面坐下来。红姐看看齐建国，觉得他脸色很难看，就问，齐大夫，你没事吧？

齐建国摇摇头，示意她把手放到枕脉上，然后就把自己的几根手指搭在她的手腕上。这么搭了一阵，一直低着头。红姐觉出不对劲了，叫了一声，齐大夫。

齐建国没应。

又叫了一声，齐大夫。

齐建国仍没应。

红姐起身过来，再看，齐建国坐在诊桌前，已经没气了。

红姐毕竟是卫生局杨局长的女儿，自己也在卫生系统工作过。尽管齐建国已没气了，她就还是拨打"120"叫来急救车，把人拉去了医院。这样一来，也就为齐三旗料理后事省去了很多麻烦。等齐三旗得到消息，赶来医院时，齐建国就已躺在太平间，红姐也为他开好了死亡证明。红姐把这证明交给齐三旗时说，我跟齐大夫有缘，这也是命。

齐三旗接过证明，看看红姐，没听懂。

红姐说，当年我宫外孕大出血，是齐大夫救了我，现在，又是我送他。

齐三旗想想，也真是这样。没想到最后一刻在父亲跟前的，竟是红姐。

齐三旗为父亲料理后事很顺利。人在医院，又有死亡证明，就一切都顺理成章了。医院可以直接联系殡葬，一条龙服务，从穿衣、整容，直到火化，就都不用操心了。

　　但接下来的事，却是齐三旗没想到的。

　　这天上午，齐三旗从火化场回到榕树街，远远看见诊所的门前站着几个人。走过来一问，竟都是来要账的。原来父亲行医这些年，进药材都有固定的地方。固定地方进药，也就成了老主顾，有的地方甚至从当年齐老先生的时候就进药，所以每次的药账也就未必一单一结。天长日久，就积下了不少的陈年旧账。卖药材的多是看在老主顾的份上，也知道这齐门医家是本分的老实人，就很放心。现在听说齐大夫殁了，且诊所今后已无人再接，就都来清账。清账自然是理所当然的事，自古欠债还钱，天经地义。可齐三旗把父亲这些年的存款全翻出来，数了数，也没几个钱。这才知道，父亲行医这些年，没留下什么家底。

　　而就在这时，又来了两个人，是一个老人带着个年轻人。这老人挺胖，满脸油亮，有很重的口臭，老远闻着就挺熏人。齐三旗知道，这老人一定好酒，体内有很重的湿气。老人先指着身边的年轻人说，这是他孙子。齐三旗看一眼旁边这孙子，大约二十多岁，挺瘦。不光瘦，也薄，前胸后背只有半尺来厚，像一块木片。老人又对齐三旗说，他是这个老屋的房主儿，齐家租这老屋已经几十年，从他小的时候，这房子就一直是齐家租着。老人说，齐家这些年一直在这里行医，后来又开了诊所，也就这么一直租下来。又说，现在齐大夫殁了，且他这孙子也等房结婚，所以这房子就不想再租了，打算收回。

　　齐三旗听了大吃一惊。他从小到大，一直以为这老屋是齐家的祖产，父亲也从没跟他说过，这房子是租人家的，现在却突然冒出个房主儿。这老人也看出齐三旗的心思，就从旁边年轻人的手里拿过一个纸袋，从里边抻出一张已发黄的纸说，没关系，你看看这个。

　　齐三旗没去接，但已看出来，是一张房契。

　　事情到了这一步，反倒简单了。这座房子要腾给人家，自然就要把所有的东西都搬出来。其实也没什么正经东西，不过是些药柜和老旧家具。齐三旗就对几个来清账的人说，我是农村人，乡下还有几间房，也是老屋，别的也没什么了，先说现在吧，这屋里的东西你们随便搬，看值多少，也就这么多了，再不行，等我卖了乡下的老屋，再补给你们。

说着，他又苦笑了一下，当然，也只能是有多少，补多少。

几个来清账的人进屋转了一圈，出来摇摇头说，算了吧。

说罢，就都散了。

齐三旗处理完所有的事，来到街上。这时才意识到，自己已经无家可归了。无家可归说的是没家。但齐三旗原本有家，家就在这榕树街上。可现在才知道，这个家，竟然是人家的家。洪远那边也还有个家，但那个家也是人家的，是当年的卢拐子留给女儿卢金花的。此时，齐三旗走在街上，突然有些糊涂了。他想不出，究竟哪里才是自己的家。

齐三旗料理完父亲的后事，原本已身无分文。但最后整理父亲的遗物时，发现了一个旧提包。父亲是个心细的人，这些年每开出一个药方，都会留底，所以就是满满的一提包药方。齐三旗发现，在这些药方里还夹着一些旧纸币，有一元的，贰元的，还有零角的，数了数约有二十几块钱。这时齐三旗走在街上，摸摸身上的这些旧纸币，这已是自己的全部家当了。另一个兜里还有一沓钞票，是一百二十元。但这个钱不能动，是为父亲买骨灰盒的。齐三旗买骨灰盒，原本不想去找段小强。这已是父亲这辈子的最后一件事，没必要再去欠人家的人情。齐三旗想的是，把家里所有的事都料理完，最后剩多少钱，就全用来为父亲买骨灰盒。但这时段小强来了。段小强听说齐大夫没了，是来灵前吊唁的。可是齐三旗没为父亲设灵堂。段小强就冲着桌上齐建国的照片行了个礼，然后对齐三旗说，我送齐老伯一个寿盒儿吧。段小强还是老习惯，论着父亲段木匠当年跟齐建国的交情，不叫齐大夫，叫齐老伯。齐三旗一听连忙推辞，说不用送，我去挑一个吧，该多少钱，算多少钱。段小强说，我是干这个的，一个盒儿能值几个钱，况且这些年，我们段家人吃了齐老伯多少药。

齐三旗一听这话，也就不好再推辞。

但齐三旗来到"天宇堂工作室"，才发现自己太认实了。段小强确实是实心实意，可看样子，他事先没跟自己的女人商量。齐三旗来了，也没敢挑太好的，只选了一个中低档的骨灰盒。这时段小强的女人走过来，笑笑说，这个盒儿是二百。

齐三旗一听，愣了一下。

旁边的段小强立刻涨红了脸。

这女人又说，当然啊，齐大夫跟我们家也是多年的交情，就打个六折吧，一百二。

齐三旗原以为真如段小强所说，这个骨灰盒是白送，所以来时，身上也就没带钱。这时一听这女人这么说，就赶紧又把骨灰盒放下了，说行行，我先回去拿钱。

这女人说，都是自己人，钱不钱的不忙，盒儿先拿去用，办事要紧啊。

齐三旗抱着这个骨灰盒回来的路上，心想，这个盒儿不要说成本，就是卖，最多也就值一百，可这女人却要了自己一百二，还得了她六折的人情。

这么想着，就觉得行医这行，也挺悲哀。

21

这天下午，齐三旗来后街送骨灰盒的钱。

"天宇堂工作室"正热闹。其实平时，这里也经常这样热闹。过去工作室抠出的骨灰盒，除去自己卖，也给几家固定的门市部。但段小强的女人做过寿衣店，知道这里边的偷手大，可以说是暴利。既然是暴利，又何必让别人再从中扒一层皮？索性就把这"天宇堂工作室"改成前店后厂。骨灰盒也打出"天字牌"的商标，改为自产自销了。这"天宇堂工作室"一向是这女人说了算，段小强也就没反对。但让他没想到的是，这一改自产自销，就有了问题。过去工作室只是工作室，段小强可以踏踏实实地工作，一心一意抠他的骨灰盒。现在却不行了，一前店后厂，段小强的女人索性重操旧业，又弄了些寿衣、花圈和香烛纸马一起卖。这一下工作室也就成了丧葬用品服务部。且来买骨灰盒的人，大都是哭哭啼啼来的。有一声一声哭的，也有嚎啕大哭的，还有为家务事闹丧，挑着骨灰盒，找个由头就躺在地上撒泼打滚儿的。段小强在工作室里工作，经常被前面的店里吵得头晕脑涨。

齐三旗来到这里时，又有一堆人正哭成一团。

齐三旗先把这一百二十元的骨灰盒钱还了段小强的女人。在旁边站了一会儿，就听明白了。这堆人是来给一个男人买骨灰盒的。这男人还不到五十岁，是个在街上送桶装水的。两天前，他正扛着一桶水上楼，一头栽到楼梯上，就再也没起来。当时楼里的住户要送他去医院，这男人挣扎着只说了一句话。他说，不去医院，说完就断气了。死是死在突发性脑溢血上。事后他家里的人说，他说不去医院，是因为怕花钱，他也没钱。来给这男人买骨灰盒的，是这男人的一个姐姐和两个妹妹，还有一个女人看样子是他老婆，带着个二十来岁的年轻人。这年轻人是个瘸子，挂着两根破拐，像是婴儿瘫，一条腿又细又弯地吊着。旁边还有几个男人，看穿着，都挺体面，像是姐夫妹夫一类的亲戚。那三个姐姐妹妹哭得最伤心，已经不是嚎啕，而是撕心裂肺。一边这样哭着，一边还数说着这男人活着时的种种不容易。他老婆也在一旁哭，但哭的声音不如这几个姐姐妹妹大。齐三旗注意到了那个年轻人。这年轻人挂着拐，只是在一旁抹泪，并不出声。这时，他们已经选定了一个骨灰盒。这个骨灰盒的木质不太好，做工也挺粗糙，估计也就几十块钱。但段小强的女人过来看了看说，三百四十。

接着又叹口气，你们也不容易，就打个六折吧，二百零四，给二百吧。

齐三旗这才明白，看来段小强的女人打六折是个口头语。不光冲自己，对所有的人都六折。且自己为父亲买的这个骨灰盒，她开价二百确实已经很优惠了，换了这些人，她真敢要六百元。这时，这些人突然又哭起来。原来这男人的老婆拿出一张事先准备的照片，镶到这骨灰盒上了。齐三旗离得稍远，看不太清。但也能看出来，这是个瘦脸男人，样子挺敦厚。齐三旗又凑近了一些，看看这照片上的男人。看着看着，不知为什么，突然自己也悲从中来，眼泪一下子就从眼里涌出来。且这一涌就止不住，先是哗哗的，接着就哽咽了。此时，齐三旗觉得心里像憋着一股气。不是气，好像是委屈。也不是委屈，是可悲。还不是可悲，应该是可怜。他不仅可怜这个男人，也可怜自己。齐三旗自己也说不出为什么这么可怜，但就是觉着可怜，而且越想越可怜。他终于忍不住了，哇的一声也哭出来。幸好他这哭声，立刻淹没在那堆人的一片哭声里，所以没人注意。但段小强的女人还是注意到了。不过她注意到了，倒也没在意。齐三旗刚死了父亲，胳膊上还戴着青纱，这时看见别人哭，一下想起自己的父亲，跟着一起哭也就很正常。可齐三旗这一哭就真的止不住了，感觉自己的心里别管是气，是委屈，是可悲，还是可怜，就如同打开的闸门，随着这放声大哭一泻千里。这时，这堆人的哭声已渐渐平息下去，而齐三旗的哭声仍还这么高，一下就如同水落石出般地显露出来，把这些人也吓了一跳。这些人都惊异地回头看着齐三旗，搞不清怎么突然又冒出这么一个跟着哭得如此伤心的人？齐三旗这时已哭得忘情了，一忘情，也就忘我，一忘我，反而进入了一种完全自我的状态。他已经哭得鼻涕一把、泪一把，伤心欲绝，站立不稳。这时两个男人走过来，赶紧把他搀扶住了。一个男人劝说，唉，人死如灯灭，再哭也哭不亮了。

另一个也劝，茂林走了也好啊，再活着，也是受罪。

这个说，人活着，没他这么苦的。

那个说，是啊，太不容易了！

齐三旗一听这话，哭得更伤心了。

此时齐三旗的两眼已经哭胧了，胧得什么也看不清了。他觉得自己就像个孝子，被这两个男人从"天宇堂工作室"里搀扶出来，一路搀着走在街上。街上的人见这堆人簇拥着一个哭得悲痛欲绝的人，胳膊上还戴着青纱，且被两边的人搀扶着。又见其中有人抱着一个骨灰盒，就真把齐三旗当成孝子了，都同情地朝他看着。齐三旗就这样一路哭着被搀扶着来到一个地方。他忽然闻到一股饭菜的香味。等坐下来，睁眼一看，竟是来到了一个饭馆儿。

搀他的男人说，少痛吧，别走了，留下吃顿饭。

另一个也说，喝一杯吧，也算是，替茂林喝。

齐三旗这才发现，旁边的一桌也已坐满了人，看来都是丧事上的亲友。此时齐三旗这样痛快淋漓地哭了一场，真有点累了，也隐隐地又觉出有些低血糖。于是菜一上来，也就不客气地闷头吃起来。席间还不停地有人过来向他敬酒，劝他几句节哀之类的话。齐三旗渐渐已从忘我的悲痛中清醒过来。他一边喝着酒，不停地在心里提醒自己，千万别喝大。

但这样提醒着，就感觉有些糊涂了。

他意识到，自己已经大了。

22

齐三旗没想到会遇到陶然。

齐三旗遇到陶然这天，一共办成了三件事。前一天的晚上，齐三旗又在火车站蹲了一夜。火车站到夜里没车。没车也就没旅客，只有一些同样是蹲车站的人。齐三旗在车站蹲了几夜，就已经蹲出经验。他在车站角落找了个装货用的破纸箱，撕成几块。白天找个僻静的花坛藏起来。到了晚上，就把这几块硬纸板拿出来，在车站的候车大厅找个靠墙的地方铺在地上。硬纸板是瓦楞纸，中空，铺在水泥地上不凉，也不潮。这样两眼一闭就是一夜。早晨起来，再把这几块硬纸板放回原处，以备晚上再用。齐三旗在这个早晨去花坛藏好了硬纸板，从车站的前广场出来，就意识到，必须尽快想办法了。

此时他身上只剩两块多钱。这两块多钱已买不了什么可以充饥的东西，最多也就买包廉价的方便面。齐三旗必须赶在自己出现低血糖之前，把吃的问题解决了，否则一旦出现症状，不仅不舒服，严重了还会有危险。他看到路边有个小超市，想了想就走进去，用这两块多钱买了水果糖。现在水果糖已贵得吓人。齐三旗还记得，小的时候水果糖是一分钱一块，那时这两块多钱几乎可以买三斤糖，现在却只能买几块了。低血糖的时候只要含两块糖，立刻就可以缓解。有了这几块水果糖，齐三旗的心里暂时踏实了一点。

从小超市出来，齐三旗一边走着，忽然想起一件事。前面不远是青石街，当年这里有一个集邮市场。齐三旗上学时也爱集邮，经常来这个市场。这市场不仅买卖邮票，也有人倒卖别的收藏品。齐三旗想到了自己兜里的这些旧纸币。齐三旗虽集过邮，但不懂纸币。不过可以断定，这些旧纸币，现在市面已不流通，应该有一定的收藏价值。齐三旗想，倘这个市场还在，不妨去试试。至少可以询一下价，看这些旧钞究竟值多少钱。

想着，就朝青石街这边走来。

集邮市场果然还在，且已扩大了规模，也规范起来。当年买卖邮票的人都是蹲在路边，现在已盖起几个交易大棚，分别交易不同的藏品。大棚里到处挤满了人。过去的人搞收藏，是爱好，现在却是为了升值。齐三旗转了转，果然在一个角落找到专门收购纸币的地方。这是一溜儿摊位，每个摊位上都摆着各种纸币的样品，有中国的，也有外国的。齐三旗来回走了一趟，选了一个看上去有几分忠厚的中年人，就凑过来。

中年人见齐三旗过来，就问，买，还是卖？

齐三旗说，想卖。

中年人哦了一声，看着齐三旗。

齐三旗问，旧纸币，怎么收？

中年人一听就笑了，知道来了个外行。

齐三旗的脸也红了，意识到自己露怯了。

中年人耐心地说，国家不一样，发行的年份不一样，价钱也不一样，这得看。

齐三旗说，中国的，旧的，人民币。

中年人点头，拿出来吧，我看看。

齐三旗就从兜里把这些纸币掏出来。中年人接到手里，一张一张地看了看，抬头看看齐三旗，又低头看看这些纸币，然后摇头遗憾地说，一看你就不是干这个的。

齐三旗也笑了，说，我要是干这个的，就不来找你了。

中年人说，我意思是说，这东西，你不能就这么揣着。

齐三旗明白了。

中年人摇摇头，好东西也让你揣坏了，这品相，太差了。

齐三旗说，你说吧，值多少？

中年人想了想，伸出两根手指，一口价儿，两千，我收了。

齐三旗立刻睁大眼，两千？

中年人立刻又改口，两千二，不能再多了。

齐三旗看着这个中年人。

中年人说，已经不少了，你这里是有一张"贰角火车头"，我才出这个价儿。

齐三旗是没想到，这点旧纸币竟然值这么多钱。倘是过去，他反倒不会出手了。他当年毕竟有过集邮的经验，知道这人一开口肯出两千二，就有可能值三千二，甚至更多。且如果再放一放，后面还有更大的升值空间。可现在，正是等着用钱的时候。

中年人又问，怎么样，想好了？

齐三旗说，好吧。

齐三旗拿着卖旧钞的钱从青石街出来。一边走着，心里忽然有些难过。这点钱，父亲当年肯定是没舍得花，但他不会想到，现在已经这么值钱。且这些钱，也救了他的儿子。

齐三旗在这天办的第二件事，是租了一间房。这是个平房，在老君街附近。虽是老屋，还不算太破，且有简单的生活用具，这就省事了。齐三旗算算手里的钱，预付了一年的房租，至少还够吃三个月。但三个月以后怎么办，还得想办法吃饭。现在有了住处，暂时安顿了，接下来就得想个长久之计了。长久之计也就是工作，有了工作，生活才能安定。其实齐三旗在老君街的附近租房子，也是有想法的。他想的是老君街上的那家福记粉店。当初自己在这粉店吃了一碗"老友粉"，不料身上的钱被人偷了，不得不给这粉店的小老板炸了一上午油条。这个小老板挺精明，一看齐三旗的油条在街上好卖，虽没明说，但表示，如果齐三旗愿意，可以来他的店里干。可当时齐三旗急着去找儿子，顾不上，也就没答应。现在，倘这小老板还有这个意思，齐三旗觉得，至少眼下，倒是一份可以干的工作。齐三旗已知道这个小老板不好对付。虽说现在是自己急着要找工作，但如果上赶着人家，生意场上有句话，叫"一赶三不买，一赶三不卖"，这小老板反倒会端起来。可这时，齐三旗也顾不上这么多了。

齐三旗租好房子，又收拾了一下，看看已是中午，就来到老君街。

福记粉店的小老板一见齐三旗立刻认出来，忙把他让到里边。两眼转了转，问齐三旗，是路过进来吃粉，还是有事。齐三旗笑笑说，路过，饿了，进来吃碗粉。

小老板哦了一声，就赶紧让女人去做粉。

一碗货料十足的"老友粉"很快端上来。齐三旗一边吃着，小老板坐在对面，看着他。看了一会儿，忽然又问，你上次好像说，有急事，后来事情办得怎么样了？

齐三旗没抬头，一边吃着说，办是办了。

小老板问，怎么样？

齐三旗说，还没办利落。

小老板哦了一声。

想想又说，你上次在这儿，可是惹祸了。

齐三旗抬起头，惹什么祸了？

就是，你那个水炸油条啊。

水炸油条怎么了？

总有人来问。

齐三旗心里明白了。于是继续低头吃粉，没再说话。

其实有心路的人，越精明，就越怕碰上不吭声的人。你再怎么有心路，再怎么精明，对方就给你来个不说话，你的心路和精明也使不上。这时齐三旗已知道了小老板的心思，就给他来个不说话，只是闷着头吃自己的"老友粉"。最后，还是这小老板憋不住了，试探着问，想不想，来店里干啊？又说，来了别的不用管，只管炸油条。

齐三旗也正等着小老板这句话。于是没再多说，就答应了。

跟小老板谈定条件，约好第二天一早上班。齐三旗就从店里出来。一边走着，心想，今天真是个好日子，竟一下办成了三件大事。且这三件大事环环相扣。如果早晨没把那几张旧纸币卖出去，手里没钱，也就不敢想租房的事。房子没租，连个安身之处都没有，也就不会想到找工作。现在住处有了，工作也有了，齐三旗就又想起了儿子齐落瓦。其实回过头来想，倘不是为了找这个儿子，自己也不至于落到今天这步田地。

齐三旗不知不觉又来到榕树街。走到半栏桥上，站住了，朝自己家的那座老屋远远看着。此时，这座老屋已经拆了。不是全拆，原来的楼架子还在，但外面重新抹灰，贴了鲜艳的瓷砖。可以看出，里面的结构也全变了。齐三旗发现，在街边还堆了一垛破烂木料。仔细再看，才认出来，那应该是从屋里拆下的药柜。这药柜曾占据了整整的一面墙，所以拆出的木料就堆了有一人多高。齐三旗又朝那堆破烂木料看一眼，就转身走了。

傍晚的晚香街仍然挺清静。

齐三旗来到安琪儿美容院。一个女孩儿正在门口的沙发上裂着腿坐着，一边漫不经心地修指甲，一边哼着什么歌。听说要找红姐，说了声，稍等。就起身进去了。一会儿，红姐带着一头发卷儿出来了，她没想到齐三旗会来，立刻让那女孩儿去倒杯饮料。

齐三旗说，我是特意来的。

红姐问，有事？

齐三旗说，这次的事，多亏你了。

红姐笑了，说，都是多年的老邻居了。

又问，事情都办完了？

齐三旗说，完了，所以来谢谢你。

红姐说，我看那诊所，已经拆了？

齐三旗说，是啊，人家房主儿把房子收回去了。

红姐问，以后，怎么打算？

齐三旗站起来，走一步说一步吧。

红姐送齐三旗出来时，忽然说，对了，还想起个事，一直没机会跟你说。

齐三旗站住了，回头看着红姐。

红姐说，我不敢确定，不过，应该是他。

齐三旗说，你说的是，齐落瓦？

红姐说，是。

又说，这事应该有两年了，一个朋友的酒楼开业，我去送花篮，好像看见他了。

齐三旗一听已是两年前的事，就只是哦了一声。

红姐说，不过，他也是带人去送花篮的。

他去送花篮？

我当时看了，好像是什么，天齐万皮企业。

天齐万皮？

齐三旗从安琪儿美容院出来，走在街上还在想，这"天齐万皮"是个什么企业？如果齐落瓦是代表这个企业去给那家开业的酒楼送花篮，就说明，他在这个企业应该不是一般的角色。齐三旗有些意外。难道两年前，齐落瓦就已经有了正式工作？

这时街上的路灯亮起来。齐三旗想了想，就朝沙脊街走来。

也就在这个晚上，齐三旗遇到了陶然。

沙脊街已是夜市。夜市本来在东面的草篮桥，渐渐就漫延了整条街。

陶然每周二、五的晚上在报社值班。值班也就是拼版。《金沙晨报》的副刊一直不被重视，渐渐让广告部挤得只剩了半个版面，所以每次拼版，用不了一小时也就完了。出来时，路过沙脊街的夜市，偶尔也来这里吃宵夜。陶然是东北延吉人。延吉那边冬天冷，男人女人都喝酒。陶然来这边上大学之前并不知自己有酒量，直到毕业还一直没喝过酒。后来到报社，偶尔有应酬，才发现自己不愧是东北人。一次在一个企业家的饭局上，她一个女孩儿，把一桌憋着灌她的男人都放倒了。事后回忆，自己竟喝了一斤多白酒。

在这个晚上，陶然拼版只用了半个小时。稿子是现成的，又是大块文章，简单排布一下也就行了。从报社出来，还不想回家。路过沙脊街时，这里的夜市已灯火通明，于是就来到一个平时常来的食摊。这食摊的老板是贵州人，做的麻辣小龙虾味道挺好。陶然在这个晚上想喝酒，就要了一瓶"洞藏三花"。这"洞藏三花"是大瓶的，一斤装。陶然知道自己的酒量，也没当回事。就这样不知不觉地把一瓶酒都喝了，起初也没觉出什么。但渐渐就感觉有酒劲了。这酒劲像一股气体，一边膨胀着从胃里翻起来，渐渐翻到头顶。陶然知道自己有点大了，就掏出手机，想趁着清醒给于宝生打个电话，告诉他她晚回去一会儿。

其实告诉不告诉都一样，以往不告诉，于宝生也不问。一次陶然在一个应酬上喝大了，晚上就睡在办公室里。第二天早晨回去，于宝生只是给她沏了一杯咖啡，又把一盒牛奶放到微波炉旁边，就像往常一样上班去了。一天连个电话也没有。于宝生似乎永远活在他自己的世界里。他那个世界好像无限大，又无限小。说大，大得几乎深不可测。说小，又小得只能容下他自己。陶然跟他结婚十多年了，感觉好像从来就没有走近过。走不近还不仅是人走不近，心也走不近。这十多年里，陶然一直觉得他是他，自己是自己。两个人就像一根油条，看着是一根，其实还是两根。于宝生在出版社当编辑。当初陶然是要为报社的副刊部出一本集子，这样跟于宝生认识的。认识的第一天，因为这本集子里有一篇文章，涉及相声演员的事，于宝生提出修改意见，陶然不以为然，认为没必要再找作者修改，两人还闹得有点僵。当时于宝生告诉陶然，他的老家是山东济南，从小在大明湖边听着相声长大的，所以对这一行里的事很熟悉，甚至自己也会说相声。可是陶然一直想象不出来，如果于宝生说相声，能把相声说成什么样。于宝生是个很沉默的人。但沉默也分几种。有人沉默，是在沉思，沉思所以才不说话。也有人沉默，是情格深沉，深沉也不爱说话。还有人沉默，只是空洞，看似皱着眉，像被什么难解的问题缠绕着，其实脑子里像洋铁壶，一敲当当儿响。陶然觉得，于宝生应该是这三种类型的混合体。倘把这三种类型放到一个人身上，就是忧郁。

最初的时候，也正是于宝生的这种忧郁吸引了陶然。陶然不像一般女孩儿。一般的女孩儿都喜欢男人阳光，说笑，幽默，能逗人开心。陶然却觉得忧郁的男人更有底蕴。于宝生本来就比陶然大十多岁，认识他时就已三十大几了。这样的男人忧郁一些，也就更有魅力。但直到婚后，陶然才发现，也正是于宝生的这个忧郁，成了他们两人之间最大的障碍。

后来一个偶然的机会，陶然又有了惊人的发现。原来这于宝生不是不爱说话，他挺爱说话，且一说起来就滔滔不绝。只是不喜当着人说。一天报社没事，陶然早回来了一会儿。一进家，听见写字间那边有人说话，以为是来了客人。待走过来一看，写字间里只有于宝生一个人。他显然没听见门响，正站在屋子当中，两手比比划划地说着什么。陶然以为客人是坐在沙发上，又朝那边看了看，没人，只有于宝生自己。原来于宝生是在自言自语，且这自言自语不是念念有词。他忽而娓娓道来，忽而又慷慨激昂，似乎在对什么人倾诉着什么，又激烈地争辩着什么。如果一个人就这样站在那里，像是在对着一个看不见的人大声说话，也是件挺恐怖的事。陶然顿时感觉浑身的毛发都竖起来。这时，于宝生似乎听见了动静，一回头，看见陶然正站在身后，立刻又沉默了，好像刚才说话的那个人不是他。

这以后，没过多久，陶然就又发现了一件更让她意外的事。一次，陶然为一部书稿临时来出版社找于宝生。于宝生虽是省农学院毕业的，但已在出版社工作了很多年。起初在农村部，只编科普读物。后来又到文学部，已是社里的资深编辑。社里就为他一个人安排了一间办公室。陶然这天来到于宝生的办公室，于宝生没在。她这才发现，办公室的窗台上和桌子底下竟然到处都是酒瓶子。于宝生平时编书稿，经常在办公室加夜班。陶然一直以为于宝生加夜班也就是加夜班，却没想到，他竟然还经常在办公室喝酒。陶然跟他结婚这么多年，还从不知道，于宝生竟有喝酒的嗜好。接着，陶然就在于宝生的写字桌上发现了一张照片。这是一张黑白照片，显然是经过放大的，看样子已有些年了。照片是夹在两片玻璃的中间，这两片玻璃插在一个用铅丝窝的小架子上。陶然走过去，拿起这张照片看了看。照片上的于宝生很年轻，穿着一件今天已不多见的旧制服上衣，挽着裤腿，扛着一把铁镐站在山上。陶然有些奇怪，于宝生的这张照片，她从没见过，也想不出是在哪拍的。这时于宝生回来了。于宝生见陶然站在写字桌前，手里正拿着自己的那张照片，又看了看窗台上的那些空酒瓶子，没说任何话，也没做任何解释。陶然也没问他什么。但从这以后，陶然也就对于宝生又有了新的了解。也正是因为这新的了解，她反而觉得，好像更不了解他了。

陶然拨通电话，耐心地等了一会儿。

于宝生接电话总是很慢。终于，电话接通了。于宝生在电话里说，又加班，是吧。

陶然说，不加班，还在外面，要晚一会儿回去。

于宝生哦了一声，就把电话挂断了。

陶然拿着手机，忽然有些茫然。她想不出，于宝生这会儿正干什么，或正在想什么。

这时，齐三旗走过来，在旁边的一张桌前坐下了。

24

　　齐三旗来夜市，也是想喝点酒。

　　这一天办成了三件大事，且都挺顺。齐三旗想想自己的这几年，真应了于宝生当年在洪远时常说的一句话，"横垅地拉车，一步一个坎儿"。现在身上总算有了点钱，虽不多，也能多少踏实一点了。这个晚上，他就想为自己小小地庆祝一下。夜市的食摊一个挨一个，有烧烤，有米粉，也有各种小菜。齐三旗这些年在洪远的山上待惯了，怕乱。看看角落里有个食摊挺清静，卖麻辣小龙虾，还有盐水花生，就朝这边走过来。

　　食摊只有两张餐桌。旁边桌上坐着个年轻女人，看着挺斯文，却一个人守着盘小龙虾，还戳着一瓶白酒。小龙虾好像没怎么动，一瓶白酒却已经喝完了。这时，这女人看样子有点大，正用一只手拄着头，歪在桌上。齐三旗不是个好事的人，只朝那边看一眼，就在这边的桌前坐下了。齐三旗已经很长时间不喝酒了。没心思，顾不上，最根本的原因也是没钱。虽说喝酒也可以穷喝，切块腌笋就能下酒，可酒也得花钱。当年在洪远，齐三旗经常和于宝生一起喝酒。先是去山上，找那个聋子老头儿喝他的野果子酒。后来聋子老头儿没了，两人也经常带几个空瓶子，去山下的公社打散装的三花酒回来喝。于宝生家里的经济条件好一点，父母都有工作，经常寄点钱来。齐三旗那时的手头也稍微宽裕一点，但和卢金花一结婚就不行了，日子紧巴了。齐三旗又不想总喝于宝生的酒，再后来渐渐也就喝得少了。

　　齐三旗来的路上，已经用个矿泉水瓶子买了半斤散装白酒。这时见这食摊上也卖酒，再看价钱，心里就暗暗庆幸。倘在这里买酒就宰死人了，一瓶半斤装的三花酒，就敢要十八块钱。齐三旗不想把自己庆祝的规模搞得太铺张。经过跟食摊的小老板商量，要半份麻辣小龙虾，再要半份盐水花生，这样凑成一整份儿。食摊的小老板是贵州六盘水人，还算厚道，但也不太情愿。又让齐三旗要了一碗六盘水特有的"元坤羊肉粉"，才同意了。

　　齐三旗已跑了一整天，事情又都挺顺，心里也痛快，早已饿了。一碗羊肉粉三下两下就吃下去了。这时才把速度放慢下来，一边吃着那半份麻辣小龙虾，半份盐水花生，一边喝着矿泉水瓶子里的散装白酒。人就是这样，一样的食物，一样的酒，心境不一样，到嘴里的味道也就不一样。现在已经有了工作，明天就可以上班了。再想一想，也已经有了住处，晚上不用再去蹲火车站，担心那几块硬纸板又被站前广场上的清洁工搜去。这麻辣小龙虾和盐水花生，就着散装白酒吃到嘴里，也就有滋有味儿。

但就在这时，齐三旗突然又想起一件事。刚租的这个房子，房东是个六十多岁的光棍儿老男人。这老男人住着一间半老屋，齐三旗就租了他这半间。但这老男人光棍儿了大半辈子，养成一个怪癖，胆小，怕见生人，一见了不认识的人就紧张得浑身哆嗦。他还有个弟弟，也六十来岁了，是这个弟弟来跟齐三旗谈的。据他这弟弟说，这半间屋里原来有个租户，是一对从龙州来的夫妻，在这边做小生意。做小生意的自然就回来得晚。这对夫妻每晚回来总要敲半天门，他这光棍儿哥哥才哆哆嗦嗦地出来。有几次太晚了，干脆就不给开门了，让人家在外面蹲了一夜。后来这对夫妻实在没办法了，就只好搬走了。齐三旗明白，这光棍儿老男人的弟弟跟自己说这些是出于两个目的，一是让自己有个心理准备，他这哥哥事儿多。二也是让自己注意，每晚尽量早回来。齐三旗租这房子，也是冲着便宜，别的就只好将就了。

这时齐三旗想到这个房东，就赶紧把酒喝了。结了账，从夜市出来。

酒量都是喝出来的。越不喝，也就越不能喝。齐三旗本来有些酒量，但已经很久不喝酒了，这天晚上只喝了半斤，就感觉有些上头，腿也发软。沙脊街的夜市灯光很亮，出来拐到另一条街上，路灯一下暗下来，脚底下也有些磕磕绊绊。齐三旗走着，突然一脚蹬空，身子一歪就摔倒了。这才发现，黑暗中有个大坑，好像是在施工。齐三旗慢慢爬起来，感觉手上摸到一个东西。捡起来凑着路灯一看，是个腰包，鼓鼓囊囊的。拉开拉链，里面有一些票据，还有一叠钞票，估摸着少说也有几千块钱。齐三旗的心里立刻一震。这些年，他还从没见过这么多钱。抬头看看四周，没人，一定是谁也摔在这坑里，把身上的腰包摔掉了。用这种腰包的一般只会有两种人，或者是做工程的包工头，或者是做小生意的。齐三旗想也没想，拎着这个腰包就快步走了。一边走着心里还在狂跳。他知道，只要一离开这条街，拐到前面的大道上，这个腰包就算属于自己了。可他这么走了一阵，忽然又觉出有些不对劲。

又走了几步，就慢慢停下来。

这腰包里的钱虽多，可再多也不是自己的。况且别管包工头，还是做小生意的，都不容易，挣的也都是辛苦钱。这么想着，就转身又回来了。他走到刚才的这个土坑跟前，借着远处的路灯才看清，这并不是土坑，而是挖出的一条沟，看样子是在检修什么管线。齐三旗想，倘把这腰包还放回这个沟里，自己倒省事，但显然不是办法；如果再有人路过这里，捡了这个包，不敢保证不拿走。接着，他又在心里设想，倘是自己，发现腰包丢了，会怎么样？应该想到，刚在这沟里摔了一跤。倘想到这个沟，也就立刻会回来找。

齐三旗就蹲在路边，守着这个沟，等着回来找包的人。

齐三旗蹲了一会儿，心里开始有点急。倘这个找包的人一直不来，自己就得一直这么等下去。可再晚，恐怕就回不去了。那个光棍儿老男人能让那对龙州来的夫妻在外面蹲一夜，也就能让自己蹲一夜。这么想着，齐三旗又怀疑，是不是这人喝多了，才丢了包？

就在这时，齐三旗看到一个人影，从夜市方向朝这边走过来。齐三旗的心里立刻一喜。这人走得不太稳，好像有些摇摇晃晃，且从身形看像个女人。女人自然不用这种腰包。齐三旗又有些泄气。正想着，就见一辆面包车朝这女人开过来。这女人赶紧朝旁边躲了一下，身后又开来一辆卡车。两边的车灯都很刺眼，这女人被夹在中间，一下被照得有些不知所措。齐三旗这时借着灯光已认出来，这个女人，就是刚才在食摊上，坐在旁边桌上的那个女人，她一个人喝了一瓶白酒。齐三旗这时已顾不上多想，立刻跃身蹿过去，一把将这女人拉到了路边。但由于用力过猛，两人一下都摔倒了。这女人也重重地压在齐三旗的身上。

好一阵，两人都躺在地上没动。

过了一会儿，这女人才慢慢爬起来，凑过来看看齐三旗问，你，没事吧？

齐三旗试着动了一下，立刻疼得哼了一声。

这女人说，你受伤了？

齐三旗说，可能，是。

去医院吧！

不，不用。

你别管了！

这女人说着，立刻掏出电话。

25

齐三旗折了两根肋骨。但不是开放性骨折。医生说，是骨裂。骨裂没任何办法，也不须治疗，只能静养。齐三旗的心里还惦记着福记粉店的那份工作，第一天上班，不能不去。这时的感觉也已经好些，不像刚摔的时候那么疼了，于是就咬着牙从医院出来。

出来时，天已大亮。陶然执意叫了一辆出租车，把齐三旗送回来。陶然的酒劲已全过去了，这时才想起问，昨晚齐三旗怎么会蹲在路边。齐三旗也已知道陶然是《金沙晨报》的记者，就拿出那个腰包，托她想办法找失主。陶然来到齐三旗的住处，感到有些意外。听齐三旗的口音，应该是本地人，却住在这么一个简陋的出租屋里。只有一张旧床、一张方桌，靠墙还有个破旧的柜子。齐三旗有些不好意思，笑笑说，这房是第一天租的，就出了这事。陶然看看这屋里，想起齐三旗昨晚捡了个腰包，对里面有几千元现金竟不动心，还一直蹲在路边等失主，心里就有些感动。于是问齐三旗，听口音是本地人，怎么会在这里租房住。齐三旗不想多解释，只说，当年去农村插队，现在回来，家也没了，就没地方住了。

陶然听了，看看齐三旗问，您当年，也是知青？

齐三旗说，是啊。

陶然没再说话。

齐三旗的肋骨虽还很疼，但想想是第一天上班，又是干的炸油条的工作，就找出一件干净些的衣服换上。陶然见他要出去，就问，还要去哪。

齐三旗说，去福记粉店，上班。

又说，这是第一天，不能不去。

陶然已看出来了，这个齐三旗虽不是个爱说话的人，心里却很有主见，他一旦决定了的事，别人很难再劝。于是只好说，这福记粉店在哪儿，我送你去吧。

齐三旗说，不远，就在旁边的老君街上。

齐三旗来到老君街时，福记粉店要卖早点，已经开始营业了。齐三旗知道自己来晚了，有些不好意思。但毕竟是第一天，小老板也就没说什么。这一上午，虽然只是炸油条，可齐三旗摔伤的是右边的两根肋骨，手里拿着竹筷，肋上就还是很疼。但齐三旗不想让小老板看出来。现在来这里是给人家打工，人家付工钱，自己付出劳动力，至于身上有什么伤痛那是自己的事，没必要让人家知道。齐三旗的水炸油条味道很独特。他在这福记粉店的门口一支上锅，街上的人就闻着味儿又围过来。先是来一个买一个，渐渐就又排起了长队。

小老板看了自然高兴。就这样一直忙到中午，才停下来。按当初讲好的条件，粉店是管中午和晚上两顿饭。粉店管饭，也就是米粉。齐三旗从小就爱吃这福记粉店的米粉，虽说现在换了这对小夫妻，但罗秀"簸箕粉"的味道还算正宗。中午吃了两碗米粉，他感觉肋骨又撕撕拉拉的有些疼。小老板见他的脸色不太好，问他是不是不舒服。

齐三旗说，没事。

下午，又咬着牙继续炸油条，就这样一直干到傍晚。

晚饭时，齐三旗正在店里吃米粉，陶然来了。陶然刚从报社出来。来是告诉齐三旗，那个腰包的失主已经找到了。齐三旗一听很意外，觉得这陶然不愧是媒体记者，没想到这么快就找到了失主。陶然笑着说，也不是我有什么本事，是找了同行帮忙。陶然说，她在报社有个同事，后来调到广播电台的交通台去了。她是找了这个同事，在交通台上播了一个失物招领。交通台的收听率很高，结果失主很快就来联系了。陶然说着就又笑起来，说，这失主还真是个做小生意的，这些钱，是他用来上货的，结果昨晚喝大了，摔了一跤，就把这腰包给丢了。正挨老婆的骂，一听交通台的广播高兴坏了。陶然又说，这失主是个三十多岁的大男人，一看见自己这腰包眼泪都快流下来了，非要见一见这个捡到腰包的人，说要当面道谢。

齐三旗听了有点不好意思，说这点事，不算什么。

陶然说，是啊，我已经替你挡了。

接着又说，我替你挡了事，该请我吃碗米粉吧？

这时精明的小老板已在旁边听明白了，原来这年轻女人是个记者，赶紧让老婆做了一碗海鲜粉，这时端过来说，您跟我们齐师傅是朋友，吃碗粉也是瞧得起我们啊，小店奉送。齐三旗知道做这一行的规矩，无论亲疏远近，就是亲爹亲妈来了，也得自己掏腰包，该多少钱也照样付多少钱。于是对小老板说，这碗粉，算我的。

陶然笑着说，我开玩笑呢，我们这行也有纪律。

陶然一边吃着粉，见小老板去忙别的事了，才对齐三旗说，其实今天来，还有点别的事，如果齐三旗能帮忙就太好了。齐三旗说，说吧，只要我能帮上忙的。

这时陶然的脸色就郑重起来，问，您是哪年去插队的？

齐三旗想想说，七十年代初。

陶然听了点点头，就继续低头吃粉。

齐三旗问，怎么？

陶然又吃了一阵，才告诉齐三旗，自己正在做一件事。

陶然说，她发现知青是一个很特殊的社会群落，所以一直感到好奇，也是出于职业习惯，就想搞一个社会调查，深入了解一下知青当年插队的真实生活，也想探究一下，他们在那个时候究竟是怎样一种生存状态，今天又是怎么生活的。同时也想深入研究，随着时代和社会的发展，这些当年的知青，他们的思想和情感又是怎样一个演化过程。

陶然说，这个领域，对我来说，很陌生。

齐三旗笑笑说，你这个题目，有点儿大。

陶然说，比如说你吧，你当年是怎么去农村插队的？为什么现在才回来？怎么回来的？回来之后又为什么家都没了？家是怎么没的？现在又为什么自己住在这样一个出租屋里？

齐三旗没立刻说话。陶然提的这一连串问题，一个比一个让他不想回答。

陶然说，我知道，有的问题你不想回答。

齐三旗想了想，还是说了。但只把自己回来，是为了找儿子的事对陶然说了。齐三旗这样说完，就又说，我把这件事告诉你，也是想求你一件事。

陶然点头，说吧。

齐三旗刚才听说，自己捡到的那个腰包，陶然让广播电台的交通台播了一下失物招领，很快就找到了失主，立刻就想到了齐落瓦。齐三旗知道这个交通台，走在街上时，经常听到街边的住户有收音机的声音传出来，很多人都在听这个交通台。就是这个早晨，陶然叫了一辆出租车，把他从医院送回来，路上出租车的司机也在收听这个电台。齐三旗就想，既然这交通台的收听率这么高，如果让他们把自己寻找儿子齐落瓦这件事也播一播，齐落瓦很可能也会听到。如果齐落瓦听到了，至少让他知道，自己现在还在找他。

陶然想想说，这事倒不难，不过要办，就不能这么办了。

齐三旗看着陶然。

陶然若有所思地说，这应该是一篇文章，一篇很有意思的文章。

然后又笑笑，好吧，这事就交给我吧。

几天以后，陶然果然把这件事办了。

这天下午，齐三旗正在福记粉店的门口忙着炸油条。油条早晨的时候炸，来买的人是吃早点，中午炸，买的人是吃午饭。到了下午，这水炸油条就成了老君街上的一种特色小吃，所以来买的人仍然很多。齐三旗在这个下午正忙得抬不起头，小老板举着半导体收音机跑出来。小老板虽文化不高，可挺爱关心各种新闻。平时忙店里的生意，顾不上看电视，而听收音机只用耳朵，一边听不耽误做事，所以就养成了听收音机的习惯。这时小老板举着收音机从店里出来，兴奋地对齐三旗说，快听快听，正说咱们呢，说咱的福记粉店呢！

齐三旗停下手里的竹筷，听了听，收音机里果然正说福记粉店。齐三旗从声音立刻就听出来，是陶然。陶然平时说话不太明显，一到收音机里，声音很好听。她说福记粉店，其实说的是齐三旗。说齐三旗当年曾是知青，现在回来了，有一手绝技，会用一种罕见的传统方式，做一种水炸油条。他的这手绝技，也让老君街上的这家福记粉店声名鹊起。现在很多人都知道，这老君街上的福记粉店，有一个会做水炸油条的老齐。陶然说到这里，就转到了齐落瓦。她说齐三旗已在农村插队多年，现在回到这个城市，独自住在一间简陋的出租屋里，每天在街上这样炸油条，其实是为了寻找他已几年失去音信的儿子。

陶然最后说，他的这个儿子，叫齐落瓦。

又说，如果齐落瓦听到了这个广播，会不会也想来老君街，吃一根父亲炸的油条呢？

这天晚上，陶然又来了。齐三旗刚完事，正收拾粉店门口的锅灶。陶然笑着问，今天交通台的广播，你听了？齐三旗也笑了笑，听了。陶然又拿出一张《金沙晨报》。齐三旗接过来，翻开看了看，在第三版的《社会百态》上，赫然有一张自己的大照片。照片上的自己扎着围裙，手持一双长长的竹筷，正一心一意地埋头炸油条。齐三旗看看这张照片，又抬起头看看陶然，不知这照片是什么时候拍的。陶然有些得意，笑着说，这就是我的专业了，如果当时告诉你，我要为你拍一张照片，你的表情还能这样自然吗？这时粉店的小老板一见陶然来了，赶紧出来说，陶记者来得正好，正想请你吃饭呢，今晚别走了！

陶然说，不麻烦了，我找齐师傅还有事。

齐三旗一听，连忙摘下围裙，又洗了手，就跟陶然出来了。

齐三旗说，你给我帮了这么大忙，今晚我请你吧。

陶然说，该请的是我，再说，我还有事向你请教。

两人来到街边的一个小饭馆儿。齐三旗知道陶然能喝白酒，自己这几天心情也挺好，就提议，一起喝点儿酒。陶然却说，今晚不喝酒，我不喝，你也别喝。

齐三旗奇怪，问为什么。

陶然说，我的习惯，工作时要保持头脑清醒，不喝酒。

齐三旗笑了，可现在，咱们没工作啊？

陶然说，你没工作，我马上要工作了。

齐三旗明白陶然的意思了。

果然，在这个晚上，陶然又向齐三旗问起当年插队的事。但她这次问的，是一件很具体的事。她先告诉齐三旗，她的丈夫也曾是插队知青。然后又问，是不是有过插队经历的人，性格都很忧郁。她说，她感觉到了，齐三旗也有些忧郁。

齐三旗没直接回答，只是问，你丈夫，忧郁吗？

陶然点头。

陶然说，就因为他的忧郁，我对他的过去，也对知青，才有了兴趣。

齐三旗问，他是哪年插队的？

陶然说，一九七三年。

插队在哪儿？

好像是，一个叫洪远的地方。

洪远？

是。

他叫什么？

于宝生。

齐三旗就不再说话了。

陶然又说，我想，他当年，一定有过什么事。

齐三旗仍没说话。

陶然说，可我想不出，会是什么事呢？

齐三旗又沉了一下，抬起头说，一个知青，经历过什么，都有可能。

陶然忽然笑了，说，我改主意了！

齐三旗看看她。

还是喝酒吧！

齐三旗点点头，我也想喝。

陶然说，不过，还是别喝你们当地的三花酒了，这种米酒，我这东北人实在喝不惯。

她说着，就从自己的采访包里拿出一瓶"二锅头"。齐三旗这才知道，原来陶然是早有准备的。陶然笑着说，是啊，我今天来，也是想庆贺一下！

齐三旗问，庆贺什么？

陶然说，你的伤，看样子已经好多了，而且，她说着满满地倒了两杯酒，把一杯端起来，举到齐三旗的面前，交通台播了我的专访，说不定，你儿子很快就会有消息了！

齐三旗也端起杯，但愿吧。

两人说着，就把一杯酒干了。

陶然没有说错。

几天后的一个早晨，齐三旗像往常一样，正在福记粉店的门前埋头炸油条。来买油条的人排着长长的队伍。这时，一个人来到锅前。齐三旗从锅里捞出几根油条。这人却站着没动。齐三旗一抬头，突然愣住了，竟是齐落瓦站在面前。齐落瓦高了，也黑了，唇边还长出了胡须，已是一个成年人的样子了。但齐三旗还是一眼就认出来。

齐三旗突然看见儿子，一下有些不知所措，就这么瞪着他。

齐落瓦拿出两张照片，递给齐三旗。

齐三旗接过看了看，这正是自己丢的那两张照片。当初丢了这照片，他比丢了那个塑料钱包还心疼。但齐落瓦又把这两张照片拿回去了，说，这照片，就留给我吧。

齐三旗看着齐落瓦。

齐落瓦又说，以后，别再找我了。

他说完就转身走了。走了几步，又站住，慢慢回过头。

你放心，以后不会这样了。

齐三旗仍看着他。

你什么时候找我，我会来。

说罢，又看了齐三旗一眼，就头也不回地走了。

齐三旗举着竹筷，愣愣地看着他的背影……

第四部

华小菁记

齐落瓦知道，华小菁不可能永远这样跟着自己，就算她愿意，他也不让她这么做。因为他知道，自己不可能给华小菁任何出路。而华小菁又不是个一般的女孩儿。她的现状只是暂时的，将来只要给她一点机会，她立刻就会很出色。

1

华小菁接到吴云的电话时，正在路上开车。

华小菁不习惯开车接电话。倒不是因为担心摄录，而一旦被摄录罚点钱倒在其次，关键是扣分。一年就十二分，平均每个月才背一分，可天天都要开着车在路上跑，十二分实在不禁扣。一旦这点分扣完了，就又要去交通队学习。学习也在其次，实在是耽误不起这个时间。华小菁不喜开车接电话，还因为怕分神。就开车这件事说，人也分两种，一种是适合开车，另一种是不适合开车。适不适合，和会不会是两回事。不会开车可以学，不适合开车，就是天生的。华小菁就不适合开车，没灵气。其实开车很简单，尤其现在的车，大都是自动挡，一踩就走，一踩就停，只要把住方向盘就行了。但真要把车开好，开出境界，就不是容易的事了。华小菁开车已开了几年，一上路还紧张，更别说接电话。好在是在一家经销美容品的企业当营销总监，时间相对宽松。早晨上班，可以躲开高峰时段。

现在女人的钱最好赚。一是服饰，二是美容。做服饰比较麻烦，且自从有了网购，实体店就成了"展厅"或"试衣间"。况且就是再会花钱的女人，也不可能天天买服饰。但美容却是天天要的，一年三百六十五天，哪天也离不开。所以现在做美容就比做服饰火。美容又不像整容，隆鼻、削骨、割眼皮、开眼角、吸眼袋、打玻尿酸，这些动刀动针的事，都要有资质，否则一查出来就是麻烦。最近有一家整容机构，声称能做增敏手术，说是只要在女人的那个地方动一下刀子，再跟男人干那种事，一下就敏感起来，能快活得大呼小叫。顿时引得一些四五十岁的富婆儿趋之若鹜。可没过多久这家机构就被封了，说据专家论证，这种手术不科学，有危险。但美容就是另一回事了。从某种意义上说，美容是属于美学范畴。不仅不会有创伤，且只会锦上添花。退一步说，就算不是锦，也没添花，至少也不会有戕害。

华小菁工作的这家企业叫"万木易红美容机构"。老板叫杨红，是个将近六十岁的女人。华小菁后来才省悟，这个"万木易红"是有特定含义的，木易红，正是老板杨红的名字。

杨红是个很精明的女人，据说过去在晚香街开一家美容院。后来生意大了，才又做起这个专营美容化妆品的企业。华小菁挺喜欢这个女人，虽已将近六十岁，还风韵犹存。一般的女人到了这个年龄，再往脸上抹化妆品就不好把握了。少了不管用，什么也遮不住，多了又夸张，看着吓人。这个杨红却很会打扮自己，化妆得体，分寸拿捏也很适度。她化妆的理念是，化了妆当然跟不化妆不一样，但又不能看出是化了妆。其实年轻女孩儿也一样。有的女孩儿本来挺漂亮，一化妆反倒丑了。也有的女孩儿不太漂亮，可化了妆一下就漂亮起来。华小菁就属于这后一种。华小菁不能算漂亮，却禁打扮，稍一用化妆品就光彩照人。所以杨红就总鼓励华小菁，多用自己企业的化妆品。还经常跟她开玩笑，说现在的企业都用明星代言，其实是冤大头。以后干脆，万木易红美容机构就让华小菁代言吧。

华小菁最担心的，就是接吴云的电话。

她知道，倘一般的事，吴云是不会来电话的。

华小菁虽学历不高，高中都没毕业，但很爱看书。她曾看过一本叫《终点过程》的书。作者是个一百零八岁的美国老太太，据称已经历了十九任美国总统。这个美国老太太在她的这本书里认为，人只有在接近生命终点时，才会看清自己这一生的过程。她说，一个人无论经历过什么，最后都会变成记忆。而记忆多了渐渐就像垃圾，会把自己的大脑变成一个漫无边际的垃圾场。只有临近终点，这个垃圾场才会一点一点清理出来，也才会把自己这一生的过程清晰起来。华小菁当时看了这本书，觉得这个美国老太太的观点很怪异。自己还不到三十岁，也无法理解这些话的含义。但再仔细想一想，又觉得似乎有些道理。

倘按这美国老太太的说法，华小菁觉得，自己跟别人的不同之处，就在于不让当年的记忆变成垃圾。或者换句话说，无论这些记忆是不是垃圾，会不会变成垃圾，她都不会让它们占据自己大脑的存储空间。她的大脑，存储是空的，没内容，也就不会变成垃圾场。

现在华小菁回想，自己的存储空间里只有一个记忆，就是华西。华西，是当年的经历真实存在的唯一证据。也可以说，如果没有华西，也就不会有自己的今天。企业里有个主管营销的副总，叫田石，是陕西商洛人。据说商洛出丹参一类药材，所以商洛人很懂养生。因为懂养生，也就很少喝咖啡。但这个田石对华小菁说，他很爱喝咖啡。有段时间，只要一有机会，他就请华小菁出来喝咖啡。田石告诉华小菁，他从上大学时，就喜欢一个人坐在咖啡厅里，一边喝咖啡一边看书。他还说，其实咖啡也像人，或者说，人也像咖啡，比如华小菁这样的女性，可以说是一个很标准且完美的白领。一个标准完美的白领女性，首先具备的不是美艳，而是像这乐维萨咖啡，有一种让人一接触就忘不掉的特质。

华小菁当然明白，一个三十多岁，已经娶妻生子，且在企业里当着这种高管的男人，对女同事说这种肉麻的话是出于什么目的。但他的目的并不重要。重要的是，自己给别人的感觉是否真是这样。后来企划部的黄主任偷偷告诉华小菁，其实田石过去从不喝咖啡，也根本不喜欢咖啡。黄主任和田石是大学时的同学。据黄主任说，当初在大学时，一次同学聚会，田石只喝了一口咖啡就苦着脸吐出来，说这东西，比他们商洛的猪苓草还难喝，当时把所有的同学都逗得哈哈大笑。黄主任对华小菁说，其实她的气质，应该只是一种感觉，这种感觉如果能说出来也就不是感觉了。倘一定说，就是一种让男人无可奈何，或无法企及。

尽管华小菁觉得，这个留着一脸络腮胡子的黄主任比田石的人品还差，也更让人厌恶。黄主任也是陕西人，老家在岐山。华小菁一直搞不懂，为什么这个地方出来的人都是这种性情，表面看彼此称老乡，一见面就说家乡话，好像还亲热得不行，可一转脸就相互诋毁，甚至揭对方的老底。华小菁这些年，也已见过各种男人以各种方式的暗示和试探，习惯了各种溢美之词，且都是一笑而过；但不管怎么说，她觉得，还是这个黄主任的话更靠谱一点。一个女人，如果能让男人无可奈何，或无法企及，也就到了一定的境界。

华小菁觉得，这也是独身女人很企及的境界。

2

华小菁从小就不喜欢父亲。一般的女孩儿都跟父亲好，华小菁不是。华小菁的父亲在机关工作，当年是个小干部，后来是小领导。那时华小菁的家住在机关大院。在华小菁的记忆里，父亲只要一下楼，脊背好像就从没有挺直过，在院子里见了谁都是满脸堆笑地打招呼。可一进家，胸脯立刻就挺起来，脸上的笑容也没了。

华小菁的母亲怀华小菁时，还没大学毕业。

当时华小菁的父亲已是副股级，官称华股长。华股长的工资虽不高，但有职务，在择偶上也就很挑剔。挑剔不仅是挑长相，也挑经历，且把经历列为首选。过去有过感情经历的女孩儿，无论条件如何，长相如何，都一概不考虑。华小菁的母亲当时面临大学毕业。华股长陪着机关领导来学校挑选毕业生，见到了华小菁的母亲。虽说最后因为各种原因没选上，但这个叫林楠的女生，两眼一眨一眨的，一副涉世未深的清纯样子，还是一下就让华股长记住了。华股长觉得终于找到了一直要找的意中人，于是开始向这个林楠展开攻势。这时最有效的攻势，也就是分配去向。当时的大学毕业生，国家还负责分配工作。但具体分到哪儿就大有出入了。家里或自己有门路的，自然可以去个好单位，没门路的就只能服从学校分配。华股长有个工作关系，是中医药大学人事处的副处长。而林楠学的是中文，专业有点远。但中医药大学有一门课程，专修《医古文》。《医古文》是一本文化类教材。因为学中医跟学西医不同，要经常看一些古时的医学文献，还要接触中国传统文化知识，也要研习一些古文。这样一来，林楠的专业就对上口了。于是林楠就来中医药大学当了老师。但华股长做事，从来都是一步一个脚印。在这个叫林楠的女生成为林老师之前，华股长就已经先把她这碗生米做成了熟饭。所以林楠来中医药大学报到时，就已经带着身孕。

但华股长婚后才知道，自己这一步的脚印还是走歪了。

华股长也是偶然听说的，原来林老师当年插过队，且有过一段感情经历。这个消息对华股长简直如同五雷轰顶。且不说林老师的这段感情经历，华股长早听说过当年知青在农村的各种事，倘林老师插过队，可以想象，很多事就很难说得清了。华股长先是痛恨自己，一直瞪大两眼精心挑选，最后却还是看走了眼。接着又痛恨林老师，不仅向自己隐瞒了这段历史，也隐瞒了这段感情经历。也就从这时起，华股长和林老师就开始了无休止的争吵。家庭争吵，一般是双方的，单巴掌拍不响。但林老师争吵的方式却很独特，只是不吭声，闷着。无论华股长如何狂风暴雨，就是低头闷着。这一来也就更激起了华股长的愤怒。在华小菁的记忆里，家里永远没有易碎品。除去门窗上的玻璃，所有能摔的能砸的都已经碎了。碎了也不扫，一家人就踩着这一地的碎玻璃、碎碗碴儿过日子。这种踩的感觉不仅硌脚，还会发出一种碎碴儿和水泥地面磨出的声音。这是一种特殊的尖厉声音，非常刺耳。直到很多年后，华小菁再听到类似的声音还会有一种本能的生理反应。

后来，华小菁就实在忍无可忍了。

这时华小菁已上高一，在班里虽不算尖子，成绩也很靠前。她偶尔想到，自己在这样的环境里长大，学习竟还如此出色，连自己都佩服自己。但是到了高一就不行了。过去华股长和林老师吵架，林老师都是不吭声。可现在林老师开始吭声了。华股长这时已是华科长。林老师听到传闻，华科长在单位里，跟底下的一个年轻女科员关系很密切，两人还经常一起出差。这一下林老师就终于出声了。华科长直到这时也才知道，林老师是不鸣则已，一鸣惊人。她的嗓音竟然极高，几乎能赶上俄罗斯的著名歌手维塔斯，可以喊出海豚音儿。过去吵架，是华科长一个人男声独唱。华小菁还可以勉强忍受。现在却成了两个人的男女声对唱，甚至是重唱。华小菁觉得，已经无法再在这个家里待下去了。她对华科长和林老师说，我从小到大，已经受够了你们，也受够了这个家，如果你们再这样吵，我就要想办法了。但华科长和林老师对她的话置若罔闻，还继续他们的对唱和重唱。

华小菁就真的想办法了。

她能想的办法，也就是出走。出走就要彻底走，学校也不能再露面。如果只从家里走，还去上学，华科长和林老师肯定会来找。既然已经决定走了，就不能再让他们找到。华小菁带了几件换洗衣服和一点生活用具，装在一个包里，就从家里出来了。

华小菁来这个城市，也是事先想好的。

刚到这里时，感觉好极了。华小菁的家在博白。从小到大，也一直没离开过博白。博白属玉林，但离玉林还有几十公里。可到了这个城市，才发现比博白大多了。不仅大，也繁华，更重要的是轻松自在。她长这么大，还从不知道，原来生活可以这样轻松自在。可是转了几天，刚出来时的兴奋渐渐下去了，才意识到，这样在街上闲逛，其实叫"漂"，而漂是一种不正常的生活。对她来说，也是一种危机四伏的生活。

华小菁遇到齐落瓦，已是半年以后的事。

当时她刚被人骗了。说骗还不准确，是被人给坑了，且坑得已经陷入绝境。

华小菁在这个城市漂了一段时间，就想从长计议。从长计议先要解决的就是住处问题。一个女孩儿，总不能晚上还在街上闲逛。华小菁出来时，身上也带了一些钱。但要租房子，一两个月还行，长了也租不起。就在这时，偶然认识了一个叫小芸的女孩儿。小芸是内蒙古巴彦淖尔人，在一个粥店里打工。华小菁来这个粥店喝了两次粥，跟小芸闲聊，就认识了。小芸听说她没住处，想想说，她正和另两个女孩儿一起合租一间房子，每月一百二十元，一人出四十元。她去问问那两个女孩儿，如果她们同意，华小菁也愿意，就来一起住，这样每人每月只出三十元就行了。华小菁一听当然愿意。那两个女孩儿每月可以少出十元，也同意。于是，华小菁就来和她们一起住了。这两个女孩儿和小芸在同一个粥店打工，也都是外地人。一个叫小璐，是内蒙古西乌人，另一个叫小香，是山西常治人。但小芸虽和小璐是同乡，却和小香好。每天粥店上下班，小芸都是和小香一起走，总甩着小璐。小璐就常跟华小菁说话。小璐告诉华小菁，小芸和小香在粥店打工，经常偷店里的东西，不仅偷吃的，也偷钱。但她们偷钱并不多偷，每次在柜上只拿一点，这样粥店老板就不会发现。小璐说，她们不仅偷店里的钱，也偷客人的钱。很多客人都习惯把上衣搭在椅背上，这样端粥或上菜时，顺手一摸就拿去了。但有时一看钱包里的钱太多，她们也害怕，担心客人发现，就抽出一些，再想办法把钱包放回去。可后来华小菁发现，这个小璐说小芸和小香，其实她自己也偷。小璐的偷，又跟小芸和小香不一样。小芸和小香都胆小，遇到太厚的钱包就不敢要了，小璐却敢要。一次小璐收拾自己的东西，华小菁在旁边看到了，她的提包里竟有一堆各式各样的钱包。有的钱包华小菁认识，还是一些国际的大品牌。但小芸和小香手都大，两人有了钱，就一起出去消费、逛街、看电影、吃冷饮、买好看的衣服。小璐却舍不得花钱，有了钱就存起来。存也不往银行存，只是找个保险的地方藏起来。这让小芸和小香很瞧不起。

这时华小菁又开始考虑从长计议的第二件事。第二件事，就是工作。华小菁手里虽还有点钱，但也不能坐吃山空。就和小芸商量，能否介绍自己也去这个粥店打工。小芸她们打工的这个粥店，说是粥店，规模却很大，主营是粥，也经营别的。小芸去跟老板一说，老板就答应了，让华小菁来试试。但华小菁只在这个粥店干了几天就不干了。不是受不了这个累，是受不了这个气。华小菁这才知道，小芸她们在这里打工，看着只是端端盘子、洗洗碗，其实没这么简单。来吃饭的人什么脾气的都有，也揣着各种各样的心思。有的人一进来就带着一脑门子的官司，两句话不耐烦就能冲你吼。还有脾气大的，饿急了的，粥晚一会儿端上来就拍桌子。华小菁在家时，虽然整天听华科长和林老师的对唱重唱，但他们唱也只是自己唱，从不冲华小菁发火。华小菁也就从没受过这样的气。这天下午，店里来了个五十多岁的男人，看着挺斯文，还戴一副黑框眼镜。可华小菁端粥时，大拇指只在碗边蹭了一下，这男人一伸手就把粥碗划拉到地上。热粥把华小菁的脚也烫了。

华小菁一赌气就不干了。

这时小芸又想出一个主意。她跟小香和小璐商量，索性让华小菁每天在家，给她们洗洗衣服，收拾收拾房间。作为报酬，她们三个人每天轮流，从粥店偷偷给她带饭回来。这样大家都不吃亏，华小菁也能把饭钱省了。

华小菁这时才发现，这三个女孩儿里，其实最奸的是小璐。难怪小芸和她虽是同乡，却不跟她好，而去跟小香好。小璐认为每天给华小菁往回带饭，也就理直气壮了，所以什么衣服都扔给华小菁，连自己来了月经的血内裤都让华小菁给洗。华小菁的心里虽有气，也只好忍着。在家里给小璐洗血内裤，总比去粥店受客人的气强。

出事是在一天早晨。粥店一般上班早，小芸她们每天早晨走时，华小菁还没起床。这天早晨，华小菁醒来，突然发现自己的提包不见了。提包里倒没有太值钱的东西，但换洗的衣服都在里面，还有一些手使的日用品。再一看，小芸她们几个人的东西也没了。华小菁的心里立刻一惊。以为这个早晨，小芸她们走后，这屋里进了贼。于是赶紧跑来粥店找小芸。可粥店里的人说，她们几个都没来上班，而且就在前一天，粥店老板已经发现了她们经常偷店里的钱，正等着她们来了，要跟她们说这事。华小菁这才有了一种不祥的预感，赶紧又跑回来。她有个习惯，平时总把自己的钱压在枕头底下，此外还有一块手表，也值两千多块钱。这时回来，翻开枕头一看，钱和手表都没了。华小菁一下傻了。这时才明白，小芸她们几个人是不辞而别，且把自己的钱和东西也都一起卷走了。

事情还没完。就在这时，房东来了。房东是个老太太，虽已七十多岁，说话嗓门儿挺大，性子也挺急。她说小芸她们几个人早晨拎着东西出门时，被她撞见了。她拦住她们，让她们先结了房钱再走。可小芸她们说，她们不住这儿了，华小菁还住，房钱让华小菁结就行了。这房东老太太对华小菁说，你现在就把房钱给我结了吧，你再不结，哪天也跑了，我还冲谁要钱去？华小菁一听，气得都快哭出声来了。她告诉这个房东老太太，她现在不要说结房钱，所有的东西都已被她们卷走了，她已经什么都没有了。

这时外面已经下起了雨，且越下越大。

华小菁没等这房东老太太下逐客令，自己就出来了。

3

华小菁就是在这个下雨的晚上，遇到了齐落瓦。

这个晚上，华小菁浑身已湿透了，又已经一天没吃饭，站在这家酒楼的窗下又冷又饿。这家酒楼刚开业，进进出出都是人。这时齐落瓦从酒楼里出来。几个人立刻凑上去。齐落瓦跟他们说了几句话，这几个人就散开了。华小菁已出来这么久，又和小芸那几个女孩儿一起住过，街上的事见的听的，也就已经懂了一些。她在旁边看看这几个人，就大概知道是干什么的了。这时，齐落瓦也发现了华小菁。见她正贴着墙根避雨，冻得两个胳膊抱在胸前，想了想，就朝这边走过来，上下打量了她一下，没说话，就走进旁边的一个小店。

一会儿，端着一个纸杯出来，走到她跟前说，喝吧。

华小菁知道，这是一杯热饮。她看看这个纸杯，又看看齐落瓦。

齐落瓦说，放心，没下药，盖儿还封着。

华小菁伸手接过来。纸杯有些烫，一下有了暖和的感觉。她喝了一口，立刻尝出来，是巧克力奶。过去在家时，放学的路上经常买这种热饮。

齐落瓦看着她，把这杯热饮喝完，又问，饿吗？

华小菁犹豫了一下，点点头。

又问，有地方去吗？

华小菁慢慢垂下眼。

华小菁这时已习惯了撒谎。在街上久了，对各种人说过自己的身世。也知道，面对什么样的人该怎么说，才会让对方相信，或引起人家的同情。渐渐说多了，就连自己也相信自己编织的这些故事了。可这时，她看着面前的这个年轻人，却不想对他撒谎。但不想撒谎，又不能一点谎不撒。她知道，此时是在街上，无论对任何人，都不能把自己全部的真实情况说出来。想了想，就还是把真实留了一半，又撒了一半的谎，这样拼接成一个完整的故事。齐落瓦听了她拼接的这个故事，看看她问，你父母，是插队知青？

华小菁点点头，说是。

齐落瓦说了一句，跟我走吧。

就转身走了。

华小菁直到很多年后还在想，在这个下雨的晚上，这个年轻人只说了这么一句话，自己就跟着他走了。当时她这样跟他走，当然不仅是因为这杯热饮，也因为这个人。这个人，让她感到一种踏实。也不仅是因为这个人和这种踏实，她当时也已经走投无路。

这个晚上，齐落瓦在路上对她说，以后，就叫我七哥。

华小菁就这样来到七哥这里。

华小菁很快就知道七哥这伙人是干什么的了。七哥也没想避讳。但华小菁对七哥这些人倒没有恶感。华小菁在街上这将近一年里，已见过各种各样的人，有好人，也有坏人。她得出一个结论，其实好人或坏人不是由职业决定的。好职业里有好人，也有坏人，坏职业里有坏人，也有好人。华小菁觉得，七哥这伙人就不像坏人。

华小菁只是不喜欢那个查三儿。

查三儿对华小菁也挺好，就是看她的眼神，总有点怪。一次华小菁在屋里冲凉，发现他在门外偷看。发现时，他立刻扭头走了。当时华小菁又羞又气，但已知道七哥的脾气，也就没敢说。可事后忍不住，还是对芋头说了。芋头更知道七哥的脾气，不敢隐瞒，就告诉了七哥。当时七哥没说话，后来也一直没提。可是七哥越不提，华小菁也就越担心。

芋头更担心。

芋头偷偷对华小菁说，七哥总闷着，查三儿就要倒大霉了。

果然，到华小菁十八岁生日这天，七哥终于发作了。七哥一拳打在查三儿的脸上，打了个满脸花，把一颗门牙也打掉了。接着又让查三儿去院里，用凉水一盆一盆地浇自己，就这样从中午一直浇到下午。当天晚上，查三儿就发起了高烧，鼻子和嘴也像猪一样肿起来。表面看，七哥发作，是因为查三儿带着芋头去挑了一个不该挑的皮子。但华小菁明白，芋头也明白，查三儿自己的心里应该更明白，七哥为的，不是这一件事。

华小菁来七哥这里，从没提过任何要求。但在十八岁生日这天，她对七哥说，十八岁生日，应该是成人礼，想要一个生日蛋糕。又特意说，是一个正式买的生日蛋糕。七哥明白她的意思，就拿出一本书。这其实只是半本书，剩了前面的一半，后一半已撕掉了。华小菁看看这半本书的书皮，是一本《医学衷中参西录》。七哥把这本书打开，里面夹着一叠钞票。他说，这本书是他当初从家里带出的唯一一件东西。当时带着它，是因为它里面夹了这些钱。他告诉华小菁，他祖父是个中医大夫，这点钱，是他当年的诊费。

七哥问，用这钱买生日蛋糕，可以吗？

华小菁笑了。

这天中午，芋头没用这笔钱，而是搬运了一个蛋糕。他搬运的这个蛋糕已不像蛋糕，破烂得像个比萨。但华小菁知道，芋头也是好意。只是他的好意就像他的智商，总给自己惹祸。最后还是七哥亲自出去一趟，在街上买回

一个精致的生日蛋糕，还特意在蛋糕上写了"HAPPY——18岁！"。字是
用红色果酱写的，白奶油托着红果酱，很鲜艳。

晚上，七哥来到华小菁的屋里。没说任何话，就脱衣到华小菁的床上。

华小菁也没说话。就这样，从此和七哥住到了一起。

华小菁若干年后还经常想，如果没发生后来的事，自己会是什么样？从这个角度说，就是华西改变了一切。后来发生的事，是两件事。但这两件事也是一件事。先是华小菁病了。当时病得很突然，发烧，咳嗽，接着开始呕吐。起初是吃什么吐什么，后来不吃东西了，又开始吐水。这时华小菁就沉不住气了，自己偷偷来到医院。

果然，妊娠反应是阳性。

华小菁这天从医院出来。医院旁边有个街心花园。她来到这花园里，坐在一个长椅上，突然感觉周围的一切都变了。她想像不出，现在自己的肚子里竟然有了一个活的东西，这东西会一点一点地变成一个孩子，而这孩子有一天会从自己的肚子里出来，渐渐能走路，会说话，变成一个活生生的人。他是男的还是女的？长什么样？像自己还是像七哥？

华小菁的心里突然感到紧张，又很兴奋。

华小菁在这个傍晚做出两个决定。第一，不告诉七哥。不告诉他，是要离开他。倘七哥知道了，就不会让她离开。其实华小菁也不想离开。她当初来时，是因为走投无路。可现在，她觉得七哥的身上有一种不像他这个年龄的东西，这东西已经牢牢地把她吸住了。可她又必须离开了。这是因为第二个决定。她的第二个决定，把自己也吓了一跳。

她决定，把这个孩子生下来。

4

华小菁直到临产时才意识到，自己还是太年轻了。

　　因为年轻，才把这件事想得太简单了。

　　七哥当初曾给她准备了一笔钱。钱的数目不算大，也不能算小。当时七哥对华小菁说，这些钱是怎么来的，就不用说了，所以你可以不用，但不能不要。七哥说，做这一行，其实就是一脚门里、一脚门外的事，随时都可能进去，也随时可能发生想不到的事。他对华小菁说，到了一定的时候，这也许就是一笔救命钱。华小菁也是个有主见的人。七哥虽这么说，但这笔钱，她最后还是没要。没要，是没从七哥的手里接。七哥就把这笔钱放在了一个她知道的地方。意思是，华小菁哪天有事了，想用，随时可以用。

　　现在，华小菁就要用到这笔钱了。

　　华小菁离开时，还是把这笔钱带上了。这笔钱也确实成了救命钱。但她直到被推进产房的一刻，才终于明白，生一个孩子不是这么简单的事。不是简单的事，还不仅是因为这笔钱虽不算少，也确实不能算多；不光是钱的事。一个生命出来了，将来怎么安置他？往哪儿安置？问题是，他不是个物件儿，而是一个会哭会闹，要吃要喝，要拉屎撒尿的活的东西，且一天天还要长大，还会满地乱跑。华小菁这时才突然意识到，现在的自己，都不知该怎么安置自己，再要安置这么个孩子，几乎是不可能的事。所以，当护士第一次把这个男孩儿抱出来，让她看时，她把他抱在怀里，看着他，一下就哭起来。

　　当时，吴云拿着拖布，站在旁边看着，却明白她在想什么。

　　吴云这时是产科病房的清洁工。虽然只是个清洁工，在医生护士里人缘很好。人缘好，是因为热心。产科病房的产室，尤其手术室，每天都会出来大量的医疗垃圾。这些垃圾多是一次性的塑料器械。于是就有一些不法商贩，专门做这种生意。他们来医院收购这些东西，倒手卖给一些小作坊，用机器粉碎、打成颗粒。然后这些小作坊再转手卖给不法厂商，去制造各种塑料的生活用具。用这种医疗垃圾制造的生活用具，自然可想而知。而如果制造的是与饮食有关的餐具，也就更难以想象。所以社会上的一些公益机构，经常组织志愿者来医院有偿收这些废弃的医疗垃圾。收去不为别的，就为无害化销毁，且他们收购的价格会比那些不法商贩还要高一些。吴云是病房的清洁工，自然有权处置这些医疗垃圾。吴云每月的收入并不多，这些医疗垃圾卖的钱，本可以成为她的一笔不小的额外收入。但她却把这些钱都用在了医生和护士的身上。夏天买冷饮，冬天买热饮。晚上有手术，也经常给手术室的医生护士们买些宵夜。所以医生护士们嘴上不说，心里都喜欢这个厚道的吴云。小护士们遇到有意思的事，也愿意跟她说。华小菁的事，就是小护士们告诉吴云的。

小护士对吴云说，产房刚接生的这个孩子，一出来就大哭不止。孩子刚出生只要拍拍后背，吐出嘴里的羊水，都会哭，这没什么稀奇。但稀奇的是，这孩子的哭跟普通的哭不一样。普通孩子的哭是啊啊的，像唱歌。可这孩子却是哇哇的，似乎是在嚎啕痛哭，表情也很悲痛，好像一生下来就有什么很伤心的事。当时在场的医生护士都让这孩子给哭毛了。连老护士长都说，她接生了几十年，还从没见过这么哭的孩子。小护士又说，这产妇的年龄很小，还不到二十岁，产前也没见有家人，丈夫也没来签字，看样子，应该是个非婚生产。

吴云这几年在产房，已见过各种各样的事，千奇百怪的产妇和生出的孩子都有。但吴云听小护士说了，还是决定来看看这个产妇。她来看她不是好奇，而是担心。吴云凭经验知道，年龄这么小，又是这种情况的产妇，最大的问题就是孩子。

此时华小菁躺在病床上，也正为孩子的事发愁。她终于明白了，也不得不承认，自己不可能有能力抚养这个孩子。现在医院又来了通知，说床位紧张，催她赶快出院。华小菁一下就不知所措了。自己弄着这么个痛哭不止的孩子，出了医院，去哪儿？后面怎么办？

就在这时，吴云来了。

华小菁直到后来还在想，自己当时为什么选择相信吴云。吴云只是病房里的一个清洁女工。自己就这么把孩子交给她了，如果她为孩子找的不是一个理想的归宿怎么办？或再往坏处想，如果她是个人贩子，或者就算不是人贩子，转手把孩子卖了怎么办？但在当时，她已经没有别的选择。这个吴云看着面相忠厚，又是医院里的人。医院里的清洁工虽不是正式职工，可是听护士说，她已在这里工作了很久。如果这样说，这个吴云也就应该是一个可以信赖的人。吴云当时也没对华小菁说太多的话。她只说，如果你相信，就把孩子交给我吧。

又说，这孩子，我会帮你安置好的。

华小菁只好硬起心说，就拜托你了。

说着，还是忍不住流出泪来。

华小菁把这孩子交给吴云时，为他取好了名字。她没让他姓七哥的姓，而是随了自己，姓华，叫华西。当初华小菁离开七哥时，特意把七哥的两张照片也带上了。这时，她把这两张照片也一起交给了吴云。吴云最后只问了华小菁一件事。吴云对华小菁说，当然，你也可以不告诉我，但我还是要问一下，这孩子的父亲，在哪？

华小菁想了一下，说，不知道。

吴云说，明白了。

5

吴云给华小菁打电话，果然不是一般的事。

华西又跑了。

华小菁当初把华西交给吴云，吴云没向华小菁提任何条件。但没提条件，还是提了两个要求。一是关于孩子，华小菁今后不许再问。吴云说，她有这样的教训。过去也曾有过类似的事，本来是出于好心，后来却生出了许多麻烦。生出麻烦，就是因为孩子的母亲知道了孩子的下落。所以现在，孩子交给她，华小菁就不能再问了，不仅不能问，也不能再来找她。二是让华小菁给她留一个联系方式。吴云说，须是一个长久的联系方式。华小菁离开七哥时，因为怀孕，担心有意外，就买了一部手机，于是就把这个手机的号码给了吴云。但吴云却没给华小菁留自己的联系方式。这也就是说，倘吴云想找华小菁，随时可以找到。而华小菁要找吴云，除非吴云还在这家医院，否则就再也无法找到她了。

华小菁半年以后才明白，吴云提的这两个要求意味着什么。半年以后，华小菁果然忍不住了。忍不住，还不仅是想知道孩子在哪，她心里也一天比一天思念孩子。

她心里总在想象着，已经过去这么久，孩子现在长成什么样了？

华小菁后来才知道，吴云是浙江温岭人，男人是卖草药的。浙江温岭出栀子花和夏枯草。吴云就跟着男人来这边，除去卖栀子花和夏枯草，也卖白术和杜仲。白术和杜仲都有保胎安胎的功效，在这边很好卖。但吴云的男人虽卖白术和杜仲，吴云却一直保不住胎。来这边这些年，怀上一个孩子，掉了，又怀上一个，又掉了。医生反复提醒这卖草药的男人，女人刚小产，不能立刻让她怀孕，否则会有危险。但这男人说，他们老家有个说法，女人刚掉孩子，最容易怀上。于是就一直不让吴云闲着。到后来这次，吴云终于又怀上了，且一直怀到四个月孩子还没掉。这次卖草药的男人高兴了，索性草药也不卖了，陪着吴云一起住进医院，一边在医院做杂工，让吴云保胎。但吴云这一次还是没能保住胎，到六个月时，又掉了。这一次卖草药的男人终于失去耐心了，没跟吴云打招呼，就一个人走了。吴云就这样被扔在医院。卖草药的男人做杂工的这点工钱，远不够缴吴云的医药费。吴云就只好在医院做清洁工，用工钱来抵医药费。后来把医药费抵清了，她也不想走了。于是就这样一下干下来。

半年以后，华小菁实在忍不住了，就又来医院找吴云。但吴云虽还在医院，来了两次，却都没找到。第三次来时，病房的医生护士都说她在，病人也说刚还见到她，但就是找不到人。这时华小菁就明白了，吴云是在故意躲着自己。果然，她从医院出来时，就接到了吴云的电话。吴云在电话里的声音还是那么心平气和，她说，你不该这样。

　　华小菁被她这一说，一时竟不知该怎样回答。

　　吴云说，咱们说好的，你不能再来找我。

　　华小菁哽咽了一下，我实在，忍不住了。

　　吴云只说了一句，孩子很好，你放心吧。

　　就把电话挂断了。

　　一年以后，华小菁又忍不住了，试着按吴云曾打来的这个号码拨过去，才知道是医院的电话。但这时再问医院，吴云已不在这里了。吴云不在了，也就意味着再也找不到她了。但华小菁知道，倘华西有什么事，吴云想找自己还是可以找到。也正因如此，她这几年换了几部手机，也去过几个城市，却一直没敢换这个号码。

　　吴云再次联系华小菁，已是几年以后。

　　这时华小菁已在万木易红美容机构做总监。吴云这次联系华小菁很奇怪。她给华小菁打了十几分钟电话，直到把电话挂断，华小菁也没搞清楚，她究竟要跟自己说什么。当时是一个上午，华小菁正在会议室开会，手机放在静音上。屏幕亮起来时，她看到是一个陌生的电话号码。华小菁一般不接这种陌生电话，还不仅是因为广告、推销或诈骗太多。一个单身的年轻女人，每天在生意场上走动，接触的男人形形色色，且揣着各种心思的都有，也就经常会接到一些没话找话说的微信或电话。华小菁也是因人而异，或只是礼节性地回个笑脸之类的表情，或干脆置之不理。至于电话，只要是陌生的一概不接。不接也不会误事。倘对方真有正事，或有急事，打几个电话不接，就会有短信过来。先自报家门，说明自己是谁，有什么事，然后请你方便时回电话。在这个上午，这个陌生号码一连打了几次，华小菁都没接。果然，一会儿短信就过来了，对方说，我是吴云，方便时回电话。华小菁一看吴云这两个字，腾的一下就站起来，把坐在旁边的副总田石吓了一跳。桌上的其他人也都朝这边看过来。华小菁觉出自己失态了，说了句，抱歉。就从会议室里匆匆出来了。

　　华小菁意识到，吴云没用公用电话，而是用手机打给自己，说明肯定有重要的事。她来到楼道里，找了个没人的地方把电话拨过去。吴云立刻接了。已经几年了，吴云的声音没变，还是那么心平气和。她在电话里问，你正忙吧。

华小菁赶紧说，没关系，你说吧。

吴云哦了一声，说，也没什么事。

华小菁一听，立刻泄气了，绷紧的神经也一下子松下来。接着心里又有些来气，你没打什么电话，当初不是你定的规矩吗，没事不要联系。但她心里这么想，嘴上却不敢带出来。现在，吴云已是自己连接孩子的唯一线索了。倘这条线索断了，虽然自己和孩子生活在这同一个世界，或许就生活在这同一个城市，也就再也无法找到他了。

想到这里，就还是问候了一下，你还好吧?

还好。

嗯。

我几年前，就离开圣雅医院了。

哦。

华小菁当然不能告诉她，自己几年前曾打过电话，知道她已不在那个医院了。

吴云在电话里沉了一下，又问，你现在，忙什么。

这显然就是没话找话了。看来吴云真没什么事。

但华小菁还是耐着性子说，我在上班。她本来想说，正开会。但又怕吴云真有什么事，一听自己开会就不说了。所以话到嘴边，还是没敢说出来。

吴云哦了一声，又问，你住的，远吗?

华小菁觉得自己快要忍不住了。会议室那边正开会，研究企业下一步的营销策略，且自己是营销总监，要主说。现在吴云却在电话里这样跟自己东拉西扯，问些不疼不痒的话。

但她还是竭力耐着性子说，离市中心，有点远。

吴云又问了一句，你，没事吧?

这次华小菁终于忍不住了。她觉得，如果问有事没事，应该是自己问。吴云已经几年没跟自己联系了，现在如果没事，为什么突然打来这样一个电话。

华小菁说，吴阿姨，我没事。

华小菁本来有事，有句话一直含在嘴里。她想问吴云，华西现在怎么样了。但这句话在嘴里转来转去，就是不敢问出来。可这时，吴云又说了一句，哦，你没事，就忙吧。

说完就把电话挂断了。

华小菁拿着手机，愣了半天还没回过神来。

华小菁断定，吴云肯定有事。如果没事，她不会，也不可能突然打来这么一个莫明其妙的电话。且她这次没用固定电话，而是用的手机。用手机，就算不是她自己的，至少这个手机的机主也应该跟她有关系。她总不会在大街上随便找个人借手机打这个电话吧。这时，华小菁的心里突然一沉。会不会是华西出了什么事，吴云又不便直接告诉自己？华小菁回忆了一下刚才的通话。吴云大致只问了四句话，一是"还好吧"，二是"忙什么"，三是"住的远吗"，四是"你没事吧"。可这四句话，似乎哪句跟哪句也不挨着，跟华西也没任何关系。华小菁想把电话打回去，问问吴云，究竟有什么事。

又想了想，还是忍住了。

下午，吴云的电话又打过来了。吴云问华小菁，是不是住在红林滩。这时华小菁已听人力资源部的人说，曾有一个自称是华小菁朋友的人来过电话，问华小菁的住址，且说不必说具体的楼门号，只说是哪个小区就行。人力资源部的人一听这样问，也就告诉了对方。但告诉完了又不放心，就还是来对华小菁说了。当时华小菁听了也没当回事，现在吴云在电话里这样一问，她立刻又想起这件事。一想起这件事，也就有了一种不祥的预感。据人力资源部的人说，在电话里自称是她朋友的是一个男人。如果吴云想知道自己的住址，又让一个男人打电话问，而这件事又与华西有关，就应该不是一般的事了。

华小菁确实住在红林滩。红林滩是一个中高档小区，但有些偏远。当初华小菁选择这个小区也是再三考虑的。这时林老师已经终于又找到了华小菁。其实也不是林老师找到华小菁，而是华小菁又主动联系了林老师。人就是这样，尤其女人，一旦身为人母，好像一下就成熟了，想事情的方式也跟过去不一样了。华小菁自从生了华西，就开始想家了。想家当然不是想博白那个在机关大院里的家。那个家只是个空泛概念。她想的是父母。现在懂了人情世故，再回想，虽然当年他们争吵的具体事不清楚，也已明白是为什么争吵了。可是再想，其实他们吵，也只是他们自己的事。他们自己的事自己解决就是了，跟自己又有什么关系呢。或者退一万步说，就算他们最后吵得离了婚，林老师也还是自己的母亲，华科长也还是自己的父亲，这个事实到什么时候也不会改变。华小菁渐渐想清楚这一切，就又想，自己当初从家里出走，林老师和华科长肯定跑去学校找了。学校没有，家里也没有，他们大概急得连吵架也顾不上了。或者自己这一走，他们反倒没心思再吵了。

华小菁就决定跟家里联系一下。她先是打了华科长的电话。但已停机。又打到中医药大学，学校说林老师已提前退休了。但学校听说华小菁是林老师失联多年的女儿，还是提供了林老师现在的手机号码。这样，华小菁就跟林老师联系上了。这时华小菁才知道，华科长已经没了。华科长没得不太光彩。他后来确实不再跟林老师吵了，而是迷上了唱歌。晚上经常去歌厅，当时叫"练歌房"，也叫"演歌台"。但华科长去这种地方，却从不叫这种地方的小姐，而是喜欢带自己科里的年轻女孩儿一起去。起初是晚上唱，后来白天也唱。先是去歌厅唱，渐渐也去带有"量贩式KTV"的酒店唱。林老师这时早有耳闻，也已经懒得去管，连问也懒得再问。就这样，有一天，林老师正在学校的阶梯教室为学生讲《医古文》，突然接到一个电话。电话是警察打来的，说是正在琼楼玉宇大酒店，让林老师马上去。尽管从警察的口气能听出来，应该是发生了什么不寻常的事，但林老师是个很敬业的人，她对警察说，自己正给学生上课。警察只说了一句，事情很严重，非常严重，你尽快吧。就把电话挂断了。不过警察虽这么说，林老师还是给学生把《医古文》讲完，直到下课，才赶来这个琼楼玉宇大酒店。来了之后才知道，事情确实很严重。华科长死了，死在一间客房里的床上。死的时候身上一丝不挂。房间的地上扔满了卫生纸，床头柜上还有避孕套的包装。据警察说，他们调出酒店楼道里的监控录像，在华科长死的这个时间段，曾有一个年轻女人慌慌张张地从这个房间里跑出来。经华科长的单位领导辨认，是华科长手下的一个女科员。且机关里早有传闻，说华科长同时跟几个女人关系不正常，这个女科员就是其中的一个。警察对林老师说，现在初步判断，华科长应该是在跟这个女人发生性关系时，心脏病突发死的。但警察又说，虽然这种情况并不罕见，他们以往出现场也曾遇到过，但死者真正的死因，还要等法医的尸检结果出来之后才能确定。当时华科长的单位领导也在场。林老师平静地听了，只对警察和单位领导提了一个要求。林老师说，既然人已经死了，就让他这样死吧，具体是怎么死的，这件事，就不要再对外说了。警察不过是出一下现场，且看样子只是一个花案儿，再说也有保护当事人隐私的义务，听了林老师这么说，当然没意见。华科长的单位领导就更没意见了，这毕竟不是什么好事，说起来也不光彩，且涉及到的两个当事人又都是自己单位的，自然更不想宣扬出去。于是这件事也就这么压下来。林老师也是来到这边，见了华小菁之后，才把这件事的原委告诉她的。林老师对华小菁说，按说他是你父亲，这种事，本不该让你知道，不过你已经到了这个年龄，也是成年人了，我觉得，还是应该让你知道。

林老师说，你知道了，对你父亲的了解也就完整了。

林老师已退休，索性就把博白的房子卖掉，来这边找华小菁了。但华小菁这些年已经习惯一个人生活。也知道，林老师已是这样的年纪，也有她自己的生活习惯，倘一起生活，肯定彼此都不适应。可林老师越来越上了年岁，以后也需要人照顾。华小菁就选中了这个叫红林滩的小区。这个小区的房子有一个特点，都是一梯两户，且两户的房子是一大一小，这样也就便于年轻人和老人一起居住，彼此生活又互不干扰。华小菁喜欢住大房子，就在临湖的这一面买了两套这样的房子。自己住大，让林老师住小。

但华小菁想不明白，吴云为什么对自己是否住在红林滩感兴趣。吴云在这个下午又打来电话时，华小菁觉得，不能再让她这么攥着拳头让自己猜了。如果是自己去找她，她可以还像过去一样讳莫如深。可现在是她主动联系自己，她就要对自己说清楚了，这到底是怎么回事。这次华小菁一问，吴云又支吾了一下，就还是说了。

吴云说，华西，从福利院跑了。

华小菁直到这时也才知道，吴云当初把华西从圣雅医院抱出来，是送去了儿童福利院。吴云对华小菁说，据福利院的人说，华西过去也跑过几次，但因为年龄小，胆子也小，都是跑出去一两天就自己回来了。可这次跑三天了，还一直没消息，所以才给吴云打电话。福利院的人对吴云说，据别的孩子说，华西已经知道，他当初是在圣雅医院出生的。福利院的人起初也搞不懂，按说这种信息是绝对不会让孩子知道的。后来一分析，就明白了。当初吴云送华西来时，他的出生证明一类材料是装在一个圣雅医院专用的牛皮纸袋里。后来福利院保存华西的档案，也就一直没换这个纸袋。大概是这个纸袋，不知怎么被华西看到了。

吴云对华小菁说，现在福利院担心的是，如果华西跑去圣雅医院，找到了他生身母亲的线索，就有可能沿着这个线索去找他的母亲。其实华小菁后来的情况，吴云一直是知道的，也曾告诉过福利院，华西的生身母亲是在一家叫万木易红的企业工作。所以，吴云说，福利院的人才给万木易红打了一个电话。他们询问华小菁的住处，应该是担心华西会去找她。吴云说，她今天上午给华小菁打电话，也是想看一看，华西是否来找她了。

华小菁听了幽幽地说，他没来。

又说，就是来了，也已经不认识了。

说着，哽咽了一下。

华西这次从儿童福利院跑出去，最后还是自己回来了。吴云第二天又给华小菁打来电话，说孩子已经找到了，也不是找到的，是他自己回来的。华小菁听了，一颗悬着的心才总算放下来。但吴云接着又对华小菁说，我要对你说什么，你该知道吧。

华小菁当然知道，吴云要对自己说什么。

她苦笑了一下，说，放心吧，你并没告诉我，是哪家福利院。

吴云说，可儿童福利院就这几家，你一家一家问，也能问到。

华小菁说，我会遵守约定。

说完，就把电话挂了。

6

华小菁听说华西又跑了，没去上班，一挂断电话就开着车来见吴云。

吴云现在是一个家政服务公司的人力部经理。这个家政公司是她的一个温岭老乡开的，专门介绍保姆和月嫂，也提供小时工的服务。吴云虽文化不高，但在家政方面很有经验，关键是会看人。尤其介绍保姆和月嫂，人品最重要，一旦看走了眼，跟主家闹纠纷还是小事，搞不好就会出大麻烦。吴云这些年做这一行，经的见的多了，一个女人在跟前，只要说几句话，就能大概看出脾气秉性。这个温岭老乡请她来，也是让她在人上给把一把关。

吴云正等在一个写字楼的门口。见华小菁的车在路边停了，就坐了上来。

华小菁立刻问，怎么回事？

吴云说，你先别急。

吴云告诉华小菁，福利院是一早打来电话的，说华西又跑了。吴云一听赶紧去了福利院。福利院的院长也在。院长说，华西这次跑，和往常不一样。他自己的东西都不见了，而且是带着几个孩子一起跑的。这几个孩子这些天一直在一起嘀嘀咕咕，好像商量什么事。院长说，出事以后，又向别的孩子了解过，华西好像已经知道了自己的身世。有孩子说，华西曾说过，他已经知道他父亲是一个什么样的人，虽不知道姓名，但人们都叫他七哥。还有的孩子说，曾见过华西的手里有两张照片。据华西说，一张是他父亲，另一张是他父亲和家里人的合影。福利院的院长对吴云说，这两张照片，是当初吴云送华西来时，一起交给福利院的，可这两张照片一直保存在档案室，不知怎么到了华西的手里。

华小菁一听就明白了。华西这次从福利院逃跑，确实跟以往不一样。不一样还不仅是把自己的东西也带上了，看样子是不打算回来了，关键是还拉上几个孩子一起跑的。他过去跑，只是一个人跑。一个人毕竟人单势孤，且在福利院长大的孩子，到了外面见识少，一个人在街上漂几天，一饿，一害怕，自己也就回来了。这次却是几个孩子一起跑的，这就不一样了，人多势众，可以相互壮胆。可这样几个十多岁的孩子，他们跑到街上会去哪儿？又怎么生活？华小菁知道漂在街上是怎么回事，这么想着，心一下子就揪起来。

华小菁说，你说吧，让我做什么。

吴云问，这孩子的父亲，叫七哥？

华小菁说，是。

真名叫什么？

姓齐，齐落瓦。

他现在，在哪？

我，真不知道。

吴云点头说，如果你也不知道，那就最好了。

吴云临下车时又说，我已跟福利院说好了，他们有消息，会立刻通知我，我有消息也会告诉他们。说着看看华小菁，你如果有什么消息，也尽快告诉我，我的电话你已经有了。

她说罢就匆匆下车了。

吴云的话提醒了华小菁。自从有了华西，或者说自从华西的第一个细胞出现在自己的肚子里，齐落瓦就从没有尽过任何责任。没尽责任还不仅是对自己，更是对华西。当然，客观地说，齐落瓦没尽过责任也不是他的责任。

华小菁对齐落瓦还是了解的；是华小菁自己，没把这件事告诉他。倘告诉了，他当然会尽所有的责任。那么现在好了，华小菁要把这件事告诉他了。华小菁想，华西这次从福利院跑出来，且是带着几个孩子一起跑的，如果再指望福利院一方面去找，恐怕就很难了。可自己一个年轻女人，倘这么四处去找，又怎么找。问题就算去找，也不知该到哪儿去找。不管齐落瓦现在在哪，在干什么，他当年毕竟在街上混过。街上混过，认识的人就多，办法也多。所以现在，是让他尽一个父亲责任的时候了。

可是要找齐落瓦，又去哪儿找？

华小菁突然想到杨红。杨红虽是万木易红企业的老总，但和华小菁都是女人，她也喜欢华小菁，中午或晚上没事的时候偶尔也拉她一起出来吃个饭，或喝喝咖啡。华小菁记得，杨红聊天时曾提起过，她家过去是住在榕树街上一个叫半栏桥的地方。当时杨红说的一些过去的事，华小菁已经忘了，但半栏桥这个地名很独特，还是记住了。这时华小菁想起来，当年齐落瓦也曾说过，他从小是在榕树街长大的，好像也提过这个半栏桥。现在想，倘从时间推算，齐落瓦在榕树街时，杨红的家应该也还在那里。杨红会不会认识齐落瓦？但华小菁再想，又有顾虑。如果就这样直接去问杨红，她不认识齐落瓦也就罢了，虽住同一条街，也未必都认识。可倘若认识，又追问自己跟齐落瓦的关系，自己又该如何回答？但这时，华小菁已顾不上这么多了。杨红毕竟是唯一的线索，她只能去问杨红。

让华小菁没想到的是，杨红还真知道齐落瓦。

杨红笑着说，你问我，可算问对人了！

华小菁一听，立刻睁大两眼看着杨红。

杨红说，我不光知道他，连他们一家人都知道。

华小菁是和杨红在公司楼下的一家餐馆吃午饭时，问她这件事的。杨红一提起榕树街的事，立刻兴奋起来，接着又摇头叹息，看来是上岁数了，人一老，就爱说老事儿。

然后又翻腕看看表，这样吧，我下午没事，带你去见一个人。

华小菁问，谁？

杨红一笑，去了你就知道了。

杨红亲自开车，带着华小菁直奔榕树街来。

来到榕树街，开了一阵，杨红把车停在路边，指着一截已经变成铅灰色的大理石桥栏对华小菁说，这就是半栏桥，当年这桥栏上爬的都是葫芦和牵牛花，我妈种的。

又指指旁边的一间老屋，那就是我家。

华小菁朝这间老屋看了看。这老屋的门窗都已没了，只剩了几个黑洞。

杨红又开着车拐了几拐，就来到老君街口。老君街已变成步行街，不允许机动车再进。杨红把车停在路边，就和华小菁朝街里走来。华小菁来这个城市十几年了，还是第一次知道有这样一条街。两边都是老店铺，街面上铺的是青条石，很有味道。来到一个店铺门口，杨红站住了。华小菁抬头看看牌匾，是"福记粉店"。这时里边出来一个矮胖子。这胖子有六十多岁，秃脑袋挺圆，脖子又短又粗，一看就是个厨子。他招呼着说，里边坐吧。

杨红笑笑说，我们吃过饭了。

胖子看看杨红，又看看华小菁。显然闹不清，这两个女人吃完饭了，来粉店干什么。

杨红说，找个人。

找谁？

齐三旗，在吗？

胖子立刻回头喊，老李！

里边一个长脸的麻子探出头，什么事？

胖子说，叫老齐，有人找！

长脸麻子一缩头回去了。一会儿，一个花白头发的男人一边用抹布擦着手出来。杨红立刻迎上去，叫了声，齐师傅。齐三旗一见杨红，先是愣了一下。虽已几年没见，他还是一眼就认出来，笑着说，哦，现在应该叫杨总了，怎么，有事？

说着又看看杨红身边的华小菁。

杨红这才给华小菁介绍说，这是齐师傅。

华小菁一听是齐师傅，再看这人的年岁，心里就已明白了。于是打量了一下这个男人。他比齐落瓦稍矮，但肩膀要宽，看得出年轻时是干过力气活儿的。

杨红又说，他就是齐落瓦的父亲。

齐三旗一听提到齐落瓦，立刻看看杨红，又看了看华小菁。

杨红指着华小菁说，这是我的一个朋友，想打听齐落瓦。

华小菁一听杨红没提自己是她企业的，也就明白了，冲齐三旗点点头，也叫了声齐师傅，然后说，我也是替一个朋友打听，这朋友说，当年跟齐落瓦是很好的朋友，可他后来去了广东做生意，现在回来了，想再跟齐落瓦联系，却不知怎么找到他。

齐三旗听了没立刻说话，只是又上下打量了一下华小菁。

华小菁感觉到了，齐三旗对自己说的话，并不相信。

杨红笑着说，她问到我这儿，我说巧了，咱是老邻居。

齐三旗哦了一声，说，我也已经几年没见他了。

华小菁从齐三旗的脸上已感觉到了，他就是知道齐落瓦在哪，也不会告诉自己。不过这次也没白来，还是有收获，至少找到了齐落瓦的父亲。

华小菁笑笑说，那就不打搅您了。

7

华小菁觉得，齐三旗应该没撒谎。虽然杨红跟他是榕树街上的老邻居，但从他们说话也能听出来，已经几年没见了。现在杨红突然领来一个陌生的年轻女人，要找他儿子，他心里肯定会有所戒备。可从另一个角度说，就算他有戒备，倘知道齐落瓦在哪儿，也应该问一句，这个要找齐落瓦的人，是他当年的什么朋友，姓什么叫什么，是干什么的。这样，等她和杨红走了，他才好转告齐落瓦。可他对华小菁说的话似乎并不关心。

这就应该只有一种解释，他确实不知齐落瓦在哪。

但华小菁必须尽快找到齐落瓦。找到齐落瓦，也才好让他一起去找华西。华小菁一想到华西此时也许正在街上四处游荡，心就一下子又提起来。这时，华小菁突然想起当年和齐落瓦一起住过的那个地方。那地方叫西溪尾坝。当初华小菁生华西，为他取名时，取这个"西"字，其实也有纪念这个地方的意思。在她的记忆里，这西溪尾坝是一片棚户区，靠近城乡接合部，当年一到晚上连路灯也没有。现在已过去这些年，齐落瓦当然不会还住那。但华小菁想，如果去那里问一问，会不会找到齐落瓦的线索？

第二天一早，华小菁就来到西溪尾坝。

西溪尾坝果然已变得认不出来了。这里当年靠近市郊，现在已成了市中心。过去的棚户区没了，建成一片新型的居民社区。华小菁凭着记忆，找到当年住的地方。这里过去是一条坑坑洼洼的小街，街口有一家小铺，早晨卖螺蛳粉，平时也卖烟酒杂货。华小菁还记得，开这个小铺的是一对苍梧来的夫妻。女的比男的小二十多岁，长着一张狐狸脸。男的整天闷头做事，狐狸脸的女人很凶，总是冲这男人嚷嚷。不仅爱嚷嚷，还爱多事。华小菁常来这里买吃的或卫生巾，这狐狸脸的女人总是上上下下地打量她。

现在不光这小铺没了，连整条小街都没了。这一片变成了一个很开阔的文化广场。虽已是上午九点多，一群中老年妇女还举着大红扇子在跳广场舞，音箱里放的音乐是"凤凰传奇"唱的《最炫民族风》。华小菁站在广场边上愣了一会儿，无意中看到不远处有一个派出所。她想了想，把车在路边锁好，就朝这派出所走过来。

派出所值班的是个二十来岁的小警察，看样子刚入警时间不长，挺热情。一听华小菁是来打听这一片居民区拆迁之前的事，就说，这个派出所是有了新社区之后才设的，他来这个所时间也不长。想想又说，你等一下，就转身进去了。一会儿，小警察又出来，身后跟着个年龄稍长的警察。小警察说，这是我们马所长，您有事问他吧。

马所长挺温和，上下看看华小菁问，您什么事？

华小菁在来的路上已经想好，就对这马所长说，自己有个姨表哥，十多年前住在这一带，可这个姨表哥不学好，在这儿住时，跟一些不三不四的人混在一起，这些年跟家里也一直没联系。现在自己的姨，也就是这表哥的母亲病重，快不行了，想让他快回去看看。

其实华小菁编的这个理由并不充分，也经不起推敲。但马所长好像相信了，想想说，如果要找这样的人，恐怕就不太容易了，过去这个管片儿的派出所，拆迁以后就撤了，住户也大都迁走了。想了想，又说，不过没关系，你可以去问问老刘，说不定他知道。

马所长告诉华小菁，这文化广场的南面有个凉茶摊，老刘经常在那儿喝茶。

马所长说的老刘，就是当年榕树街派出所的刘所长。刘所长后来一直没再提拔，只是从榕树街派出所调到了西溪尾坝派出所。调到西溪尾坝虽然级别没提，但实际还是提了。西溪尾坝是个大所，管着几千住户，职权范围也就比榕树街那边大。刘所长就在这里一直干到这一带拆迁，退休时索性在新小区买了一套房，就在这里落户了。刘所长退休后，最大的乐趣就是早晨出来吃一碗猪脚粉，然后来到这个文化广场南边的凉茶摊，一边喝着茶，看着那些中老年妇女跳广场舞。他觉得这些中老年妇女跳出的还不仅是健康和热闹，也是一派歌舞升平。作为一个老警察，最喜看到的，也最享受的，就是这样一派歌舞升平。

华小菁很容易就找到了这个凉茶摊。马所长告诉她，老刘很好认。他当了一辈子警察，为了便于戴警帽，一直剃寸头。现在退休了，终于可以留发了，就蓄起了长发。已经是这个年纪的老男人，留着不黑不白的长发，看着画家不画家，音乐家又不音乐家，在街上就挺乍眼。这时华小菁朝这边走过来，果然老远就看见了坐在凉茶摊上长发飘飘的老刘。华小菁过来也没绕弯子，先叫了声刘所长，然后就开门见山地说，是派出所马所长介绍来的。

老刘一听就笑了，说，这个小马，有来打听老事儿的，总往我这儿支。

又打量了一下华小菁，说吧，要问事？还是打听人？

华小菁也笑了，说，打听个人。

华小菁就把刚才对马所长说的那套话，又对老刘说了一遍。老刘听了，先是点上一支烟，吸了一口，然后才说，这一带当年靠近市郊，居住成分很复杂，治安也差，还真有这么一伙人。他说，这个齐落瓦，不记得了，只记得有个查三儿。老刘哼一声说，我记得这个查三儿，是因为当年在榕树街就处理过他，后来到了这边，因为偷窃又处理过。

华小菁一听老刘提到查三儿，就知道找对人了。

赶紧问，这个查三儿，后来去哪了？

老刘说，后来听说判了。

老刘说起这个查三儿判了，还有些遗憾，叹口气说，其实，我已经盯他几年了，从榕树街一直盯到西溪尾坝，这小子的事儿我最清楚，可最后判，却不是我经手的案子，他是又在别处犯了事，好像由偷窃变成了抢劫，还伤了人，人家办案的立功了。

华小菁一听笑了，说，办这么个案子，不至于立功吧？

老刘说，他持刀伤人，人家办案的落了个勇斗歹徒啊！

老刘显然不服气，鼻孔里喷着烟，又哼了一声。

华小菁问，这伙人，后来去哪了？

老刘说，后来集中打击刑事犯罪，这伙人就散了。

华小菁看看老刘，想了一下说，您，等我一下。

说完她就起身匆匆走了。一会儿，又回来，从包里拿出一条软包的"大中华"香烟递到老刘的面前。老刘看看这条烟，又抬头看看华小菁，这是，怎么回事？

华小菁说，您已是退休的警察了，一条烟，没关系吧？

老刘把烟接过来，扔到面前的茶桌上，说吧，你找这个齐落瓦，到底什么事？

华小菁让他这一问，倒不知该怎么说了。

老刘说，别忘了，我是个老警察，你刚才一说，我就不信。

华小菁的脸一下红了。

老刘又说，实话告诉你，你说的这个齐落瓦，我记得，不光记得，还知道他当初就住榕树街，他父亲是去洪远插队的知青，祖父是个老中医。老刘说着，又拿出一支烟，慢慢点上吸了一口，这个齐落瓦，跟查三儿是一伙的，当初在榕树街时，两人还打过架，这个齐落瓦不知为什么事，用砖头砸了查三儿的脑袋，可砸偏了，把他的半个耳朵砸豁了，还弄去医院缝了十几针，可我后来调到西溪尾坝这边，他们不知怎么又跑到一块儿了。老刘说着又看一眼华小菁，我再告诉你，我不光认识这个齐落瓦，连他的父亲、祖父都认识。

华小菁看着老刘，已经说不出话了。

老刘说，这个齐落瓦，我也一直盯着他，可没盯出什么事。

华小菁问，他后来，去哪儿了？

老刘摇摇头，我说了，后来打击刑事犯罪，这伙人就散了，这个齐落瓦也不知去哪了。他看一眼茶桌上的这条"大中华"，又说，我现在，已经是个退休之人，你跟这齐落瓦什么关系，又为什么找他，我不感兴趣，也不想知道，不过你现在给我买了一条这么贵的烟，总不会是，就因为我跟你说了这点事吧？

华小菁说，是，还想求您点事。

老刘说，说吧。

华小菁说，您就是退休了，也毕竟是老所长，我想让您给问一下，查三儿，关在哪儿。

老刘听了想想说，这事儿，倒不难。

又问，急吗？

华小菁说，挺急。

老刘说，好吧。

华小菁开车回来的路上，心里并没感到轻松。这个老刘知道齐落瓦，就像杨红知道齐落瓦，没有任何实际意义。现在唯一的线索，就是这个查三儿了。如果查三儿被判入狱是在离开西溪尾坝之后，那么当时，齐落瓦应该也离开了这里。这样算，查三儿就有可能知道齐落瓦后来的下落。华小菁觉得，老刘这人虽有点怪，应该还靠谱儿。

果然，华小菁刚到单位，老刘的电话就打过来了。老刘在电话里说，已经查到了，这个查三儿羁押在第二监狱，刑期是八年，已经服刑六年多了。华小菁听了心里一喜。如果这么说，查三儿也就是六年前入狱的，而齐落瓦至少在六年前的情况，他有可能知道。华小菁顾不上道谢，连忙又问，这个第二监狱具体在什么地方，怎么探视。老刘先是详细说了去"二监"怎么走，然后又说，去监狱探视犯人，不是随便的，每月有规定时间。

华小菁一听又有些急，倘按规定时间，就说不定要等到什么时候了。

不过，老刘又说，我已跟监狱的周队长说好了，你去找他就行。

老刘说，周队长是我的老战友，你下午就去吧。

这样说罢，不等华小菁再说话，就把电话挂了。

8

华小菁发现，监狱里的犯人并不像想象的那样。一个人犯了事儿，判了刑，用俗话说也就是吃了官司，或叫摊上了牢狱之灾，这种人关在监狱里，应该是面黄肌瘦，满脸晦气。而实际这里的犯人一个个都闷得白白嫩嫩，看上去气色很好。查三儿走进探视室时，一见华小菁立刻愣住了。他显然没想到，华小菁会来看自己。华小菁特意带来了几只卤猪脚。她还记得，查三儿当年最爱吃老田记的卤猪脚。但现在老田记已经没了。

她对查三儿说，这是另一家的，味儿也挺好。

查三儿的光头不太亮。现在眼神也老实多了，一直垂着。这时看看这几只卤猪脚，又抬头看一眼华小菁，说，你来，是想问七哥吧？

华小菁说，他在哪儿？

查三儿说，我进来时，他已经走了。

走了？

是，你走了，他也就走了。

去哪了？

不知道。

查三儿又想了想，后来听说，好像在一家叫隆什么利的企业当保安。

隆格利？

对，好像就叫隆格利。

华小菁直到从第二监狱出来时，还一直在想，这隆格利到底是个什么企业。刚才听查三儿一说，这隆格利三个字就脱口而出。可说出来之后，一时又想不起在哪儿跟这个企业打过交道。开着车走了一会儿，突然想起来了，这隆格利不是企业，是一个三十几层的写字楼，叫隆格利大厦。这大厦的老总是一个四十多岁的女人，姓什么已经忘了，跟杨红是朋友，但算不上闺蜜。杨红曾带着华小菁跟她吃过一次饭。那次饭桌上人很多，酒也喝得挺乱。杨红本想跟这个老总谈谈，想把万木易红企业搬到隆格利大厦来，但后来这事也就放下了。杨红说，越是朋友，就越不能沾生意上的事，否则生意做不成，朋友也没得做了。

华小菁还记得，这隆格利大厦的老总是个心计很深的女人，那次吃饭，桌上的几个女人都喝酒了，只有她没喝。她没喝，别人也没怎么劝。华小菁知道，这种在酒场上不喝酒，又没人敢太劝的女人，一般都难对付。她的心计，会让她有一种气场。这时华小菁想，如果是这个女人，倘自己直接去问齐落瓦的事，恐怕不会问出什么结果。这么想着，就把车停在路边，给杨红打了一个电话。杨红在电话里一听就笑了，说没问题，我问问郑总吧。

华小菁这时才想起来，这隆格利大厦的老总姓郑。

华小菁刚挂了杨红的电话，林老师的电话就打进来。林老师现在的饮食很清淡，每天晚饭只是一碗菜粥。过去华科长在时，关于插队的话题，在家里一直是一个禁忌。每说到插队或知青这类的话，立刻就会绕开。现在华科长没了，也就无所谓了。林老师告诉华小菁，她当年插队时，最爱吃一种苋菜粥。苋菜含铁量很高，有补血的功效，女孩子吃了对身体有好处，熬苋菜粥也很好吃。所以现在，林老师就经常去菜市场买苋菜。林老师每天傍晚都会给华小菁打一个电话，如果她回来吃饭，就把粥也给她一起熬上。华小菁这一天跑得有些累了，就在电话里对林老师说，粥别熬了，我快到家了，咱在楼下吃马鲛鱼吧。

晚上在鱼馆儿吃着饭，杨红的电话打过来。华小菁看一眼坐在对面的林老师，拿着电话走到一边。杨红在电话里的声音挺大，说，问清楚啦，郑总说，确实有这么个齐落瓦。

华小菁立刻哦了一声。

不过，杨红又说，郑总说，这已是几年前的事了。

华小菁一听，差点给气笑了，这个杨红说话大喘气。

杨红又说，小菁啊，你先别急，听我慢慢说，郑总说，齐落瓦在她那一直是做保安队长，大概四年前离开的。不过，杨红又喘了一口气，他去了哪儿，我也给你问清楚了。

华小菁连忙问，去哪儿了？

杨红笑着说，你都想不到，艾丽斯。

华小菁一听艾丽斯，立刻忍不住啊了一声。这个艾丽斯是一家专做外贸生意的合资企业，贸易范围很广，做出口，也做进口。万木易红跟这家企业也有合作。

杨红说，据郑总说，齐落瓦后来就是让这家企业挖走的。

华小菁问，他现在，还在艾丽斯？

杨红说，这郑总就说不好了。

杨红的这个信息太重要了。如果真像隆格利大厦的郑总所说，当初齐落瓦是被艾丽斯挖走的，而齐落瓦当时在隆格利是当保安队长，那么艾丽斯把他挖去，也就应该还是让他负责保安工作。华小菁在万木易红企业是营销总监，跟艾丽斯在业务上有交集，所以跟他们的一个副总很熟。这个副总姓冯，是广东汕尾人，三十多岁，油头粉面，每次跟华小菁一有工作上的接触就要请她吃饭。但华小菁不喜欢这种男人，一看就是社会油子，或者叫公司混子，仗着手里有些人脉，这个公司做两天高管，那个公司做两天高管，其实就是个草包，没一点真本事。但这时，华小菁想想，如果要问艾丽斯企业的人，也只能给这个冯总打电话。吃过晚饭，林老师还想跟华小菁说说话。华小菁说还有工作，就回自己这边来了。

华小菁一进家，看看表，已是晚上八点半，时间不算早也不算晚。但想了想，还是把电话给艾丽斯的冯总打过去。冯总显然还在外面吃饭，背景声音很乱。到了这个时间，酒也该喝到了一定的程度，所以冯总一听是华小菁，在电话里的声音立刻兴奋得有些夸张，也毫不掩饰，略带轻佻地说，华总啊，怎么这个时候想起我来啦，有什么指示？说吧！

华小菁故意先在电话里沉了一下，然后才问，冯总，您现在说话方便吗？

冯总稍稍愣了一下，这才说，哦，方便，我出来了，说吧。

华小菁说，我想打听个人。

冯总说，嗯，只要是艾丽斯的，我应该都知道。

华小菁说，你们企业，有一个叫齐落瓦的吗？

冯总想想说，齐落瓦，好像没这么个人，不过，这名字怎么有点熟啊？

华小菁又说，可能，是做保安管理的。

冯总说，我这里的保安部经理，是个外国人啊，虽是华裔，可是新加坡籍，叫齐洛夫。说着立刻又哦了一声，我怎么说齐落瓦这个名字这么耳熟呢，齐洛夫，齐落瓦，只差一个字。

华小菁听了，心里也一动。艾丽斯是个合资企业，又做的是外贸生意，保安部经理是个新加坡籍也就并不奇怪。但奇怪的是，他叫齐洛夫，怎么会这么巧？

冯总确实喝得有点大了，起初只是亢奋，说着说着吐字就不清楚了，像厨子切肉连了刀，一嘟噜一串儿的。但华小菁难得在工作之外的时间给他打电话，说的又是与工作无关的事，就还想黏着多说一会儿。他告诉华小菁，这个齐洛夫平时在企业不爱说话，也很少与人接触。据说他父亲是新加坡的一个富商，专做餐饮业的，后来破产了。这个齐洛夫从小在大陆上学，对这边的环境很熟悉，于是就独自回大陆来，想一个人在这边闯生活。

华小菁听出冯总已经大了，该问的也都问了，道了声谢，就把电话挂了。

华小菁想，不管怎么样，也要去见一下这个齐洛夫。

第二天早晨，华小菁先给杨红打了个电话，说自己要去艾丽斯。杨红立刻在电话里说，单位这边也没什么马上要处理的业务，你就去忙吧，有事，随时电话我。

华小菁挂了杨红的电话。想了想，又给艾丽斯的冯总打了个电话，问冯总，他们企业的保安部经理，就是这个齐洛夫，上午在不在。华小菁说，如果在，想现在过去，见他一下。冯总一听立刻说，他在，这样吧，我告诉他，一会儿和他一起在企业里等你。

华小菁赶紧说，不用惊动你了，我还有事，只跟他说句话就走。

挂了电话，她就开车直奔艾丽斯外贸公司来。

9

站在华小菁面前的，是个三十多岁的男人。一身深色西装，深色领带，脚下是一双牛筋厚底的深色皮鞋。他的头发梳得一丝不苟，但华小菁还是一眼就认出来，是齐落瓦。

旁边的冯总过来介绍，这就是齐洛夫，我们企业的保安部经理。又说，这是华小菁，华总，万木易红美容机构的营销总监，也是咱们艾丽斯企业的合作伙伴。

华小菁走过来，跟齐落瓦握了握手。

　　齐落瓦握手时，一直看着她。

　　华小菁回头对冯总说，您忙去吧。

　　冯总站着没动，看看华小菁，又看了看齐落瓦。显然，他闹不明白，尽管昨晚喝得有点大，但也还记得，华小菁打电话时，本来要找的是一个叫齐落瓦的人。可现在来见了齐洛夫，却不像是找错了人，可又不像找对了，他们到底认识还是不认识？华小菁已明白冯总的心里在想什么，就笑笑说，是我记错了，我要找的，就是这位齐洛夫先生。

　　冯总听了，又狐疑地看看他们两个人，才转身走开了。

　　齐落瓦朝冯总看一眼，问华小菁，你是，怎么找到我的。

　　华小菁低声说，这附近有一家上岛咖啡，知道吗？

　　齐落瓦说，知道。

　　华小菁说，我在那等你。

　　说完就转身出来了。

　　华小菁来到上岛咖啡，刚在一个角落里坐下，齐落瓦就来了。齐落瓦看上去瘦了，但似乎比过去强壮了，也斯文了，只是脸上还是那么忧郁。

　　他在华小菁的对面坐下，把手机放在桌上。

　　华小菁说，先说你吧。

　　齐落瓦说，也没什么好说的。

　　当初华小菁离开西溪尾坝时，以为齐落瓦发现自己突然不见了，会四处寻找。但齐落瓦并没找。齐落瓦在那个早晨发现华小菁不见了，又见她把那笔钱也拿走了，就知道，她不会回来了。其实这也是他一直希望的。齐落瓦知道，华小菁不可能永远这样跟着自己，就算她愿意，他也不让她这么做。因为他知道，自己不可能给华小菁任何出路。而华小菁又不是个一般的女孩儿。她现在的现状只是暂时的，将来只要给她一点机会，她立刻就会很出色。齐落瓦只是迟迟下不了这个狠心，让她走，这样的话他说不出口。

　　现在华小菁终于自己走了。他反倒感到轻松了。

　　齐落瓦改变这个想法，是在一年后的一个晚上。齐落瓦平时，在所有人的面前永远滴酒不沾。但这个晚上，他突然很想喝酒。说不出为什么，就是想喝酒。于是出来，沿着这条小街朝街口的这个小杂货铺走来。小杂货铺黑着灯，那对苍梧来的夫妻已经睡下了。齐落瓦敲敲窗子，里面亮起灯。狐狸脸的女人在里边嘟囔着，老东西一灌了猫尿，就睡得跟死人一样。说着拉开窗子，没好气地问买什么。

齐落瓦说，买瓶酒。

狐狸脸问，什么酒？

齐落瓦说，都行。

狐狸脸一探头，认出是齐落瓦。齐落瓦经常在这街口出出进进，狐狸脸也认识了。这时一边去拿酒，就问，她生的是个男孩儿，还是个女孩儿啊？

齐落瓦听了一愣，问，谁？

狐狸脸扑哧笑了，当然是你女人啊。说着又看看齐落瓦，那个常来买东西的女孩儿，不是你女人啊？又说，这种事瞒不过我的，当时就跟她说过，一定是怀上了。

齐落瓦愣愣地看着狐狸脸。

狐狸脸又说，一年多没见她了，一定是生了呗？

齐落瓦没再说话，拿起酒就走了。

齐落瓦喝了一夜，把这一瓶酒都喝光了。天亮时，就做出一个决定。如果华小菁走的时候真怀孕了，就只有两种可能，或者把这孩子做掉了，或者已经生下来了。但齐落瓦凭着对华小菁的了解，倘她是这样走的，且把那笔她一直不肯要的钱也带走了，就可以肯定，应该是把这个孩子生下来了。所以，他要找到她，一定要找到她。

但要找华小菁也并非易事。这么大一个城市，要想找一个带着孩子的女人又到哪儿去找？这时齐落瓦就想到了医院。华小菁要生孩子，就一定得去医院。只要她没离开这个城市，这个城市再大医院也是有数的，这一来范围也就缩小了。产妇生孩子，医院肯定会有存档，哪怕一家一家医院去查，也总能查到。就这样查到圣雅医院，果然查到了，三个多月前，确实有一个叫华小菁的产妇，在这里产下一个男婴。但齐落瓦再问这母子的具体信息，医院却拒绝提供了。医院说，他们有对产妇保密的义务。可是齐落瓦既然已在这圣雅医院找到了华小菁，当然不肯善罢甘休。齐落瓦自有他的办法。他发现这产科病房开电梯的是个红鼻子老头，就去买了一瓶三花酒、一包盐水花生。夜里把这红鼻子老头灌大了，就从他嘴里把想知道的事都掏出来了。据这红鼻子老头说，当初也是听小护士们议论，那个姓华的产妇年龄很小，是个非婚生产，所以出院时，就把孩子交给了医院里的人。至于具体给了医院里的什么人，这红鼻子老头说着说着舌头就打起了卷儿，然后就翻着白眼儿打起了呼噜。齐落瓦一直等到第二天早晨，这红鼻子老头酒醒了，却对夜里说过的话矢口否认，且再问什么都一问三不知了。但齐落瓦还是从这红鼻子老头的嘴里掏出了两个重要信息，一是华小菁在这里生下的是一个男孩儿，二是这个男孩儿她没带走，出院时交给了医院里的人。

这次齐落瓦就翻脸了。他找到医院领导，亮明身份说，自己是这孩子的父亲，如果医院有怀疑，可以验血，验DNA也行。他说，这孩子的母亲出院时把孩子交给了医院的人，这件事并没有经过他的同意。他说，现在医院有两个选择，要么把孩子还给他，要么就把这孩子母亲的地址告诉他。他说，这孩子的母亲在医院生产时，一定会留下地址。但医院领导把这两个选项都拒绝了。医院领导说，第一，如果说这个叫华小菁的产妇把孩子交给医院的人了，就请齐落瓦拿出证据，证明在什么时间，具体交给了谁。倘拿不出证据，他的话就不足以采信；第二，这个叫华小菁的产妇在医院生产时，按规定必须留下详细住址。她在产前填写产妇信息登记表时，也确实写了自己的住址。但后来医院做产后随访时发现，她留的住址只是一个临时的出租房，生了孩子之后就搬走了。所以，医院领导说，这个叫华小菁的产妇现在的住址，医院确实不清楚。医院领导说的这些话，齐落瓦当然不相信。

他不相信，在医院又问不出来，就决定采取下一步的办法。

齐落瓦下一步的办法，是先去医院附近的商店买了一个玩具娃娃。过去老式的玩具娃娃，都是一摇才会哭。可现在的娃娃不用摇了，它的嘴里叼着一个奶嘴儿，只要把这奶嘴儿一拔，它立刻就会大哭不止，而且哭的声音更大，也更逼真。然后，齐落瓦又找了一根一寸多宽的白布条，在上面写了几个鲜红的大字，"还我孩子！"，勒在头上，就抱着这个玩具娃娃来到圣雅医院的门诊大厅。找了个不碍事，又显眼的地方站定，然后把这娃娃嘴里的奶嘴儿一拔，这娃娃立刻就大哭起来。齐落瓦站在门诊大厅的角落里，起初并没引起人们的注意。这时这娃娃一哭，人们寻声儿朝这边看过来，只见一个三十多岁的年轻男人，头上还勒着一根白布条，上面写着几个血糊糊的大字，"还我孩子！"，又抱着这么个哇哇大哭的玩具娃娃，就知道是出了什么事。于是立刻就有人围过来，且越围人越多。

医院起初也拿齐落瓦没办法。

齐落瓦并没扰乱医院的医疗秩序。虽然他头上勒着一根白布条，样子有点奇怪，可他站的地方并不碍事。医院本来就是公共场所，你总不能不让他站在那儿。他怀里抱的那个玩具娃娃虽一直大哭不止，可这是妇产科医院，就是生孩子的地方，来看望产妇的亲友也经常会有人拿着这种玩具娃娃。所以这时各家医院虽已在联合公安机关整治各种"医闹儿"，却也不能说齐落瓦这是"医闹儿"。但这时围观的人一多，医院就有理由了。这么多人过来围着，堵得水泄不通，这就已经影响医院的医疗秩序了。于是医院的人来警告齐落瓦，他现在的行为已经等同于"医闹儿"，让他马上离开，否则，医院就要采取必要的措施了。

但齐落瓦仍然抱着他这个哇哇大哭的玩具娃娃，对医院的警告置若罔闻。

于是医院就果断地采取措施了。医院最先采取的措施还不是报警，而是叫来了自己的保安。这时各家医院都已豢养了大批保安。且这些保安的装备也像防暴警察，头戴黑布帽盔，把防风带勒在下巴上，黑色制服的肩上也都别着对讲机。第一天来的是两个小胖子，肤色一黑一白，黑的身材中等偏下，白的只有一米五几。两个小胖子先对齐落瓦进行了驱离。无效。齐落瓦连正眼看他们都不看。两个小胖子保安觉得齐落瓦的这种态度是对他们保安身份的一种蔑视，自尊心受到了伤害。于是再次向齐落瓦发出警告。仍无效。这次不光无效，齐落瓦原来是把这玩具娃娃的奶嘴儿拔一会儿，再插上一会儿。这次索性拔下来就不再插上了。这样一来，这个玩具娃娃也就连续不断地哇哇大哭起来。两个小胖子保安已经尽到了警告义务，这时相互给了一个眼色，就走上来一边一个，架住了齐落瓦的胳膊。齐落瓦比这两个小胖子保安要高，两个小胖子保安就不得不把身子歪起来。齐落瓦干脆两腿一弯，两脚离了地。于是就这样，他怀里的这个玩具娃娃一边哇哇大哭着，就让这两个小胖子保安给架出医院的门诊大厅。不过一边走，齐落瓦还是问了这两个小胖子保安一句话，他问，你们姓什么？两个小胖子保安立刻掷地有声地回答，一个姓姜，一个姓黄。齐落瓦又问了一句，你们住哪儿？姜、黄保安答，就在这医院后面，有一排平房，是他们保安的营房驻地。

姜、黄保安这样说罢，一用力，就把齐落瓦扔到大街上了。

但第二天上午，齐落瓦就又出现在圣雅医院的门诊大厅。还是昨天的打扮，头上勒着那根白布条，写着几个血糊糊的大字，"还我孩子！"，怀里也还抱着那个哇哇大哭的玩具娃娃。跟前立刻又聚满了围观的人。但昨天那两个小胖子保安，却都只是远远站着，没再过来。姜的头上已缠了纱布，纱布上还渗出一些血迹。黄则吊着一根胳膊，这胳膊虽没折，但脱了臼，复位之后只好打了夹板。快到中午时，又来了两个保安。这次是一个圆脸儿，一个长脸儿。圆脸儿的瘦，长脸儿的胖，身上也是同样的装备，黑布帽盔，黑色制服的肩上别着对讲机。这时他们肩上的对讲机正嘶嘶啦啦地响，是队长向他们发出指令，立刻对"医闹儿"实施驱离。圆脸儿和长脸儿没再向齐落瓦发出任何警告，上来二话不说，一左一右，架起他就往外走。齐落瓦又把两腿弯起来，那个玩具娃娃也仍在他的怀里哇哇大哭。他一边走着，又向这两个保安问了一句话，姓什么。两个保安的回答也同样掷地有声，一个姓韩，一个姓杨。

韩、杨保安答罢，一用力，就又把齐落瓦扔到大街上了。

可第三天上午，齐落瓦又来了。仍是前两次的打扮，怀里也仍还抱着那个哇哇大哭的玩具娃娃。但这一次，昨天的韩杨两个保安也远远站着，只是朝这边看，没再过来。韩的两只眼已像熊猫一样变得青紫；杨的一只耳朵被一块厚厚的纱布捂起来，纱布上还有斑斑血迹。

齐落瓦就这样在圣雅医院的门诊大厅待了几天。医院的保安就都只是远远看着，没人再过来了。院方不到万不得已的时候本不愿报警。圣雅医院毕竟是妇产科医院，倘来一伙全副武装的警察，再吵吵嚷嚷地执行公务，孕妇和产妇就难免会受到惊吓。可到了这时，再不报警显然已别无他法了。于是只好拨打了"110"。但就在警察到来之前，一个四十来岁的中年女人来到齐落瓦的跟前。这女人对齐落瓦说，我这几天来这里输液，一直在看着你。

齐落瓦看看这个女人。

这女人又说，你的事，我已听说了。

齐落瓦仍看着她。

女人说，你能听我说句话吗？

齐落瓦说，说。

这女人就说，医院说，你要找的那个产妇，他们不知道地址，我觉得没骗你，如果他们知道，只是不想告诉你，他们可以有很多理由，就算明着对你说，他们知道，但就是不能告诉你，你也没办法。所以，这女人说，你想想，再这样闹下去还有意义吗？

齐落瓦听了，又看看这女人。

这女人又说，我的车就在外面，能找个地方谈谈吗？

齐落瓦没说话。

这女人说，哦，我姓郑，是隆格利大厦的总经理。

说着，又提醒了一句，你再不走，警察就要来了。

齐落瓦想了一下，就跟着这女人从医院出来了。

10

这个上午，上岛咖啡几乎成了齐落瓦的办公室。他来时特意把身上的对讲机关了，但放在桌上的手机一直在响。齐落瓦起初一边说着话，偶尔接听一下，都是企业的人向他请示一些事。后来他打了一个电话，告诉一个叫何经理的人，说自己在外面，正谈事，企业里的事让他处理一下。说完就把手机关了，又抱歉地看一眼华小菁。

华小菁笑笑，问，怎么又到了艾丽斯？

齐落瓦说，人，总要往高处走。

又说，外面混，没文化可以，但要有专业。

华小菁明白齐落瓦这话的含意。历练，也是一种专业。

齐落瓦点头，表示同意。

华小菁问，这个齐洛夫，又是怎么回事？

齐落瓦笑笑，当初，这还是郑总的主意。

华小菁感觉到了，眼前的齐落瓦，还是当年的七哥。只是看着成熟了，心里装得下事，也更沉稳了。华小菁想了一下，就把华西的事对齐落瓦说了。

华小菁说，我让他姓华，你不介意吧。

显然，齐落瓦听了这事，比华小菁更担忧。

他说，现在最要紧的，是怎么尽快找到他。

华小菁想的是，用最原始的办法，去街上张贴寻人启事。这种做法最大的好处是，不光路人能看见，华西那几个孩子也可能看见。他们看见了，也就知道除去福利院，还有别人在找他们。但齐落瓦想了想，不同意这么做。现在街上各种小广告五花八门，贴了这种寻人启事，不一定能引起人的注意不说，也要考虑对孩子的影响。试想，在街上用这种方式寻找的孩子，会给人什么感觉，就是找到了，又会是什么样的孩子呢。华小菁听了有点儿急，说，那你说，怎么找才好呢？他们已经出来几天了，总得赶快想个办法。

这时，齐落瓦想起当年的一件事。当年自己从家里跑出来，父亲齐三旗也四处寻找，最后是在广播电台的交通台播了一则寻人广告。那天他走在街上，无意中听到了这个广播。当时街边的一户人家敞着门，声音从里边传出来。他听到收音机里正说自己的名字，一下就站住了。也就是那一次，他才知道，父亲正在到处寻找自己，且在老君街上的福记粉店炸油条。他后来去了一次老君街。从那以后，就再也没见过父亲。

齐落瓦说，就在交通台，播一下寻人广告吧。

华小菁同意，说，就让福利院去办这事。

华小菁立刻给吴云打了一个电话。吴云在电话里听了，也觉得华小菁这办法可行。但又想想说，就怕，福利院不会同意。华小菁问为什么。吴云说，你想啊，几个孩子从他们那里跑了，这毕竟不是什么好事，如果再去交通台大张旗鼓地播寻人广告，他们能同意吗。华小菁想想，觉得吴云说的也有道理。但如果福利院跟交通台联系，毕竟公对公，好办一些。

吴云说，我去跟他们商量一下吧。

下午，华小菁正在单位，吴云打来电话。福利院果然不同意。福利院还追问吴云，这件事是不是已告诉了华西的生母。福利院说，他们当初往华西生母的工作单位打电话，询问住址，并没露出自己这边是儿童福利院。所以，他们告诉吴云，这件事到此为止，不要再说了。吴云在电话里对华小菁说，福利院不同意，也不许往外说，这就没办法了。

华小菁只好说，我再想办法吧。

就在这时，齐落瓦的电话打过来。齐落瓦在电话里说，交通台已说好了，明天一早就播出，但他们需要孩子的具体年龄，体貌特征，我告诉你个电话，你直接跟电台的编辑联系吧。另外，齐落瓦又说，我给电台留的联系电话，也是你的，是139的那个号码。

齐落瓦问，没关系吧？

华小菁说，没关系。

华小菁的手机是双卡，两个号码，一个是139的，另一个是186的。她做营销总监，平时联系的人多，事也多，所以139的号码对外，186的号码不对外，只用于私事。

华小菁把福利院的态度告诉齐落瓦，说，他们不想声张这件事。

齐落瓦听了说，现在不是他们想不想的事了。

华小菁说，可听吴云说，他们已经不太高兴。

他们不高兴？齐落瓦哼一声，你抓紧联系交通台吧。

说完，就把电话挂了。

华小菁立刻按齐落瓦给的号码，把电话打过去。电台编辑是一个很好听的男性声音，也挺热情。华小菁表示感谢。对方立刻说，这不叫事，达维斯企业跟我们交通台是长期战略合作伙伴关系，又是丁总亲自交待的事，没问题，从明早开始，我们会滚动播出。华小菁这才知道，这件事是齐落瓦通过达维斯企业的丁总，在交通台安排的。

11

丁总也是博白人，四十多岁，长得方方正正，从头到脚，像用刀砍出来的，整个儿一个人见棱见角。达维斯企业虽然做的是茶叶生意，但生意很大，不仅做相思茶，也做白牛茶和白毛茶，可是与艾丽斯企业并无生意上的往来。齐落瓦是在一个饭局上，偶然跟丁总认识的，听口音很熟悉，两人就成了朋友。丁总爱喝酒，也爱喝茶。齐落瓦不喝酒，也没有喝茶的习惯。但他后来跟丁总学会了喝茶，两人就偶尔一起喝喝茶。丁总曾问齐落瓦，为什么对博白口音这么熟。齐落瓦当然不好说华小菁的事，只说，曾有个很好的朋友，也是博白人。

第二天早晨，华小菁开车上班的路上，齐落瓦打来电话，问她听到没有。华小菁立刻意识到，齐落瓦问的是交通广播，于是赶紧打开车上的收音机。寻人广告已经播过去了，正在播路况。齐落瓦在电话里说，这个早晨，已经播过两次了。

华小菁说，你这个叫丁总的朋友，真给力。

齐落瓦说，达维斯企业每年往交通台扔大把的广告费，这点事，当然不叫事。

顿了顿又说，他也是博白人，博白人，都聪明，也实在。

华小菁笑了，爱屋及乌吧。

齐落瓦沉了一下，也许是。

正说着，收音机里又在播这则寻人广告。交通台竟把这则广告配了乐，是一段二胡曲，好像是《二泉映月》。本来只是一段寻人广告，文字却写得很讲究，也很优美。再由一个女播音员用深情的声音、朗诵的速度播出来，虽很短，就像一篇配乐小品。显然，齐落瓦事先已跟交通台做了详细的交待，这则广告写得很巧妙，文字拿捏也有分寸，只说寻找这几个孩子，当然主要说的是华西，却并没说是谁在寻找，更没提儿童福利院的事。

华小菁一边开车，听着这个配乐广告，忽然想流泪。

齐落瓦显然也在听。

华小菁听完了，说，像一篇文学作品啊。

齐落瓦好像还没回过神来，过了一会儿，才在电话里嗯了一声。

下午，交通台这则寻人广告的效应就出来了。华小菁的手机不断有人打来电话。有打听具体情况的，也有要提供线索的。打听情况的，都是问孩子的细节，多大年龄、大约多高、胖瘦、穿什么衣服等等。幸好华小菁事先已详细问过吴云，而吴云又问过儿童福利院，这些细节都能提供出来。但在电话里要提供线索的，就都语焉不详了，或说话吞吞吐吐，或干脆提供了银行卡号，要求先打钱。这时华小菁才想起来，交通台在播这则广告时，已明确说了，如提供有价值线索的，必有重谢。这也是华小菁和齐落瓦事先商量过的。现在毕竟是经济时代，社会上虽有爱管闲事的热心人，但更多的人还是多一事不如少一事，倘说明"必有重谢"，也许更能引起人的注意。却没想到，这个"必有重谢"也是双刃剑。凡来电话声称要提供线索的，都是说话绕来绕去，闪转腾挪，却就是不说正事。有的甚至还问，是不是一共五个孩子，是不是其中一个长的什么什么样，说的跟寻人广告一模一样。但再一细问，到底在哪儿见过这几个孩子，对方立刻就问，这个"必有重谢"是怎么个谢法儿，数额多少，是不是先付一半。就这样，华小菁接了一下午电话，最后却一个有价值的也没有。

下午快下班时，又一个电话打进来。

华小菁这时虽已有些烦了，这一下午，一会儿是兴奋的希望，一会儿又是沮丧的失望，有时甚至气得想摔手机，但还是不敢放过每一个电话。这次来电话的是一个女人，自称叫陶然，是《广播电视报》的记者。华小菁经过这一下午，千奇百怪的电话都接过了，还就是没有说自己是记者的，又听是个女人，就耐着性子问，您什么事。

这女人说，我听了交通台的寻人广告。

华小菁哦了一声，等着她往下说。

这女人说，我能问一下吗？

华小菁说，可以。

这几个孩子里，好像主要说的是其中一个孩子。

对。

你是这孩子的什么人？

这个问题，我有必要回答吗？

哦，你别误会。

请问，您是要提供线索吗？

我们能见面谈谈吗？

对不起，我没时间。

再问一下，这孩子的父亲，是不是姓齐？

华小菁就是听了这句话，立刻警觉起来。

问，你到底，是什么人？

对方说，我确实是记者。

华小菁又想了一下，说，好吧。

华小菁在电话里跟这个女人约好见面地点，就开车过来。

陶然特意把跟华小菁见面的地点，约在广播电视大厦的一楼。广电大厦的一楼是餐厅和咖啡厅，二楼到五楼是酒店客房，六楼往上，才是广播电视的工作区。陶然把见面地点约在这里的楼下，一是想让华小菁有信任感，二来也正在报社值班，不便走得太远。

陶然这时已是《广播电视报》的总编辑。

当初陶然离开《金沙晨报》，是因为跟于宝生离婚。离婚是于宝生提出来的。但陶然事后想，就算于宝生不提，她也迟早会提，日子总不能一直这么过下去。于宝生提离婚，是在得了一场大病之后。于宝生的这场大病来得很意外，也很凶猛，差一点就没闯过来。那天晚上于宝生给陶然打了个电话，说要在出版社加夜班。于宝生加夜班也是常事。但陶然自从知道了，于宝生在自己的办公室加夜班，有时还会喝酒，且可能喝的是大酒，就一直想提醒他酒多伤身。但既然于宝生已知道，自己已经知道了他经常在办公室喝酒这个秘密，却还始终不把这层纸捅破，陶然也就不好给他捅破。所以这个晚上，于宝生在电话里说，有一部书稿要加个夜班，陶然也就没太当回事。第二天上午，报社有个年轻的小记者出去办事，陶然让她路过出版社时上去一下，找于宝生要几本书给自己带回来。但给于宝生的办公室打了几个电话，一直没人接；又打他的手机，也不接。陶然就觉出有问题了。于宝生的办公室兼着宿舍，所以只他一个人。且他又是个不爱走动，更不爱聊天的人，平时就总在办公室闷着。就算他临时有事出去一下，也不能一直没人接电话。还有一种可能就是在社里开会，这种情况以往也有过。但于宝生是个很严谨的人，即使有事，不能接听电话，也会回复一个信息，说明自己方便时会尽快回电话。陶然越想越不对，也不放心，就开着车来到出版社。于宝生的办公室锁着门。但这种碰锁，无法判断是在外面锁的还是在里面反锁的。从门上面的窗户看，里边还亮着灯。陶然敲了一阵门，就把出版社的人都敲出来了。大家也说，这一上午没看见他。于是就把大楼物业的管理人员叫来，让他们用备用钥匙开门。但物业的人找来备用钥匙拧了半天，才发现门是在里面反锁的。这就说明屋里应该有人。这时陶然已有了不祥的预感，赶紧让出版社的一个年轻人撞开门。果然，于宝生躺在地上。起初人们以为于宝生是喝大了，因为屋里还有一股酒气。但陶然立刻觉出不对。陶然自己也喝大过，于宝生喝酒应该是夜里，倘真喝大了，经过这么长时间，已是第二天上午，他的酒早该醒了。再看躺在地上的于宝生，口眼㖞斜，四肢强直，显然不像是喝大了的样子。于是赶紧叫来"120"急救车，直接拉去了医院。果然，于宝生不是简单的喝大了，而是因为喝大，引发了脑出血。

　　于宝生这次也是万幸。虽然脑出血，但出血量并不大。可医生说，虽出血量不大，但出血的位置不好，病人已有意识障碍，倘保守治疗，让它慢慢吸收，一是时间长，二是预期效果也不会太理想，所以还是建议做开颅手术。陶然这时也是复杂问题简单处理，只想一件事，既然来医院，就听医生的，病人和家属总不如医生明白。于是于宝生就被直接推进了手术室。手术很成功，于宝生的意识很快就恢复了。医院有二十四小时陪护，不用家属陪床，也不允许探视。陶然直到二十天后才来病房看于宝生。她一进病房，立刻愣住了。于宝生的这个病房是六张床，除了他，还有五个病人。这时几个小护士也在病房里，大家正看着于宝生说什么。这时的于宝生一改病前的沉闷和忧郁，盘腿坐在病床上，可以说是眉飞色舞。他正为大家表演三句半，看样子已经说了几个，逗得病人和护士哈哈大笑。陶然进来时，他又在说：脑袋打孔不敢摸；好像鸡蛋硌了窝儿；出血只为喝大酒；然后看看病房里所有的人，又点点头：——还喝！大家立刻又让他逗得笑起来。于宝生回头看见陶然，冲她笑了一下。他这一笑，把陶然笑得浑身一激灵。陶然跟他结婚这些年，还从没见他冲自己这么笑过。

　　于宝生住院这段日子，在病房受欢迎的程度让陶然大感意外。他出院时，走过病房的楼道，几乎是在医生护士病人和家属的夹道欢送中出来的。回家的第三天，正好是陶然和于宝生结婚十八周年的纪念日。在陶然的印象里，和于宝生结婚这些年，这个纪念日从来没提起过，好像也不是个什么特殊日子，渐渐是哪天都忘了。可这一天，于宝生提前给陶然打了个电话，让她早回来。陶然回来时，家里都已准备好了。于宝生准备得很朴素，也很简单，只是一个蛋糕、几样小菜。陶然看了想想，不是自己的生日，也不是于宝生的生日。于宝生把蛋糕上的蜡烛点着，这才说，今天，是咱们的结婚纪念日。陶然听了，倒没觉出感动，只是有些意外。她没想到于宝生得了这场大病，倒把这个日子想起来了。于宝生病刚好，医生不让喝酒，就沏了一壶相思茶。于宝生建议陶然今晚也不要喝酒。陶然一直没说话，直到坐在桌前还看着于宝生。她觉得于宝生有些怪怪的。于宝生特意向陶然推荐他这天晚上做的一个小菜。这是个素菜，像野菜，又不是野菜，都是一个一个细小的嫩芽，爆炒之后有一股清香。于宝生说，你不会想到这是什么，这是刚摘下的鲜茶嫩芽儿。陶然尝了一下，果然有一种独特的清香味道。接着两人举杯，庆祝，祝福。然后于宝生放下手里的茶杯，看看陶然。

他说，我们离婚吧。

陶然没听清，也不敢相信自己的耳朵。于宝生就又重复了一遍。这回陶然听清了，但没立刻说话。于宝生想想说，还是喝酒吧，这也许是咱们最后一次一起喝了。说着就去拿来一瓶酒，一边开着瓶子说，说个三句半吧。然后想了想：前边有车后有辙；人如铁杵石上磨；逝者如斯就如斯；说到这里，忽然表情古怪的看看陶然：——白活。

陶然听得似懂非懂，淡淡笑了一下，问，你想好了？

于宝生指指这盘清炒鲜茶嫩芽，知道今天，我为什么做这个菜吗？

于宝生对陶然说，当年他在洪远插队时，最爱吃这种鲜茶嫩芽，但那时没油，炒不起，就只是沏着喝。于宝生说，这沏茶的，是当地的一个女孩儿，后来跳崖了。

于宝生看看陶然，她没死，后来听说，残废了。

陶然说，明白了。

12

华小菁来到广电大厦时，陶然已等在咖啡厅。华小菁一进来，立刻断定，坐在角落里的那个四十多岁的女人应该就是陶然。陶然显然也已猜到是华小菁，起身冲她招招手。

华小菁就朝这边走过来。

陶然一见华小菁就直截了当说，我们就别耽误时间了。

华小菁在陶然对面坐下来，不知她要说什么。

陶然说，交通台这个寻人广告的文稿，是我写的。

华小菁哦了一声，说，谢谢您。

陶然说，这是我的工作，现在也不是说谢的时候。

陶然对华小菁说，她写这篇文稿时，看了提供的背景信息，忽然想起很多年前也曾搞过一个类似的寻人广告，当时也是在交通台播出的。不知为什么，她说，觉得这两个寻人广告似乎有什么关联。于是就问了一下交通台那边的李亮。李亮是交通台的编辑。据李亮说，托付这件事的是达维斯企业的丁总。但丁总说，这是他一个朋友的事，具体的他也不了解，总之办了就是了。李亮又说，后来到电台联系这件事的，是一个姓齐的年轻人。

陶然说，也就是这个姓齐的年轻人，一下引起了她的注意。

陶然忽然笑了笑，又摇摇头，这件事，不会这么巧吧？

华小菁问，您指的，是什么？

陶然看着华小菁，他叫齐什么？

华小菁沉了一下，抬起头，齐洛夫。

齐洛夫？

是。

他还有，别的名字吗？

没有。

他是不是，改过名字？

华小菁看着陶然。

陶然说，有一个齐落瓦，你，认识吗？

华小菁慢慢睁大眼，你到底，是什么人？

陶然点点头，你现在，已经回答我了。

陶然告诉华小菁，她在很多年前搞的那个寻人广告，当时要找的，就是齐落瓦。接着，陶然就把当年如何帮齐三旗寻找儿子齐落瓦的事，对华小菁说了。

陶然最后说，我能见见齐落瓦吗？

华小菁问，现在？

陶然说，现在。

陶然看华小菁有些犹豫，就又说，多一个人找孩子，总会多一个机会吧。

华小菁又想了一下，就拿出手机走到旁边。

华小菁这时已经感觉到了，这个叫陶然的女记者，应该跟齐家有很深的渊源。但她了解齐落瓦。也许正是因为这个很深的渊源，他反而不想见她。

果然，华小菁拨通电话，齐落瓦听了说，还是算了吧。

华小菁知道，如果齐落瓦决定的事，很难再说服他。

但还是又说了一句，你再考虑一下。

齐落瓦沉了沉，还是不见了吧。

华小菁说，也许，没什么坏处。

是，我知道。

你再想想。

不用想了。

好吧。

我知道这个人，代我向她问好，也谢谢她。

齐落瓦说完，就把电话挂了。

13

查三儿还有一年半刑满，但赶上了一件事。是坏事，也是好事。

查三儿的同监室里有一个傻大个儿，监号是"0122"。犯人到了监狱里就不再叫名字，只叫监号。但0122号叫着不顺嘴，管教和狱友见他长的个儿大，脑袋小，模样儿挺怪，不知谁给他取了个绰号，叫大傻鸟。于是监狱里的人就都叫他大傻鸟。大傻鸟是内蒙古额济纳人。额济纳原是一片草原。当年有一首蒙古族民歌，叫《美丽的草原我的家》，唱的就是这片草原。可现在早已没有草了，成了戈壁滩。戈壁滩上只长着一种叫骆驼刺的植物，骆驼爱吃，所以放牧只放骆驼。骆驼肉有些像牛肉，但比牛肉的肉质粗，也香。大傻鸟就把骆驼肉贩到这边来卖。这边的人没见过骆驼，也不懂骆驼肉，以为是牛肉。于是大傻鸟也就闭着眼对这边的人说，这就是牛肉。但后来碰上一个较真儿的，也是个肉贩子。这肉贩子图便宜，在大傻鸟这里上了肉，回去觉着不对，仔细一研究，不是牛肉。其实不是牛肉也挺好卖，可这肉贩子不干，回来找大傻鸟理论。两人理论不成就动起了手。大傻鸟是在戈壁滩上长大的，那边空旷，风沙大，又整天吃骆驼肉，脾气也就挺野。跟这肉贩子三说两说上了火儿，动手没两下，一刀子扎过去，就把这肉贩子扎成了重伤。好在是两人撕巴的过程中扎的，肉贩子的手里也拿着刀，自己也要承担一部分责任。但即使这样，大傻鸟也还是给判了十五年有期徒刑。大傻鸟羁押到监狱，一开始还行，但渐渐就不适应了。他在戈壁滩上闻惯了风沙，也吃惯了骆驼肉。监狱里自然没风沙，更没骆驼肉。大傻鸟先是天天哭，夜里失眠，再后来就患上了忧郁症。在监狱羁押的犯人并不是整天在监室里养着。监狱里也有工厂，犯人每天要去工作，跟上班一样。查三儿和大傻鸟同在一个印刷车间。这天大傻鸟推着一滚筒纸，走到车间的一个角落里，看看前后没人，从兜里掏出一根绳子，一扬手搭在头顶的一根铁梁上。大傻鸟是卖骆驼肉的，手却挺麻利，搭好绳子又迅速地拴了一个套儿，把小脑袋一伸就钻进去。然后身子朝后一仰，两只脚就乱蹬乱踹，这时再想站也已站不起来了。也就在这时，让正在印刷机旁的查三儿看见了。查三儿人瘦，腿脚儿也快，三步两步跑过来，一把抱住大傻鸟就往起抽。但大傻鸟太胖，死沉，查三儿抽了两下没抽动。查三儿挑皮子有基本功，手指头好使，急中生智用一只手抽着大傻鸟，腾出另一只手，就去解大傻鸟脖子上的绳套儿；解开了绳套儿，把大傻鸟放下来，背起就往监区里的医院跑。这时大傻鸟嘴里的黏涎已经流了查三儿的一脖子一身。幸好查三儿发现及时，才救了这大傻鸟的一条命。

这大傻鸟想自杀，原本是一件坏事，可到了查三儿这里却是坏事变好事。查三儿在狱里一直表现良好，这次又奋力救人，算立功。于是政府就决定为他减刑，提前释放了。

查三儿在监狱蹲了这些年，再出来时，就已经两手空空。兜里只有一点在狱里工作时挣的津贴费，吃几顿饭还行，再想干别的，什么也干不了。这时最要紧的就是找工作。只有找到工作，才能解决吃住问题。解决了吃住，也才能让自己安顿下来。但查三儿在狱里只会看机器，没学什么一技之长。进去之前也只会挑皮子。当初就因为挑皮子，被人家发现了，揪住撕巴时为赶紧脱身，扎了人家一刀，一下偷窃变成了持刀抢劫，才进去的。其实当时扎人的那把刀子，他带在身上也没想过要当凶器，只是用来划包儿的；所以现在，已进去这些年，好容易出来了，也绝不能再重操旧业。可是干惯了这一行，就像吸粉，有了心魔。在街上看见皮子不挑心里就难受，甚至像毒瘾发作。查三儿为让自己彻底断了这个念想儿，出来之后，就特意给自己举行了一个仪式。现在金盆是没处去找了，就去超市买了一个黄色的搪瓷盆代替。在一个风清月高的晚上，打了一盆净水，用缝衣针分别刺破自己的十根手指，放了血，然后在这盆净水里认真地洗了一遍手，也算是金盆洗手了。

但查三儿虽已金盆洗手，找工作还是连连碰壁。已是三十大几的人，又没一技之长，最要命的是还留着个光头，又白白嫩嫩，让人一看就知道是刚从大狱里出来的。现在街上什么都缺，就是不缺人。查三儿去了几个地方，有单位看大门的，也有公司扫地的，却都让人家客客气气地送出来。查三儿渐渐明白了，公司这样的单位用人，要求都比较严，唯一的希望只能去饭馆儿试试。这时查三儿就想起了老君街。当年挑皮子时，查三儿常在老君街一带活动。老君街上大都是做餐饮的。于是一天上午，查三儿就来到老君街。

这时的老君街已经变了。说变了，是变得又像过去了。可现在像过去，又已跟过去的过去不是一回事，是故意做出来的过去。两边的铺面都重新整修过，也就是所谓的修旧如旧。街上的青条石，破的烂的也都已换了新的。查三儿在街上走了一阵，来到福升茶叶店的门前。福升茶叶店的门面已全部换了旧木料，挂在门口的牌匾也斑斑驳驳。不过仔细看，还是能看出新茬儿。查三儿一看这个茶叶店就想起来，当年和芋头在这里，芋头挑了一个男人的皮子。结果回去，让七哥打了自己一个满脸花，还打掉了一颗门牙。

查三儿想了想，就拿腿走进来。一个伙计模样的年轻人拎着一把大铜壶过来。身上的衣服虽像过去的店小二，肩上搭着毛巾，却戴着一副眼镜。

勤快地问，您喝茶？里边请吧。

查三儿朝这店里看了看。靠墙的一个条案上，摆了一些线装书。但应该不是给客人看的，只为装饰。角落里有个高台，上面放着一架古筝，看样子客人多的时候会有人弹奏。查三儿立刻打消了来这里的念头。显然，这不是自己待的地方。

他没跟这店小二说话，就扭头出来了。

福升茶叶店的斜对面是一家肠粉店。查三儿想起来，这个肠粉店过去叫"福记粉店"，也是一家老字号。不过现在看牌匾，已叫"老集体粉店"。粉店的门口立着一块牌子，上写几个大字："正宗齐门医家养生粉、药膳粉，河北赵州水炸油条"。一个六十多岁的长脸麻子正抱着个大扫帚在门口扫地，见查三儿走过来，抬头说，吃粉啊？进来吧！

查三儿问，老板在吗？

长脸麻子上下看看查三儿，回头冲里喊，叫老齐！

里边一个秃头圆脸的胖子出来说，老齐收账去了。

看一眼查三儿，你有事？

查三儿看出跟这两个人说没用，就说，我等会儿吧。

正说着，齐三旗骑着一辆单车回来了。

齐三旗这些年一直在这福记粉店炸油条。渐渐炸得名气越来越大，那对精明的柳州小夫妻怕他走，就一直给他涨工钱。涨也不多涨，每次只涨一点儿，但总是不停地涨。齐三旗一直没离开这里，倒不是冲这点儿涨的薪水，而是冲着这街上的老顾客。现在物流已这么发达，全国各地的东西，吃的用的，这个城市什么都可以买到，可惟有这赵州油条，齐三旗敢说，只有他一个人会炸。所以，他这个老君街上的"油条老齐"，也就是独树一帜。后来这对柳州小夫妻打算回老家了，就跟齐三旗商量，这肠粉店里说起来也没什么值钱的东西，不过是些灶具和桌椅板凳。倘齐三旗想接手，也就是这间门面值几个钱。他们也知道，齐三旗手里拿不出多少，可以先给他们打个字据，等日后有了积蓄，想盘下这店铺，该算多少钱再另谈。齐三旗想想，这倒也是个办法。倘这对柳州小夫妻现在要钱，自己还真拿不出来。先赊着，日后再算，大家都合适。十年后这铺子的价钱自然跟现在不会一样，也就同意了。

这时的齐三旗虽已是两鬓斑白，做事还有热情，又懂些中医药理，就用在这肠粉店上。于是打出当年齐门医家的旗号，开发了"药膳粉"和"养生粉"，在这老君街上竟比过去的罗秀"簸箕粉"更好卖。但字号没立刻改。后来改字号，也是偶然想起要改的。

当初为寻找儿子齐落瓦，陶然曾在《金沙晨报》上为齐三旗写了一篇专访。也就从那以后，街上的人就都知道了，这老君街上炸油条的老齐当年是个知青。其实这老齐炸的油条好吃也就行了，是不是知青倒不重要。可是有人觉着重要。齐三旗刚接手这粉店时，本钱有限，又要开发"药膳粉"和"养生粉"，店里招的人就给不起工钱。给不起工钱，也就养不住人，店里经常闹人荒。后来有一天，忽然来了个秃头圆脸的胖子，看着跟齐三旗的年龄相仿，一进门就说，自己当年也插过队，是个知青，想来这店里打工。齐三旗一听先说，现在给不起太多的工钱。秃头胖子一听就笑了，说什么钱不钱的，当年都插队，一块儿乐呵儿乐呵儿得了。后来又来了个长脸的麻子，也说曾是知青，也留下了。再后来又来了几个人，都是当年的知青。齐三旗的粉店并不大，原本招不下这么多人，但还是都留下了。知青有个共同嗜好，都爱喝酒。粉店每天从早晨开板儿，要一直干到半夜才打烊。打烊以后，大家忙了一天，也累了一天，就经常聚的一块儿喝个酒。一天晚上喝着，秃头胖子的一句话提醒了齐三旗。秃子胖子也是喝得有点大了，乐着说，咱这粉店知道的是个粉店，不知道的，还以为又是当年的集体户呢！也就是秃头胖子这一说，齐三旗灵机一动，就把这福记粉店的字号改成"老集体粉店"。这个老集体的"集体"二字有两层含义，一是这店里的人，当年都是插过队的知青，也就相当于当年的集体户。二是这粉店是集体经济，每人都有股份。

齐三旗在这个上午骑着单车回来，查三儿见了先是觉着有点面熟，接着就一愣。他认出来，这就是十多年前，让芋头在福升茶叶店门前挑了皮子的那个男人。查三儿还记得，当时挑的那个破塑料钱包里只有三十块多钱。查三儿这些年挑的皮子已不计其数，但这个只有三十多块钱的塑料钱包，他却记得很清。因为这钱包里，还有两张已经发黄的旧照片，而这两张旧照片竟然跟七哥有关。所以就为这钱包，七哥才打了他一个满脸花。

齐三旗当然不认识查三儿，一听说这人要找自己，就把单车放在粉店门口，让他进来。查三儿已在街上碰了几次壁，也碰出了经验，一进来就开门见山，问店里要不要人。接着不等齐三旗问，自己就先说，是刚从大狱里出来的，刑满释放。但立刻又说，也不是刑满释放，是提前释放，因为自己在狱里表现好，又立了功，所以还有一年半的刑期，就提前出来了。这时秃头胖子和长脸麻子几个人都围过来，一听查三儿在狱里立了功，都来了兴趣，让他说说，在监狱里立了什么功。查三儿倒不避讳，也觉着这是自己露脸的事，于是就给大家讲了，自己怎么无意中发现监号是"0122"的大傻鸟想上吊自杀，又是怎么及时把他放下来，怎么背着他送去监区里的医院，才救了他一条命。大家听了，倒都觉着这个查三儿人性不错，就算不在狱里，肯这么救人的也算难得。秃头胖子拍着查三儿的肩膀，笑着说，你这是在监狱啊，要是当年在我们插队的地方，肯定就得成了英雄人物儿啊！

长脸麻子也点头，嗯，没错儿，肯定得树成先进典型！

秃头胖子又转脸对齐三旗说，古人云，"人之初，性本善"，要我看，这个查三儿当年进监狱也是一念之差，现在已出来了，又是立功提前释放，浪子回头啊！

长脸麻子也说，是啊，什么钱不钱的，留下他一块儿干吧！

齐三旗就笑了，对查三儿说，工钱不高，店里管吃，你要是没住的地方，就在这后面，跟大伙儿一块儿住也行，愿意就留下吧。

查三儿这时已经感激涕零，赶紧说，我愿意，愿意！

老集体粉店有个规矩，店里来了新人，晚上要喝酒。集体户儿里添人进口，总是一件让人高兴的事。这天晚上，店里打了烊，大家又凑在一起。查三儿本来会喝酒，但这些年已养成轻易不动酒的习惯。轻易不动酒，也是因为当初的职业。在七哥跟前时，七哥有明令规定，无论谁，都不允许酒后开工。且反复强调，酒后开工，比酒后开车还危险。但查三儿在这个晚上还是动酒了。查三儿不动酒是不动，一动就是大酒。他长这么大，也没见过老集体粉店的这伙人这么喝酒。一般人喝酒，都是一口一口喝，这帮人却一喝就是一碗，再一喝又是一碗。碗虽不大，可看着也眼晕。查三儿的酒兴就是让这些人给逗起来的，于是也跟着一碗一碗地喝起来。这么喝了一会儿，查三儿忽然想起当年那个塑料钱包的事。也是喝得有点儿大了，就把这事对齐三旗说了。齐三旗一听就笑了，说，那个塑料钱包看着破，可是我父亲当年留下的，那次丢了，一直心疼，可最心疼的，还是钱包里的那两张照片。

接着，齐三旗一听说，后来这两张照片到了华小菁的手里，就不说话了。

查三儿又告诉齐三旗，华小菁曾去监狱找过他。

齐三旗这时想起来，这个叫华小菁的女孩儿，后来也曾和杨红一起来粉店找过自己。这时大家一听，齐三旗竟然已有了孙子，立刻又有了喝酒的由头。

秃头胖子举起碗说，来来来，为三旗这孙子，干一个！

长脸麻子也举碗，是啊，这孙子，可是咱知青的孙子！

查三儿对齐三旗说，我能找着华小菁，找着她了，也就能找着七哥了。

齐三旗淡淡笑了笑，找不找吧，其实都一样了。

秃头胖子说，是啊，都一样。

齐三旗说，我现在要办的，是另一件事。

查三儿和所有的人听了，都看看他。

齐三旗说，这人，你们不认识。

尾声

　　赵州现在已叫赵县。但赵县的县城，还叫赵州镇。齐三旗在赵州镇下长途汽车时，还是上午。在街边买了两个薛家烧饼，就着一碗豆腐脑吃了。赵县的薛家烧饼是油酥的，因当年做这油酥烧饼的薛家是住在陀罗尼经幢脚下，陀罗尼经幢也叫石塔，所以这薛家烧饼又叫石塔烧饼。但让齐三旗没想到的是，赵县并没有水炸油条，从当年叫赵州的时候就没有。齐三旗一边吃着豆腐脑问摊上的小老板。小老板听了，翻着眼皮想了一阵有些怀疑，水能掺的油里？还能炸油条？然后就一边拨楞着脑袋笑说，没这本事，咱赵州人可没这本事。

　　关家湾在洨河岸边。这时正是春季。北方春季是沽水期，洨河已露出河床，河床中间只剩了一条细细弯弯的溪流。齐三旗还记得，关四爷当年常说，他家离大石桥不远。大石桥也就是著名的赵州桥。已是晚春，天不再是暖，而是已经有些热了。齐三旗当年只把关四爷的一半骨灰跟桂香合葬了，另一半存放在火化场。这次来时，就从火化场取出来。但这一半骨灰倘装进骨灰盒，路上不好带，让车上的人发现恐怕也有麻烦。齐三旗就买了一个白瓷坛，把这一半骨灰装进瓷坛里。这时过了赵州桥，又沿着洨河的岸边走了一阵，感觉背在包里的瓷坛有点沉，像背着关四爷，渐渐身上已出汗了。关四爷说，他家离大石桥不远，其实也挺远。已经走出十几里地，直到将近下午了，才来到关家湾。

站在齐三旗面前的是一个七十来岁的老人。

齐三旗问，你就是，关永旺？

老人说，是，俺关永旺。

齐三旗又问，知道关大同吗？

关大同？

哦，也叫关大牛。

那是俺爹。

关永旺带着齐三旗出村，来到一个巨大的土坟跟前。土坟在浇河边，有一人半高，显然年年有人来祭扫，也经常添土。关永旺来到坟前，指着说，这就是俺爹的坟。

见齐三旗疑惑，又说，当年，俺娘埋了他的几件衣裳。

说着又朝这坟头看了看，俺爹，可是个大英雄呢。

关永旺给齐三旗讲，他爹关大牛当年随大军南下，是在一场著名战役中牺牲的，是什么战役，没记住，死得挺壮烈。又说，他娘当初也是听人说的，听说了，哭了一晚上。

关永旺说罢，又看一眼齐三旗问，还有事吗？

齐三旗说，没事了，我也是顺路，过来看看。

关永旺点点头，就回村去了。

已是傍晚。齐三旗在浇河岸边找了个土质松软的高岗，用手刨着挖了个坑，就把这白瓷坛子埋了。白瓷坛子放进土里，显得很白，把土坑里都照亮了。齐三旗只堆了个很小的坟堆。又拔了棵灌槐，种在旁边。然后就在坟堆旁边坐下来，想歇一下。夕阳不太红，透过黄昏的雾霾，散射出发黄的余晖。齐三旗掏出手机。当年他为关四爷和桂香合葬时，胡顺溜曾在坟前唱了一个小曲儿。后来他才知道，这个小曲儿叫《小放牛》，就用手机下载下来。

这时，他打开手机，一个男声和一个女声就对着唱起来：

三月——里——来——

三月里来桃花开

杏花白

水仙花儿开

又见那牡丹芍药一起开呀

天上桫椤是什么人栽

地下黄河是什么人开

什么人把守三关外

什么人出家就没回来

那个——咿呀咳

赵州桥来什么人修

玉石栏杆什么人留

……

齐三旗回到赵州镇已经很晚，就住了一夜。第二天上午在长途汽车上，
接到了陶然的电话。从电话里的背景声可以听出，好像是在外面，有很多说
话的人声。

陶然在电话里问，你知道我现在，在哪儿吗？

齐三旗笑笑说，我怎么知道。

陶然说，你猜猜？

这怎么猜啊。

告诉你，在洪远！

陶然去了洪远，这齐三旗真没想到。

陶然说，孩子们找到了，敢情都在这儿呢。

　　齐三旗是临出来时，听陶然说，孩子们跑了。这时一听找到了，心里松了口气。

　　陶然又问，还记得于宝生吗？

　　齐三旗当然记得于宝生，立刻问，他也回洪远了？

　　陶然说，是啊，都在他这儿呢，齐落瓦和华小菁也在，你跟齐落瓦说句话？

　　齐三旗想想说，算了，不说了。

　　齐三旗挂了电话，心想，还是飞回去吧，飞到南宁，回去有高铁。

　　又想，回去之后，也去洪远看看……

2017年6月11日改毕于天津木华榭

比洪远还远（代后记）

　　很多年前，一个朋友曾给我算了一卦。这样的算卦当然与唯物和唯心无关。既然是朋友算的，也就当得真的。这朋友说，我八百年前曾在中国的南方生活过，或者说，就是一个南方人。八百年，应该已是我的十几世以前了。不过，这一卦还真的是算得有些神。一直以来，很多朋友都说我像南方人。我每次到南方，也确实觉得比在北方更适应。当然，相比之下，中国的南方我更喜欢广西。中国的南方有一种湿润的美。这种湿润的美使山水灵秀，似乎也让时间放慢下来。而广西，我觉得，除此之外还有一种原始的祥和与神秘。也正因如此，我来广西，尤其到北海，竟然没有一点陌生感。在北海生活的这段日子，我丝毫没有外乡人的感觉。这里的每一条街，每一个巷子，似乎也都很熟悉。于是就发生了一件奇怪的事。如同欣赏一幅画卷，而这画卷中的人们，不知不觉地就活起来。

　　渐渐的，竟连我自己也走进了这幅画卷。

　　这真是一幅美丽的画卷。美得真实，朴实，诚实，也翔实。画卷中的人们都按着自己的生活轨迹坦然地活着，也似乎与我是那么的相熟。而渐渐的，我已分辨不清，这幅画卷究竟是我在这里看到的画卷，还是我记忆中的哪一幅画卷了。我也分辨不出，这些活起来的人们，他们究竟是哪一幅画卷里的人。当我决定，把他们的故事用这部叫《寻爱记》的小说记录下来，我突然又想起很多年前，朋友为我算的那一卦。

由此看来，算卦算出的，也是一种宿命。

我曾写过一篇创作谈。其实也算不上创作谈，应该是一篇关于写作的文字。创作谈一般是就某一部作品，这篇文字不是，是谈我为什么创作，又是如何从事创作这一行的。这篇文章发表在《文艺报》上，题目是《佯谬，或者宿命》。从题目就可以看出，与宿命有关。

但现在说这篇文章，主旨就应该已有所延展了。

我当年读大学，读的是数学。这对我来说看似是一个错误，其实不然。不仅不然，后来的事实证明，应该也是一种宿命。因为在我离开数学若干年后，渐渐发现，它竟然一直与我如影相随，且让我意识到，恐怕注定要一直这样相随下去，已成为我的一种下意识的思维方式；我从大学的数学系毕业后，从事了文学写作，这对我来说看似又是一个错误。我当年参加高考，其实是故意避开文科，所以才报考了理科。但从理科出来，最后却还是又回到文这边来；后来我又开始怀疑，自己选择了这个职业，究竟是对了，还是错了？因为自从我的父亲生病，在他接受治疗期间，直到最后去世，我一直陪在他的身边；也就从这时，我真真意识到，这个世界没作家可以，但没有医生却一定不行。任何一个生命垂危的病人，你就是给他读一篇再精彩的小说也救不活他，可是医生凭医术，却可以把他从死亡线上拉回来。人的生命才是最重要的，倘没了生命，说什么都只是空话。所以，在这个意义上说，可见作家和所谓的小说是多么的无能；渐渐的，让我产生这种怀疑的理由越来越多地来自各个方面。再后来，我又深切地感受到，这个世界没作家可以，但没有搞自然科学的科学家也同样不行。你就是写一篇再精彩的小说，也无法让原子产生核裂变或核聚变，也就是说，你也写不成原子弹或氢弹，你更不可能用小说把人造卫星写到天上去。你的小说就是再有力量，也不可能推动一艘航空母舰。可见，搞自然学科的科学家才是多么的不可或缺。

作家，很遗憾，我实在找不出无可替代，或不可或缺的理由。

当然，这似乎又是一个佯谬。人毕竟是人，不是动物，更不是智能机器人。人与动物和智能机器人的一个根本区别就是，人有思想，而思想会绽放出情感。就此而言，动物自不用说，就是智能机器人也永远不可能具有绽放出情感的思想。"阿尔法狗"就是再聪明，它可以打败世界上所有顶尖的围棋高手，却永远不会为自己的胜利感到自豪，更不会赢得另一台"阿尔法母狗"的芳心。当然，也不可能写出一篇真正意义的小说。而就是再专业的自然科学家，他在从事科学研究的同时，思想也会绽放出晶莹的火花，这晶莹的火花又会升华成情感。也正是因为有了这种升华的情感，才有可能进一步升华出文学作品。换一个角度说，这种闪烁着晶莹情感的文学作品，就是再纯粹的自然科学家，在精神上也是需要的。

这也许就是作家的无可替代，或者说是不可或缺的理由吧。

话似乎扯远了。我之所以将这篇几年前写的文章拿出来，旧话重提，是因为这个话题，刚好是这部长篇小说思考的起点。借用一个音乐的说法，也就是创作的动机。

其实这个世界本身就充满了佯谬。也正因如此，我们每个人，从一降生也就被淹没在各种佯谬中。生长的佯谬，成长的佯谬，生活的佯谬，情感的佯谬，追求的佯谬，事业的佯谬，各种各样形形色色的佯谬。但无论这些佯谬有多么的无穷无尽，却总有一个真实的注定，在遥远的前面不动声色的等待着我们。这个不动声色的真实注定，就是宿命。

从佯谬到宿命，可能是悖论，可能是无奈，也可能是令人哭笑不得的悲剧或喜剧或悲喜剧。但这个过程的本身，就小说的意义，也构成了一种独特的腠理。

数学和文学，这两者之于我，也是从佯谬到宿命的过程。在我的这个宿命里，数学与文学，或者说与小说，已经合为一体。这种合为一体不是物理意义的，而是已经发生了化学反应，形成了一种全新的物质。当年在大学读数学时，我一直感到困惑。我读的不是应用数学，而是基础数学。我搞不懂，学了函数论、拓扑学、模糊数学以及数理逻辑这些奇谈怪论，究竟有什么用途？又会在哪里用到函数、极数这些莫名其妙的概念？

　　但写小说以后，我渐渐发现，倘把这些数学思想应用到小说创作中，竟然也就成了另一种意义的应用数学。譬如用拓扑学中的拓扑空间概念，就可以解析小说的叙事空间。这种解析可以使小说的叙事空间得到全新的建构，也有了无限的延展。又譬如用模糊数学的概念，也可以阐释小说叙述语言的速度、亮度、温度乃至软硬度。如此一来，小说的叙述语言也就又具有了一种全新的感觉。此外数学的真正精髓，其实也是哲学。这种把数学在小说中的应用，不仅在叙述和结构上赋予了全新的意义，独特的哲学意味也使故事有了另一种张力。

　　可以这样说，拓扑学中的"同坯"概念和"莫比乌斯环"概念，使我的这部小说在结构和叙事上都获得了更大的自由。同时，这部小说的整体叙事是发散的。发散相对于收敛，这也是数学中两个最基本的概念。我们传统意义的小说，一般在叙事上都是收敛的。收敛，可以使一部作品显得更有凝聚力。但我在这部小说中却使用了发散的叙事。这种发散叙事的最大好处就是信息量大，叙事空间的延展度好。而由于使用了"同坯"和"莫比乌斯环"的结构和叙事策略，这种空间的延展又不是无限的。所以虽"发散"，但不是"无穷"。

　　当然，就故事本身而言，也是没有"极限"的。

　　还是说宿命。正如我在前面所说，我们每个人从一降生，就被淹没在各种佯谬之中。而尽管这些佯谬无穷无尽，却总有一个真实的注定在遥远的前面不动声色地等着我们。这个真实的注定，就是宿命。这部小说中的所有人物，也同样如此。他们都有各自的宿命。齐门医家的一代一代人，本身就是一种宿命。正因为这部小说的故事是发散的，所以我也无法确定，尽管齐三旗和他的儿子齐落瓦最终也没有继承齐门医家的衣钵，可是将来，齐落瓦的儿子华西和华西的儿子乃至华西儿子的儿子，到哪一代又重新从医呢？这该也是一种宿命吧。至于段木匠、叶裁缝、朱老板和汪老太们，是不是也各有自己的宿命？而关四爷和桂香的爱情故事，直到齐三旗背着关四爷的一半骨灰送回到赵州，见到了关四爷的儿子关永旺；最后独自坐在洨河岸边，在关四爷的坟前放起那首赵州民歌《小放牛》，就应该更是一种宿命了。

由宿命，就说到了另一个问题。

如同一个人的名字。众所周知，名和字，其实是两回事。中国人的传统习惯，人一降生就要取名。而字，则要到20岁，行成人加冠礼的时候才取。这部小说也同样如此，有名，也有字。小说的名为《寻爱记》；字，叫《芤》。这里的"寻爱"寻的是什么？其实就是一种宿命。可是很遗憾，尽管我们每个人寻找宿命的热情都很高涨，我们的宿命似乎也很真实。不仅真实，且坚实。可是当我们真的寻找到了，或者一辈子都没找到，但意识到了，这个宿命就真的这样真实，这样坚实吗？这其实是一个非常令人无奈的命题。

于是，在这部小说完成之后，它的"字"也就有了，叫《芤》。

我当年学中医时，老师为我讲的第一个脉象就是"芤脉"。我的老师姓舒，是一位民间老中医。舒老先生并非隐于市的杏林大家，甚至不恭地说，只比庸医略胜一筹。但他的理论功底深厚，最善纸上谈兵，每每为我讲起药理和脉理，都是一套一套的。舒老先生告诉我，学脉理之所以先学"芤脉"，是因为这一脉象几乎囊括了所有常见脉象的特征。轻取即有，谓之浮；饱满宽大，谓之实；形大有力，谓之洪；边实而中空，谓之虚……当年舒老先生就这一个"芤脉"，曾一口气为我讲了十几条脉象。总的一个意思，就是轻取即有，稍揿即无，貌似洪实而如按葱皮。当我写完这部小说的最后一个字时，忽然又想起这个脉象，芤。我觉得，如果这部小说的名为《寻爱记》，那么字，应该就叫《芤》。

于是，这部小说的名字就这样定下来。

按说一部小说完成了，也就应该跟这个小说中的人物道别了。可是这个小说中的一个人物，齐三旗，却一直还在我的脑海里萦绕。我觉得他这大半辈子，真像是走在一根葱皮上。走得坚实，踏实，但仔细想一想却又有些可疑。但不管怎样，虽然他早已离开了那个曾经插队的叫洪远的地方，注定还要踩着葱皮一直走下去，去寻找他的归宿。

他的归宿，在遥远的地方等着他。

也许，比洪远还远。

这篇后记写得有些长了。后记本不该这么长。作者想说的话，让读者去小说里看就是了。但没办法，实在是这部小说完成后，小说之外想说的还有很多话，而这些话就这部小说而言又是题外话，无法在小说里说清楚。感谢花城出版社。同时，感谢为这部小说给过帮助的所有人。